GREEN NET

www.green-net-roman.de
1. Auflage

Wilfried von Manstein

GREEN NET

EDITION INMO

Prolog

Es regnete seit Tagen im Regenwald. Die Hütte war an vielen Stellen undicht, und obwohl sie auf Stelzen stand, war jede Menge Feuchtigkeit eingedrungen.

Marios Vater sprach nicht, er lag nur da und röchelte von Zeit zu Zeit. Mario fühlte sich hilflos, wusste nicht, was er tun sollte. Ihm etwas zu trinken geben? Luft zufächeln, mit einem feuchten Tuch seine Stirn kühlen?

Marios Mutter Gerlinde und der schwarze Träger *Salamu* waren nun schon einen Tag und eine Nacht unterwegs, um im Dorf ärztliche Hilfe für den Schwerkranken zu holen.

Bevor die Mutter ihn verließ, hatte sie gesagt: »Es tut mir so leid, Mario, aber ich weiß nicht, was wir sonst tun können. Du musst dich um deinen Papa kümmern. Ihm helfen, wenn er etwas braucht. Achte darauf, dass er trinkt.« Sie hatte ihn umarmt und geküsst und er spürte, dass sie zitterte und er wollte sie eine ganze Weile gar nicht mehr loslassen. Er atmete ihren Duft ein und spürte ihr kurzes blondes Haar an seiner Wange. Der Vater lag stumm auf seiner Matratze, mit heißer Stirn und fieberglänzenden Augen, stöhnend, verschwitzt.

Zum Abschied schenkte Gerlinde ihrem Sohn eine herrliche *Thika*-Nuss, ein wie poliert wirkendes, faustgroßes Ei, auf das Mario schon lange ein Auge geworfen hatte. Es war die Frucht einer *Raphia*-Palme, die zwar wie ein vergrößerter, glänzend lackierter Tannenzapfen wirkte, in der aber ein geheimnisvoller Kern klapperte.

Salamu, dessen Großvater angeblich ein berühmter Zauberer-Medizinmann gewesen war, hatte in den Tagen vorher komplizierte Rituale mit seltsam geformten Wurzelknollen vollführt, Verse in einer unverständlichen Sprache rezitiert und übel riechende Kräuter verbrannt. Das verzehrende Fieber hatte sich hierdurch aber nicht beeinflussen lassen.

Marios Mutter Gerlinde verwünschte zum tausendsten Mal *Charlie*, den Freund des *Salamu*, der schon zu Beginn der Expedition im Kongobecken das schwere Satellitentelefon vom Kanu ins Wasser fallengelassen hatte, dies aber verschwieg, bis es zu spät war. Niemand bedauerte es, als *Charlie* eines Nachts mit all seinen Klamotten verschwand, denn er hatte ständig geflucht, eine stinkende Zigarette nach der anderen geraucht und war bereits am frühen Morgen betrunken gewesen.

Mario war fünf Jahre alt. Seine Eltern waren Naturforscher und Ethnologen und seit Langem fernab der Zivilisation unterwegs. Sie hatten in alten Aufzeichnungen von einem Märchenbaum namens *N'Bongo* gelesen. Diesen Baum hofften sie, im Regenwald von *Isangi* zu finden. Er besaß angeblich Wunderkräfte und in seiner Nähe fühlte man sich stark. Die Zauberer des Stammes der *Walengola*

6

bauten einst ihre Hütten unter seiner Krone, weil Ameisen und Tausendfüßler den Baum in weitem Umkreis mieden. Sie brauten einen Sud aus seiner Rinde, um unfruchtbare Frauen fruchtbar zu machen, und heilten Magenprobleme mit dem zerstampften Inneren der Früchte. Aus den Knollen an seinen Wurzeln bereiteten sie ein Pfeilgift, mit dem man auch Menschen mühelos töten oder in einen todesähnlichen Schlaf versetzen konnte.

Marios Eltern Andreas und Gerlinde hatten den Baum bisher nicht gefunden, wollten aber die Suche nicht so schnell aufgeben. Daher bauten *Salamu* und *Charlie* eine primitive Hütte unter einem beeindruckenden Schmetterlingsblütler, einem Urwaldriesen mit bunt gesprenkelter Rinde. Von dort wollten sie die Gegend in Ruhe erforschen, denn es gab Tausende Arten von Bäumen im Regenwald und manche existierten nur ein- oder zweimal auf einer Fläche von vielen Quadratkilometern.

Mario war von klein auf mit dem Regenwald vertraut. Die vielfältigen, seltsamen Geräusche von Tieren, die man niemals zu Gesicht bekam, waren die Begleitmusik seiner Kindheit. Doch jetzt erschienen sie ihm bedrohlich, als würden schreckliche Wesen nur darauf lauern, in die einfache Hütte einzudringen und ihm unvorstellbare Dinge anzutun. Es war, als ob ein Unheil über dem Wald schwebte. Das Dämmerlicht unter dem hohen Blätterdach, die Gerüche nach Fäulnis und das ständige Tropfen von Wasser, auch wenn es nicht regnete, all das war plötzlich zu einer namenlosen Bedrohung geworden.

Mario wusste um die Gefahren, die von Schlangen, Raubtieren und Insekten ausgingen und er kannte sogar die lateinischen Namen vieler Tiere und Pflanzen. Der

Baum, unter dem die Hütte stand, war ein *Afrormosia elata* und die riesige Würgefeige mit den Luftwurzeln, zwischen denen er so gern kletterte, trug den Namen *Ficus polita*.

Aber all das Wissen war bisher theoretisch gewesen, und jetzt, da die Mutter ihn verlassen hatte und der Vater ihn nicht mehr beschützen konnte, spürte er körperlich, was für eine Kraft von den Geschöpfen dieser Umgebung ausging und wie feindlich diese Welt ihm gesonnen war.

Auch mit Tropenkrankheiten war er bisher noch nie in Berührung gekommen. Wie gelähmt starrte er auf das Moskitonetz, unter dem der Vater nur wahrzunehmen war, wenn er sich umdrehte oder stöhnte. Mario fühlte sich hilflos und irgendwie kam es ihm vor, als sei er schuld an der Krankheit und dem Leiden. Die Anwesenheit des Vaters blieb ihm ständig schmerzhaft bewusst, auch dann, wenn der Kranke ganz ruhig lag.

In der Nähe stritt eine Horde Paviane. An der weit entfernten Wasserstelle tröteten Elefanten, die Graupapageien verständigten sich mit schrillen Pfiffen und Kreischlauten. Mario versuchte, sich mit der hübschen *Thika*-Nuss zu trösten, er drehte und wendete sie, doch als er spürte, wie der Kern in ihrem Innern sich bewegte, schien ihm auch davon etwas Unheimliches, eine böse Vorahnung auszugehen. Seine Augen brannten, doch es kamen keine Tränen.

Als die Mutter mit *Salamu* und einem Arzt nach Tagen zurückkam, waren Vater und Sohn verschwunden.

Man suchte die Gegend systematisch ab, jedoch ohne Erfolg. »Vielleicht haben Paviane oder *Bonobos* meinen

Mann und meinen Sohn verschleppt«, sagte die Mutter mit tonloser Stimme.

»Unwahrscheinlich«, antwortete der Arzt und *Salamu* wiegte das mit einer bestickten Mütze bedeckte Haupt. »Es gibt hier etliche Arten von Raubkatzen«, sagte der Arzt, und fügte dann nachdenklich hinzu: »Allerdings müssten wir dann Blutspuren sehen.«

Erst Stunden später kamen die Männer auf die Idee, in den hohlen Stamm der benachbarten Würgefeige zu schauen. Der kleine Mario steckte tief drinnen, nur der Schopf seines blonden Haares war zu sehen. Lebte er? Wie war er dort hineingeraten?

Die Mutter rief mit erstickter Stimme: »Mario! Hörst du mich? Sag doch was!«

Fieberhaft versuchten die Männer, ihn mit Schlingen herauszuziehen, vergeblich. So zersägten sie kurzerhand den Baum oberhalb und unterhalb des kindlichen Körpers und zogen Mario dann an den Füßen aus dem Stamm heraus.

Er atmete, bewegte sich aber nicht. Seine Augen waren starr, er reagierte nicht auf Worte. Die Mutter hielt ihn in den Armen, umhüllte ihn mit einer Decke, wiegte ihn, küsste ihn. »Mario, mein Mario. Wach auf!«

Erst nachdem der Arzt ihm eine Spritze gegeben hatte, wurde er langsam wieder lebendig. »Was ist passiert?«, fragte die Mutter und strich ihrem Sohn die Haare aus der Stirn. Mario machte sich los, als ob ihm die Berührung Schmerzen bereitete. Er gab keine Antwort, offensichtlich wusste er nicht, was geschehen war.

Auf seiner Haut hatte sich ein seltsames Muster gebildet, das an ein Flechtwerk von Kletterpflanzen erinnerte und erst nach langer Zeit verblassen sollte.

Das Schicksal von Marios Vater blieb ungewiss. Ob der sagenhafte Baum *N'Bongo* wirklich existierte, wurde nie festgestellt. Gerlinde und ihr Sohn Mario verließen den afrikanischen Kontinent und ließen sich in nördlicheren Gefilden nieder.

1. Teil

1

»Mario behauptet, Bäume und Pflanzen sprächen zu ihm. Er verbringt mehr Zeit mit ihnen als mit Gleichaltrigen. ›Ich bin ein *Kastanienkind*‹, sagt er, und bezeichnet eine Rosskastanie in der Nähe unserer Wohnung als besten Freund.«

»Dann müsste es ihm ja hier gefallen«, sagte der berühmte Kinderpsychologe Robin de Winter, lächelte und wies mit großer Geste zu den blühenden Kastanien des Parks, deren weiße und rote Blütenkerzen wunderbar leuchteten.

»Er gibt den Bäumen Namen. Sein Kastanienbaum heißt *Äskulus* und dieser *Äskulus* ist männlich und mit weiblichem Efeu bewachsen. Die Dame heißt *Hallucia und* die beiden sind verheiratet, behauptet er.«

»Scheint ein Junge mit sehr viel Fantasie zu sein, Ihr Mario.«

Gerlinde schnupperte in der Luft. »Sind das die Kastanien, die so riechen?«

»Ja«, antwortete de Winter lächelnd, »die Blüten der Rosskastanien verströmen einen etwas eigenartigen Geruch, aber nicht unangenehm, oder?«

Gerlinde Wagner hatte nach langem Zögern einen Termin vereinbart und saß jetzt mit dem berühmten Mann, den sie bisher nur aus Talkshows kannte, auf der großzügigen Terrasse des Hauses *Schöne Aussicht 116*. Die Frühlingssonne wärmte mit erstaunlicher Kraft.

Sabrina, die langjährige, unentbehrliche Sprechstundenhilfe des Psychologen, war Gerlindes beste Freundin. Weil Mario mehr mit Bäumen sprach und weniger mit Menschen, bezeichnete Sabrina den Jungen als *gestört*: »Wenn ein Baby mit Bäumen spricht, dann geht das ja noch, aber ein Zwölfjähriger sollte mehr Vernunft haben und sich vor allem Freunde unter Gleichaltrigen suchen. Menschen, meine ich.«

Marios Mutter fand das gar nicht lustig, wagte aber um ihrer Freundschaft willen nicht so vehement zu widersprechen, wie sie es gern getan hätte. »Das wird sicherlich von alleine verschwinden, irgendwann«, pflegte sie zu sagen, »Man muss nur Geduld haben mit Mario, schließlich hat er Schlimmes erlebt, als er noch klein war. Er hat seinen Vater verloren und jetzt betrachtet er seine sogenannten Baumfreunde als Ersatz.«

Allerdings musste Gerlinde zugeben, dass auch Andere ihren Mario für ein wenig verrückt hielten, und nur deshalb erlaubte sie der Freundin, ihr eine Konsultation bei de Winter zu vermitteln. Bezahlen konnte sie das nicht, doch durch Sabrinas Fürsprache sollte es nichts kosten. Weder Mario noch seine Mutter glaubten jedoch, dass der Besuch bei dem Kinderpsychologen viel ändern würde.

»Er wollte nicht mitkommen. Er sagt: *Ich hasse Psycho-Heinis!*«

De Winter lachte. »Das gefällt mir. Ich denke das auch manchmal.«

»Und dieser Spruch von ihm: Ich bin ein Kastanienkind ...«

»Woran denken Sie, wenn Sie den Ausdruck hören oder aussprechen?«, fragte der Arzt.

Gerlinde schaute zu den Bäumen hoch. Sie rang die Hände, senkte den Blick.

»Was ist Ihnen gerade eingefallen?«

»Es ist mir ein bisschen peinlich, aber wenn ich mich recht entsinne, wurde Mario unter einer Rosskastanie gezeugt.«

Der Arzt nickte bedeutungsvoll.

»Sie glauben doch wohl nicht, dass er sich an seine Zeugung erinnern kann?«

De Winter sagte: »Nicht unbedingt. Aber Gedanken übertragen sich gelegentlich von der Mutter aufs Kind. Oder er hat das zufällig bei einem Gespräch zwischen Ihnen und Ihrem Mann mitbekommen.«

Marios Mutter schlug die Augen nieder.

»Es tut mir leid. Sabrina hat mir von Ihrem tragischen Verlust erzählt. Möchten Sie darüber sprechen?«

»Ich träume fast jede Nacht von der Hütte unter dem blühenden Baum. Ich höre das Lachen meines Mannes, wenn er mit Mario herumtollte. Doch dann der Schock, die unbekannte Krankheit. Das Fieber. Und ich erlebe wieder den beschwerlichen Weg durch den Regenwald.

Ich sehe die Spinnen und Schlangen, die Moskitoschwärme und die Blutegel, die sich an meinen Stiefeln festsaugen und versuchen, einen Weg zu meiner nackten Haut zu finden.

Ich schaue hinauf zu den Kronen der Urwaldriesen und hoffe, dass Andreas vielleicht doch noch lebt. Und ich suche Mario, den ich so verantwortungslos in unserer Hütte zurückgelassen hatte, aber ich finde ihn nicht. Wie glücklich waren wir alle drei mit den Bäumen, mit Lianen und Orchideen und den Papageien! Sogar mit dem Regen und den oft unheimlichen Geräuschen. Und dann passierte diese schreckliche, diese furchtbare Geschichte!«

»Ich kann das gut nachvollziehen«, sagte de Winter, »Sabrina hat Ihnen ja sicher erzählt, dass ich meine Frau ebenfalls unter tragischen Umständen verloren habe.«

Marios Mutter nickte und schnäuzte sich die Nase, de Winter sprang auf und brachte einen ledernen Papierkorb, in den sie das benutzte Taschentuch hineinwarf.

»Haben Sie denn eine Ahnung, was da im Urwald passiert sein könnte?«, fragte der Arzt.

»Es gab keine Kampfspuren, in der Hütte fehlte nichts. Die Primaten, die im Lauf der Zeit zutraulich geworden waren, hätten einen schweren Mann wie Andreas nicht tragen können. Mario hingegen war schon immer sehr zart.«

»War die Hütte abgeschlossen?«

»Sie hatte nur eine primitive Tür. Da konnte man ohne Weiteres rein und raus. Vielleicht haben Paviane ihn in dem hohlen Baum versteckt, um ihn vor Raubtieren zu schützen. Hineingefallen konnte er jedenfalls nicht sein. Ich stelle mir vor, dass er da drin saß wie ein Kängurubaby im Beutel der Mutter und dann langsam immer tiefer rutschte. Der Baum war eine Würgefeige. Die Höhlung entstand, weil die Würgefeige einen anderen Baum in ihrem Inneren hatte verrotten lassen.«

De Winter sagte: »Ich habe gehört, dass diese Bäume sich ausbreiten, indem ihre Samen von Vögeln ausgesch... äh, ausgeschieden werden.«

»Wegen der Form des Hohlraumes konnte man Mario nicht einfach herausziehen. Man musste den *Ficus* fällen.«

»Eine traumatische Erfahrung. Kann Mario sich daran erinnern?«

»Ich denke nicht. Ich hatte vor, es ihm zu erzählen, wenn er älter ist.« Gerlinde griff nach einem weiteren Papiertaschentuch.

Sabrina erschien in Hut und hellem Frühlingsmantel an der Terrassentür:»Ich mache ein paar Besorgungen. Keine weiteren Termine heute Nachmittag. Aber denken Sie an Ihren Vortrag bei der Gesellschaft für Kinder- und Jugendpsychiatrie. Er beginnt um zwanzig Uhr. Tschüss Gerlinde!«

»Danke, Sabrina«, sagte der Arzt.

Gerlinde winkte ihrer Freundin zu.

»Und was ist jetzt das Problem?«, wandte sich de Winter wieder an Marios Mutter.

»Mario spricht nicht gern mit Menschen. Und er lässt sich praktisch nicht anfassen. Jungs stehen ja allgemein nicht so sehr auf Liebkosungen, aber Mario zuckt schon zusammen, wenn man ihn nur am Arm berührt.«

»Und das war anders vor dem Zwischenfall im Urwald?«

»Ganz anders. Mario war total verschmust, als sein Vater noch lebte.«

»Wenn Sie an die Zeit denken, als Mario etwa achtzehn Monate alt war – hatten Sie da manchmal den Eindruck, dass er in seiner Wahrnehmung und Aufmerksamkeit sehr lange völlig abwesend wirkte, ohne dabei müde zu erscheinen?«

Bevor Gerlinde antworten konnte, schlug irgendwo eine Eisentür. De Winter drehte sich um und schaute in Richtung des Garagenhauses, in dessen Obergeschoss seine vierzehnjährige Tochter Rado ihr Reich hatte.

De Winter rief laut:»Rado? Bist du das?«, und zu Gerlinde:»Haben Sie das auch gehört? Meine Tochter hat neuerdings ihr Zimmer über der Garage. Um diese Zeit dürfte sie gar nicht da sein. Es sind zwar Ferien, aber sie hat Redaktionssitzung bei ihrer Schülerzeitung.« De Winter erhob sich und schritt über die Terrasse.

»Was ist das denn? Ein Fremder auf dem Grundstück. Was macht der Kerl da?«

»Vielleicht ein Freund Ihrer Tochter?«, fragte Gerlinde.

»Meine Tochter hat nur *Freundinnen*.«

»Hoffentlich kein Einbrecher.«

»Am hellichten Tag?«

Der Arzt rief:»Wer sind Sie, was haben Sie hier zu suchen? Ich rufe die Polizei!«

Als de Winter sah, was der Mann in der Hand hielt, ging er zögernd rückwärts, stolperte über den Terrassenabsatz und stand bald wieder an dem Tischchen mit den Gläsern und dem von Sabrina servierten Bananensaft.

2

Mario saß auf einem Zementpoller gegenüber vom schmie-
deeisernen Tor der Villa *Schöne Aussicht 116.* »Hol mich
dort ab!«, hatte die Mutter gesagt. Wahrscheinlich wollte sie,
dass er dann reinkäme und de Winter ihn sehen und zu
ihm sprechen würde. Aber Mario wollte das nicht – *auf
keinen Fall gehe ich da rein,* dachte er.

*Mutter glaubt, sie müsse mit diesem blöden Seelenklempner
sprechen. Nur weil ich mich nicht gerne in geschlossenen
Räumen aufhalte. Wegen meiner Angst vor Fahrstühlen, Besen-
kammern und engen Gassen. Ja, ich träume manchmal von engen
Abwasserrohren, in denen ich stecken bleibe, dann wache ich auf
und schreie. Klaustrophobie nennen sie das.*

*Und ich bin nicht gern mit Leuten zusammen, schon gar nicht
mit anderen Kindern. Die sind doch alle doof, haben nur Klamotten und ihre kleinen Computer im Kopf.*

*Bäume und Pflanzen habe ich lieber, mit denen mag ich mich
unterhalten. Und jetzt soll dieser Quacksalber an mir herumdok-
tern. Daran ist nur diese dämliche Sabrina schuld.*

Mario war zu früh gekommen. Er freute sich am Grün
der Buchen, die ihm trotz völliger Windstille fröhlich

zuwinkten. Ein putziges Eichhörnchen rannte am Stamm einer Fichte empor, irgendwo hämmerte ein Specht.

Plötzlich hielt mit quietschenden Reifen ein schwarzer Porsche, ein Mann mit knallrotem Kopf stieg aus und glotzte auf das goldglänzende Schild am Tor. *Offensichtlich ein Typ, der dringend psychiatrische Behandlung braucht.* Der Typ fuchtelte mit einem kleinen Gegenstand herum, als wolle er auf das Tor schießen.

Dann stieg er wieder ein, fuhr mehrmals hin und her, bremste, dass die Reifen qualmten – bog schleudernd um eine Ecke und dann – Stille.

Mario studierte die Buchen, deren abgefallene Blüten den Gehweg wie ein brauner Teppich bedeckten. Die Wurzelhände der Bäume griffen mit gespreizten Fingern in den Boden, um sich dort festzuhalten.

Plötzlich laute Stimmen und ein Schrei.

Was um Himmelswillen ist passiert?

Mario bewegte sich zögernd zum Tor und schaute den goldenen Klingelknopf an. Drückte ihn. Stille. Keine Reaktion, kein Summen eines Türöffners, keine quäkende Stimme aus der goldgerippten Lautsprecherabdeckung.

Er begann, das weitläufige Grundstück zu umrunden, in der Hoffnung, irgendwo hineinschauen zu können. Doch die Mauer war hoch, oben mit Stacheldraht gesichert und alle paar Meter mit Kameras versehen. An einer Stelle, nicht weit vom protzigen Eingang, eine Garage mit offenem Rolltor. Davor stand der Porsche. In der Garage stapelte sich der typische Garagenkram. Allerdings gab es keine Ölflecken, Benzinkanister, und auch keinen Geruch nach Auto. Über der Garage ein zweites Stockwerk ohne Fenster zur Straße, der Putz der Fassade war abgeblättert.

Mario lauschte voller Unruhe, doch kein Ton war zu hören. Schließlich getraute er sich in die Garage hinein und schaute durch das Fensterchen einer Eisentür in einen verwilderten Park. Außer einer vollständig mit Rosen umwachsenen Laube unter blühenden Rosskastanien war nichts zu sehen. Er drückte die rostige Klinke und die Tür ging auf. Er war drin im Park!

Er schlich um die Garage herum, da gab es eine eiserne Leiter, die zum oberen Stockwerk führte. Eine offenstehende Tür. Vorsichtig bewegte er sich weiter. Er spürte, wie die Büsche an seinen Beinen entlang streiften, als wollten sie ihn hindern. Eine Trauerweide wedelte mit den Armen und strich ihm über den Kopf. Flüstern und Säuseln aus den Birken, eine Tanne ließ ihre Zweige nachdenklich schwanken und die Rosskastanien drehten ihre Blätter wie alte Leute, die sagen wollen: *schlimm, schlimm, schlimm! Früher hat es so was nicht gegeben.*

Zwischen Bäumen und Büschen sah Mario eine Terrasse mit weit offener Schiebetür.

Da entdeckte er zwischen den umgefallenen Korbstühlen seine am Boden liegende Mutter. Und ein Mann lag da, wahrscheinlich der Psychologe.

In Panik rannte er zu ihr, berührte sie. Sie fühlte sich warm an, atmete aber nicht und er konnte an ihrem Hals keinen Puls feststellen. Ihre Augen waren starr, schauten durch ihn hindurch. Auch der Psychologe wirkte wie tot.

Mario konnte keinen klaren Gedanken fassen. Da saß er nun zwischen zerbrochenen Gläsern und starrte auf die Haare seiner Mutter und das Halstuch dieses Arztes. Er musste ihnen helfen, sie irgendwie wiederbeleben, aber er wusste nicht wie.

Ich muss sofort einen Krankenwagen rufen.

Doch er besaß kein Handy – ein Junge, der lieber mit Bäumen als mit Menschen spricht, was sollte der mit einem Handy? *Ich muss ins Haus, da wird es ein Telefon geben.* Auf dem Schreibtisch stand ein Apparat mit vielen Tasten, er hob ab – kein Freizeichen. Er drückte hektisch alle Knöpfe, aber die Leitung blieb tot. In diesem Moment erschien der dicke Mann aus dem Porsche, aber jetzt hielt er etwas viel Größeres im Anschlag, eine seltsame, chromblitzende Waffe. Er hatte die Ärmel seines Jacketts hochgekrempelt, darunter breitete sich ein tätowiertes Spinnennetz bis auf die haarigen Handrücken aus. Mario wurde von einem grünen Blitz geblendet und spürte eisige Kälte in der Brust. »Scheiße!«, schrie der Mann. »Scheißdieb, Mistfuchs, Schrumpfbacke, Dooftüte, Furzmolch ...«, und immer weiter strömten derartige Wörter aus seinem Mund. Er packte Mario, knebelte ihn mit einem ekligen Sacktuch, und fesselte ihn mit der Schnur des Telefons. »Blödheini, Dummbeutel, Krötenwanze!« Die Schnur schnitt Mario in Arme und Beine und er konnte sich nicht mehr rühren.

Da war eine hölzerne Standuhr, sie hatte eine Tür, der Mann öffnete sie, stopfte ihn da hinein, machte die Tür zu, drehte den Schlüssel. »Lumpensack, Pupsvogel, Wanzenkröte ...« Die Schritte entfernten sich, der Schimpfwörterstrom wurde immer leiser, bis er schließlich verklang.

Es war dunkel, Mario spürte kaltes Metall im Rücken. Er wollte schreien, bekam aber keine Luft mehr. *Ich ersticke – ich sterbe – mit mir ist es vorbei.*

Dann drehte sich alles in seinem Kopf und er wurde ohnmächtig.

3

Die vierzehnjährige Rado war die Tochter des in der Stadt bekannten, wegen des Todes seiner Frau alleinerziehenden Kinderpsychologen Robin de Winter. Redakteurin der Schülerzeitung, Umweltaktivistin, Tierschützerin. Immer wieder anders gefärbte Haare, heute grasgrün, auffällige Klamotten, mit Absicht genau gegenteilig zur jeweiligen Mode, herausfordernder Blick aus dunkelbraunen Augen. Da sie mit ihrem Vater häufig Meinungsverschiedenheiten hatte, war sie aus ihrem alten Kinderzimmer ausgezogen und hatte sich den Raum über der abseitsstehenden Garage des parkähnlichen Grundstücks hergerichtet.

Für die Garage gab es eine Fernbedienung, aber die war ihr vor Kurzem irgendwie abhandengekommen. Da sah sie, dass das Garagentor hochgefahren war, und befürchtete Schlimmes. Die Tür zu ihrem Zimmer oben stand offen. Auf der Terrasse lag ihr Vater zusammen mit einer fremden Frau. Kein Puls. Sie ging zum nostalgischen Tastentelefon ihres Vaters, doch das war tot. Das Kabel aus der Wand gerissen und am Gerät abgeschnitten. Fieberhaft blätterte sie im altmodischen Rolodex des Vaters und rief auf ihrem

Handy Professor Schreiner an. Schreiner war ein Freund der Familie, Chef einer Privatklinik, dem sie die Situation schilderte. Der Professor versprach, sofort mit zwei Krankenwagen zu kommen, ohne Blaulicht und Martinshorn versteht sich. Robin de Winter, Rados Vater, war prominent, die Sache musste diskret behandelt werden.

Rado saß im Schreibtischstuhl ihres Vaters und schloss die Augen. *Warum spüre ich nichts? Ich handle wie ein Roboter. Eiskalt.*

Doch dann fiel ihr etwas ein. Sie rannte zu ihrer Garage, die eiserne Treppe hoch, schaute unters Bett. Das *Instrument* war weg! Sie raste zum Aufzeichnungsgerät der Überwachungskameras, nahm zitternd den USB-Stick raus und steckte ihn in die Tasche.

Der schwülstige Tür-Gong ertönte, Rado öffnete per Knopfdruck das automatische Tor, die Krankenwagen fuhren aufs Grundstück. Der Professor war mitgekommen, er begutachtete die beiden Patienten und machte ein bedenkliches Gesicht. Herzdruckmassage. Einer der Pfleger holte den Defibrillator. Adrenalinspritzen. Rado schaute weg. Nach einer Zeit wurden die beiden ›Komapatienten‹, wie Professor Schreiner sie nannte, mit routinierten Handgriffen verladen.

»Hast du die Polizei gerufen?«, fragte der Professor. Rado schüttelte den Kopf.

»Dann machen wir das. Willst du mitkommen?« Rado schüttelte abermals den Kopf. Die Krankenwagen fuhren ab und Sabrina tauchte auf. »Was ist hier los?«

Rado erstattete Bericht, sagte aber nichts über den entwendeten USB-Stick. Sabrina schaute ungläubig, inspizierte den ›Tatort‹. Ging zum Aufzeichnungsgerät. Schüttelte ebenfalls den Kopf. Aus dem Sprechzimmer drang ein Geräusch, als ob Metallteile aneinandergeschlagen würden. »Was war das denn?«, fragte Sabrina. Sie schaute ins Sprechzimmer. »Na so was, die alte Uhr hat doch noch nie einen Ton von sich gegeben.« Sie stöckelte zum Uhrgehäuse. Die Uhr wackelte, das Schlagwerk klapperte. Sabrina war ganz weiß im Gesicht, starrte die Uhr an. Rado kam hinzu, öffnete das Gehäuse und ein blonder Junge kippte heraus. Rado konnte ihn gerade noch auffangen.

»Noch eine Leiche!«, rief Sabrina.

»Er atmet ... und zittert!«

»Das ist ja Mario, Gerlindes Sohn!«, sagte Sabrina.

Rado legte den zitternden Jungen auf den Boden, zog mit spitzen Fingern den ekligen Lappen aus seinem Mund und entknotete das Telefonkabel.

Sabrina begab sich in die Küche, um Wasser zu holen.

Rado versteckte das Kabel zwischen Lehne und Polster eines Sessels und klatschte dem Jungen mit der Hand gegen die Wange, wie sie es aus Fernsehfilmen kannte.

»Hey, aufwachen. Was ist denn los mit dir? Du simulierst doch, oder?«

Sabrina kam mit dem Wasser und benetzte den Jungen an der Stirn. Aber so sehr sich die beiden auch abmühten, Mario war nicht zum Sprechen zu bringen.

Sabrina sagte: »Ich bin schuld. Ich habe Gerlinde zu diesem Termin beim Chef gedrängt. Wäre ich im Haus geblieben, anstatt völlig unwichtige Dinge zu erledigen, wäre alles anders gekommen. Ich hätte die Einbrecher in die Flucht geschlagen.«

»Du hättest vor Angst in die Hose gepinkelt und würdest jetzt auch im Koma liegen«, entgegnete Rado.

»Benimm dich! Und lass die frechen Bemerkungen!«

Dann kam die Polizei. Die Beamten untersuchten den Tatort. Gingen zum Aufzeichnungsgerät der Überwachungskameras. Sicherten Spuren.

Der Kommissar sagte: »Der USB-Stick wurde entfernt. Das müssen Profis gewesen sein. Fehlt sonst etwas?«

»Das werden wir im Einzelnen zu klären haben.« Sabrina hob das Telefon hoch. »Hier, die Telefonschnur haben sie abgeschnitten.«

Der Kommissar schaute sich um. Die Leute von der Spurensicherung waren mit ihren Pinseln beschäftigt.

Der Kommissar versuchte, Mario zu verhören, ohne Erfolg.

»Ist er taubstumm?«

»Patient vom Chef«, sagte Sabrina.

Marios Miene blieb starr und unbewegt.

Nach Stunden verabschiedeten sich die Polizisten und Sabrina fuhr mit Rado und Mario zum Krankenhaus. Dort wurden sie von Professor Schreiner empfangen. Der Mann im frisch gebügelten weißen Kittel versuchte zu lächeln.

»Wir planen weitere Untersuchungen. Zunächst müssen wir allerdings die Laborergebnisse abwarten.«

Der Professor schaute Mario an. »Mario Wagner, der Sohn von Gerlinde Wagner? Wie alt bist du?«

Der Junge guckte starr geradeaus. Der Professor schaute Sabrina fragend an.

»Er ist zwölf.«

»Er hat wohl einen Schock«, sagte Sabrina.

»Er ist Autist, aber sonst okay«, sagte Rado.

»Versteht er mich denn?«

»Natürlich. Er versteht alles«, sagte Rado, die ein Plakat an der Wand studierte und so tat, als würde die ganze Angelegenheit sie nichts angehen.

Sabrina verdrehte die Augen und sagte: »Fräulein Rado de Winter ist Ihnen ja seit Kindesbeinen bekannt.«

Der Professor lächelte. »Ja. Unter anderem als ›Die Regenwald-Sprayerin‹ aus dem Tageblatt.« Doch dann fiel ihm ein, dass dies nicht der Zeitpunkt für Scherze war. »Frau, äh, Sabrina, könnten Sie bitte für einen Moment mitkommen?«

Nach einem kurzen Blick auf die Kinder verschwand Sabrina mit dem Arzt hinter einer mattierten Glastür.

Mario setzte sich auf einen Plastiksessel. Rado zischte: »Autist!« und huschte zur Glastür. Sie versuchte zu lauschen, hörte aber nur Wortfetzen, wie »... außergewöhnliches Koma ... in der Medizin bisher nicht bekannt ... extrem verlangsamter Stoffwechsel ... müssen Gegenmittel finden ... andernfalls schwierig ...«

Mario betrachtete Rados grün gefärbte Haare und die seltsamen Tattoos auf ihrem Nacken – zwei täuschend echt aussehende Augen, in denen sich etwas spiegelte, eine Sonne in dem einen Auge und der Mond im anderen. Zu gern hätte er gewusst, was das zu bedeuten hatte, aber im Moment konnte er einfach nicht sprechen. Zu viel in seiner Welt war in Unordnung geraten.

Er liebte die Ordnung, alles musste kontrolliert ablaufen, wie immer, und nun war das Chaos ausgebrochen.

Als die schemenhaften Gestalten wieder hinter der Glastür erschienen, setzte Rado sich blitzschnell neben Mario.

Der Arzt und Sabrina blickten ernst und verschlossen drein.

»Was ist schwierig?«, fragte Rado laut den Professor.

Der sog hörbar die Luft ein.

»Werden sie sterben?«

»Also Rado, bitte!«, sagte Sabrina.

»Wir wollen nicht gleich das Schlimmste annehmen.«

»Würde es etwas nützen, wenn der Täter gefasst wird?«, fragte Rado.

»Medizinisch gesehen – nein«.

»Aber vielleicht kennt er ein Gegenmittel oder er besitzt sogar eines? Ich habe in Filmen über Zoos gesehen, dass die Tierärzte nach Operationen etwas spritzen, was die Tiere wieder aufweckt.«

»Das würde bedeuten, dass dieser kataleptische Zustand durch eine Droge hervorgerufen wurde. Wir haben jedoch keinen Einstich gefunden. Wir arbeiten an der Sache. In ein paar Tagen ist sicherlich alles wieder im grünen Bereich.«

Dann führte der Arzt sie in das Zimmer, in dem Rados Vater lag, wachsbleich und mit gefalteten Händen. Niemand getraute sich, etwas zu sagen.

»Sprecht mit ihm, vielleicht hört er euch sogar«, sagte der Professor und wandte sich dann an Mario: »Komm, mein Junge, wir gehen inzwischen mal zu deiner Mutter.«

Mario guckte böse, trottete aber brav hinter dem Professor her. Durch mehrere, sich wie von Zauberhand öffnende, doppelbettbreite Türen, über einen endlosen Flur und in ein Zimmer, das überraschend gemütlich wirkte.

Gerlinde lag friedlich auf dem Krankenbett, die Augen hatte sie jetzt geschlossen. Der Kopf mit dem bleichen Gesicht war tief in das weiße Kissen gesunken, die blonden Locken umrahmten es malerisch, als hätte ein Filmregisseur eine Leiche für die Kamera zurechtgemacht.

»Sprich mit ihr, sie kann dir zwar nicht antworten, aber vielleicht nimmt sie dich dennoch wahr. Ich lasse euch für den Moment allein. Sabrina Fuchs wird dich später abholen. Ist das in Ordnung?«

Mario reagierte nicht, achselzuckend ging der Professor.

Mario setzte sich auf die Bettkante neben seine Mutter. Tränen liefen ihm übers Gesicht und tropften auf sein Hemd.

Was ist, wenn sie nie wieder aufwacht? Dann werde ich nie wieder ihre Stimme hören. Ihre Augen werden nie wieder leuchten, wenn ich eine gute Note nach Hause bringe ...

Da hörte er sich sagen:»Mutter, ich werde ganz viel mit dir sprechen, wenn du wieder lebendig wirst. Und du darfst mich anfassen, so oft du willst.« Er ergriff ihre Hand und hielt sie fest. Das hatte er noch nie getan.

Plötzlich pulsierte zwischen ihren Händen eine Energie wie ein elektrischer Strom, der seine Stärke rhythmisch veränderte. Und dann vermeinte er, in seinem Innern ihre Stimme zu hören. Wortfetzen wie »Vernichtung, Regenwald, Reginald, Hallimasch«. Was sollte das bedeuten?

Dann kam Sabrina, um ihn abzuholen. Sie sprach ihn an, er reagierte nicht. Sie holte den Professor. Die beiden redeten, er verstand aber nicht, was sie sagten, wollte es auch nicht verstehen. Der Professor ließ ein weiteres Bett in den Raum schieben, »für den jungen Mann«, das nahm er jedoch kaum wahr.

Er fühlte sich friedlich, voll heiterer Gelassenheit.

Am frühen Morgen, als die Schwestern nach Gerlinde Wagner und ihrem Sohn schauen wollten, war Mario verschwunden. Auf dem Gesicht der Mutter zeigte sich ein feines Lächeln.

4

Das Telefon in der Villa klingelte. Sabrina hob ab.

Die Stimme in der Leitung sagte:»Hallo, Frau de Winter.«

»Ich bin die Sprechstundenhilfe.«

»Hier spricht die Krankenhausleitung. Privatklinik Professor Schreiner. Bei Ihnen wohnt doch der Mario Wagner, Sohn von Gerlinde Wagner. Ist er bei Ihnen?«

»Nein, warum?«

»Der Junge ist verschwunden. Kann es sein, dass er woanders hingegangen ist? Etwa in die Schule?«

Sabrina sagte:»Es sind Ferien. Wir müssen die Polizei verständigen.«

»Lassen Sie uns noch ein bisschen warten. Vielleicht finden wir ihn im Haus. Wir melden uns wieder.«

Sabrina wandte sich an Rado:»Mario ist spurlos verschwunden. Weißt du etwas davon?«

»Was habe ich damit zu tun?«

»Er ist ein Kind.«

»Ich bin auch ein Kind.«

»Schön wär's!«, sagte Sabrina.

Rado schaute sich an ihrem Computer die Aufzeichnungen der Überwachungskameras an. Wie schon vermutet, war es Podoll gewesen, der sich das *Instrument* zurückgeholt hatte.

Podoll war ein Genbiologe und Geschäftemacher, der am Stadtrand ein Versuchslabor unterhielt, in dem er Tiere quälte.

Rado hatte schon mehrfach über ihn berichtet, Aktionen gegen ihn angeregt und vor zwei Tagen war sie zusammen mit Mitstreitern bei ihm eingebrochen. Es war nicht gelungen, die Versuchstiere zu befreien und teilweise aus Frustration, aber auch aus Besitzgier hatte Rado einen roten Koffer mitgehen lassen, in dem sich ein seltsames *Instrument* befand. Sie hatte es für ein elektronisches Musikinstrument gehalten, denn auf seiner Oberseite waren jede Menge Knöpfe und Regler angebracht.

Zu Hause hatte sie das Ding unters Bett geschoben und dann vergessen. Oder vielleicht auch verdrängt – wegen ihres schlechten Gewissens. Podoll hatte herausgefunden, dass der Dieb seines wertvollen *Instruments* in der *Schönen Aussicht 116* wohnte, und war schnurstracks dorthin gefahren, um es sich zurückzuholen.

Nur zu dumm, dass ihr Vater gerade mit einer Klientin auf der Terrasse saß und meinte, den Einbrecher stellen zu müssen. Denn der Alte war ein Angsthase und hätte sich wohl lieber versteckt und die Polizei gerufen, wenn da nicht eine attraktive Frau gewesen wäre, vor der er sich aufspielen wollte. Dann passierte, was passieren musste, ihr Vater und die Frau brachen unter einem grünen Blitz aus dem *Instrument* zusammen.

Von wegen Musikinstrument. Da habe ich mich verdammt noch mal getäuscht.

Was sie für einen Basslautsprecher oder *Subwoofer* gehalten hatte, war die Mündung einer gefährlichen Waffe. Dann kam dieser kleine Autist, und als das *Instrument* bei ihm versagte, fesselte der Unhold ihn kurzerhand und sperrte ihn in die altmodische Standuhr.

Sie radelte zu Podolls Fabrikgelände. Auf dem Weg dorthin wunderte sie sich über weiße Mäuse, braune Hasen, grünliche Warane und allerlei anderes großes und kleines Getier, das ihr aus Richtung des Podollschen Geländes entgegen huschte, kroch und hoppelte. Offensichtlich hatte nun doch jemand Podolls Versuchstiere freigelassen. Oder war der Genbiologe verrückt geworden und hatte es selbst getan?

Das Fabriktor stand offen, sie versteckte ihr Rad in den Büschen und marschierte in den Hof. Mit Getöse landete kurze Zeit später ein Hubschrauber auf dem weißen Kreuz des Podollschen Landeplatzes. Noch bevor der Rotor stillstand, schwang sich der Genbiologe Nicodemus Podoll vom Pilotensitz und preschte gebückt durchs offene Tor in sein Gebäude.

Rado folgte ihm, hörte ihn fluchen (»Schei-hei-ßeee«), hörte, wie er auf Politiker und Naturschützer, Diebe und Erfinder, Polizei und Notärzte schimpfte (»Dumpfbacken, Lumpenpack, Mistkröten!«).

»Was ist los, Herr Podoll?«, rief Rado. »Ich wollte Sie gerade für unsere Zeitschrift interviewen!«

»Wer bist du, grasköpfige Störerin?«, fragte Podoll und marschierte in den unordentlichen Empfangsraum seines Büros. Rado folgte ihm und gab sich eifrig beflissen.

»Mein Name ist Rosalinde Butenschön, ich mache ein Praktikum bei der Zeitschrift *Pro-Gentechnik*, wir hatten einen Termin für ein Interview. Wissen Sie noch?«

»Kann mich nicht erinnern. Passt mir ganz schlecht im Moment, Sie sehen ja, es wurde gerade bei mir eingebrochen. Schauen Sie sich das Durcheinander an. Meine Versuchstiere wurden freigelassen, verdammte Scheiße ...«

Podoll ließ sich in einen protzigen ledernen Fauteuil plumpsen und fuchtelte mit den Armen: »Heute ist der Teufel los. Ich komme gerade von einer Unfallstelle. Auf einem meiner ultralangen Schwertransporter ist eine ganze Ladung Tomaten geplatzt. Meine patentierten, genmanipulierten Ketchup-Tomaten sind explodiert, die Autobahn versaut mit rotem Matsch! Hunderte Autos sind da reingerast und steckten fest, die Leute sahen aus wie frisch geschlachtet. Wie Spaghetti mit Hackfleischsoße oder Pommes mit Ketchup! Die Polizei dachte, es handle sich um ein Massensterben und hatte jede Menge Kranken- und Leichenwagen geschickt und ich musste mir das von oben ansehen. Was mich das kosten wird: Der Polizeieinsatz, die Reinigung der Autobahn, die Krankenwagen und Notärzte – es wundert mich, dass ich vor Wut nicht selbst geplatzt bin.«

»Das wäre der denkbar größte Verlust für die Menschheit, Herr Podoll!«

»Sie schreiben ja gar nichts mit?«

Rado stotterte: »Ihre Schilderungen, Herr Podoll, sind so faszinierend, dass ich völlig vergessen habe, mein Diktiergerät herauszuholen.«

Rado kramte ihr altmodisches Handy aus der Tasche, mit dem man gar nichts aufnehmen konnte, und tat, als drücke sie auf eine Taste.

Podoll aber hatte längst weitergeredet: »Aber jetzt besitze ich eine Wunderwaffe! Damit werde ich Gräser züchten, die kein Licht und keine Luft brauchen und daher direkt im Magen von Kühen wachsen. Die Kuh wird an einen Schlauch angeschlossen, durch den Gras-Samen, Wasser und Nährlösung in sie hineinströmen. Das Gras wächst und wird dann im Bauch der Kuh direkt verwertet und ernährt sie von innen. Und das Schönste ist: Die Kühe pupsen Methangas und erzeugen damit die Energie für Heizung und Beleuchtung der Boxen, in denen sie so komfortabel untergebracht sind, dass sie sich nicht mal bewegen müssen.«

»Das wäre auch für die Menschheit eine geniale Lösung, ewige Ferien«, sagte Rado.

»Ja, die Kühe werden es gut haben, sie müssen nichts mehr tun. Sie können wiederkäuend und pupsend in ihren Boxen liegen und die Boxen sind in Hochhäusern übereinandergestapelt wie die Legebatterien der Hühner. Die nutzlos gewordenen Weiden werden zubetoniert und clevere Geschäftsleute wie ich werden auf ihnen weitere Hochhäuser bauen, um den stetig wachsenden Fleischbedarf zu decken.

Ich arbeite übrigens an der Entwicklung ähnlicher Futtermittel für Menschen«.

»Und werden die Menschen dann auch zur Energiegewinnung pupsen?«, fragte Rado, aber Podoll war so in Fahrt, dass er darauf gar nicht einging.

»Was Pilze schon lange können, werden andere Pflanzen schnell lernen, wenn ich den genetischen Code dafür habe. Wir werden Pflanzen, die Sonne, Luft, Licht und Erde brauchen, vollständig abschaffen. Die vielen Quadratkilometer, die man bisher für Wälder und Felder verschwendete, werden gewinnbringend für Autobahnen, Hochhäuser, Fabriken, Bahntrassen und Flugplätze verplant. Der Planet wird den arbeitenden Menschen und nicht mehr den dummen, ewig faulenzenden Pflanzen gehören.«

»Ich bin beeindruckt«, rief Rado. »Und mit welcher Neuentwicklung wollen Sie das alles verwirklichen?«

»Mit dem Zeiter. Ein technisches Meisterwerk. Ich zeige Ihnen das Gerät. Podoll ging in einen Nebenraum, öffnete Schränke, rasselte mit Schlüsseln, wühlte zwischen Kisten und Koffern, fegte alle Arten von Utensilien aus Regalen und Schubladen. Seine Flüche wetteiferten mit Geräuschen, wie Diebe sie machen, wenn sie fieberhaft Schubladen und Schränke einer Wohnung durchsuchen.

Dann kam er mit rotviolettem Kopf heraus und ließ sich abermals in seinen Sessel fallen.

»Verdammte Scheiße. Mein Zeiter ist schon wieder verschwunden. Damit wollte ich Kartoffelpflanzen dazu bringen, dass sie Kartoffelstäbchen in Bunkern und Abwasserkanälen wachsen lassen, ohne die Verschwendung von Erde, Licht, Luft, Sonne und Wind. Mit Messern wollte ich sie wie Champignons von den feuchten Wänden und Decken schneiden.«

»Welch schmackhafte Vision!«, rief Rado.

Podoll heulte. »Aber der Zeiter ist weg. Zum zweiten Mal gestohlen. Wieder jemand aus der *Schönen Aussicht*? Glaube ich nicht. Die habe ich alle mehr oder weniger außer Gefecht gesetzt.«

»Wer könnte das also gewesen sein?«

»Ich habe mächtige Feinde, vielleicht chinesische Plagiatöre, die den Zeiter nachbauen wollen. Und meine gentechnisch veränderten Versuchstiere haben sie auch alle gestohlen. Aber Lam-Pi-Jong wird mir helfen. Er muss ein Ersatzgerät auf Lager haben.«

»Lam-Pi-Jong?«

»Professor Lam-Pi-Jong, der verrückte Erfinder im alten Wasserturm, der immer Kohle braucht, weil er zu dumm ist, seine Erfindungen selbst zu vermarkten.«

»Von ihm haben Sie dieses Instrument, den Zei...«

»Den Zeiter, haargenau. Ich muss sofort zu ihm. Wir müssen das Interview vertagen. Habe die Ehre.«

Mit diesen Worten raste der fette Podoll zur Tür hinaus, ließ seinen Porsche aufheulen und brauste davon. Allmählich breitete sich im Hof eine nach verbranntem Gummi stinkende Wolke aus.

5

Im Krankenhaus, im Zimmer seiner Mutter, war Mario irgendwann in der Nacht aufgestanden und wusste, was zu tun war.

Er hatte eine übermenschliche Kraft in sich gespürt. Sie kam aus dem Boden und stieg seine Beine herauf und breitete sich im ganzen Körper aus. Der Ausdruck *ein Kerl wie ein Baum* kam ihm in den Sinn.

Ich will alles, wirklich alles tun, um dich aus deinem Todesschlaf zu wecken. Meine Bäume werden mir helfen.

Durchs Fenster schaute er nach draußen. Die Pappeln schwankten im Wind. Mario war sich nicht sicher, ob sie Bedenken ausdrücken wollten oder Zustimmung.

Dessen ungeachtet zog er sich an, gab seiner Mutter einen Kuss auf die Wange und streichelte sie noch einmal. Dann verließ er das Zimmer, wanderte durch die nur von einer Notbeleuchtung erhellten Gänge. Die Nachtschwester befand sich auf ihrem Rundgang, der Pförtner schlief in seinem Kabäuschen, niemand sah Mario, niemand hielt ihn auf.

Es nieselte, er fror. Er ging durch menschenleere Straßen, die Ampeln leuchteten in sinnlos wechselnden Farben, spiegelten sich diffus auf dem feuchten Asphalt. Mario fühlte sich alleingelassen, aufgegeben. Plötzlich war ihm klar, dass er im Begriff war, etwas Wichtiges zu verlieren. Das Wichtigste überhaupt. Etwas, von dem er bisher keine Notiz genommen hatte.

Marios Baumfreunde wuchsen auf einem abgelegenen Grundstück in der Nähe des Alten Friedhofs, in der Gegend, wo er mit seiner Mutter wohnte.

Vorsichtig kletterte er auf die rutschige Plattform zwischen den starken Ästen des Kastanienbaumes Äskulus. Der Geruch der Blüten hing auch nachts in der Luft. Äskulus wirkte zwar schläfrig, fragte aber sofort, ob er irgendwie helfen könne.

Mario schluckte. »Meine Mutter liegt im Koma und der Arzt hat versucht, mir zu verschweigen, dass sie vielleicht nie wieder aufwacht. Ich aber glaube, sie wurde in eine Art Pflanze verwandelt.«

Frau Efeu wackelte mit ihren giftigen blauen Früchten, die Mario seltsamerweise plötzlich an Lockenwickler erinnerten.

Äskulus und Hallucia ließen sich die ganze Geschichte erzählen. Wenn er nicht weiter sprechen konnte, rauschten sie beruhigend und streichelten Mario zart mit ihren Blättern.

Nach einer Pause sagte Äskulus: »Da gibt es nur einen, der vielleicht helfen kann – Yggdrasil!

Mario fragte: »Wer ist das?«

Die Menschen nennen ihn die Weltesche«, sagte Hallucia.

Äskulus hob seine Blütenkerzen. »Für manche gilt er als der Erhalter der Welt, dessen Zweige den Himmel stützen und Wohnsitz der Götter sind, dessen Wurzeln die Welt nähren und Menschen und Tiere hervorgebracht haben. Für sie verkörpert er das unantastbare Gesetz und ist Hüter des Lebens. Andere halten ihn lediglich für einen Stellvertreter des Schöpfers auf Erden. Wieder andere sehen in ihm den uralten Weisen oder den Herrscher der Pflanzenwelt und König der Bäume. Aber in Wirklichkeit ist er gar keine Esche, sondern eine Eibe! Ich frage mich, wie die Menschen jemals auf die Idee kommen konnten, ihn als *Gemeine Esche* oder *Gewöhnliche Esche* zu sehen!«

»Leg dich im Hochsommer unter eine tausendjährige Eibe und du verstehst, wer der wahre Weltenbaum ist«, sagte Hallucia und gickelte in sich hinein.

»Und wo kann ich diesen Yggdrasil treffen?«

Äskulus antwortete: »Man kann nicht einfach zu ihm gehen, denn niemand weiß, wo er sich aufhält. Wenn er sich überhaupt irgendwo aufhält.«

»Er ist der Betreiber des weltweiten biologischen Netzwerks, des grünen Internets«, sagte Hallucia.

»Zufällig findet dort gerade eine Pflanzenversammlung statt, da müssen wir jetzt sowieso hin. Du solltest mit uns kommen. Vielleicht lässt Yggdrasil sich dort blicken.«

Hallucia ließ ihre Blätter klingeln. »Äskulus, du kannst doch nicht einen Menschen auf eine Pflanzenversammlung mitnehmen!«

»Warum nicht? In alten Zeiten haben wir das oft getan. Vielleicht ergibt sich eine Gelegenheit, mit der Welteibe zu sprechen.«

»Äskulus, du bist wahnsinnig! Seit Zigtausenden von Jahren war kein Mensch in unserem Netz! Gerade jetzt, wo

die Lage so angespannt ist. Man wird uns wegjagen, ächten, ausstoßen für immer und ewig.«
»Wie funktioniert diese Versammlung?«, fragte Mario.
»Wie in einem Computerspiel im Internet – also virtuell«, sagte Äskulus, »Bäume und Pflanzen schicken ihre Avatare, die loggen sich ein. Das ist schon alles.«
»Ich will dabei sein«, sagte Mario. »Was muss ich tun?«
»Tief einatmen – und ausatmen. Langsamer atmen. Noch langsamer. Langsamer und langsamer. Halte die Augen geschlossen. Stell dir vor, du gehst eine Treppe hinunter. Tief hinunter in den Urgrund. Tief ins Innerste der Welt, des Lebens, der Zeit. Wähle dir einen pflanzlichen Avatar, lass sein Bild aus den tiefsten Tiefen deiner Seele aufsteigen.«

»Die meisten machen sich größer und interessanter und mutiger, als sie in Wirklichkeit sind«, sagte Hallucia.

Mario umklammerte die Kastanie, die er stets in der Tasche trug, weil sie ihn an Geheimnisse und Versprechungen erinnerte. Er versuchte, sich als kleines Kastanienbäumchen zu sehen. Sein Avatar sollte eine Rosskastanie sein, denn schließlich war er das *Kastanienkind*. Doch vergeblich, das Bild wollte sich nicht einstellen.

»Ich schaffe es nicht«.

»Wir lassen es lieber«, meinte Hallucia.

Äskulus sagte: »Gib alle Wünsche und Vorstellungen auf. Sei einfach nur da und erlaube der unsichtbaren Macht der pflanzlichen Natur, dich in das zu verwandeln, was *sie* will, nicht, was *du* willst.«

Plötzlich sah Mario sich als Fliegenpilz, leuchtend rot mit vielen weißen Punkten. Er sah, dass der größte Teil von ihm als feines Geflecht, als *Mycelium* unter der Erde wohnte und verborgen war. Der rote Schirm mit den weißen Pünkt-

chen obendrauf, das war nur die Frucht. Der Kastanienbaum Äskulus nahm dieses zarte Netz aus feinsten Fäden
und breitete es wie einen Schleier über sich. Nur der Hut
des Fliegenpilzes leuchtete zwischen zwei Ästen.

»Das sieht ja wie ein Brautschleier aus!«, sagte Hallucia.
»Dabei haben wir bald goldene Hochzeit. Er sollte lieber als
Mistel gehen. Das würde nicht so auffallen.«

»Lass mal gut sein. Ein Pilz ist keine Pflanze, sondern
ein Zwischending aus Pflanze und Tier; vielleicht liegt
darin die verborgene Bedeutung dieser Angelegenheit«,
sagte Äskulus und machte das Pilzgeflecht so fein, dass es
wie durchsichtig wirkte.

»Bin ich schlecht, bin ich giftig?«, fragte Mario ängstlich.
Äskulus sagte: »Als Lebewesen sind wir alle gleich. Nichts
ist schlecht in der Natur«, und er flüsterte Hallucia zu:
»Hilf mir, Mario mit deinen Blättern zu verdecken, damit
die anderen unseren Zaungast nicht bemerken.«

Alle drei versetzten sich gedanklich in eine Nische des
weitläufigen virtuellen Raumes, in dem schon Tausende
großer und kleiner Pflanzen versammelt waren. Die Umste-
henden nickten Kastanie und Efeu zu, denn die beiden
besaßen großes Ansehen unter den Bäumen der Welt. Hallucia sah sich ängstlich um, ob jemand Mario, den Fliegenpilz, bemerkte, aber alle Anwesenden schauten nach vorne
und warteten auf das, was da kommen sollte.

6

Rado hatte versucht, Podolls Porsche mit dem Fahrrad zu folgen, was natürlich hoffnungslos war. Am Wasserturm angekommen, studierte sie das Klingelschild, auf dem »Prof. Lam-π-Jong« zu lesen war; in diesem Moment stolperte Podoll fluchend die Wendeltreppe herunter. »Sie schon wieder! Mit dem Fahrrad unterwegs?« Podoll musterte Rado von oben bis unten und bekam seinen lauernden Blick. »Für welche Zeitschrift arbeiten Sie noch mal?«

Rado schluckte. Was hatte sie sich vorhin zusammengesponnen? *Gentechnik Heute*, murmelte sie und Podoll guckte skeptisch. »Und ihr Name war? Haben Sie eine Karte für mich? Sind Sie wirklich Reporterin? Sie kommen mir eher wie ein klugscheißerisches Schulmädchen vor!«

Rado besaß keine Visitenkarten, schon gar nicht auf den Namen *Carola Wüstenton*, oder wie auch immer sie sich vor einer halben Stunde genannt hatte. Sie nestelte an ihren Klamotten, was Podoll Zeit gab, sie sich noch genauer zu betrachten und immer misstrauischer zu werden.

»Hab' ich leider grad' nicht dabei«, sagte sie und versuchte an Podoll vorbei auf die eiserne Treppe des Turms zu steigen.

»Moment, Moment«, sagte Podoll und versperrte ihr den Weg.

»Was wollen Sie von Lam-Pi-Jong? Stecken Sie mit ihm unter einer Decke? Haben Sie vielleicht etwas mit der *Schönen Aussicht* Nummer 113 zu tun?«

»116«, sagte Rado, ohne nachzudenken.

»Aha! Jetzt weiß ich, wer du bist. Rado de Winter: nicht nur die Diebin meines einmaligen *Zeiters*, sondern auch Verfasserin übelster Verleumdungen meiner Person.«

Rado sagte: »Und Sie, haben Sie vielleicht etwas mit einem kleinen Jungen zu tun, der tot in einer alten Standuhr gefunden wurde? Und mit zwei Menschen, die jetzt im Koma liegen und vielleicht nie wieder aufwachen werden?«

Podoll wurde bleich. »Der Junge, tot? Okay, wir müssen reden.«

»Es gibt nichts zu reden. Sagen Sie mir lieber, wo das Instrument ist, dieser Zeiter!«

»Gestohlen! Geraubt! Entführt!«, schrie Podoll, »von dem da oben oder wem auch immer! Aber ich werde ihn mir zurückholen, um jeden Preis! Und wenn du etwas weißt und es mir nicht sofort sagst, bist du die Nächste, die dran glauben muss.« Podolls Gesicht befand sich dicht vor Rados Augen, sein Speichel hatte ihre Wangen benetzt und sie studierte die schwarzen Mitesser und die roten Äderchen auf seiner Nase. Podoll hob die Hände, in diesem Moment ließ Rado reflexhaft ihr rechtes Knie in die Höhe schnellen, wie sie es in ihrer Selbstverteidigungsgruppe gelernt hatte.

Podoll klappte zusammen, schrie Schimpfworte, wie sie keines Menschen Ohr je erreicht hatten. Sie aber rannte die Wendeltreppe hoch.

Am Eingang zur stählernen Wohnkugel stand ein überaus schlanker Mann mit eiförmigem Kopf und geschlitzten Augen unter buschigen schwarzen Augenbrauen. »Lam-Pi-Jong«, stellte er sich vor und schüttelte ihr die Hand. »Du kannst ruhig *Lampion* zu mir sagen.« Der Mann wies grinsend auf einen Monitor im Eingangsbereich, auf dem man den sich mühsam aufrappelnden Podoll sehen konnte.

»Dem hast du es ja schön gezeigt; aber geh schon mal rein«, sagte Lam-Pi-Jong und fragte ins Mikrofon der Türsprechanlage: »Soll ich einen Krankenwagen rufen?«

»Armleuchter«, rief Podoll mit schmerzverzerrter Stimme, »lahmer Pipi-Jong. Ich mache dich fertig. Ich mache euch beide fertig. Ihr werdet sehen, ich komme zu meinem Recht, ihr Kackratten, ihr Schleimbeutel ...«, die Stimme entfernte sich.

Lam-Pi-Jong schüttelte angewidert den Kopf und führte Rado in sein Wohn- und Arbeitszimmer.

»Wie heißt du?«

Rado stellte sich vor und erzählte dem Erfinder Lam-Pi-Jong die ganze Geschichte. Wie sie ihren fast toten Vater entdeckt hatte und Marios fast tote Mutter Gerlinde. Und natürlich musste sie den Diebstahl zugeben, und dass sie wusste, wie Podoll sich das Instrument zurückgeholt hatte. Und vor allem, dass Mario Wagner aus dem Krankenhaus verschwunden war.

Lam-Pi-Jong sagte: »Podoll behauptet, der Zeiter sei schon wieder gestohlen.«

»Seine Aufregung darüber erschien mir glaubhaft.«

»Und du warst es diesmal nicht?«

»Nein, sonst wäre ich ja nicht hier!«

Lam-Pi-Jong setzte sich und ließ den Kopf in die Hände sinken.

Rado sagte: »Sie haben doch sicher noch so ein Instrument, so einen Zeiter.«

Der Erfinder stöhnte. »Das habe ich dem Podoll schon gesagt: kein Ersatz. Ihr müsst euch jetzt selber helfen.«

»Können Sie nicht eine Kopie zusammenbauen?«

»Ich habe nicht die entsprechenden Teile und selbst, wenn ich sie hätte, würde das ewig dauern. Warum hattest du übrigens den Zeiter mitgenommen?«

»Ich wusste nicht, was ich tue. Ich bin Chefredakteurin unserer Schülerzeitung. Podoll haben wir schon lange auf unserer Liste, weil er verbotene Tierversuche durchführt. Ich weiß, man macht sich strafbar, wenn man einbricht und Tiere freilässt. Das Verrückte war, dass wir gar keine Tiere gefunden haben, jedenfalls nicht da, wo wir suchten. Meine Freunde sind abgehauen, aber ich war so frustriert, dass ich mich irgendwie abreagieren musste. Ich schaute mich um und entdeckte den roten Koffer. Ich machte ihn auf und da war dieses seltsame Gerät, auf schwarzem Samt gebettet. Ich musste es einfach haben.«

Lam-Pi-Jong stützte den Kopf in die Hände. »Mein einmaliger, genialer Zeiter.«

»Ich dachte, es sei eine elektrische Gitarre mit Sound-Effekten und eingebautem Mischpult. So was hatte ich mir schon lange gewünscht. Also schnappte ich mir das Ding. Natürlich habe ich es umgehend bereut, aber da war es schon zu spät. Und jetzt schäme ich mich.«

»Wie hat denn der Podoll rausgekriegt, wo er den Zeiter suchen musste?«

»Da schäme ich mich noch mehr. Es gibt Diebe, die ihren Personalausweis am Tatort verlieren. Bei mir war es schlimmer. Ich habe eine Fernbedienung mit aufgeklebter Adresse bei Podoll liegen lassen. So konnte er durch die Garage einmarschieren.« Rado lachte verlegen. »Die Fernbedienung war auch gestohlen. Ich habe sie meinem Vater geklaut. Wenn er wüsste, dass ich damit manchmal heimlich entwische, würde er ausflippen. Na jedenfalls, Podoll wusste, wo sein Zeiter zu finden war. Ich bin schuld an dem ganzen Schlamassel.«

»Ist die Polizei irgendwie im Spiel?«

»Die haben mich verhört. Aber von dem USB-Stick habe ich nichts gesagt.«

»Die haben also keine Ahnung von meinem Zeiter?«

Rado schüttelte den Kopf. Und nach einer längeren Pause fragte sie: »Was ist das für ein Gerät, dieser Zeiter?«

Lam-Pi-Jong schaute Rado lange an. »Kann ich dir vertrauen?«

»Absolut!«

»Dass du bei Geschäftsleuten einbrichst und Geräte klaust, dass du Sticks aus Überwachungskameras rausnimmst und sie der Polizei vorenthältst, das macht es mir nicht gerade leicht, dir zu vertrauen, einer vierzehnjährigen, unreifen, ja kriminellen Göre! Die auch noch eine sensationslüsterne Reporterin ist, Lügenpresse, das, was ich am wenigsten gebrauchen kann?«

Darauf wusste Rado keine Antwort.

Lam-Pi-Jong atmete tief ein und aus. »Ich hoffe, ich werde nicht bereuen, dass ich jetzt gegen meine Prinzipien verstoße. Setz dich auf das Sofa dort. Ich habe eine holografische Aufzeichnung von Podolls damaligem Besuch gemacht, die schauen wir uns jetzt mal an.«

»Aber Herr Lam-Pi-Jong! Es ist dringend! Mein Vater und die Mutter eines verschwundenen kleinen Jungen liegen im Koma und wachen nicht mehr auf. Und es gibt Hinweise, dass Podoll und Ihr Zeiter damit etwas zu tun haben! Helfen Sie uns bitte!«

»Das ist nicht so einfach. Du musst erst mal verstehen, worum es hier geht.«

Während er sprach, kramte er in Schubladen und Schränken. Dann steckte er ein winziges Plättchen in einen Schlitz und in der Mitte des Raumes bildete sich eine leuchtende Halbkugel, die sich ausdehnte, bis sie fast an die Wände stieß. Lam-Pi-Jong setzte sich zu Rado, außerhalb der Kugel, – gleichzeitig sah man an der Eingangstür einen Doppelgänger von Lam-Pi-Jong, der offensichtlich jemanden erwartete, der keuchend die letzten Stufen zum Wasserturm erklomm. »Schei-hei-ßee – Schei-hei-ßee! Ich – hasse es. Wie kann man – nur so blöd sein – und – in einem solchen – Wa – hasser – turm wohnen?«

Rado staunte, wie echt der holografierte Podoll wirkte, der, im Nadelstreifenanzug und mit knallrotem Kopf, nun den Raum betrat und sich den Schweiß von der Stirn wischte. In der anderen Hand trug er einen Blumentopf mit einer dreißig Zentimeter hohen Kartoffelpflanze.

Der Lam-Pi-Jong in der holografischen Aufzeichnung feixte und sagte mit unschuldiger Miene: »Sie hätten doch den Fahrstuhl nehmen können!«

»Kommen Sie mir nicht mit diesem blöden Scheißding, das ist doch kein Fahrstuhl, sondern ein *elektrischer* Stuhl. Sie Leuchte der Wissenschaft!«

»So bequem wie Ihr Porsche ist er nicht, das gebe ich zu«, sagte Lam-Pi-Jong. »Aber es handelt sich bitteschön um den einzigen, real existierenden Fahr-*Stuhl* auf der ganzen Welt.«

Der jetzige Lam-Pi-Jong lachte und drückte auf einen Knopf – die Aufzeichnung fror ein.

»Den ollen Küchenstuhl unter meiner Wohnkugel hast du ja gesehen. Den kann ich mithilfe eines Elektromotors auf- und abfahren lassen. Ich selbst benutze ihn nie, denn ich bin nicht schwindelfrei und das Treppensteigen hält mich fit. Aber für Geräte und Lebensmittel ist das Stühlchen bestens geeignet.«

Der wirkliche Lam-Pi-Jong drückte wieder eine Taste.

Der Podoll im Hologramm knallte den Topf mit der Pflanze auf den Couchtisch, ließ sich in einen der Segeltuchsessel fallen und zündete sich eine Zigarre an. Der Rauch breitete sich wie feiner Nebel im Raum aus und Rado glaubte, das wirklich zu riechen. Sie wandte sich mit fragendem Blick zu Lam-Pi-Jong und deutete mit einem Finger auf ihre Nase.

»Ja, auch der Geruch ist Teil der Aufzeichnung«, klärte er sie auf. Von diesem Moment an nahm Rado auch Schweißgeruch wahr, besonders, als Podoll sein Jackett auszog und nicht nur ein rotes T-Shirt, sondern auch riesige Spinnennetztattoos auf seinen behaarten Armen zum Vorschein kamen.

Der Mann stieß hervor: »Kommen wir zur Sache, Lam-Pi-Jong. *Hust.* Ich muss mit meinen Pflanzen reden. *Hust. Räusper.* Ich muss sie manipulieren. Ich muss sie dazu bringen, dass sie machen, was ich will. *Hust, schleimlös, räusper.* Gentechnik ist die Zukunft. Ich will der Erste sein, der sie hundertprozentig beherrscht. Ich habe hier eine Kartoffel im Blumentopf, mit der will ich gentechnisch Tacheles reden. Die verfluchten Versuchstiere machen, was sie wollen, aber Pflanzen sind fügsamer und genügsamer und können mich nicht kratzen oder beißen. Ich habe im Internet gelesen, es gäbe Wege, mit Pflanzen zu kommunizieren, und Sie sind der Mann, der wissen sollte, wie das geht.«

»Man muss meditieren, sich versenken ...«

»Ich will nicht in der Versenkung verschwinden«, stieß der Geschäftsmann hervor.

»Man macht es sich bequem und schließt die Augen ...«

»Ich muss die Augen offen halten.«

»Man nimmt sich viel Zeit ...«

»Ich habe keine Zeit. Zeit ist das Einzige, was ich nicht habe.«

»Dann kann ich Ihnen nicht weiterhelfen.«

»Haben Sie vergessen, was Sie mir schulden? Ich habe all das hier finanziert, Sie verkrachte Existenz!«

»Ich weiß nicht, was ich für Sie tun könnte.«

»Wenn Sie nicht spuren, mache ich publik *wer* und *was* Sie sind. Dann ist es vorbei mit Ihrem angenehmen Leben.«

Podoll erhob sich ächzend und bewegte sich mit lauerndem Blick im Raum. »Ich brauche eine Zeitmaschine, die mir mehr Zeit verschafft, eine Zeitmaschine, die mich tausend Jahre leben lässt und mehr. Wie ein Baum eben. Zeit, in der ich Bäumen befehlen kann, mehr Früchte zu produzieren. Sie hatten doch mal so ein Ding, eine Zeit-Dehn-Maschine, sagten Sie ...«

»Wenn Sie die benutzen, leben Sie zwar länger, aber für Ihre Umgebung sind Sie ebenso verlangsamt wie ein Baum, da können Sie schlecht Geschäfte machen.«

»Ich will was, womit ich rein und raus kann. Ich werde zum Baum und rede mit dem Baum, mache ihm klar, was ich will und dann werde ich wieder normal und verkaufe, was er produziert.«

Podoll wuchtete sich mit erstaunlicher Kraft aus seinem Sessel und ging drohend auf das Lam-Pi-Jong-Double zu. Das wich zurück, bis es an eine Werkbank stieß, auf der eine Versuchsanordnung gefährlich ins Wanken geriet.

»Sie meinen den Zei-Zei-Zeiter ... ob ich den noch habe?«

»Zeigen Sie ihn mir!«

»Ich muss suchen.«

Lam-Pi-Jong verschwand aus der leuchtenden Kugel, begab sich wohl in einen Nebenraum seiner Werkstatt. Doch man hörte ihn kramen und murmeln: »Wo habe ich den Zeiter hingepackt?«

Podoll schrie: »Wird's bald? Ich sagte doch, ich habe keine Zeit! Sie Lahmkarton.«

Ein Rumpeln ertönte. Podoll bewegte sich an den Rand der Kugel und schaute mit gierigem Blick. »Was haben Sie da in der Hand?«

»Ach, das ist nur eine alte Verpackung ...«

Es gab ein Handgemenge und plötzlich hatte Podoll einen roten, kindersargähnlichen Koffer in der Hand. Hob ihn hoch, drehte ihn, und las laut brüllend vor, was auf dem Etikett stand: »Zeiter, Version eins Punkt zwo, Klammer auf, funktioniert, Klammer zu.«

Die wirkliche Rado sagte: »Das ist genau das Futteral, das ich mir von Podoll geborgt hatte.«

Lam-Pi-Jong nickte und seufzte.

Der virtuelle Podoll nahm den roten Koffer und öffnete ihn. Darin befand sich ein Gerät, das wie ein futuristisches Maschinengewehr aus einem Science-Fiction-Film aussah, dessen Schaft sich allerdings wie eine Gitarre verbreiterte und mit Schaltern und Schiebern und Anzeigeinstrumenten gespickt war wie die Schalttafel eines Tonstudios.

»Von wegen *alte Verpackung*! Das ist der Zeiter, den wir suchen!«

Der projizierte Lam-Pi-Jong ließ den Kopf hängen:»Und ich dachte, das wäre nur der Behälter.«

»Sie haben versucht, mich zu bescheißen. Setzen Sie das Ding in Gang! Sie Pupsratte!«

Mit fliegenden Fingern nahm der Erfinder einige Einstellungen vor und bat Podoll, sich an die Wand zu stellen und nicht zu bewegen.

»Wollen Sie mich erschießen?«

»Keine Angst, der Zeiter scannt Ihre Zellschwingungen, berechnet die Dosis eines Verlangsamungsstrahls und versetzt Sie in einen Zustand, in dem Sie mit Pflanzen zu kommunizieren vermögen.«

Mit einem sirrenden Geräusch scannte das Gerät den Körper des Geschäftsmannes. Lam-Pi-Jong stellte an zwei Rädchen den Verlangsamungsfaktor und die Zeitdauer ein: sechzig Minuten.

»Bereit?«, fragte er.

Podoll starrte angstvoll in die schwarze Mündung des Gerätes.

»Sie zittern ja«, sagte Lam-Pi-Jong. »Ich werde mich neben Sie stellen, dann gehen wir gemeinsam in den verlangsamten Zustand.«

Podoll verfolgte mit aufgerissenen Augen die Bewegungen des Erfinders, der das Gerät auf ein Stativ montierte und mit einer Fernbedienung in der Hand neben Podoll Aufstellung nahm.

»Keine Angst, Sie werden nichts merken.«

»Wird da was rauskommen, aus dieser Höllenmaschine?«

»Ein Vö-vö-vögelchen«, Lam-Pi-Jong versuchte zu lachen, brachte aber nur ein nervöses Hüsteln heraus. Podoll packte ihn am Hals.

»Nur ein kleiner Verlangsamungs-Impuls«, sagte der Erfinder ernst.

Er drückte einen Knopf mit Baumsymbol. Ein kalter, grüner Blitz erschien in der Mündung des Instruments. Podolls Gesicht verzerrte sich zur zusammengeknautschten Gummihaut einer leeren Fastnachtsmaske.

»Das Ding funktioniert nicht.«

Das Lam-Pi-Jong-Double ging zu einem der Fenster und sagte: »Kommen Sie.«

Plötzlich schien sich der Raum zu drehen und dann zu kippen, sodass Rado sich an der Lehne des Sofas festhalten musste.

Der lebende Lam-Pi-Jong sagte: »Ja, das ist komisch, wenn der Holoprojektor einen Schwenk wiedergibt. Aber man gewöhnt sich dran.«

Die runden Fenster des Wasserturms waren zu einem Teil der holografischen Projektion geworden, und da sie nun vornüber gekippt waren, schaute man jetzt in die Stadt hinunter.

Die Autos auf den Straßen flitzten wie wildgewordene Insekten und sausten um die Ecken. Die Wolken am Himmel rasten mit zehnfacher Geschwindigkeit. Immer wieder verdeckten sie kurzfristig die Sonne, sodass ein Flackern entstand. Die Schatten der Häuser, Schornsteine und Hochspannungsmasten krochen über die Landschaft, wobei sie sich nach und nach drehten und gleichzeitig verlängerten. Es war, als würde ein Film mit zehnfacher

Geschwindigkeit ablaufen, wie man es in Kino und Fernsehen häufig sieht, aber niemals im normalen Leben.

Der holografierte Lam-Pi-Jong trat vom Fenster zurück und zeigte auf die altmodische Bahnhofsuhr an der Wand. Podoll sagte:»Mein größter Albtraum. Der große Zeiger rennt wie eine aufgescheuchte Kakerlake«.

»In sechs Minuten vergeht eine Stunde«, antwortete Lam-Pi-Jong,»zehnfacher Zeitvortrieb.«

Der holografierte Raum schwenkte zurück in die Waagerechte – wieder griff Rado instinktiv nach der Lehne der Couch. Plötzlich öffnete und schloss sich eine Tür wie von Geisterhand. Ein kühler Luftzug wehte durch den Raum, ein rosafarbenes Gespenst mit einem silbernen und einem schwarzen Bein huschte vorbei. Eine hohe Stimme zwitscherte etwas Unverständliches. Dann erschien ein Tablett mit einer Kaffeekanne, Milch, Zucker und zwei Tassen auf dem Tisch und der Schatten verschwand an der Tür, die für einen Moment durchsichtig wirkte.

»Was war das?«, fragten der holografierte Geschäftsmann und Rado wie aus einem Mund und der projizierte Lam-Pi-Jong sagte zu Podoll:»Mein Roboter Loll hat Kaffee gebracht und uns wahrscheinlich etwas Nettes gewünscht. Sie haben soeben erlebt, wie menschliche Tätigkeiten von einer Pflanze wahrgenommen werden. Für sie sind wir zwitschernde Irrwische. Huschende Schatten. Vorbeisurrende Insekten.«

»Hat es uns gesehen, dieses Gespenst?«, fragte Podoll.

»Der Roboter? Natürlich. Mehr als das! Ihm sind wir wie Denkmäler, Statuen, Ölgötzen erschienen. Mein Loll kennt den Zeiter und seine Wirkung, aber Sie sollten das Gerät nur anwenden, wenn Sie keinerlei Störung zu befürchten haben. Sie sind völlig hilflos unter seinem Einfluss und könnten leicht das Opfer von Raub, Körperverletzung oder gar Tod werden. Wie eine Pflanze halt.«

»Tod und Teufel! Ich muss mit meiner Kartoffel sprechen«, sagte Podoll mit gierigem Blick.

Er setzte sich vor die mitgebrachte Kartoffelpflanze im Blumentopf, riss die Augen auf und sprach in scharfem Kasernenton: »Ich brauche Kartoffelstäbchen, viereckig, knackig, lang und dünn! Du hast vierundzwanzig Stunden, dann will ich den genetischen Code sehen! Andernfalls werde ich dir den Hintern ankokeln.«

Spucketröpfchen aus Podolls Mundwinkeln glitzerten auf den Blättern der Pflanze, die jetzt heftig zitterte.

Lam-Pi-Jong verdrehte die Augen.

Die Kartoffelpflanze ließ ihre Blätter hängen. »Ich tue alles, was Sie wollen«, schluchzte sie.

»Aber ein bisschen dalli Bitteschön!«

»Die Pflanze hat gesprochen!«, rief Rado.

Der echte Lam-Pi-Jong hielt die Aufzeichnung an und sagte: »Die meisten Pflanzen sprechen. Wir hören es nicht, weil wir keine Geduld haben, weil wir uns zu schnell bewegen und weil man nicht bemerkt, was man nicht kennt. Das Unbekannte wird ausgeblendet. Aber ja, natürlich sprechen Pflanzen.« Dann drückte er wieder auf den Knopf der Holo-Bedienung.

Podoll wandte sich an den Erfinder: »Ich versuche seit Monaten, ihr Erbgut gewinnbringend zu verändern, aber diese räudige Mistkartoffel hat sich bisher taub gestellt. Jetzt habe ich endlich ein Mittel, sie unter Druck zu setzen.«

»Ich empfehle Ihnen, sehr sorgfältig und liebevoll mit Pflanzen umzugehen, sie leben und verständigen sich zwar viel langsamer als wir Menschen, dafür aber umso wirkungsvoller. Sie nutzen ein grünes Kommunikationsnetz, das wie das Internet die Welt umspannt. Wenn Sie eine Pflanze schlecht behandeln, erfahren das deren Artgenossen sofort«, sagte er.

»Dummes Geschwätz, verschwörungstheoretischer Unsinn«, entgegnete Podoll.

»Pflanzen haben ihre Methoden, sich zu rächen«, sagte Lam-Pi-Jong, »sie stechen, vergiften, fallen Ihnen als Bäume auf den Kopf, entzünden sich selbst, ihre Stämme ziehen unvorsichtige Autofahrer an ...«

»Sagen Sie, Lam-Pi-Jong«, Podolls Gesichtsausdruck bekam etwas Lauerndes, »wenn ich eine Pflanze mit diesem Dingsbums, diesem Zeiter, beschießen würde, was würde dann passieren?«

Der Erfinder schlug die Hände vors Gesicht. Dann blickte er auf. »Nein, nein, nein! Versuchen Sie das niemals! Die Pflanze würde zehnmal schneller werden, sie könnte vielleicht sogar weglaufen! Wenn es ein Baum wäre, der könnte Sie bedrohen, erschlagen, erwürgen! Ich wage nicht, mir auszudenken, was alles möglich wäre. Man kann jede Erfindung sowohl zum Guten als auch zum Schlechten einsetzen.«

Podoll hörte gar nicht zu, er nahm den Zeiter, streichelte zärtlich das blitzende Metall und die schwarz schimmernde Oberfläche und spielte an den Reglern und Rädchen. Dieses Gerät gefällt mir. Dieser Zeiter gefällt mir wirklich.«

Der echte Lam-Pi-Jong stoppte die holografische Aufzeichnung.

»Ich vermute, die Podollsche Kartoffelpflanze hatte um diese Zeit längst um Hilfe gerufen. Die Botschaft war von Baum zu Baum geflossen, durch Wurzel- und Pilzgeflechte, schneller als eine E-Mail im Internet. Möglicherweise haben wir hier die Ursache für die weitere Entwicklung.«

Mit ernstem Gesicht schaltete Lam-Pi-Jong den Holografen ab.

»Wurden unsere Eltern vom grünen Zeiterstrahl getroffen, Herr Lam-Pi-Jong?«

»Ja, der Zeiter hat sie zu Pflanzen verlangsamt, sozusagen entschleunigt. Podoll hat natürlich keine vernünftigen Einstellungen vorgenommen, sondern nur wild geballert. Da kann sonst was passiert sein.«

»Und wie können wir das rückgängig machen?«

»Ebenfalls mithilfe des Zeiters. Theoretisch. Denn der Zeiter ist verschwunden und ich habe keinen Ersatz. Ein Nachbau würde Jahre in Anspruch nehmen.«

Rado schaute Lam-Pi-Jong tief in die Augen und sagte: »Sie müssen uns helfen, wir sind zwei Kinder ohne Eltern. Meine Mutter ist tot, mein Vater lebt nicht mehr richtig, jedenfalls nicht wie ein Mensch, und Marios Mutter ist ebenfalls bis zur Leichenstarre entschleunigt. Das Verschwinden des Jungen hängt garantiert ebenfalls mit dieser ganzen Sache zusammen.

Lam-Pi-Jong hob die Arme. »Keine Ahnung, was man tun kann. Der Zeiter ist nur ein Steuergerät für etwas Größeres. Eine komplizierte Geschichte. Zusammenhänge, über die ich ungern spreche ...«

Rado schaltete ihr bittendes Gesicht ein – es sah aus, als ob sie gleich anfangen wollte zu weinen. Lam-Pi-Jong ließ sich in einen Sessel fallen und schloss die Augen.

7

Mario hockte als virtueller, fliegenpilziger Avatar hoch auf seinem Kastanienbaum und überblickte die seltsame Szenerie, die die teilnehmenden Pflanzen in den vernetzten Rechenzentren ihrer Gehirne hatten entstehen lassen. Würde er hier Hilfe bekommen?

Der virtuelle Versammlungsraum war eine gewaltige Tropfsteinhöhle mit Millionen von Stalagmiten und Stalaktiten, mit geheimnisvollen Nischen und Nebenhöhlen, Gängen, geschwungenen Dächern, Gesimsen und Grüften. Der Dom in der Mitte war mit Fackeln beleuchtet, die von Kandelaberkakteen getragen wurden und in den Farben des Regenbogens flackerten.

Im Raum drängten sich Pflanzen aller Art – es war, als ob ein bunter Paradiesgarten den dunklen Stein allmählich immer dichter dekorieren wollte.

An den Wänden krochen Schlingpflanzen hoch, Blüten öffneten und schlossen sich, Blätter falteten sich zusammen und auseinander, Pollenwolken in allen Schattierungen waberten wie Weihrauchschwaden durch den Raum und erfüllten ihn mit exotischen Düften. Die Luft wurde feucht und schwer.

Manche Früchte fielen zu Boden und platzten auf. Seltsam geformte Körner und Kerne sprangen umher wie Kinder, die zwischen den Beinen der Erwachsenen herumwuseln.

Mario hätte vermutet, eine Pflanzenversammlung sei eine ruhige Sache, aber da hatte er sich getäuscht: Man hörte das Rascheln von Blättern, ein Klingeln wie von Pappeln, das Rauschen von Tannen, das Rasseln reifer Kapseln mit vielerlei Samen. Der Klangteppich erinnerte ihn an ein Orchester, dessen Mitglieder vor Beginn eines Konzertes ihre Instrumente stimmen.

Dann wurde es plötzlich still. In der Mitte des Raumes wichen Pflanzen und Bäume raschelnd zur Seite, als die Welteibe Yggdrasil in einer Sänfte feierlich hereingetragen wurde. Ein schwerer Geruch wie ein Gemisch aus Weihrauch und Tannennadelduft erfüllte den Raum.

Die Träger waren herrlich gewachsene Schilfrohre mit spitzen Blättern, von denen manche wie aufgepflanzte Bajonette in die Luft stachen und andere wie Säbel oder Degen nach unten hingen. Ihre stolz ragenden Kolben erinnerten Mario an feierliche Zeremonien, wie man sie zu Ehren von Königen und Päpsten aufführte. Sie setzten die Sänfte auf einem Steinpodest ab und traten zur Seite. Gespannte Erwartung ergriff die Versammelten.

In die Stille hinein erklang wie Donner eine Stimme. Eine gewaltige Stimme, die einerseits aus der Sänfte zu kommen schien, andererseits vielfach von den Wänden der Höhle widerhallte.

»Liebe Freunde. Ich habe diese Versammlung einberufen, weil sich in letzter Zeit terroristische Akte häufen, von denen ich den Verdacht habe, dass sie von jemandem aus unserer Mitte ausgeübt werden. Ich kann verstehen, dass es Pflanzen und Bäume gibt, die meinen, es sei Zeit zum Handeln. Ich teile diese Auffassung sogar. Aber was im Augenblick geschieht, führt nicht zum Ziel. Waldbrände schaden nicht nur den Menschen, sondern oft auch uns selbst. Einzelne Aktionen wie Selbstmordattentate gegen Autos, Menschen, Häuser, Eisenbahnstrecken, Hochspannungsleitungen, erreichen nichts und säen nur Hass. Ich will Partnerschaft mit dem Menschen, nicht Gegnerschaft.

Ich frage euch, haben wir Alles getan, um der Säugetierrasse Mensch klarzumachen, dass die Zeit der Umkehr gekommen ist? Haben wir Alles versucht, um Frieden zu schließen und das natürliche Gleichgewicht wieder herzustellen? Ich sage: nein, das haben wir nicht. Wir sollten den polyester- und acrylbekleideten Zweibeinern eine letzte Chance geben. Ich erwarte Eure Vorschläge!«

»Ich könnte den Menschentieren mehr Kokosnüsse auf den Kopf werfen!«, sagte die krumme Kokospalme, die grau und runzlig wirkte, wie eine dünne, alte Dame mit einem viel zu großen Hut voller Federn. Meckerndes Lachen brandete auf und erstarb.

Ein ausladender *Ficus* sprang auf und gestikulierte mit seinen langen Luftwurzeln:»Das ist typisch für euch Schwachköpfe! Der Mensch beutet euch aus, presst euch aus, quetscht euch aus, bis nichts mehr übrig bleibt. Er bemäntelt seine Nacktheit auf geschmackloseste Weise mit euren Fasern, frisst eure Nüsse, mästet sich an eurem Fett, zapft euch Harz und Gummi ab, baut eure Kokosfasern in seine umweltzerstörerischen Autos ein, stellt Dieselöl aus euren Säften her, das dann stinkend aus deren Auspüffen furzt, und zur Strafe wollt ihr mit Kokosnüssen werfen! Wir müssen endlich hart und endgültig reagieren! Auf in den Kampf, Leute!«

Hier und dort brandete Beifall auf, es wurden Rufe laut wie »Schluss mit der Ausbeutung«, »Stoppt den Klimawandel«, »Tod der menschlichen Rasse!« Besonders die anderen Feigenarten, Gummibäume und Birkenfeigen, aber auch Tannen und Fichten taten sich hierbei hervor.

»Ruhe!«, donnerte Yggdrasil. Die waffenstarrenden Träger, die während des Wortwechsels aufgesprungen waren und angestrengt in die Menge geschaut hatten, begaben sich wieder auf ihre Plätze rechts und links neben der Sänfte. Der Mais als Sprecher aller Körner-, Getreide- und Graspflanzen raschelte vernehmlich und schüttelte seine Kolben.

Mit einer Stimme, die wie Popcorn klang, in dem man rührte, sagte er: »Wir könnten auf Kornfeldern und Wiesen Buchstaben wachsen lassen, sodass von Flugzeugen aus zu lesen wäre: *Gut ist, was dem Planeten nützt, schlecht ist, was dem Planeten schadet!*«

Der jähzornige Feigenbaum schlug sich mit einer Luftwurzel gegen die Krone und drehte und wand sich. »Die Menschen sind zu blöd! Sie sägen an den Ästen, auf denen sie sitzen und wir fallen mit ihnen«, stieß er hervor.

In der folgenden Diskussion kam zur Sprache, dass die geheimnisvollen Kornkreise – komplizierte Muster auf Feldern und Wiesen – in der Vergangenheit nur Kopfschütteln ausgelöst hatten. Die Menschen würden denken, dass die Schrift von ökologischen Spinnern oder gar Außerirdischen erzeugt worden war, und nicht von den Pflanzen.

Die Blätter des Mais gingen auf halbmast, die Wuschelhaare auf seinen Kolben hingen traurig nach unten.

Der Baum mit den langen Luftwurzeln meldete sich wieder zu Wort:

»Meine Herrschaften, die Familie der Gräser – und unser Herr Mais gehört dazu –, sind in den letzten tausend Menschenjahren zu den Mafiabossen der Pflanzenwelt aufgestiegen. Dies war nur möglich, weil die Menschen das so wollten. Sie haben die Gräser gezüchtet, verbreitet, entartet, genmanipuliert und zu Karikaturen ihrer selbst gemacht. Die Gräser vertreiben und vernichten uns ebenso wie der Mensch.«

Der Mais und die schilfigen Sänftenträger, die ja auch zur Familie der Gräser gehören, stellten ihre Blätter wieder auf.

Überall im Saal nickten Feigen und etliche Nadelbäume dem Sprecher aufmunternd zu.

»Wer ist der Kerl mit den schlenkernden Armen?«, fragte Mario leise.

»Reginald aus dem Regenwald, der Baumterrorist!«, antwortete Äskulus und Hallucia flüsterte:»Pst, Leute!« Und zu Äskulus:»Willst du, dass unser kleiner Gast auffliegt und wir mit ihm?«

Äskulus flüsterte:»Fliegenpilze heißen zwar Fliegenpilze, aber auffliegen können sie nicht.«

Yggdrasil räusperte sich:»Wie war es in den alten Zeiten, als der Mensch noch mit der Natur in Einklang lebte? Da gab es Mittler, Wesen, die zwischen Tieren, Menschen und Pflanzen standen. Jeder Baum hatte eine Nymphe. Elfen, Zwerge, Feen und Gnome huschten durch Wiesen und Wälder. Sie beherrschten die Sprache der beiden Lebensformen, die als Freunde und zum gegenseitigen Nutzen miteinander leben sollten.«

Reginald, die Würgefeige mit den Luftwurzeln, sprang wieder auf und schrie mit sich überschlagender Stimme: »Die Zeit des Menschen ist abgelaufen! Er hat versagt! Obwohl er uns alles verdankt, hört er nicht auf, uns auszurotten, zu vergiften, abzuholzen, unsere Luft zu verpesten. Deshalb müssen wir ihn jetzt vernichten. Ich frage euch: Wollt ihr kuschen oder kämpfen? Tod dem Menschengeschlecht – das Ende naht!«

Viele weitere Stimmen waren nun zu hören, die riefen: »Macht sie fertig! Krieg! Wir bringen sie alle um! Rettet unsere Pflanzenwelt! Wir sind die Natur! Wir sind die Natur!«

Nicht nur Reginald aus dem Regenwald, der *Ficus*, sondern auch viele weitere Feigenbäume und einige Fichten wurden allmählich milchig und durchsichtig.

Wie aus weiter Ferne war noch Reginalds Stimme zu hören: »Wir werden sie alle in Pflanzen verwandeln und dann sind wir die schnellen Herren ... das sind wir dem *Großen Hallimasch* schuldig! Wir sind die Herrscher der Welt! Nieder mit den Menschen! Wir sind die Natur!«

Dann war es still – Reginald und seine Anhänger hatten sich endgültig aus der virtuellen Versammlung ausgeloggt.

Ein majestätischer, uralter Ginkgo sprach mit sonorer Stimme: »Die werden sich schon wieder beruhigen. Junge Leute müssen immer Revoluzzer spielen, aber dann werden sie älter ...«

Yggdrasil sagte: »Ich war mir bei Einberufung dieser Versammlung nicht sicher, aber jetzt bin ich es! Es war Reginald aus dem Regenwald, der skrupellose und verbrecherische Vertreter des Menschengeschlechts dazu gebracht hat, Brände zu legen in unseren Wäldern. Unter dem Schutz der Glaskuppel im Zoo hat er Bäume als Selbstmordattentäter ausgebildet, sodass sie sich auf Menschen, ihre Häuser und Autos stürzten. Indem er seinen Anhängern befahl, sich auf eine Hochspannungsleitung zu stürzen, hat er die Stromversorgung eines ganzen Landes lahmgelegt. Doch das scheint nur der Anfang gewesen zu sein. Wie es aussieht, will er den Terror und hat bereits begonnen, Truppen anzuwerben. Und er beruft sich auf den *Großen Hallimasch* – wie absurd.«

Mario flüsterte: »Ich dachte, ihr seid Freunde und alle sind miteinander verbunden. Ich dachte, bei euch herrscht die Harmonie der Natur.«

Alle Baumspitzen und Dolden und Blüten wandten sich Äskulus und Hallucia zu.

Fieberhaft versuchte Hallucia, den Fliegenpilz Mario mit ihren Blättern zu verdecken.

Äskulus sagte: »Manchmal spricht sie wirr, verzeiht ihr bitte.« Hallucia ahmte Marios Stimme mehr schlecht als recht nach: »Ja wirr ist mir. Zu viel Drogen produziert in letzter Zeit, das geht auf die Halluzination«.

Yggdrasil fixierte Hallucia für einen Moment, doch dann sagte er: »Was in aller Welt hat Reginald so wütend gemacht? Weiß das jemand?«

»Es muss mit irgendeiner traumatischen Erfahrung im Regenwald zu tun haben«, piepste eine Orchidee, »aber er spricht nicht darüber. Allerdings schimpft er ständig über das Verhalten der Zoobesucher, die an Scheiben klopfen, mit Blitzlicht fotografieren und mit Essensresten werfen.«

Eine schlanke Birke sagte: »Er hat sich in letzter Zeit mehr und mehr abgeschirmt und seine Kommunikation verschlüsselt. Ich wachse in der Nähe des Zoos, bekomme aber nur unverständliches Gebrabbel mit.«

»Wie kann er sich denn abschirmen?«, fragte ein junger Ahorn.

Yggdrasil sagte: »Seine Wurzeln und das Pilzmycel unter der Erde werden von mächtigen, unterirdischen Betonmauern geschützt. Da dringt nichts durch. Hinzu kommt, dass er unter seiner riesenhaften Glaskuppel lebt. Die schützt ihn ebenfalls. Wir brauchen einen Spion, der sich in den Zoo schleicht und herauszukriegen versucht, was der Kerl genau vorhat.«

Ein junger Efeu sagte: »Ich bemühe mich schon seit Längerem, an der Zoomauer hochzukriechen, aber ich werde noch ein paar Jahre brauchen, denn in dem schmalen Spalt zwischen Bürgersteig und Mauer mangelt es zwar nicht an Nährstoffen, aber ein übereifriger Unkrauthasser vergiftet mich regelmäßig mit *Glyphosat.*«

Ein Holunderbusch meldete sich mit den Worten: »Ich wachse auf der anderen Straßenseite. Dieser junge Efeu hat keine Chance, seine Blätter sind so jämmerlich. Klein und dünn wie Briefmarken, sie kleben an der Mauer und ich denke immer, es handle sich um eine Prozession von Kakerlaken, die sich tot stellen.«

Der kleine Efeu schnatterte: »Bitte etwas mehr Respekt. Ich bin keine Schönheit, aber so tierisch hässlich bin ich nun auch wieder nicht.«

Der Holunder ignorierte den Knirps und fuhr fort: »Aber mir ist aufgefallen, dass eine uralte Buche im Zoo unter der Mauer eine Wurzel herausgestreckt hat. Vielleicht kann man da Verbindung aufnehmen – etwa mithilfe eines Pilzes?«

»Ach nein, am Ende fordern wir noch Unterstützung durch den *Großen Hallimasch* an. Da können wir uns ja gleich dem Reginald anschließen«, tönte es aus der Gruppe der noch verbliebenen Fichten, »die Pilze haben sich mit unseren Feinden verbündet, heißt es.«

Yggdrasil rief: »Der *Große Hallimasch* ist nicht ›die Pilze‹. Generell sind Pilze fast aller Arten immer noch unsere besten Freunde. Ohne sie könnten wir nicht landesweit kommunizieren. Ich bitte um differenzierende Betrachtung. Was den *Großen Hallimasch* betrifft: Reginald beruft sich auf ihn, aber das ist alles, was wir wissen. Ja, er ist das größte Lebewesen des Planeten, aber seine wahren Absichten kennen wir nicht.«

Einige Bäume, wohl strenggläubige Anhänger des *Großen Hallimasch*, murrten und schüttelten zornig die Äste. Ein Abgesandter der Fichten von Oregon, USA, protestierte: »Der *Große Hallimasch* ist das Problem. Er muss vernichtet werden.«

Mario hatte mit wachsender Erregung zugehört. Es war wohl doch ein schlimmer Fehler gewesen, als Fliegenpilz auf diese Versammlung zu gehen, dachte er. Dieser Gedanke bewirkte nun, dass er seine Konzentration auf die Fliegenpilzgestalt verlor und teilweise Menschengestalt annahm. Plötzlich war er ein kleiner Junge mit einem Fliegenpilzhut, ohne Mycel und damit ohne Schleier und Tarnung. Ein kleiner, aber sehr alter Affenbrotbaum zeigte mit seinen knorrigen Ästen auf Äskulus und rief: »Schaut mal, ein Menschenschössling!«

Alle Blätter und Pflanzen und Blüten drehten sich gleichzeitig – auf Mario wirkte es, als habe man plötzlich helle Scheinwerfer auf ihn gerichtet.

»Unerhört! Ein menschlicher Spion!«, tuschelten die Pflanzen.

Bedrohliches Raunen steigerte sich zu lautem Aufruhr. Entrüstetes Rauschen von Lärchen und Protestgeklingel von Pappel- und Weidenblättern. Yggdrasil stieg aus seiner Sänfte. Eine winzige, verhutzelte Eibe mit vielen roten Äuglein. Ein wenig wacklig, aber zielstrebig schwebte das Bäumchen hinauf zu Mario, dem Fliegenpilzmenschen und sagte:»Wen haben wir denn da? Lasst sehen, ihr beiden!« Zögernd klappte Hallucia ihre Blätter zur Seite.

»Ein junger Mann, stümperhaft als Fliegenpilz verkleidet? Was für ein auffälliger und unpflanzlicher Avatar.«

Einige Pflanzen forderten die sofortige Vollstreckung der Todesstrafe für den Eindringling, Amputation, Beschneidung, zumindest aber körperliche Züchtigung. Äskulus und Hallucia nahmen wechselseitig die Schuld auf sich.

Mario zitterte beim Anblick der stummeligen Eibe mit ihren leuchtend roten Scheinfrüchten, aus denen die giftigen Samen herausragten. Was würde man nun mit ihm anstellen?

Yggdrasil sprach:»Nach Zehntausenden von Jahren zum ersten Mal wieder ein Mensch in unserer Mitte. Das ist nicht nur ein Vergehen dieses Jungen, der sich verbotenerweise bei uns einschleicht, sondern auch derer, die sich der Beihilfe schuldig machen.«

Mario stand mit weichen Knien auf einem Ast des Äskulus und hielt sich bei Hallucia am Rockzipfel fest.

Hallucia flüsterte:

»Mein lieber Schwan.

Ach, diese letzte, traur'ge Fahrt,

wie gern hätt' ich sie dir erspart!

Junge, du musst jetzt sehr stark sein!«

8

Nach einem langen Verhör durch Yggdrasil und die Vorsitzenden der Pflanzenversammlung wurde von Marios Bestrafung oder gar der Todesstrafe Abstand genommen. Nachdem er schluchzend berichtet hatte, dass seine Mutter im Koma lag, und er nur deshalb Yggdrasil auf Äskulus' Vorschlag hin um Hilfe hatte bitten wollen, wurden Äskulus und Hallucia lediglich verwarnt.

Als mildernder Umstand wurde gewertet, dass Mario eine besondere Beziehung zu Bäumen im Allgemeinen und zu Kastanien im Besonderen hatte, was eine nach Tabakrauch und modriger Erde riechende Alraune mit astrologischen und astronomischen Zusammenhängen erklärte.

Eine Gruppe von glatten, mit großen Augen versehenen Buchen schlug vor, Mario als Spion einzusetzen, um herauszufinden, was Reginald aus dem Regenwald, der *Ficus benghalensis* im Städtischen Zoo, vorhatte.

Er bekam den Auftrag, sich als Besucher getarnt dorthin zu begeben und Augen und Ohren offen zu halten.

»Halte größtmöglichen Abstand zu Reginald, du hast ihn ja hier erlebt. Auch die Nasenaffen, die im Gehege unter seiner Glaskuppel leben, sind gefährlich. Aber noch schlimmer ist sein menschlicher Helfer, der Mann mit der Maske. Halte auf jeden Fall mehr als einen Meter Abstand vom Gehege!«, sagte Yggdrasil.

»Und nimm dich besonders in Acht vor Banaba, dem Häuptling der Nasenaffengruppe. Du erkennst ihn daran, dass er die größte Nase von allen hat.«

Mario fragte: »Und was ist mit meiner Mutter? Äskulus hat gesagt, Sie könnten helfen, sie wieder lebendig zu machen.«

Yggdrasil antwortete: »Darüber reden wir, wenn du den Auftrag ausgeführt hast. Halte dich an meine Anweisungen; wenn du das nicht tust, bist du in Lebensgefahr.«

Nachdem die Versammlung aufgelöst war, manifestierte sich Marios Bewusstsein wieder auf der Plattform zwischen Äskulus' Zweigen und Hallucias Blättern.

Hallucia sagte: »Da hast du dich ja schön in was reingeritten.«

»Ja Junge, jetzt musst du ran«, fügte Äskulus hinzu.

Mario sagte: »Ich überleg's mir noch.«

»Was kann dir schon passieren? Wenn du dich an die Anweisungen hältst, ist das ein Spaziergang.«

»Was meine Mutter betrifft, hat Yggdrasil nichts versprochen. Ich will mich nicht in euren Krieg der Bäume hineinziehen lassen.«

»Gut so, halte dich da raus!«, sagte Hallucia.

»Hallucia! Was redest du für einen Unsinn? Yggdrasil wird ihm nur helfen, wenn er für uns arbeitet.«

Mario mochte es überhaupt nicht, wenn die Bäume sich stritten wie ein altes Ehepaar.

Er sagte: »Ich gehe nach Hause und lege mich ins Bett. Alles wird sich von selbst regeln«, und damit verabschiedete er sich und stieg runter von seiner Kastanie.

Erst jetzt merkte er, wie müde er war. Seine Baumfreunde hatten ihn als Teilnehmer der Versammlung kurz vor Mitternacht eingeloggt und inzwischen herrschte früher Nachmittag. Die Zeit mit den Pflanzen war zwar schnell vergangen, hatte sich aber in Bezug zur normalen Menschenzeit erheblich gedehnt.

Zeit konnte man eben so oder so erleben. Wahrscheinlich hatte jedes Wesen auf dieser Welt ein eigenes Gefühl dafür. Die alten Leute behaupteten oft, dass die Zeit dahinrast, für Mario blieb sie manchmal geradezu stehen, zum Beispiel während langweiliger Schulstunden.

Zu Hause wirkte alles leer und tot. Der einäugige Teddy auf seinem Bett schaute ihn traurig an, die Gesichter auf den Bildern und Plakaten an der Wand ignorierten ihn, die Kakteen auf der Fensterbank stachelten ihn nicht an. Mario schaute zum Fenster raus, da wedelte eine kleine Buche trotz völliger Windstille heftig mit einem einzelnen Zweig.

Er legte sich ins Bett und zog die Decke über den Kopf. Er versuchte nachzudenken, aber Tausende Bilder zogen in seinem Kopf vorüber wie ein rasend schnell geschnittener Film. Es gelang ihm nicht, auch nur eines davon festzuhalten.

Am späten Nachmittag radelte er los, nur um diese Bilder loszuwerden. Irgendwann, »wie zufällig«, kam er am Zoo vorbei ...

Wegen des schönen Wetters und der Schulferien war dort einiges los, aber die meisten Besucher machten sich bereits auf den Heimweg.

Die Frau an der Kasse sagte: »Wir schließen in einer Stunde, willst du wirklich noch eine Karte kaufen? Na gut, ich gebe sie dir zum halben Preis.«

Mario bezahlte und folgte den Hinweisschildern zum Nasenaffenhaus. Er betrat die Glaskuppel mit dem Gehege, in dessen Mitte der riesige *Ficus* wuchs. Er war groß wie ein Haus und als ein solches diente er auch – denn in ihm und auf ihm und um ihn herum wohnten die einmaligen Nasenaffen, für die der Zoo so berühmt war. Allerdings konnte Mario keines der Tiere entdecken.

In der Realität wirkte der Baum viel unheimlicher als auf der Pflanzenversammlung. Hatte er seinen dortigen Avatar mit Absicht zu einer Karikatur gemacht? Oder kam das Mario nur so vor, weil er sich selbst in einen vermeintlich unauffälligen Fliegenpilz verwandelt hatte?

Reginald aus dem Regenwald besaß hier hundertmal mehr Luftwurzeln, als in der virtuellen Realität. Viele von ihnen waren dick wie die Stämme ausgewachsener Bäume, viele stark wie die Oberschenkel von Ringkämpfern und ganz viele wie Taue, die aus allen Richtungen und Winkeln im Boden verschwanden oder noch in der Luft baumelten und darauf warteten, bald den Boden zu erreichen und sich dort festzubeißen.

Da vorwitzige Besucher gerne ihre Hände oder ihre Nasen durch das Gitter des Geheges steckten, hatte man in gebührendem Abstand noch eine Balustrade aus Beton gebaut.

Mario stellte sich auf die Zehenspitzen und verschränkte die Arme auf der hölzernen Abdeckung.

Der Baum schien zu schlafen, nur manche Luftwurzeln schwankten leise im Luftzug. Mario hatte ein Gefühl im

Hals, als hätte er einen Kaktus verschluckt. Die feinen Haare in seinem Nacken sträubten sich.

Die Würgefeige, der deutsche Name für den *Ficus beng-halensis*, der auf einer metallenen Tafel eingraviert war, wurde ihm mit jeder Sekunde unheimlicher. Der Baum, ebenso wie der Name, erinnerten ihn an etwas, von dem er nicht wusste, was es war. Dennoch gelang es ihm, in den Zustand der inneren Stille zu gehen, den er von den Sitzungen mit seinen Baumfreunden kannte.

Die Äste und Wurzeln des *Ficus* hatten plötzlich Gesichter, deren Augen ihn unter halb geöffneten Lidern anstarrten. Dieser Baum schlief keinesfalls, das wurde ihm jetzt bewusst.

Da hörte er die Stimme des *Ficus* in seinem Kopf: »Kastanienkind, ich werde dich töten, wie ich die Kastanie getötet habe, die einst hier wuchs und in deren Astgabel man mich pflanzte. Ich sandte meine Wurzeln in die Erde, ich krallte mich fest, ich wurde größer und größer und dann erwürgte ich den Kastanienbaum. Ich nahm ihm die Luft, bis er erdrückt war, und starb.«

Mario sah sich selbst als Kastanie, sah sich umschlossen und umwoben von Luftwurzeln, die zusammenwuchsen, die ihn zuwucherten, bis er vollständig eingeschlossen war. Es war dunkel da drinnen, die Luft wurde schlecht. Etwas roch nach Raubtier und Aas. Dann spürte er einen knochigen Finger auf seiner Schulter und eine kratzige Roboterstimme, wie Mario sie aus Computerspielen kannte, sagte: »Mach - dich - vom Acker - wir - schließen - bald.«

Mario drehte sich um. Vor ihm stand ein kleiner, weißhaariger Mann, der ihn an einen Schafbock erinnerte, weil er eine ehemals weiße Staubschutzmaske trug. Offensichtlich ein Wärter, denn er hatte einen dicken Arm voll Grünzeug in der Hand. »Hau ab - Mann«, sagte die aus der Maske kommende, mechanische Stimme.

Der Wärter öffnete die hohe Tür zum Käfig. Er warf die Pflanzenblätter hinein und wie aus dem Nichts erschien eine Gruppe dickbäuchiger Affen mit riesigen platt gedrückten, über die Oberlippe hängenden Nasen. Die Nasenaffen machten sich über die frischen Blätter her. Woher kamen diese Tiere? Wo hatten sie sich bisher aufgehalten? Im Inneren des Baumes? Oder gab es einen Raum unter den vielen Wurzeln?

Der nach Aas und Raubtier stinkende Wärter mit der Staubmaske schloss die Tür zum Käfig und drohte: »Zisch ab - Kastanienkind - sonst - passiert - was.«

Woher wusste der Kerl seinen geheimen Namen? Und wieso kannte ihn auch der Baum?

Mario verließ mit weichen Knien die Glaskuppel und versteckte sich in einer sechseckigen Hütte aus Brettern, in der Heuballen gelagert waren.

Auf dem Heu liegend beobachtete er die Staubteilchen, wie sie im Licht tanzten, das durch die zahlreichen Ritzen drang. Von nah und fern hörte er die Schreie exotischer Tiere, die ihn in einen seltsamen Zustand der Starrheit versetzten.

Und da war noch etwas: Ihm war, als hörte er ein schweres Atmen, ein Röcheln ganz in seiner Nähe.

Nein, ich kann es nicht tun. Ich gehe wieder nach Hause. Ich lege mich ins Bett und stehe nicht mehr auf. Alles wird sich auch ohne mich regeln. Ich bin zu klein und zu schwach. Ich Ärmster der Armen.

9

Im Wasserturm drängte Rado den Erfinder Lam-Pi-Jong, ihr zu verraten, wie der Zeiter genau funktionierte.

Der Erfinder sagte mit weinerlicher Stimme: »Das darf ich nicht, Rado, mein Leben auf dieser Welt und in dieser Zeit hängt davon ab.«

Rado kam es vor, als wären ihre Rollen plötzlich vertauscht: Lam-Pi-Jong hatte ein Problem und sie musste ihn trösten und ihm Kraft geben.

»Was Sie mir sagen, bleibt absolut vertraulich.«

»Wenn du etwas davon weitergibst, bin ich erledigt.«

»Ich schwöre, ich werde niemandem etwas verraten.«

Lam-Pi-Jong barg sein Gesicht in den Händen. Doch dann stieß er plötzlich hervor: »Andernfalls ist dein Vater tot. Und mit ihm alle, die sonst noch mit dieser Sache zu tun haben.«

Nachdem Rado erneut beteuert hatte, dass nie, nie, nie jemand etwas von den Geheimnissen des Erfinders Lam-Pi-Jong erfahren würde, erzählte er ihr die folgende Geschichte:

»Ich bin Konstrukteur von Zeitreisemaschinen und komme aus dem Jahr 3043. Wir hatten in den Jahrzehnten davor Maschinen gebaut, die zu groß waren, um sie an den Ziel-Ort und die Ziel-Zeit mitzunehmen – es wäre zu aufwendig und auch zu auffällig gewesen. Also verlegten wir die wichtigen Bauteile in einen Zentralcomputer, den wir dann mit einem handlichen Steuergerät bedienten. Das Steuergerät sendete Impulse über Wurmlöcher der Zeit in den Zentralcomputer und der wiederum übernahm dann die Durchführung der Reise in die Zukunft oder Vergangenheit.«

Lam-Pi-Jong massierte seine Stirn mit beiden Händen.

»Ich habe bis heute keine Ahnung, was der Fehler bei dieser speziellen Reise ins Jahr 1998 war, es handelte sich um einen Routine-Testlauf, aber ich bekam plötzlich keine Verbindung mehr mit dem Zentralcomputer des Jahres 3043. Vielleicht hatte ein Vulkanausbruch ihn zerstört, oder ein Meteoriteneinschlag.«

Rado sagte: »Oder Hacker und Terroristen haben zugeschlagen?«

»Natürlich war für solche Fälle vorgesorgt, es gab Ersatzsysteme, es gab Empfangszentralen für Notrufe, aber aus irgendeinem Grund funktionierte nichts davon. Ich stand da wie mit einem Handy ohne Netz. Gestrandet. Vielleicht war meine Welt des Jahres 3043 längst zu kosmischem Staub zerfallen?

Ich war verzweifelt. Ich versuchte, einen Ersatzcomputer zu bauen, doch die Technologie des dritten Jahrtausends gab es noch nicht, mein Team fehlte mir, alles fehlte. Ich baute primitive Maschinen, die Teilprobleme lösten, Prototypen, die zwar einen Aspekt des Zeitproblems berücksichtigten, aber andere Aspekte vernachlässigten – mehr als einmal wäre ich beinahe zwischen den Zeiten verschollen. Mal verlangsamte ich mich, die Zeit verging überhaupt nicht mehr, sodass ich ein Jahr brauchte, um die Maschine zurückzuschalten, mal verschnellerte ich mich so sehr, dass ich unsichtbar wurde. Mehr als einmal war ich so gut wie tot, zermahlen vom Zeitstrom. Meine Experimente verschlangen unendlich viel Geld und alle meine Aktivitäten mussten sich im Geheimen abspielen.«

Rado sagte: »Genau wie bei mir! Wenn Sie wüssten ...«

»Als sich mir die Möglichkeit bot, diesen Wasserturm zu mieten, verschlimmerte sich mein Geldmangel, denn die Stadt verlangt Unsummen dafür. Ich musste umbauen, Einbauten vornehmen und dann mein Fahrstuhl ...«

»Podolls Lieblingsfahrstuhl ...«

»So geriet ich in die Fänge unseres gemeinsamen Bekannten, des Geschäftemachers Nicodemus Podoll, der meine Kenntnisse und Fähigkeiten nicht nur nach Kräften ausnutzte, sondern mir auch viele Geheimnisse entlockte, mit denen er mich nun erpresst. Ich hoffe, du wirst nicht in seine Fußstapfen treten.«

Lam-Pi-Jong schaute Rado tief in die Augen.

»Ich wundere mich schon die ganze Zeit. Sie sagen, Sie dürften niemanden einweihen und jetzt erzählen Sie mir die ganze Geschichte.«

»Du musst wissen, dass ich im Jahr 3043 meine Familie verließ, meine Frau und meine Tochter, die nun in deinem Alter sein müsste. Irgendwie erinnerst du mich an sie.«

Rado sagte: »Das tut mir leid.«

Lam-Pi-Jong schluckte und fuhr fort: »Ja das ist traurig. Jedenfalls, so kam es, dass ich dem Podoll dieses Steuergerät, den Zeiter, anvertraute. Was er jetzt damit angerichtet hat, sprengt jede Vorstellungskraft. Und das ist vielleicht erst der Anfang.

Ich habe mich schuldig gemacht dadurch, dass ich einem Menschen ohne jede Moral, ohne jeden Skrupel, ein Gerät überlassen habe, das die Welt, wie sie jetzt existiert, zerstören könnte. Dieser Mann geht buchstäblich über Leichen.«

Der Erfinder und das Mädchen blickten stumm vor sich hin.

Rado hatte plötzlich das Gefühl, dass alles um sie herum ganz klein wurde, als ob sie weit weg wäre und die Welt nur durch ein umgedrehtes Fernglas sähe.

Irgendwann fragte sie: »Wie können wir meine Leute ins normale Leben zurückholen? Und alles andere auch?«

Lam-Pi-Jong murmelte: »Meine einzige Entschuldigung ist, dass ich in meine Zeit, in die Zeit meiner Familie zurückwill. Weg aus dieser Ära voller Kriege und Ungerechtigkeit, weg von diesen umweltzerstörenden Idioten, diesen verrückten Politikern, dieser Verbohrtheit und Unvernunft ... «

Lam-Pi-Jongs Blick verschwamm, bewegungslos starrte er aus dem Fenster.

10

Als Mario in dem Schuppen voller Strohballen wieder aufwachte, hörte er Reginalds Stimme: »Du mickriges
Schweinswürstchen von einem Menschlein! Du dekadenter
Vertreter dieser zerstörerischen, quasselnden Brut, von
denen keiner auch nur eine Sekunde Ruhe gibt! Hui und
wusch, zing und zapp, zisch und zong. Vor lauter Gezappel
sieht man euch hyperaktive Umweltzerstörer überhaupt
nicht mehr. Blubbern und zappeln, babbeln und rappeln,
berappen in hippen Werbewelten, Technowelten, Erlebnis-
welten, Freizeitwelten, die immer schnelleres Vergnügen
versprechen, aber die wirkliche Welt immer schneller zerstören.«

Das Dach der Holzhütte war verschwunden und der
Baum, groß wie ein Haus auf hohen Stelzen, beugte sich zu
ihm hinein. Seine feurigen Augen rollten wütend und seine
Luftwurzelhaare standen ihm kreuz und quer vom Kopf
wie vom Wind durcheinander geworfene Bohnenstangen.
Mario roch seinen ekelhaften Atem, als er schrie: »Ex und
hopp ist euer Wahlspruch und ex und hopp, das mache ich
jetzt mit dir.«

Der Baum stülpte sich das sechseckige Dach auf den Kopf, schlang eine Luftwurzel um Marios Hals, riss ihn aus dem Gehäuse, umklammerte mit einer anderen Luftwurzel einen seiner Knöchel und zog von beiden Seiten, sodass er immer länger und dünner wurde. Jetzt sah er, dass die anderen Luftwurzeln in Wirklichkeit lang gezogene Menschen waren, dünn wie Besenstiele, skelettiert – ihre Knochen klapperten und klingelten. Dieses Klingeln ging allmählich in ein volles Läuten über, das ihn dann wirklich aufwachen ließ. Er hatte geträumt.

Die Glocke kündigte an, dass der Zoo nun seine Pforten schließen würde. Mario lugte durch einen Spalt. Die Sonne färbte den Himmel blutrot, die Mütter sammelten ihre Kinder ein und die Tierpfleger riefen »Feierabend«. Dennoch dauerte es noch lang, bis das letzte Tier gefüttert, der letzte Elefant abgespritzt und das letzte Raubtier in seinem Käfig untergebracht war. Endlich nahm er draußen keine Bewegung und außer dem gelegentlichen Schrei eines exotischen Vogels oder dem Tröten der Elefanten auch keine Geräusche mehr wahr.

Mario schlich ins gläserne Nasenaffenhaus. Drinnen war es dämmrig.

Die Nasenaffen lagen faul herum und bemerkten ihn nicht. Er drückte sich in eine Nische und wartete. Der alte Tierpfleger mit der Staubschutzmaske schlurfte herein. Unterm Arm trug er ein seltsames Ding, das wie eine programmierbare Panzerabwehrwaffe aussah. Hatte er dieses hässliche Teil nicht schon mal gesehen? Ja, der Verbrecher, von dem er in der Villa des Arztes gefesselt und in die alte Uhr gesteckt worden war, hatte so etwas in der Hand gehabt. Der Alte schloss die Tür des Käfigs auf und richtete die Mündung auf Reginalds Luftwurzeln. Ein lautloser Blitz tauchte das Gewirr in ein geisterhaft grünes Licht. Die Affen verfolgten alles mit den Augen.

Der Baum gähnte laut, streckte sich und schüttelte Luftwurzeln und Zweige, sodass die fleischigen Blätter wie aufbrandender Beifall klatschten und rauschten. Die schläfrigen Nasenaffen sprangen auf und traten an zum Appell.

Reginald, der Baum, ließ eine seiner straff gespannten Luftwurzeln vibrieren. Die Glaskonstruktion des Nasenaffenhauses bebte, als ob in der Nähe Panzer auffahren würden.

»Reeeeechts um«, schrie er. »Vorwärts Marsch!« Dicht hintereinander marschierten sie auf Reginald zu und Mario dachte, sie müssten sich die Nasen noch platter rennen, als sie schon waren. Im letzten Moment zog der Baum seinen dichten Luftwurzelvorhang auf und die Tiere verschwanden dahinter. Der Mann mit der Maske schlurfte hinterher und blieb in der entstandenen dunklen Nische stehen. Diesen Moment nutzte Mario, um in den offenen Käfig zu huschen und sich zwischen zwei Stämmen der Würgefeige zu verbergen. Plötzlich bewegten sich die Stämme aufeinander zu, als seien es die Hinterbeine eines Elefanten, der sich an den Knien kratzen wollte. Die Stämme bebten, vibrierten, schlugen zusammen, hätten Mario zerquetscht, wenn er nicht gerade noch rechtzeitig zwischen ihnen hervorgesprungen wäre.

»Wen haben wir denn hier?«, rief Reginald. »Schon wieder das Kastanienkind!« Seine Krone neigte sich herunter, Stämme und Luftwurzeln knirschten.

»Filtz!«, rief Reginald. »Entschleunige das Kind.« Der Alte kam, richtete die Kanone auf Mario. Der schaute in die schwarze Mündung, der grüne Blitz ließ ihn für ein paar Sekunden erblinden. Sonst geschah nichts. Das kannte er schon aus der Villa des Psychologen. Dann konnte er wieder sehen und rannte los.

»Was ist?«, schrie Reginald und peitschte mit seinen Luftwurzeln nach dem Jungen.

»Es - funktioniert - nicht - bei - diesem - Balg!«, krächzte die Computerstimme hinter der Staubmaske.

»Was soll das heißen? Du bist sicherlich nur zu dumm, das Ding richtig zu bedienen.«

»Meister - der Junge - muss sich - einen - Schutz zugelegt haben - eine - Tarnkappe - gegen - Entschleunigung!«

»Ausgerechnet das Kastanienkind? Ich werde den Knaben erwürgen.«

Eine schlanke Luftwurzel schnellte hervor und versuchte, sich um Marios Hals zu schlängeln. Doch der lief zu der Stelle, wo die Nasenaffen verschwunden waren. In diesem Moment kam einer der Affen zurück. Er hatte einen roten Instrumentenkoffer in der Hand. Den donnerte er Mario gegen den Schädel, sein Gehirn schleuderte im Inneren seines Kopfes erst gegen den hinteren und dann gegen den vorderen Schädelknochen und dann verschwand die Welt, wie er sie kannte.

»Töte das Kind der Kastanie!«, hallte es schaurig durch die spärlich erleuchtete Glaskuppel.

»Jawohl - Meister«, lautete die Antwort des Wärters mit der Maske.

Die hohe Halbkugel aus Glas erzeugte seltsame Echos.

Der Wärter Filtz packte den Jungen auf eine Sackkarre und schob ihn holprige Treppen hinunter und durch finstere Gänge. In einen Raum, in dem ein metallener Frachtkorb an einer Seilwinde hing. Darunter ein kreisrundes, dunkles Loch, das mit einem schweren Betondeckel verschlossen werden konnte.

Mühsam hievte der Alte den Bewusstlosen in den Korb, betätigte eine Fernbedienung und ließ ihn in die Tiefe fahren.

Per Knopfdruck kippte der Korb zwanzig Meter weiter unten seinen Inhalt aus und fuhr wieder hoch. Hastig kritzelte der Alte etwas auf einen Zettel, packte diesen mit ein paar Sachen in eine Plastiktüte und warf sie dem Jungen schnell noch hinterher, bevor sich der Betondeckel knirschend auf den einzigen Zugang zur untersten Unterwelt des Zoos senkte.

11

Im Wasserturm herrschte Stille.

Lam-Pi-Jong hatte lange schweigend dagesessen, ohne sich zu rühren. Rado fühlte sich wie erschlagen von der holografischen Vorführung und dem anschließenden Geständnis des Erfinders.

Loll, der Roboter, erschien und fragte höflich, ob Gast oder Gastgeber einen Wunsch hätten. Dabei wandte er den Kopf mit den hervorquellenden Stielaugen mehrmals hin und her und fixierte Rado mit durchdringendem Blick. Lam-Pi-Jong schüttelte den Kopf, Rado bestellte Wasser mit Zitrone: »Falls Sie so etwas dahaben.«

»Natürlich, natürliches Wasser aus dem Wasserturm und eine Scheibe Zitrone«, antwortete die Stimme des Roboters, die aus einem Lautsprecher an seinem Kopf kam, »ich eile von dannen.« Sein Körper aus zusammengestückelten rosa Plastikteilen und den silbernen und schwarzen Gliedmaßen bewegte sich geschickt zwischen den aus allen Zeitaltern zusammengewürfelten Möbeln und verschwand in der Küche.

Lam-Pi-Jong schaute ihm hinterher und sagte:»Ich muss ihn noch ein bisschen verschönern – besonders Hausfrauen sollen ihn mögen. Sollte ich ihm vielleicht eine Schürze anziehen? Oder besser einen Anzug?«

Rado rief:»Es muss doch einen Zusammenhang geben zwischen dem Zustand unserer Eltern und Marios plötzlichem Verschwinden.«

Lam-Pi-Jong antwortete:»Alles hängt mit allem zusammen, Fräulein Rado.«

»Herr Professor! Reißen Sie sich zusammen! Helfen Sie mir!«

Lam-Pi-Jong gab sich einen Ruck:»Ich habe dir meine Aufzeichnung gezeigt, jetzt zeige du mir deine. Vielleicht enthält sie einen Hinweis.«

Ungeduldig kramte Rado in ihrem Rucksack und holte den USB-Stick raus. Lam-Pi-Jong nahm ihn, steckte ihn in den passenden Schlitz und schaltete einen großformatigen Bildschirm ein.

Auf dem Monitor zeigte sich ein viergeteiltes Farbbild, links oben sah man das Sprechzimmer des Psychologen, daneben die Vorhalle mit dem Empfangstresen, unten links den Kiesweg zum Haus und rechts die Terrasse mit bequemen Korbsesseln und einem Tischchen.

»Darf ich?«, fragte Rado und griff sich die Fernbedienung. Sie drückte auf schnellen Vorlauf.

In de Winters Sprechzimmer sah man den Psychologen und Rado mit in die Hüften gestemmten Armen vor dem Schreibtisch. Beide gestikulierten wild. Rados Haare standen zu Berge, denn sie trug den Kopf voll langer grüner Stacheln.

»Was ist mit deinen Haaren passiert?«, fragte Lam-Pi-Jong schmunzelnd, denn Rado hatte jetzt eine etwas normalere Frisur.

Rado sagte: »Kein Gel, anders gekämmt. Ich wollte einen guten Eindruck bei Ihnen machen.«

Der Erfinder lächelte verschwörerisch. Loll, der Roboter erschien und setzte mit eleganter Bewegung ein kleines Tablett mit einer Wasserkaraffe, einem Glas sowie einer Schale mit Zitronenscheiben auf dem Couchtisch ab. Die leise saugenden Geräusche, wenn er seine Gelenke bewegte, waren kaum zu hören. Er schaute Rado an, wackelte mit dem Kopf, dann zog er sich leise wieder zurück.

Lam-Pi-Jong nahm die Fernbedienung, ließ ein Stück zurücklaufen und man hörte Rado schimpfen: »Du kannst mich mal! Ich mache, was ich will! Blödmann!«. Die Rado in der Aufzeichnung drehte sich um und ließ die schwere hölzerne Tür ins Schloss krachen.

»Rado, benimm dich gefälligst«, hörte man eine scharfe Stimme aus dem Hintergrund.

Die wirkliche Rado sagte: »Das ist noch nicht von Bedeutung, die wichtigen Dinge kommen später.«

»Ist aber doch lustig«, antwortete Lam-Pi-Jong. »Wer ist die Frau?«

»Sabrina, unsere Sprechstundenhilfe. Marios Mutter ist ihre beste Freundin. Das macht die ganze Sache noch schlimmer. Sie hält sich jetzt für schuldig – die Freundin so gut wie tot und der Sohn der Freundin verschollen. Ganz zu schweigen vom Chef, den sie jetzt nicht mehr herumkommandieren kann.«

Die Rado auf dem Bildschirm lief quer durch die Halle und verschwand durch eine Tür. Weitere Türen knallten.

Rado erläuterte:»Ich hatte wohl eine kleine Auseinandersetzung mit meinem Vater, keine Ahnung, schon vergessen weswegen.«

Marios Mutter fragte:»War das eine Patientin?«

Sabrinas Stimme ertönte:»Nee, des Meisters Töchterlein. Er verwöhnt sie nach Strich und Faden und sie tanzt ihm auf der Nase rum. Der müsste man mal die Hammelbeine lang ziehen.«

Marios Mutter schüttelte den Kopf.»Also Sabrina! Was du für Ausdrücke benutzt! Du hast mir doch diesen Termin verschafft, weil du so viel von den psychologischen Methoden deines Doktors hältst.«

»Bei der Tochter des Chefs handelt es sich um eine nichtsnutzige, verzogene Göre. Schule schwänzen, Ladendiebstahl, freche Artikel in der Schülerzeitung, pubertäres Verhalten. Diese Haare und Klamotten! Und hast du das Tattoo gesehen? Aber was noch viel schlimmer ist: Sie sprayt neuerdings Graffiti an Kirchenwände. *Rettet den Regenwald* und solches Zeug. Das wird böse enden.«

Rado sagte:»Blöde Ziege.«

Der Erfinder hielt die Aufzeichnung an.»Was für ein Tattoo meint sie?«

Rado drehte sich um, sodass Lam-Pi-Jong ihren Nacken sah.

»Aaah! Erstaunlich! Die kosmischen Augen der Maya Mysteria. Sie scheinen mich anzusehen.«

Rado sagte:»Sie halten das Böse fern.«

Lam-Pi-Jong lachte.»Und sorgen dafür, dass dir nichts entgeht.« Dann ließ er die Aufzeichnung weiterlaufen.

Marios Mutter sagte:»Wenn mein Mario nur ein bisschen weniger still und brav und lieb wäre ...«

»Tja, was die einen zu viel haben, haben die anderen zu wenig. Und seit die Dame sich ihren Befehlsstand über der alten Garage eingerichtet hat, ist sie ganz durchgeknallt.« Sabrina ballerte einige Ordner in den Schrank hinterm Empfangstresen. Donnerte stöckelnd übers Parkett zur Sprechzimmertür, klopfte resolut und drückte gleichzeitig die Klinke aus Messing, als wolle sie eine schwere Langwaffe nachladen.

»Herr Doktor, Frau Gerlinde Wagner ist da.«

Lam-Pi-Jong rief. »Was für eine Frau!«

Rado schaute irritiert zum Erfinder. Dann drückte sie die Taste für schnellen Vorlauf. Auf dem Bildschirm sah das aus, als ob Rados Vater und Marios Mutter eine Art Ballett aufführten, bevor sie auf der Terrasse in den Korbstühlen Platz nahmen. Rado drückte auf *Play*.

De Winter, Rados Vater sagte: »Meine Tochter ist heftig in der Pubertät und hat nur ihre Schülerzeitung und ihren Kampf gegen Tierversuche im Kopf. Ihre Schule droht mit Entlassung, wenn das Schwänzen nicht aufhört. Was soll ich machen?«

Marios Mutter zuckte mit den Schultern.

»Idiot!«, sagte Rado und spulte weiter vor. »Der will Psychologe sein. Und wie er Marios Mutter anguckt.« Die beiden Erwachsenen gestikulierten mit abgehackten Bewegungen, Sabrina brachte heftig stöckelnd Getränke.

Lam-Pi-Jong griff sich die Fernbedienung und spulte ein wenig zurück. Rado schaute ihn fragend an, doch der Erfinder betrachtete versonnen, wie Sabrina die Gläser auf dem Tisch mit einem hellgelben Saft füllte.

»Was trinken die da?«

»Mein Vater liebt Bananensaft. So was Ekliges. Den hat er der Dame wohl ebenfalls aufgeschwatzt. Aber interessiert Sie das wirklich?«

Lam-Pi-Jong lächelte.

De Winter schaute in Richtung der Kamera und wandte sich dann wieder Marios Mutter zu: »So manche Mutter beschwert sich bei mir darüber, was ihre Kinder alles auf den Fußböden ihrer Zimmer oder gar der ganzen Wohnung herumliegen lassen – aber die Kinder tun doch nichts anderes als die Bäume im Wald, die ihre Blätter und Samen verteilen. Die perfekte Ordnung der Natur.«

Rado drückte auf schnellen Vorlauf: »Sie müssten mal hören, wenn er sich über die Unordnung in meinem Zimmer aufregt. Von wegen *perfekte Ordnung der Natur*. Und sein Rasen im Park dort muss auch aussehen wie auf dem Golfplatz, kein Hälmchen darf da ragen. Ich hätte gerne den umweltschädlichen Rasenmäher abgeschafft und stattdessen zwei süße Schäfchen für den Park, aber das verwehrt man mir.«

»Du wärest dann sicher auch für die Tiere verantwortlich.«

»Genau, der Alte meint, ich hätte zwei Tage Spaß an den Schafen und dann müsse er selber ran.« Rado grinste. »Köttel wegmachen und so.«

Doch dann wurde ihr bewusst, dass ihr Vater sich vielleicht nie wieder über sie aufregen würde, und da spürte sie plötzlich einen Kloß im Hals.

Als de Winter in der schnell laufenden Aufzeichnung unvermittelt den Kopf drehte und nach hinten schaute, schaltete Rado wieder auf normale Geschwindigkeit.

Ihr Vater rief: »Hallo? Rado, bist du das?«

Er verschwand aus dem Bild. Man hörte laute Stimmen, einen Wortwechsel, und dann:

»Wer sind Sie, was haben Sie hier zu suchen? Ich rufe die Polizei!«

»Passen Sie in Zukunft gefälligst besser auf ihre Scheißtochter auf, Sie Psychofuzzi. Beim nächsten Mal passiert was, darauf können Sie sich verlassen!«

»Nehmen Sie die Waffe runter! Was soll das?«

Rados Vater kam wieder ins Bild, rückwärtsgehend. Ein dicker Mann im Nadelstreifenanzug tauchte auf. Er hielt ein fantastisches Instrument im Arm. Es sah aus wie eine Laserkanone aus dem Film *Man in Black, Teil III*.

Lam-Pi-Jong rief: »Das ist mein Zeiter! Oh Gott! In der Hand der personifizierten Schlechtigkeit!«

De Winter sagte: »Hören Sie, wir können doch reden!« Er stieß mit den Kniekehlen gegen den kleinen Tisch.

»Bisher hat sie nur über mich geschrieben, saublödes Zeug. Lügen. Verleumdungen. Aber neuerdings bricht sie bei mir ein und bestiehlt mich«, rief Podoll.

»Ich sehe, dass *Sie* bei *mir* eingebrochen sind.«

Marios Mutter sprang auf.

Der Mann im Anzug spielte an irgendwelchen Knöpfen seiner unförmigen Waffe, de Winter ging auf ihn zu, plötzlich kam ein grünes Licht aus der Mündung und man hörte ein seltsames Sirren. Der Arzt sank lautlos zu Boden.

Der Mann richtete die Waffe auf Marios Mutter. Sie starrte mit aufgerissenen Augen und hob die Arme: »Nein. Nicht. Bitte nicht!«

Das Geräusch setzte wieder ein. Der grüne Blitz. Ihre Augen traten aus dem Kopf, dann brach sie zusammen, riss im Fallen das Tischchen mit den Getränken um und blieb schließlich mit verdrehten Gliedern liegen.

Podoll hatte ebenfalls die Augen aufgerissen, schaute auf das seltsame Gerät in seiner Hand, war seinerseits erstaunt, schien zu bereuen, was er getan hatte. Er lief ins Haus, tauchte im unteren Viertel des Bildes wieder auf, verschwand wieder. Dann hörte man sich entfernende Schritte.

Rado drückte auf schnellen Vorlauf.

Man sah Mario, der auf dem geteilten Bildschirm wie in einem Dick-und-Doof-Film herumhampelte. Podoll schloss in der Aufzeichnung die Tür der alten Standuhr.

Rado hielt die Aufzeichnung an. Das Bild zitterte.

»Da kommt jetzt nichts Relevantes mehr.«

Schweigen.

Rado fragte:»Was können wir denn um Himmels willen tun?«

Lam-Pi-Jong stöhnte.»Oh Gott, oh Gott! Dieser Vollidiot hat völlig falsche Einstellungen benutzt. Das ist tödlich! Fast tödlich.«

Dann sagte er:»Aber der Zeiterstrahl hat bei diesem Jungen keine Wirkung. Das ist sehr seltsam. Da muss etwas in seinem genetischen Code sein, das ihn für die überschnellen Schwingungen des Zeitfeldes unempfindlich macht. Das muss ich untersuchen. Vielleicht eröffnen sich da neue Aussichten für mich.«

»Für Sie?«

»Wenn man ihn nicht verlangsamen kann ... dann bedeutet das vielleicht, dass er schon langsam ist. Vielleicht nur innerlich. Weißt du, ob dein Freund eine starke Beziehung zu einem Baum hatte?«

»Er ist nicht mein Freund, ich kenne ihn praktisch überhaupt nicht.«

»Gib dem Roboter deine Telefonnummer, ich rufe dich an. Ich überlege mir was.« Der Erfinder verschwand murmelnd und kopfwackelnd in seiner Werkstatt.

Der Roboter Loll tauchte lautlos auf – oder war er die ganze Zeit im Raum gewesen? Man hörte ihn nicht atmen, spürte keine Anwesenheit. Er hatte ein *Touchscreen* auf seiner Brust aktiviert und wartete darauf, dass Rado ihre Nummer notierte. Sie brauchte eine Weile, bis ihr die eigene Handynummer endlich einfiel. Der Roboter sagte: »Ich hoffe inständig, dass der Maestro Ihnen alle Wünsche erfüllt und Ihren Freund zurückbringt und den Metabolismus Ihres Herrn Vaters und der Frau Mutter Ihres Herrn Freundes wieder so beschleunigt, dass er seine menschliche Natur zurückgewinnt.«

Rado blickte dem Roboter erstaunt in die Augen. Der senkte den Kopf ein wenig, schaute sie aber weiter an. Da war es ihr, als ob eine Welle von Wohlwollen aus dem unförmigen, metallenen Schädel strömte. Erst jetzt wurde ihr bewusst, wie sehr diese von ihr verschuldeten Schicksalsschläge ihr auf der Seele lagen. Mühsam unterdrückte sie das Weinen, das aus ihrer Brust aufsteigen wollte.

Auf der Plattform vor der Tür legte Loll sanft seine Hand auf ihren Arm, nickte ihr noch einmal zu – voller Mitgefühl wie ihr schien – und schloss die Tür zur metallenen Kugel.

Rado blieb noch eine Weile auf der Plattform stehen und schaute über die Stadt. Sie dachte: Das Leben da unten geht weiter und jeder ist nur mit seinen eigenen kleinen Problemen beschäftigt.

Dann stieg sie die Treppe hinunter.

12

Mario lag auf dem harten, kalten Boden, sein Kopf schmerzte bei jeder Bewegung, also bewegte er sich so wenig wie möglich auf dem steinharten Untergrund. Ob er die Augen öffnete oder schloss, es machte keinen Unterschied. Er sah kein Fenster, keine Wände, keine Sonne, keinen Mond, nur winzige gelbe Sterne, die in seinem Kopf kreisten. Schlafen, wachen, es machte keinen Unterschied. Zeit existierte nicht mehr. Das Einzige, was ihm blieb, waren seine Gedanken, doch die drehten sich endlos darum, dass seine Mutter verloren war, dass er versagt hatte und dass es kein Ende der ausweglosen Situation geben würde.

Stunden wurden zu Tagen, so kam es ihm vor. Wenn er die Hände vors Gesicht hob, meinte er enorme, dunkelgelb leuchtende Pranken zu sehen, als hätte man ihm wulstige, mit Leuchtfarbe bestrichene Handschuhe angezogen. Eine optische Täuschung?

Dann musste er dringend auf die Toilette.

Als er sich aufrappelte, ertastete er neben sich eine Tüte mit einer Taschenlampe, die er sofort einschaltete. Im funzeligen Licht sah er eine Wasserflasche, eine Tafel Schokolade und einen zusammengefalteten Zettel. Er trank einen Schluck Wasser, aß ein Stück Schokolade, las den Zettel. Darauf stand: *Viel Glück, Kastanienkind, auf meinen verrottenden Spuren.* Wo kam das Zeug her? Wer hatte den Zettel geschrieben?

Keuchend tappte er los, die Lampe zwischen den Zähnen. Durch einen unheimlichen Raum nach dem anderen, ein Labyrinth von weitläufigen Sälen und dunklen Nischen und Kammern, verbunden durch schmale Korridore und Treppen aus nacktem, kaltem, geschwärztem Beton, verstaubt und schmutzstarrend und offensichtlich seit vielen Jahren verlassen.

Genau so hatte er sich die Hölle vorgestellt. Nur ein wenig Hitze und Feuer fehlten leider; es war eisig kalt.

Gelegentlich flüchteten Tiere vor ihm, vermutlich Ratten. In einem Waschraum hingen Reste eines zerdepperten Spiegels. Darin starrte ihm sein zersplittertes Gesicht mit den wirren blonden Haaren und den fiebrig glänzenden, silbernen Augen entgegen und er erkannte sich selbst nicht mehr. Und da waren auch endlich die Toiletten: eine Reihe verwitterter, rostiger Türen, hinter denen vergilbte Porzellanbecken mit verkrusteten Klobrillen auf ihn warteten.

Er fand elektrische Schaltkästen und ein Stromaggregat, das erstaunlicherweise ansprang, als er den Anlasser betätigte. Hier und da wurden die Kellerräume nun von wenigen trüben Funzeln erhellt und ein Rauschen zeigten an, dass es eine Art Lüftung gab. Der faulige Geruch verbrauchter Luft verzog sich nur langsam.

In einem fensterlosen Raum, dessen Wände mit staubigen Tüchern verhängt waren, fand Mario ein ungemachtes Bett, einen Tisch und einen Stuhl. An der Wand ein vollgestopftes Bücherregal. Auf dem Tisch lag ein aufgeschlagenes Tagebuch. Mario schaltete eine altmodische Schreibtischlampe ein, wie er sie aus alten Kriegsfilmen kannte, blies den Staub von den Seiten und las den letzten unvollendeten Satz:

Alles wird gut. Morgen holt er mich raus, zu sich, zu den Nasenaffen – die Geburt ...

Es musste also einen Weg geben, dem trostlosen Kerker zu entkommen. Der Tagebuchschreiber hatte ihn gefunden.

Mario starrte auf die verblassende Schrift und das Herz wurde ihm noch schwerer, als es schon war.

13

Der Zoo war berühmt. Die gigantische Halbkugel aus Glas war ein architektonisches Meisterwerk, in ihr wuchs die größte Würgefeige der nördlichen Hemisphäre und die seltenen Nasenaffen zogen Besucher aus aller Welt an. Er lag ein wenig außerhalb der Stadt und war umgeben von Wiesen und landwirtschaftlichen Flächen, auf denen Besucherparkplätze angelegt worden waren. Man roch es unweigerlich, wenn man sich dieser Gegend näherte: Der Gestank der Fäkalien exotischer Tiere, der strenge Geruch der Wölfe und Raubkatzen, Ausdünstungen von bestimmten Futtermitteln und präparierten *Duftsäcken*, an denen sich die Tiere reiben sollen, waberten je nach Windstärke und -richtung durch die Landschaft.

Vor vielen Jahren hatte es militärische Anlagen in der Nähe gegeben, die aber längst verfallen waren. Ein unterirdischer Abwasserkanal aus dieser Zeit berührte auch den Zoo und damit die vergessenen Bunker in der Tiefe.

Irgendwann hatte der Tierpfleger Filtz die mannshohe Röhre entdeckt und herausgefunden, dass diese an ein

System von Abflüssen angeschlossen war – unter anderem an die Kanalisation eines Baumarktes in einem Vorort.

Filtz sorgte nämlich nicht nur für die Nasenaffen und *seinen geliebten Baum* Reginald, er organisierte auch alles, was man für dessen verbotene Aktivitäten benötigte. Damit jedoch niemand auf die Idee kam, das zu kontrollieren, benutzte er diesen geheimen Weg durch die Unterwelt. Ein weiterer Grund für seine Heimlichkeiten war, dass er sein staubmaskenbewehrtes Gesicht ungern in der Öffentlichkeit zeigte und dass seine Computerstimme viele Menschen erschreckte.

Der Baumarkt mit angeschlossenem Pflanzenmarkt hatte den Vorteil, dass es dort alles gab, was man für den Unterhalt einer verborgenen Lebensgemeinschaft mit terroristischen Absichten brauchte: Elektrogeräte, Werkzeuge aller Art, Bau- und Installationsmaterial, Tierfutter, Haushaltsgeräte, Dünger, Chemikalien.

Daher war ein versteckter Revisionsschacht der Kanalisation im Hinterhof des Baumarktes sein bevorzugter Ausstieg. Er befand sich zwischen den Containern für fehlerhaftes Material, Metall- und Holzabfälle, Plastikverpackungen, Kartons und Elektronikschrott.

Filtz wusste einerseits zu schätzen, dass er vieles, was in den Geheimräumen unterm Zoo gebraucht wurde, in diesen Containern finden konnte, andererseits regte er sich über die Verschwendung auf, die mit Rohstoffen und aufwendig produzierten Geräten und Materialien getrieben wurde.

»Die - Menschen - sind - verrückt. Umweltschädlinge - maßlose - Verschwender - hirnlose - Weltvernichter.«

Mit solchen Worten schimpfte Filtz bei jeder Gelegenheit mit seiner monotonen Stimme vor sich hin, und wenn die

Würgefeige Reginald in Stimmung war und ihn in seinem Hass auf die Zivilisation bestärkte, wiederholte er es wie eine kaputte Schallplatte.

Reginald versprach ihm dann, dass das schändliche Verhalten der Menschheit so bald als möglich bestraft werden würde und dass er, Filtz, eine bedeutende Rolle bei dem unvermeidlichen Jüngsten Gericht zu spielen hatte.

Um also den Zoo ungesehen verlassen zu können, betrat Filtz einen Abwasserschacht im Untergrund, fuhr mit einem selbst gebauten, elektrisch betriebenen Wägelchen durch gemauerte Kanalröhren und kletterte dann auf dem Gelände des Baumarktes nach oben.

Damit niemand bemerkte, dass sich dort zwischen den Containern ein metallener Deckel wie von Geisterhand hob und eine gebückte Gestalt mit dünnen weißen Haaren und schmutziger Staubmaske aus der Erde stieg, benutzte Filtz mit Vorliebe die Nachtstunden für seine Ausflüge in die Welt der Nicht-Zoo-Bewohner.

Natürlich hatte er sich freien Zugang zu allen Abteilungen des Baumarktes verschafft; er wusste, wann die Wächter wo unterwegs waren, er hatte herausgefunden, wo die Angestellten ihre Schlüssel versteckten und er hatte sich in der Schlüsselabteilung Nachschlüssel für alle Türen gefertigt.

Und in den weitläufigen Räumen über dem tiefsten und geheimsten aller geheimen Bunker, unterhalb der Glaskuppel, betrieb Filtz ein Labor sowie eine kleine Plantage für verbotene Pflanzen – und er züchtete argentinische Waldkakerlaken in großen Mengen, weil diese für die Fütterung der kleineren Reptilien im Zoo gebraucht wurden.

Cuca-Radscha, dem regionalen Fürsten der Kakerlaken gefiel das überhaupt nicht. Er betrachtete seine argentinischen Brüder zwar als ungebildete, ein wenig minderwertige Migranten, doch es waren ebenso seine Untertanen, wie die inländischen Angehörigen der Kakerlaken-Mittel- und Kakerlaken-Oberschicht.

»Es ist - nun mal - der Lauf - der Dinge. Die Großen - fressen - die Kleinen. Wir folgen - den Gesetzen - der Natur«, war Filtz' Kommentar zum täglichen Gemetzel in den Terrarien.»Fresst - fangt sie - holt sie - euch!«

Er genoss es, zuzusehen, wie die lebenden Insekten von den Eidechsen und Vogelspinnen und Agamen gejagt wurden.

Cuca-Radscha verfluchte den Filtz, wiegelte die Argentinier auf, heuerte Fluchthelfer an, sann auf Rache. Jedes Mal, wenn Filtz seine Zuchtkäfige leer fand, verstärkte er die Abwehrmaßnahmen: Er legte Gift aus, stellte Fallen auf, führte den ewigen Kampf der Menschen gegen die Kakerlakenplage.

Gegen Cuca-Radscha persönlich vorzugehen, wagte Filtz nicht, denn damit hätte er alle Tiere gegen sich aufgebracht. Reginald hasste Zwietracht unter den Bewohnern des Zoos, daher wurden persönliche Feindschaften nur im Verborgenen ausgetragen.

Cuca-Radscha versprach:»Irgendwann kommt der Tag der Rache, an dem wir Filtz für den grausamen Völkermord bestrafen werden«.

Aber der Wärter mit der Maske züchtete noch andere Insekten: zum Beispiel eine besonders aggressive Art von Erdwespen. Wozu dienten diese Wespen? Nun, er ärgerte sich über die Zoobesucher, die verbotenerweise die Nasenaffen mit Blitzlicht fotografierten, Abfälle auf den Boden fallen ließen oder Süßigkeiten und Essensreste ins Gehege warfen, was bei den unvernünftigen Nasenaffen, die sich alles in den Mund steckten, zu Magenverstimmungen, Durchfall oder Schlimmerem führte.

Die Zoobesucher, besonders die Kinder, schauten ihn stets komisch an, wenn er mit seiner Computerstimme sprach, oder sie erschreckten sich über seine Staubmaske, daher hatte er sich für diese Leute etwas Besonderes ausgedacht: Wenn er sie bei etwas Verbotenem erwischt hatte, schlich er unauffällig an der Person vorbei und berührte sie mit einem Wattestäbchen, das mit einer selbstgebrauten Substanz getränkt war. Dann ließ er eine der Erdwespen frei und die fand dann zielsicher den markierten Menschen und stach zu. Die Stiche drangen durch Blusen und Hemden, Latzhosen und Blue Jeans, sogar Mäntel, Jacken und Pullover, denn die Wespen hatten zentimeterlange Stacheln und waren ganzjährig im Einsatz. Diese »Impfungen«, wie er sie nannte, taten höllisch weh und die betroffenen Besucher schrien und tanzten mitten im Zoo als seien sie »von der Tarantel gestochen«. So führte Filtz die bösen Umweltsünder einer ersten milden Strafe zu, ohne dass man je herausfand, wer sich da als Polizist und Richter betätigt hatte.

Natürlich gab es immer mal wieder eine Anzeige wegen Körperverletzung, weil ein Besucher behauptete, er sei von einem zooeigenen Tierchen gestochen worden, aber ärztliche Gutachten bescheinigten stets, dass es sich um Wespengift handelte, auch wenn man sich wunderte, dass diese Insekten auch außerhalb der Zwetschgenkuchen-Saison ihr Unwesen trieben.

14

Zwanzig Meter tiefer, im untersten Bunker, blätterte Mario in einem vollgekritzelten Tagebuch und las. Das meiste war ihm völlig unverständlich.

Im Bücherregal stand eine lange, staubige Reihe weiterer Tagebücher.

Der Tagebuchschreiber hieß Filius und hatte mehr als vierzig Jahre in dieser Bunkeranlage zugebracht. Im ersten Band war er ebenso wie Mario zwölf Jahre alt gewesen. Er war das Kind von Wissenschaftlern, die an einem streng bewachten und geheimdienstlich gesicherten Projekt arbeiteten.

»Das Projekt ist kriegswichtig und geheim, sagen die Erwachsenen. Ich weiß nicht, was kriegswichtig *bedeutet, aber* geheim *verstehe ich. Niemand darf jemals etwas davon erfahren. Es ist so geheim, dass die Arbeiter, die mein schreckliches Zuhause errichteten, die ganze Zeit unter der Erde bleiben mussten. Wenn sie verletzt waren oder nicht mehr arbeiten konnten, wurden sie kurzerhand in die meterdicken Zementwände eingegossen.«*

Mario schauderte. War das möglich? Gab es Menschen, die zu so etwas fähig waren?

Wenn der Tagebuchschreiber nicht übertrieben hatte, bedeutete das: Ringsumher verwesten ermordete Bauarbeiter in den Betonmauern.

Er stellte sich vor, einer dieser Bauarbeiter gewesen zu sein und nun von allen Seiten umschlossen zu werden von kaltem Zement. Wollte das Schicksal ihn prüfen, indem es ihn immer wieder mit dem größten Grauen konfrontierte, das man sich vorstellen konnte?

Als das gespenstische Bauwerk vollendet war, zogen die Wissenschaftler ein, darunter die Eltern des Filius. Auch sie mussten im Bunker bleiben, durften nicht an die Erdoberfläche, damit der Feind auf keinen Fall von ihrer Tätigkeit erfuhr. Wenn einer von ihnen versucht hätte zu fliehen, oder auch nur krank geworden wäre und gebeten hätte, dass man ihn nach oben holte, was wäre geschehen? Gab es überhaupt eine Möglichkeit, mit der Welt da oben zu kommunizieren?

Filius hatte vergeblich nach einem Telefon gesucht, nach Nachrichtenleitungen, nach einer Treppe, einem Gang, einem Schacht. Immerhin gab es damals noch Gewächshäuser und Ställe für Schweine, Kühe und Hühner, große Vorratslager mit Konserven, Tierfutter, Chemikalien, Tanks mit Trinkwasser und Benzin, und was alles noch in einer abgeschlossenen, autarken Lebenswelt gebraucht wurde.

Die damaligen Machthaber oder Auftraggeber hatten den Bunker hermetisch verschlossen und planten wohl, sich Zugang zu verschaffen, wenn sie Forschungsergebnisse sehen wollten.

Doch irgendwann musste etwas an der Oberfläche geschehen sein, was dies verhindert hatte. Waren die Wenigen, die von dem Projekt wussten, gestorben und hatten das Geheimnis mit ins Grab genommen? War der Bunker in irgendwelchen Kriegswirren vergessen worden? War ein Flugzeug auf den oberirdischen Teil der Anlage gestürzt? Waren Bomben gefallen? Wieder und wieder stellte sich Filius in seinem Tagebuch diese Fragen.

Mario legte sich auf das schmuddelige Bett und starrte an die Decke, von der graue Zapfen und Bärte von Kalk hingen. Die Tränen in seinen Augen verwandelten die hässlichen Wasserflecke in grinsende Monster, die sich über ihn lustig machten und ihm die Zungen rausstreckten.

Wenn sein Vorgänger nach so langer Zeit einen Ausgang gefunden hatte, dann musste das für ihn doch auch möglich sein. Wie lange würde er hier durchhalten? Was sollte er essen, trinken, wovon sollte er leben?

Oben, in der normalen Welt, wartete seine Mutter auf Hilfe – hier unten aber konnte er nichts tun und so würde sie vielleicht sterben.

Wie er selbst auch, wenn er keinen Ausweg fände. Aber vielleicht wäre es die beste Lösung, wenn er stürbe? Durfte er das wollen?

In den folgenden Tagen inspizierte er die Tanks und die Vorratslager. Natürlich gab es keine Pflanzen mehr in den Gewächshäusern und keine Tiere in den Ställen. Aber es fanden sich Samen, die vielleicht noch keimen würden. Die Wassertanks enthielten noch faulig schmeckendes Wasser; für den Motor, der den Generator antrieb, war noch Diesel vorhanden. Der Heizöltank war allerdings leer, daher die Kühlschranktemperatur. In einigen Vorratsräumen fanden sich uralte Konserven mit wenig verlockendem Inhalt, Pumpernickel in Dosen, genau die Art Brot, die er überhaupt nicht mochte, Packungen mit muffig riechendem Zwieback, den er nur in allerhöchster Not essen würde, luftdicht verpackter Reis, den man vielleicht noch kochen konnte und Weizenkörner, von denen er nicht wusste, wie er sie zubereiten sollte. Eipulver, Milchpulver, Kartoffelpulver, undefinierbare getrocknete Früchte in Einmachgläsern, all das würde er irgendwann testen müssen. Verhungern und verdursten würde er wohl nicht, aber unvorstellbar leiden, weil es nichts gab, was er gerne aß, keine Spaghetti, kein Ketchup, keine Pommes frites, keine Fischstäbchen, keine Würstchen. Ganz zu schweigen von Süßigkeiten, Kaugummi, Schokoküssen, Schokoladeneiern, Fruchtgummi, Marshmallows, Lakritze und so weiter.

Es gab Tage, da tat Mario nichts anderes, als durch die dunklen Kellerräume zu wandern, Kilometer für Kilometer. Er zählte sinnlos seine Schritte und vergoss literweise Tränen. Dann wieder lag er tagelang apathisch auf dem Feldbett und wollte sterben.

Die Zeit verging unendlich langsam.

Mario suchte sowohl im Tagebuch des Filius, als auch in der Realität des Bunkers nach einem Hinweis auf einen Ausgang. Er durchsuchte alle Räume, alle Gänge, er schaute sich Wände, Decke und Boden genau an, tastete nach Ritzen und Spalten, jedoch ohne Ergebnis.

Er begab sich immer wieder zu der Stelle, wo er aufgewacht war und wo er den Zettel gefunden hatte. Der Raum war hoch und besaß eine Kuppel, als hätten die Erbauer hier eine kleine Kapelle geplant. Mario suchte die Wände ab, er stellte eine Leiter in den Raum und leuchtete zur runden Wölbung hinauf. Mit einer langen Metallstange sto-

cherte er an allen möglichen Stellen gegen die Konstruktion, doch es klang ebenso wie überall im Bunker nach
massivem Beton und keineswegs hohl.

In der leisen Hoffnung, dass etwas zum Essen oder zum
Trinken, vielleicht Schokolade oder Limonade hier erscheinen würde, suchte er diesen besonderen Raum regelmäßig
auf, doch auf dem feuchten Boden fanden sich lediglich
seine Fußspuren.

Sein Vorgänger Filius hatte auch versucht, mit einem
Funkgerät Kontakt mit draußen aufzunehmen, *aber da war
nur Rauschen zu hören*, schrieb er. Das Funkgerät stand da
noch, mit Staub bedeckt. Auf allem hier lag dicker Staub.

Dann wollte sein Vorgänger ein Loch in die Bunkerwand
sprengen. Er hatte Handgranaten gefunden, mehrere von
ihnen mit einem Mechanismus miteinander verbunden,
sodass sie gleichzeitig explodierten – im Tagebuch gab es
eine Zeichnung dazu – aber das Ergebnis war ein riesiges
Loch in der Wand, eine Höhlung, in die ein Kleinwagen
hineingepasst hätte. Dadurch wurde klar, wie dick diese
Wände waren. Filius platzten die Trommelfelle bei dieser
Explosion. Sie heilten zwar wieder, aber seitdem war er
schwerhörig.

Es gab noch welche von diesen Handgranaten, Mario
fand sie in einem Kleiderspind, hübsch aufgereiht. Sollte er
es auch einmal versuchen? Die Nische mit einer weiteren
Sprengladung erweitern? Natürlich würde er sich mit
Wachs getränkte Watte in die Ohren stopfen und dazu den
Kopfhörer vom Funkgerät aufsetzen und ganz weit weg-
gehen.

Er befand sich wahrlich auch in seinen Gedanken *auf
verrottenden Spuren*, wie es auf dem Zettel aus der Plastik-

tüte geschrieben stand. *Wessen* verrottende Spuren? Die Spuren des Kindes Filius?

Mario entnahm aus den Aufzeichnungen, dass alle Wissenschaftler, also auch die Eltern des Filius, irgendwann bei einem Experiment gestorben waren, vergiftet mit einer Art Kampfstoff oder so. Nur ein widerlicher alter Mann hatte eine Zeit lang überlebt.

Er las weiter im Tagebuch des Filius:

Wie lange werden die Generatoren noch arbeiten? Ist noch genug Diesel in den Tanks? Oder wird es bald dunkel? Was ist mit dem Sauerstoff? Schaffe ich es, die Pflanzen und Tiere am Leben zu erhalten?

Wäre ich doch besser auch gestorben. Keine Ahnung, warum ich verschont wurde. Keine Ahnung, warum ausgerechnet dieser Mistkerl überlebte, dieser alte Trottel. Er bringt mir zwar bei, wie man eine Kuh melkt, wie man Tomaten pflanzt, wie man Küken aufzieht, wie man Korn mahlt, wie die Sauerstoffanlage in Gang gehalten wird, wo das Wasser herkommt, wie Abfälle entsorgt werden, wie die Stromversorgung funktioniert, wie ultraviolettes Licht das Pflanzenwachstum beeinflusst, wann und wie und wo man wässern muss, wie ein Elektromotor und wie die Heizung arbeitet. Aber muss er immer gleich herumbrüllen oder mir gar auf die Finger hauen mit seiner Krücke, wenn ich etwas nicht richtig mache?

In ein paar Monaten soll ich alles lernen, wozu die Menschheit sich Zehntausende von Jahren Zeit gelassen hat?

Sicher, viele der Kenntnisse brauche ich zum Überleben. Aber diese ganzen sinnlosen, kleinlichen Gesetze des Alten:

Eier kochen mit ganz wenig Wasser unten im Topf, dann geht es schneller und spart Energie. Nach fünfeinhalb Minuten das Gas abschalten, die Eier kochen weiter – wir müssen Gas sparen.

Das Weiße in den gekochten Eiern muss hart sein, das Gelbe innen aber weich. (Der Mistkerl darf zwei gekochte Eier essen, ich aber muss mein rohes Frühstücksei trinken.)
Die Fingernägel immer hübsch kurz schneiden.
Die Hände gehören neben den Teller – auf den Tisch.
Bevor du ins Bett gehst, musst du die Küche aufräumen, das Geschirr abwaschen und du selbst musst auch sauber sein.
Kino nur einmal im Monat.
Bücherlesen einmal die Woche.
Lernen jeden Tag und im Traum.

Damals gab es wohl noch Hühner im Bunker – aber wieso musste Filius sein Ei *trinken*?

Mario nahm sich vor, den Filmprojektor und die Filmrollen in dem kleinen Kino mit den mottenzerfressenen roten Sitzen zu überprüfen, vielleicht konnte man das Ganze in Gang setzen?

In einem späteren Tagebuchband hieß es:
Der Mistkerl kann angeblich nicht mehr laufen. Er sitzt im Rollstuhl und den muss ich schieben. Wenn er mich hauen will, renne ich weg. Dann springt er aber plötzlich auf und watschelt wie eine Ente hinter mir her. Aber gestern ist er auf die Schnauze geflogen. Hihi.

Und wieder ein paar Monate später hatte Filius geschrieben:
Den Rollstuhl ins Gewächshaus geschoben. Der Alte flucht über die Tomatensetzlinge, die alle verwelkt sind, obwohl ich sie reichlich gegossen hatte. ›Zeig mir einen der Wurzelballen‹, krächzt er. Ich bücke mich, hebe eine Pflanze vorsichtig hoch und halte sie ihm dicht vor seine trüben Schielaugen.

›Und – was ist damit?‹, frage ich.
Keine Antwort.
Ich schaue ihn an, seine Augen sind starr. Der Alte ist tot!
Gott sei Dank, das hat lange gedauert.
Irgendwie bin ich jetzt aber doch traurig. Andererseits froh,
dass ich jetzt machen kann, was ich will: jeden Tag Kino.
Waschen, wenn ich will, aufstehen, wenn ich will, ins Bett, wenn
ich will. Ich tue, was ich will, soweit es in diesen zementierten
Gängen, in dieser Einsamkeit, zwischen diesen nackten Wänden
möglich ist.

— — — —

Den Alten im ††† entsorgt. Schrecklich. Ich habe geweint.
Nicht wegen des Alten, sondern wegen Papa und Mama.

Was bedeuteten die drei Kreuze? Eine Kirche? Ein Friedhof? So was gab es im Bunker nicht. Oder doch?

Mario musste einen Raum übersehen haben. Er wanderte zum hundertsten Mal durch alle Gänge, klopfte mit einem Hammer gegen die Wände, schaute unter alle Schränke und öffnete jeden an der Wand befestigten Spind, um zu prüfen, ob sich in seiner Rückwand nicht eine Öffnung zu einem Geheimgang verbarg.

Vor einem besonders großen und schweren Metallschrank entdeckte er Schleifspuren unter dem Schmutz des Betonbodens. Dieser Schrank musste einmal oder mehrmals von der Wand abgerückt worden sein.

Mario holte eine Brechstange aus der Werkstatt und damit schaffte er es, den Schrank Zentimeter für Zentimeter an der einen Seite von der Wand abzurücken. Tatsächlich tauchte dahinter eine rostige Eisentür auf. Der Schlüssel dazu lag am Boden, als habe ihn jemand vor vielen Jahren hinter den Schrank geworfen. Es brauchte einige Zeit, bis

Mario mit Öl und der Hilfe einer Zange den Schlüssel im Schloss gedreht hatte und die Tür sich öffnen ließ.

Er holte tief Luft. Würde er sein Gefängnis jetzt gleich verlassen können? Wie gut, dass die Tür sich nach innen öffnen ließ, wenn auch nur mit großer Anstrengung. Durch den Spalt drang ein Geruch nach Moder und Gruft. Er stemmte sich gegen die quietschende Stahltür und schob dabei etwas nach innen, das über den Boden schrappte. Dann klapperte es laut. Er fand einen Lichtschalter, der aber nicht funktionierte. Die Taschenlampe hatte längst ihren Geist aufgegeben und so musste Mario den Raum mit einer blakenden Petroleumlampe untersuchen. In deren flackerndem Schein sah er einen umgeworfenen Rollstuhl und ein mit Fetzen bekleidetes Skelett im Staub auf dem Fußboden.

Mumifizierte Gestalten in fast durchsichtigen, gelblich verfärbten Kitteln saßen an Tischen, als seien sie noch mit ihren Versuchen beschäftigt. Totenköpfe mit Brillen auf den gezackten Nasenknochen, skelettierte Hände, die Glaskolben umklammerten. Einer von ihnen war von seinem Stuhl gerutscht, streckte aber die Arme nach oben und krallte sich an der Tischkante fest, als wolle er sich wieder hochziehen.

Vorsichtig trat Mario zwischen die schaurigen Gestalten, konnte aber nicht verhindern, dass sich hier ein Arm, und dort ein Kopf löste und scheppernd auf dem Boden landete. Da war eine weitere Tür. Dahinter ein größerer Raum voller Regale, auf denen in Reih und Glied Tausende mannshoher Amphoren standen. Sie waren mit grünleuchtenden Totenköpfen bemalt und oben mit schwarzem Teer versiegelt.

Mit dem Brecheisen klopfte Mario die Wände ab, es klang massiv wie im ganzen Bunker. Auch an Boden und Decke gab es nichts, was auf angrenzende Räume schließen ließ. Das Amphorenlager war eine Sackgasse.

Mario durchquerte vorsichtig und auf Zehenspitzen wieder den Totenraum, schloss ihn ab, ließ aber den Schlüssel stecken und schob den Schrank vor die Eisentür.

Tage wurden zu Wochen, die Wochen fühlten sich an wie Monate. Irgendwann entdeckte er diesen Eintrag:

Im Teich ist zwischen den Seerosen eine seltsame Wurzel aufgetaucht. Es sieht so aus, als ob Blätter aus ihr heraustreiben wollten. Ich habe mit der Wurzel gesprochen, das Wesen ist groß, das Wesen will mir helfen, das Wesen braucht aber Zeit ...

Hatte es einen Teich in diesem Bunker gegeben? Wer war dieses *Wesen*? Handelte es sich um die Wurzel eines Baumes? Hatte auch Filius mit Bäumen sprechen können?

Mario geriet ins Träumen. Er erinnerte sich an die erste Begegnung mit seinen Baumfreunden Äskulus und Hallucia, nach seinem sechsten oder siebten Geburtstag:

Der heiße Sommer lachte. Er war auf eine alte, völlig von Efeu überwucherte Rosskastanie geklettert, die auf einem verwilderten Grundstück in der Nähe seiner Wohnung, nahe beim Alten Friedhof wuchs. Da gab es eine Plattform aus altersschwachen Brettern, Reste eines Baumhauses. Herrlich frei schwebend in der luftigen Sphäre der Kastanie.

Die Blätter raschelten im Wind, er spürte das Klopfen seines Herzens. Seine Brust und sein Bauch hoben und senkten sich mit jedem Atemzug. Es war vielleicht das erste Mal, dass er sich seines Körpers in dieser Weise bewusst wurde.

In der Ferne läutete die Glocke des Kirchturms.

Er beobachtete die Lichtpunkte, die die Sonne zwischen den hellen, fünf- und siebenfingrigen Händen der Kastanie und den dunkelgrünen Blättern des Efeu tanzen ließ. Wenn er die Augen zusammenkniff, bildeten sich Strahlen um die winzigen Sonnen, die er nach Belieben kürzer oder länger machen konnte. Wenn er den Kopf drehte, änderten diese Strahlen ihre Richtung. Wie auf den Heiligenbildern in einem Buch seiner Oma sahen diese goldenen Lichtfontänen aus. Mario dachte damals, dass er ein Engel sein müsse, wenn er etwas so Wunderbares mit seinen Augen erzeugen konnte. Er hielt diesen Heiligenschein für etwas, das außerhalb und unabhängig von ihm entstand.

Und dann war er einfach nur noch da, ohne zu denken, ohne etwas zu tun, an diesem sommerlichen Nachmittag.

Plötzlich murmelte eine tiefe Stimme, die aus dem Stamm der Kastanie zu kommen schien: »Hallo Mario, Kastanienkind.«

»Noch ist er ein Kind, aber warte nur, in ein paar Baum-Stunden wird er sich in eine picklige Nervensäge verwandeln, die uns genauso schlecht behandelt wie alle anderen Menschen«, quäkte es von irgendwoher.

»Frau Efeu! Dieser Junge ist ein Kastanienkind. Unsichtbar gezeichnet mit dem seltenen Muster«.

Mario schaute sich erschrocken um, weil er die Stimmen ganz dicht neben sich, oder hinter sich oder vor sich gehört hatte. Aber er war doch hier oben völlig allein, oder?

»Ist da – jemand?«, flüsterte er.

»Du musst langsamer sprechen, sonst verstehen wir dich nicht«, sagte die tiefe Stimme, und die hohe antwortete: »Das Sprechen mit menschlichen Säugetieren ist sinnlos und wird in gewissen Pflanzenkreisen als verbotene Verbrüderung mit dem Feind angesehen.«

»Wen kümmert's, ich tue, was ich will«, sagte die tiefe Stimme und fuhr fort: »Junge, wir können dir nur folgen, wenn du so langsam sprichst, dass du für einen Satz eine Minute brauchst.«

Mario fand das verrückt, aber er versuchte es: »Iiiiiiist daaaaaaaaaaaaaa jeeeeeeeeeemmaaaand?«, brummte er so langsam, dass er beim letzten Wort vergessen hatte, welches das Erste gewesen war.

»Ich bin Äskulus, die Rosskastanie, auf der du dich befindest«, kam die Antwort.

»Und ich bin Hallucia, die Efeupflanze – eigentlich auch ein Baum«, näselte es.

Mario sagte laut – und wunderte sich, dass er etwas sagte, weil er sehr ungern sprach: »Jemand veräppelt mich!«

»Langsamer«, tönte es zurück.

»Jeeeemaaaaaaaaaaaaaaand   vvveeeeeeräääääääpppelt mmmiiiiiiiiiiiiiiiiich«, brummte er, kam sich dabei allerdings ziemlich doof vor. Und das Wort *veräppeln* fand er plötzlich nicht mehr ganz so schön. Gab es das überhaupt, – *veräppeln?*

»Nein, das tun nur Apfelbäume«, kam die Antwort. »Eine Rosskastanie kann lediglich verrosten.«

Ein dunkles Rauschen ging durch den Kastanienbaum und der Efeu raschelte hell dazu. »Entschuldige, Äskulus«, tönte es, »ich wollte dich nicht verletzen.« Und zu Mario fuhr die Efeugefährtin des Kastanienbaums fort: »Vielleicht war es der Baumterrorist, der die Miniermotten schickte. Deren Larven fressen die Blätter meines Äskulus von innen, sodass die Rosskastanie verrostet, ehe der Sommer in voller Blüte steht.«

Äskulus sagte: »Das geht nur uns Bäume etwas an!«

»Vielleicht kann dieses Kastanienkind uns helfen?«, sagte die Efeu-Pflanze.

»Das ist nicht unsere Sache – Yggdrasil wird entscheiden, was getan werden muss. Und jetzt Schluss mit diesem Thema!« Und die Kastanie wandte sich wieder an Mario: »Wir sind deine Freunde und wir sind froh, dass du mit uns sprichst.«

»Ich kann es einfach nicht glauben – sprechende Bäume.«

Äskulus brummte knarrend: »Wir Pflanzen unterhalten uns genauso wie die Menschen. Nur viel langsamer. Doch ihr nehmt euch nicht die Zeit, uns zuzuhören. Ihr legt euch nicht mehr unter unsere Blätterdächer und schließt die Augen und öffnet eure Herzen und denkt an gar nichts. Dadurch sind die Erzählungen der Pflanzen und Bäume in Vergessenheit geraten.«

So war es geschehen, dass Mario sich mit diesen und anderen Bäumen anfreundete. Lediglich für einige Arten, wie dem Gummibaum im Lichthof der Schule oder dem *Ficus benjamini* in seinem Kinderzimmer, konnte er sich nicht erwärmen. Seine liebe Mutter hatte ihm den größten Raum der Wohnung als Kinderzimmer eingerichtet und war selbst in den kleinsten Raum gezogen. Der Gummibaum in der Schule hatte ihm irgendwann zugeraunt: »Bald stirbst du, Kastanienkind!«, und der *Ficus* wurde jeden Tag größer, nahm ihm den Platz zum Spielen und die Luft zum Atmen.

»Ich hasse diesen Baum noch mehr als die älteren Mädchen in der Schule«, sagte Mario und Gerlinde meinte dazu: »Das ist nur wieder deine üble Klaustrophobie. Und an die Mädchen wirst du dich nicht nur gewöhnen, sondern ...«, sie lachte, »wart's nur ab!«

Aber Mario fand das überhaupt nicht witzig. Eines Nachts war er aufgewacht und die Zweige des *Ficus* hatten geschwankt und gedroht, waren näher und näher gekommen, hatten sich gebogen und um seinen Hals gelegt. Er schrie, die Mutter kam. Da musste der Baum sein Zimmer verlassen. Mutter stellte ihn auf den Balkon, den er nach kurzer Zeit ganz für sich in Anspruch nahm. Als sie das Bäumchen kaufte, war es ganz mickrig gewesen, und nun wunderte auch sie sich, wie sehr es sich vergrößert hatte. Sie schnipselte mit einer Geflügelschere ein paar Zweige ab und aus den Wunden träufelte die Birkenfeige eine weiße Flüssigkeit, die die Haut verätzte. Später wurden die Blätter braun, denn der *Ficus* scheute das helle Sonnenlicht. Im Herbst starb er dann endlich, wurde mit der Schere zerschreddert und wanderte in die Biotonne.

Die Bäume Äskulus und Hallucia aber blieben Marios liebste Freunde, die er regelmäßig besuchte. Sie lehrten ihn, was die Menschen den Bäumen – neben Allem, was man essen kann – noch verdanken: Pfeil und Bogen, Tisch und Stuhl und Schrank, Schale und Besteck, Treppen und Häuser, Dächer und Räder, Zaun und Pflug und Zaumzeug, Boot und Kutsche, Harfe, Flöte und Geige, Dom und Brücke, Xylophon und Buchdruckerkunst, Bücher und

Eisenbahn und Strom aus Kohle und eigentlich fast alles. Und er lernte, dass Efeu und Kastanienbaum in Liebe miteinander verbunden waren und dass die Meinung mancher Menschen, der Efeu schade dem Baum, wie so vieles auf Nichtwissen beruhte. Gesunde Bäume liebten ihr Efeu und lebten in gegenseitigem Respekt. Efeupflanzen waren intelligent, sie wussten, dass sie mit ihrem Baum untergehen würden, wenn sie ihm schadeten.

Mario suchte den Teich, von dem Filius geschrieben hatte, konnte aber nichts finden. Gänge und Räume des Bunkers waren zu verwinkelt – ein Irrgarten. Er versuchte, einen Plan zu zeichnen, musste aber immer wieder von vorne anfangen, weil Gänge und Räume, Treppen und Schächte stets aufs Neue nicht zusammenpassten.

Marios Hoffnung, sich aus seiner Lage zu befreien, wurde Tag für Tag kleiner, bis sie nur noch aus einem tauben Gefühl im hintersten Winkel seines Gehirns bestand.

15

Mario träumte von den Zeiten, als er sich frei bewegen konnte, ja sogar die verhasste Schule erschien ihm jetzt wie das Paradies.

Hatte er es genossen, frei herumzulaufen, auf der Wiese und im Wald? Hatte er die Zeit mit seinen Bäumen gewürdigt?

Hatte er gewürdigt, dass er aus dem Fenster schauen und die Sonne oder den Mond sehen konnte, oder auch nur Wolken, Regen und Schnee, die Straßenlaterne vor dem Haus, die wandernden Lichterscheinungen an den Wänden seines Zimmers, wenn nachts die Autos durch seine Straße fuhren?

Nichts davon war hier möglich, er sah nur Lichtwolken, die sein Hirn erzeugte, wenn er die Handknöchel sanft auf seine Augenlider drückte.

Manchmal waren es keine Wolken, sondern große gelbe Ringe mit einer Sonne oder einem Mond in der Mitte. Die *glimmenden Augen* nannte er diese Erscheinung. Er konnte sie nicht willentlich erzeugen, sie tauchten nur auf, wenn es ihnen passte. Manchmal schienen sie sogar frei in der Luft zu schweben, wenn er den Blick im Raum wandern ließ.

Er hatte am Abend zuvor steinharte, getrocknete Rosinen ins Wasser geworfen, um sie aufzuweichen, und heute Morgen hatte er sie mit ekligen Haferflocken und muffig schmeckendem Milchpulver angerührt. Dazu gab es einen Trank aus steinhart zusammengebackenem Kakaopulver, das er erst mühsam mit einem Hammer hatte zerkleinern müssen. Natürlich konnte von Tageszeiten keine Rede sein, aber er hatte sich angewöhnt, die Zeit, zu der er aufwachte, Morgen zu nennen, und Abend die Zeit, zu der er ins Bett ging.

Von der Bunkerwand gegenüber starrten ihn wie gewohnt die Glupschaugen der Gnome an, die sein Gehirn erzeugte, wenn er dorthin schaute. Die schräge Decke seines Zimmers zu Hause war voll mit solchen Gesichtern; Gesichter, deren gelbe, braune, große und kleine Augen ihn beobachtet hatten, wenn er einschlief oder aufwachte. Sie lebten und lächelten, sie guckten manchmal fröhlich und manchmal traurig, und er liebte es, sie anzuschauen. Aber hier hatten sie alle den gleichen toten Ausdruck, dumpf und grau, denn ihre Augen waren ja nur Abdrücke von Astlöchern, die durch das Ausfüllen der Holzverschalung mit flüssigem Zement entstanden waren.

Es geschah plötzlich. Eben hatte er noch vor sich hin geträumt, da überkam ihn ein Schüttelfrost. *Ich werde nie wieder das Licht des Himmels erblicken!*

Arme und Beine zuckten unkontrolliert, sein Körper wand sich, verkrampfte sich, er fiel zu Boden.

Ich werde nie wieder die Sonne sehen!

Er atmete Staub, ohne es wahrzunehmen. Kalter Schweiß auf der Haut, Druck im Hirn.

Ich werde nie wieder einem anderen Lebewesen begegnen!

Wie böse Kraken krallten sich die Worte in seinen Gehirnwindungen fest, fraßen sich durch Nervenbahnen in sein Rückgrat, ließen seine Haut brennen, vergifteten ihn. *Hilf, hilf, hilf!* schrie seine Seele und *Gott, Gott, Gott!* Laut wollte er es schreien im kalten Verlies, aber aus seinem Mund quoll nur unmenschliches Stöhnen. *Alles loslassen, das Leben, die Zukunft, die Hoffnung und das Leiden! Das Leiden zuerst!*

Erst sehr viel später ließen die Anfälle nach. Er fühlte sich eiskalt, völlig zerschlagen, fühlte sich wie begraben unter schwarzer, schwerer, zäher Materie. Wie unter einem eingestürzten Wolkenkratzer. Ein Leichentuch, kilometerdick. Nicht zu durchdringen. Durch nichts zu zerstören.

Und dann sah er sie, die glimmenden Augen. Sie bezwangen die Finsternis.

Er schloss die Lider – sie verschwanden. Er öffnete die Lider – sie schauten ihn an.

»Was ist das?«, fragte er, ohne eine Antwort zu erwarten.

Die *glimmenden Augen* schlossen und öffneten sich.

Mario hatte irgendwo gelesen, dass man Figuren in Trickfilmen schon dadurch belebt erscheinen ließ, dass man ihnen einen Lidschlag verpasste.

War er jetzt verrückt geworden? Sah er Geister?

»Was ist das?«, fragte er abermals und plötzlich ertönte eine leise Stimme, ein wenig pfeifend, als ob ein winziger Mensch dicht über einem Flaschenhals sprechen würde: »Kann ich nicht leiden, gesehen zu werden.«

War das der Geist der Finsternis?

Dann wusste Mario plötzlich, dass es sich um eine Intelligenz handelte, und er wusste auch, was diese Intelligenz tat – sie passte auf ihn auf, damit er nicht völlig durchdrehte. Deshalb beobachteten ihn die Augen.

»Hat Yggdrasil dich geschickt?«

»Nein, *du* hast mich geschickt«, antwortete die Intelligenz.

»Ich?«

»Du bist ich. Ich bin deine Gedanken, ich bin deine Idee, ich bin dein Gewissen, ich bin dein Geist. Was du dir vorstellst, was du dir ein-bildest, was du erträumst, das bin ich. Und du.«

»Wie lange bist du schon da?«

»Sehr lange.«

»Und du bist gekommen, weil ich deine Hilfe brauchte?«

»Du brauchst keine Hilfe.«

»Ich brauche keine Hilfe?«

»Nein, denn du bist stark. Stärker als du jemals dachtest.«

»Aus welcher Zeit stammst du?«

»Was ist Zeit?«, fragte die pfeifende Stimme.

»Das, was vergeht, was gestern war, was morgen sein wird?«

»Ich kenne nur, was ist und was immer war.«

»Warum bestehst du nur aus Augen?«

»Ich bin, was du denkst und was du weißt.«

»Aha«, antwortete Mario, und tat, als hätte er verstanden. Doch dann kam ihm eine Idee: »Wenn ich mehr weiß, bist du dann mehr, größer, deutlicher, mehr Körper?«

»Ich bin und bleibe Erscheinung. Alles, was du kennst und weißt und alles, was du wissen wirst.«

Mario hatte nur eine sehr vage Vorstellung davon, was die Stimme meinen könnte, aber er nahm sich vor, es zu ergründen.

Er schöpfte wieder Hoffnung, doch es dauerte lange, bis er sich von den seltsamen *Zuständen* dieses Tages erholt hatte, oder besser, dieser Nacht.

16

Die Situation der Eltern veränderte sich nicht, der Erfinder Lam-Pi-Jong rief nicht an, von dem Jungen keine Spur. Die Schule hatte sich wegen Marios Nichterscheinen ans Jugendamt gewandt, das Jugendamt wollte Marios Mutter sprechen, aber die lag ja im Koma. Später war sogar einmal die Polizei erschienen, musste aber unverrichteter Dinge wieder abziehen. Sabrina hatte den Beamten unmissverständlich klargemacht, dass weder sie, noch die Praxis de Winter in irgendeiner Weise für Mario verantwortlich war.

Rado allerdings hatte immer noch ein schlechtes Gewissen.

Wie gelähmt saß sie in ihrer Klause und starrte auf ihr Handy, das nicht klingeln wollte. Mehrfach versuchte sie, Lam-Pi-Jong zu erreichen, aber da meldete sich nur der Anrufbeantworter.

Schließlich hielt sie es nicht mehr aus, schwang sich aufs Fahrrad und radelte zum Wasserturm des Erfinders.

Schon von Weitem sah sie, dass der voll beladene Küchenstuhl inmitten des Gestänges unterhalb der Kugel herunterglitt. War Lam-Pi-Jong etwa dabei, auszuziehen, zu flüchten, Beweismaterial zu beseitigen?

Als sie beim Wasserturm ankam, stolperte der Genbiologe Podoll gerade die letzten Stufen der Treppe herunter und begann hektisch das Zeug, das auf dem Stuhl festgezurrt war, zu seinem Porsche zu tragen.

»Was machen Sie da?«, rief sie.

»Das geht dich gar nichts an, du Napfschnecke«, antwortete Podoll.

Rado hatte sofort den Verdacht, Lam-Pi-Jong habe Podoll einen Ersatz für den Zeiter geliefert, aber ehe sie das nachprüfen konnte, hatte der Geschäftsmann die prallen Bündel in sein Auto gestopft, sich selbst mühsam dazugezwängt und war davongerast, nicht ohne noch »Du Ungeziefer!« geschrien zu haben.

Sie fuhr ihm hinterher, aber das war hoffnungslos. Wenigstens kannte sie nun die Richtung: Er fuhr *nicht* zu seinem Fabrikgelände.

Rado radelte zurück zu Lam-Pi-Jongs Turm, preschte die Treppe hinauf, klingelte, klopfte, aber der Erfinder machte nicht auf.

»Ich warte händeringend auf Ihren Anruf, aber Sie melden sich nicht. Mit dem Podoll hingegen machen Sie sogar Geschäfte. Haben Sie ihm einen neuen Zeiter gegeben?«

Rado legte das Ohr an die Tür. Von drinnen meinte sie, ein feines Stimmchen zu hören. Es klang wie die künstliche Stimme des Roboters Loll.

Rado drückte die Klinke herunter – und stand im Vorraum von Lam-Pi-Jongs Behausung. Hinter einer Tür hörte Rado den Roboter sprechen: »Junge Dame, bitte befreien Sie mich. Ich bin hier eingesperrt!«

Rado drehte den Schlüssel, die Tür öffnete sich.

Loll stand vor ihr.

»Vielen Dank! Mein Herr und Maestro war ausgegangen und sein Kunde, Doktor Nicodemus Podoll, war gekommen, um auf ihn zu warten. Er behauptete, einen Termin zu haben, und weil ich auf äußerste Höflichkeit programmiert bin, habe ich ihn eingelassen. Dann bat er mich, ihm die Toilette zu zeigen und obwohl ich wusste, dass er wusste, wo sich die Toilette befand, konnte ich ihm den Wunsch nicht abschlagen. Er brachte mich dazu, ihm den Toilettenschlüssel, der innen steckte, zu überreichen, und er hatte nichts Besseres zu tun, als diesen zu nehmen und mich einzuschließen. Im Nachhinein ist mir klar, dass ich einen Fehler gemacht habe, aber meine künstliche Intelligenz arbeitet sklavisch ab, was ihr Programmierer hinein-programmiert hat.«

»Was hat Podoll mitgenommen?«, fragte Rado.

»Das weiß ich nicht, ich habe ihn nur im Lager rumoren hören.«

In diesem Moment trat Lam-Pi-Jong ein: »Was ist hier los?«

»Podoll hat sich in Ihrer Werkstatt selbst bedient. Wahrscheinlich hat er sich den Ersatz-Zeiter geholt, den ich so dringend haben muss!«

»Das kann nicht sein, ich habe keinen Zeiter mehr.«

Der Roboter berichtete seinem Maestro. Lam-Pi-Jong wurde bleich, schüttelte den Kopf und lief in seine Werkstatt. Rado ging hinterher und sagte: »Toll! Wozu haben Sie einen Roboter, wenn er nicht mal Ihre wertvollen Sachen bewachen kann?«

Der Loll folgte den beiden: »Ich kann, ich kann. Aber mein Höflichkeitsmodul hindert mich an gewissen Dingen.

Ebenso mein Anti-Gewalt-Modul. Ich hätte die Toilettentür mit dem kleinen Finger aufsprengen können, aber der Maestro hat den zugehörigen Algorithmus deaktiviert.« Lam-Pi-Jong murmelte Unverständliches. Er starrte auf den Bildschirm eines Computers. »Dieser Schuft hat sich Zugang zu einer Datei verschafft. Eine Katastrophe. Ich muss dringend mal etwas nachschauen.« Er stürmte in sein Lager und warf leere Kartons auf den Boden. »Der Anzug fehlt. Ich weiß, was der Kerl vorhat. Aber daran wird er sich die Implantate ausbeißen«.

»Klären Sie mich bitte auf«, sagte Rado.

»Er hat zwar die Geodaten, aber er weiß nicht, was ihn dort erwartet. Er hat zwar meinen härtesten, feuerfestesten Anzug zum Felsen-Surfen, aber er hat keine Ahnung, was härter ist als Diamant.«

Loll sagte: »Verehrter Maestro, dennoch hätte ich diesen schlimmen Diebstahl unbedingt verhindern wollen.«

»Lieber Loll, ich werde deinen Programmcode korrigieren.«

»Professor Lam-Pi-Jong, es geht hier um das Leben meines Vaters und um Mario und seine Mutter! Ich weiß, dass Sie mir wichtige Informationen vorenthalten.«

Der Erfinder dachte unterdessen laut: »Ich habe mal mit ›Zeitrettern‹ experimentiert, das sind Zeitmaschinen, die man einsetzen kann, wenn der Zeitreisende sein Steuergerät verloren hat oder wenn es kaputtgegangen ist. Mit Zeitrettern wird man um das Jahr 3000 versuchen, solche Gestrandeten zurückzuholen.«

»Wir brauchen *jetzt* eine Rettung, nicht im Jahr 3000!«

»Bezüglich meiner Experimente hatten mir zum hundertsten Mal wichtige Komponenten gefehlt und ich habe den Retter niemals ausprobieren können. Als ich ihn konstruierte, hat mich das traurig gemacht, denn mir wurde wieder einmal schmerzlich bewusst, dass niemand aus dem Jahr 3043 versucht hatte, *mich* zu retten.« Lam-Pi-Jong schniefte. »Na gut, ich denke also, wenn man den Zeitretter mit umgekehrtem Vorzeichen auf deinen Freund Mario richten könnte ...«

Rado sagte: »Mario ist nicht mein Freund. Und er ist doch gar nicht in einer falschen Zeit, sondern *an einem falschen Ort* – falls er überhaupt noch irgendwo ist.«

»Da hast du recht, aber versuchen könnte man es trotzdem.«

Lam-Pi-Jong verschwand abermals in seinem Lager und kramte. Murmelte vor sich hin. Kam schließlich zurück, mit einem schweren Kasten im Arm, aus dem Drähte heraushingen.

»Das ist das Teil.« Der Erfinder öffnete das Gerät, entnahm ihm eine Mappe und blätterte darin.

»Mist! Das Ding wird uns nicht helfen. Man braucht das atomare Schwingungsmuster der Person, die man zurückholen will.«

Rado fragte: »So etwas, wie man es einem Suchhund zum Schnüffeln geben würde, damit er eine Fährte aufnimmt?«

»So ähnlich. Aber Kleider funktionieren leider nicht, es sei denn, sie wären aus Metall gewebt ...«

»Mario war eine Weile mit einem Telefonkabel gefesselt und in der alten Standuhr eingesperrt ...«

Lam-Pi-Jong warf die Arme in die Luft. »Richtig, das haben wir ja in der Aufzeichnung gesehen. Wenn das ein Kupferkabel war, wovon ich ausgehe, dann hat das wie eine Spule gewirkt und war damit ein Empfänger für elektrische Felder. Dadurch, dass der Gefesselte eine Zeit lang im Gehäuse einer Uhr gefangen war, könnte ein winziges Zeitloch entstanden sein. Haben wir das Kabel, wäre es vielleicht möglich, die Raum-Zeit-Koordinaten auszulesen.«

»Das Kabel liegt in meinem Zimmer. Ich habe es beschlagnahmt, weil ich dachte, man könnte es mal für eine illegale Aktion gebrauchen. Soll ich es holen?«

Lam-Pi-Jong rieb sich die Hände. »Her damit! Wir versuchen, ihn aus der Zukunft zu retten, das ist zwar illegal, aber ...«

»Er ist nicht in der Zukunft, verdammt noch mal!«, rief Rado.

»Ja, ja, dann eben aus der Vergangenheit, das ist zwar auch verboten ...«, murmelte Lam-Pi-Jong vor sich hin und schraubte an dem Gerät.

»Er ist auch nicht in der Vergangenheit! Er ist in der Gegenwart, nur wo?«, rief Rado.

»Genau, genau. Er ist in der Gegenwart, nur wo?«, sagte Lam-Pi-Jong, ohne aufzublicken. »Vergangenheit, Gegenwart, Zukunft ... ist sowieso alles eins, Zeit ist zwar eine Illusion, dennoch sind Veränderungen der Zeitstruktur streng verboten«, murmelte er vor sich hin. Dann rief er laut: »Das Kabel holt das Kerlchen! Husch, hurtig das Kabel geholt.«

Und so machte sich Rado auf den Weg.

Sie dachte: *Wie gut, dass ich das Kabel »gesichert« habe, andernfalls hätten die Leute von der Polizei es mitgenommen. Ob Lam-Pi-Jong es wohl schaffen wird, Mario damit zurückzubringen?*

17

Die *glimmenden Augen* waren inzwischen zu wunderschönen Augen geworden, Augen wie einsame, tiefe, klare Bergseen, die man stundenlang anschauen mochte, in denen man sich versenken konnte und die unendliches Wissen und uralte Weisheit ausstrahlten.

Augen, mit denen man selbst in der dunkelsten Nacht noch etwas sah, Augen wie Teiche, die den Himmel spiegelten. Ein Himmel, in dem gar unversehens eine Sonne oder ein Mond auftauchte, wenn es Zeit war, oder über den der große Schatten einer Kumuluswolke huschte, oder der kleine Schatten einer Fledermaus.

In diesen Augen konnte man lesen und es gab keine Zeit, es gab nur das Hier und Jetzt.

Das Wesen, dem die Augen gehörten, hatte Mario seinen Namen genannt, oder vielmehr, es hatte Mario ermutigt, den Namen zu finden. Aus irgendeinem Grund fiel ihm der Name *N'Bongoo* ein.

Das Wesen sagte: »Du hast dir diese Augen gewünscht und deshalb habe ich diese Augen. Fahre fort, stelle dir intensiv vor, wer und was ich bin. Gib mir Gestalt, indem du mich vor deinem inneren Auge erschaffst und mich deutlicher und deutlicher siehst. Erst wenn du ganz genau weißt, wie ich für dich aussehe, werde ich auch körperlich für dich da sein.«

»Könnten andere Menschen dich dann auch wahrnehmen?«

»Du wirst es herausfinden.«

Mario zeichnete, konstruierte, beschrieb, modellierte, gestaltete. Aus einer vagen Idee wurde nach und nach etwas Größeres, das sich belebte.

Am Anfang hatte er sich darauf versteift, dass der N'Bongoo den Körper eines Tieres bekommen müsse, vielleicht eines Bären oder einer Agame oder eines putzigen Elefanten. Aber etwas in ihm wehrte sich, legte einen Schalter in seinem Gehirn um, wenn er an vier Beine dachte und an zwei Augen und zwei Ohren. Als seine Baumfreunde Äskulus und Hallucia ihn seinerzeit baten, sich eine Pflanze vorzustellen, die als Avatar auf der Pflanzenversammlung dienen sollte, hatte er den gleichen Widerstand in seiner Seele gespürt. Und welche Erleichterung war es gewesen, als er plötzlich *wusste*, dass er als Fliegenpilz gehen sollte. Auch wenn das gründlich in die Hose gegangen war.

Hatte der N'Bongoo etwa die Gestalt eines Fliegenpilzes? Nein, das konnte nicht sein. Aber der N'Bongoo war vielleicht wie eine Pflanze geformt. Gab es Pflanzen, die knuddelig wie Tiere waren, weich und anschmiegsam und kuschelig?

Mario erinnerte sich an die weichen Blätter der Königskerzen im Garten seiner Oma, die leider schon lange tot war. Wie hatte er es geliebt, diese Blätter zu streicheln. Zieste, Wolliges Wollblatt – in ihrem Steingarten hatte die

Großmutter viele Pflanzen mit Blättern wie aus Filz gehegt und gepflegt.

Plötzlich meinte er sich zu erinnern, dass diese Oma ihm sogar eine Knuddelpflanze aus weichem Samt genäht hatte, als er noch ganz klein war. Sie war hellgrün und silbrig und hatte viele braune, wuschelige Stoffwurzeln. Ihre großen Blätter schmiegten sich zärtlich an die Haut seiner Wange, bevor er einschlief.

Seltsam, dass er dieses Spielzeug vollständig vergessen hatte. Oder handelte es sich nur um die Erinnerung an einen Traum? Man konnte dem eigenen Gehirn niemals hundertprozentig trauen. Auf jeden Fall würde es ihn trösten, sich in diesem grauenvollen Bunker etwas Ähnliches zu erschaffen. Eine Kuschelpflanze, mit der er einschlafen konnte, die er sich um den Hals legen würde und der er seine unzähligen Sorgen anvertrauen durfte.

Mario bedauerte, dass er keine Biologie-Bücher hatte und keinen Internetzugang, um Abbildungen und Beispiele zu finden. Er musste sich alles selbst ausdenken, wie ein Architekt oder ein Comic-Zeichner oder ein Fantasy-Autor.

Doch irgendwann war es so weit. Der N'Bongoo stand vor ihm auf dem Tisch. Es war ein kleiner Baum, eine Art Bonsai-Weide. Uralt, mit warmen und weichen Blätterzungen, einem gedrungenen, kuscheligen Stamm, mit den schönsten Augen, die man sich vorstellen konnte. Weil der N'Bongoo sehr alt zu sein schien, fühlte sich Mario an Yggdrasil erinnert. An Sagen und Märchen aus längst vergangener Zeit. Mario musste weinen. Er spürte, wie ein gewaltiger Seufzer in seinem Bauch entstand und sich einen Weg zu seiner Kehle bahnte.

Die Weide schaute ihn mit ihren imposanten Augen an.

Als er wieder sprechen konnte, fragte er: »Wie findest du dich?«

»Ich sehe, du bist glücklich mit dem, was du geschaffen hast. Nur das ist wichtig. Ich selbst bin lebendiges Dasein und weiß nur, dass ES da ist. Für mich selbst habe ich keine Form und kein Urteil.«

Mario war ein wenig enttäuscht, dass der N'Bongoo nichts zu seinen schöpferischen Künsten zu sagen hatte, nicht einmal, als er ihn sich auf die Schulter setzte und vor den Spiegel trat.

Doch als der N'Bongoo wenig später plötzlich jauchzte, einen Riesensatz mit seinen schnellen Wurzeln machte und sich mit seinen biegsamen Zweigen an den von der Decke baumelnden Kabeln der Hängelampen davonhangelte, wusste Mario, dass er gute Arbeit geleistet hatte.

Jetzt war er nicht mehr allein; endlich hatte er einen lieben Gefährten in diesen traurigen Mauern.

Einige Tage später – oder waren es Wochen? – wachte Mario auf, bewegte sich aber nicht, weil er seltsame klickende Geräusche hörte.

Vorsichtig öffnete er die Augen und sah, dass der N'Bongoo auf dem Tisch stand. Seine Zweige und Blätter zitterten, die Augen quollen aus den Höhlen, als wenn er sich furchtbar anstrengte.

Plötzlich erschien eine Kugel vor dem N'Bongoo, nein, das war ein Gürteltier, denn es rollte sich sofort aus und schnupperte an seinen Wurzeln.

Der N'Bongoo atmete aus, wischte sich den Schweiß von der Krone und entspannte sich.

Aber wieso hatte das Gürteltier so viele Beinchen? Der N'Bongoo ergriff es und drehte es um.

Da erkannte Mario, dass es sich um eine riesige Kellerassel handelte.

Der N'Bongoo zitterte wieder, hielt die Luft an, blies sich auf und nach einigen Minuten war die Kellerassel wieder verschwunden.

Nein, sie war nicht verschwunden, sie war nur ganz klein geworden, klein, wie Kellerasseln eben sind.

»Was hast du da eben gemacht?«, getraute sich Mario zu fragen und der N'Bongoo antwortete: »Ich trainiere.«

»Kellerasseln?«

»Nein. Vergrößerung und Verkleinerung von Kellerasseln. Groß und klein sind nur Illusionen, optische Täuschungen, abhängig davon, wer du bist und wie du denkst.«

»Aber ich habe doch eine feste Größe, oder?«

»Na klar. Aber für einen Walfisch scheinst du eine Wanze zu sein und manche denken gar, du seist ein Nichts, was ja von Weitem gesehen auch zu stimmen scheint. Wie gesagt, ist es aber eine Täuschung. Eine Verdrehung der Tatsachen.«

☼

Mario hatte sich in einem abseits gelegenen, halbrunden Raum einen Komposthaufen eingerichtet, weil er hoffte, die verrottende Biomasse irgendwann zum Düngen verwenden zu können. Dorthin trug er nun einen ganzen Eimer voll verdorbener Lebensmittel: widerlich stinkende Reste pulverisierter Nudeln und verfaulter Pilze, vertrocknete Marmeladenkrusten und gekrümeltes Knäckebrot sowie einen Beutel schimmelndes, klumpiges Milchpulver.

Die meisten Lebensmittel im Bunker waren verdorben oder verdarben in kurzer Zeit, nachdem Mario sie aus der Verpackung genommen hatte. Andererseits war es erstaunlich, dass so vieles noch essbar war. Mario wunderte sich, dass in den Vorratsregalen jede Menge eingeschweißte, feste Nahrung wie Nüsse, Zwieback, Trockenobst und Trockenfleisch lagerte, – alles, was man zu Brei verarbeiten konnte, war jedoch so gut wie verbraucht.

Als ob sein Auge durch die Anwesenheit des N'Bongoo schärfer geworden war, sah er plötzlich unter dem rottenden Abfall und den kläglichen Überresten seiner Zuchtversuche, mitten in dem schlammigen Durcheinander, etwas Helles herausragen, etwas, das aussah wie eine Spargelspitze.

Der N'Bongoo schaute den hellen Trieb an, nahm ihn nachdenklich zwischen die Zweige und schüttelte dann heftig die Krone.

Er ergriff Marios Hand und versuchte, ihn von der Stelle wegzuziehen.

Doch Mario war zu neugierig, was es mit diesem Ding auf sich hatte, das im Begriff war, sich wie die Knospe einer Lotosblume aus dem Schmutz zu erheben.

Vorsichtig grub er mit den Händen und bald gab es keinen Zweifel: Es handelte sich um eine Pflanze oder zumindest den Teil einer Pflanze.

Er erinnerte sich an die Stelle im Tagebuch seines Vorgängers, wo dieser ein lauschiges Plätzchen mit plätscherndem Springbrunnen schilderte, das die Architekten des Bunkers für Freizeit und Erholung der Wissenschaftler komponiert hatten. Fische und Schildkröten und Seerosen gab es da und ein Bänkchen mit Rückenlehne.

Mario schaute nach oben, da hingen kaputte Lampen – Höhensonnen, wie sie auch in den Gewächshäusern angebracht waren.

Der N'Bongoo hatte sich mittlerweile hinter Mario versteckt und rief:»Er sieht dich!«

Als Mario die Reste der Sitzbank entdeckte, wusste er, dass er den Platz gefunden hatte, an dem etwas für Filius Entscheidendes geschehen war: Genau hier hatte sein Vorgänger Kontakt mit einem lebenden Baum aufgenommen.

Als ob der»Spargel«seine Gedanken gelesen hätte, hob er sich aus dem Unrat empor, wurde größer und der Stängel verzweigte sich wie im Zeitraffer. Es bildeten sich Seitentriebe und dann wuchsen sogar gelbe Blättchen aus den Knoten der seltsamen Pflanze.

Mario berührte sie, streichelte das sehnige, ja schon fast holzige Stämmchen, das schnell eine dunklere Farbe annahm. Er war fasziniert und gleichzeitig schauderte ihn. Er räumte den Müll auf der Bank zur Seite und setzte sich, lehnte sich an. Ja, das schien das Bänkchen zu sein, von dem Filius geschrieben hatte.

Der bisher so unangenehme Geruch dieses Ortes machte einem Duft von tropischen Blüten Platz; plötzlich zwitscherten exotische Vögel und an der Wand schnalzten Mauergeckos. Jetzt sah er auch die Schildkröten mit ihren bunten Panzern und Fische im klaren Wasser des Teichs. Die Pflanze, die sich zwischen den Wasserrosen erhob, war die Wurzel eines größeren Baumes, an deren Spitze sich kräftige grüne Blätter gebildet hatten.

Wie in Trance sprach er zu der Wurzel:»Gehörst du zu einem Baum? Bist du das Wesen, das den armen Filius aus diesem Bunker befreite? Kannst du auch mir den Weg zeigen?«

Die Wurzel drehte sich langsam, als ob sie eingebaute Mikrofone auf ihn richten wollte.

Plötzlich wusste er, dass er einen tödlichen Fehler begangen hatte. Es handelte sich tatsächlich um die Wurzel eines Baumes und diese Wurzel konnte nur zu Reginald aus dem Regenwald gehören. Warum hatte er die Warnung des N'Bongoo in den Wind geschlagen? Er befand sich doch unterm Zoo und im Zoo wuchs die Würgefeige.

»Die Würgefeige Reginald hat den Filius gerettet, sie muss ihn durch eine verborgene Spalte ans Tageslicht gezogen haben. Die müssen wir jetzt nur noch finden.«

»Keine Zeit!«, sagte der N'Bongoo. »Komm!«

Er packte Mario am Arm und zog ihn zu dem Gang, wo dieser den rostigen Metallschrank wieder vor die Stahltür geschoben hatte. Der Raum der Toten. Mario ergriff das Brecheisen, das er neben dem Schrank liegen gelassen hatte. Eile war geboten, denn Reginald würde sicher den alten Pfleger mit der Maske losschicken, um den furchtbaren Befehl auszuführen. Der alte Mann würde Mario töten!

Schon erklangen Geräusche aus Richtung der »Kapelle«, wo er an seinem ersten Tag im Bunker gelandet war. Kommandos wurden gegeben, die Nasenaffen schrien, es ertönte das Quietschen einer ungeölten Seilwinde.

Mario schaffte es, den Schrank wegzurücken, er schloss die Tür auf, versuchte vergeblich, das Monstrum wieder davorzuschieben. Verschloss die Tür von innen. Vielleicht würden Filtz und die Affen den abgerückten Schrank übersehen. Die Augen des N'Bongoo leuchteten im Dunkeln, dennoch stolperte Mario über die Knochen und Totenköpfe auf dem Fußboden.

Wohl durch den Luftzug, den die beiden erzeugten, zerfielen weitere tote Wissenschaftler mitsamt der Reste ihrer Kleider zu Staub, der im Raum aufwirbelte. Mario musste niesen, hielt sich die Nase zu, tastete sich zur Tür, die zu dem Lager mit den vielen Amphoren führte.

Die grünlichen Totenköpfe mit den gekreuzten Knochen darunter schimmerten fahl. Mario rannte weiter. Er hörte das Triumphgekreisch der Affen, die wohl den abgerückten Schrank entdeckt, die abgeschlossene Tür aufgebrochen hatten und sich schon im ›Leichenraum‹ aufhielten. Die Computerstimme des Tierpflegers sagte: »O Vater - o Mutter - das Kastanienkind - hat - Euer Grab - entweiht - jetzt - hat es - endgültig - den Tod - verdient.« Dann wurde die Tür zum Lager geöffnet und die Affen schwärmten mit ihren Stablampen zwischen den Regalen aus, was Mario nicht nur sah und hörte, sondern auch roch.

»Wo können wir uns verstecken?«, flüsterte er, aber der N'Bongoo schüttelte seine Krone und zeigte nach oben. Der Raum hatte ja nur einen Ein- und keinen Ausgang und so kletterten sie auf das höchste Regal. Von dort konnten sie beobachten, wie die Nasenaffen näher und näher kamen. Zwischen den Amphoren war kaum Platz und es bestand die Gefahr, dass eine von ihnen runterfiel und den Affen zeigte, wo sie sich befanden. Hatten die Nasenaffen gute Nasen? Sicherlich; warum sonst trugen sie solche beeindruckenden Riechkolben? Aber vielleicht litten sie gerade an Schnupfen?

»Habt - ihr - ihn - endlich? Er muss - doch - hier - sein!«, sagte die mechanische Stimme und die Nasenaffen antworteten mit autohupenartigem Geschrei. Dann bewegte sich eine Hand am Rande des Regals zwischen den Amphoren hindurch, schob eine Amphore beiseite und im flackernden Licht der suchenden Stablampen blitzten zwei fast menschlich wirkende, braune Augen und eine überdimensionale, birnenförmige Nase schnüffelte ungeniert am N'Bongoo, der ihr einen schmerzhaften Hieb versetzte ...

18

Im Wasserturm drehte Professor Lam-Pi-Jong aufgeregt an den Knöpfen des überholten und modifizierten ›Zeitretters‹.

»Etwas ist passiert, aber was?«

»Aber was?«, fragte Rado.

»Mario ist nicht mehr dort, wo er war, so viel ist sicher – aber ich kann ihn auch nicht woanders orten.«

»Wehe, Herr Professor!«

»Was soll ich denn machen? Wir haben hier eine recht alte Maschine, ein Prototyp, nicht fertiggebaut, ich habe nie herausgefunden, woran genau es lag, dass ich nicht in meiner Zeit landete!«

»Das ist also doch eine Zeitmaschine?«

»Was denn sonst, ich bin Spezialist für Zeitmaschinen«.

»Missglückte Zeitmaschinen!«

»Nicht missglückt, sondern Entwicklungsstufen, Prototypen, Muster …«

»Muster ohne Wert.«

»Muster *mit* Wert! Das ist ein Zeitretter, und soweit ich sehen kann, ist Mario von dort, wo er sich befand, *gerettet*. Das war die Aufgabe und das Ziel.«

»Aber wo ist er jetzt?«

»Ich vermute, er ist in der Zukunft gelandet. Zeitumkehr. Das gibt es, dieses Phänomen.«

»Aber in welcher Zukunft?«

»Das ist die große, unbeantwortete und vielleicht für immer unbeantwortbare Frage.«

Rado konnte sich nicht mehr beherrschen. Sie ging auf den Erfinder los und trommelte mit beiden Fäusten auf seine Brust. Lam-Pi-Jong wehrte sich nicht, gab nur seltsame Töne von sich, die Weinen oder Lachen bedeuten konnten. Als sich Rados Wut in einen Weinkrampf verwandelte, ließ sie von dem Erfinder ab und vergrub sich in den Kissen auf dem Ledersofa.

19

»Er ist weg, verschwunden, hat sich in Luft aufgelöst«, rief der Nasenaffe im Bunker und Banaba, sein Chef, antwortete:»Das kann nicht sein, so was gibt's nur im Märchen.«

»Und ein süßes Affenmädchen mit unvergleichlichen Ohren und Augen war bei ihm«, sagte der Nasenaffe.

»Unmöglich«, antwortete Filtz. »Banaba - deine Leute - rauchen zu viel - sie sehen - Geister.«

»Und es hatte mindestens sechs Schwänze, so was habe ich noch nie gesehen.«

»Halt die Klappe«, sagte Banaba.

Die Affen suchten weiter und Filtz schöpfte ein wenig Hoffnung, denn ihm war klar gewesen, dass er bestraft werden würde, weil er das Kastanienkind nicht wie von Reginald befohlen getötet, sondern lediglich in den Bunker gesperrt hatte. Wenn man es aber nicht fand? Dann konnte er sagen, er habe Reginalds Befehl ausgeführt.

Wenn Reginald Marios Leiche als Beweis sehen wollte, würde er einfach die Knochen eines Skeletts einsammeln und diese dem Baum präsentieren. *Hier mein Meister, das*

sind die sterblichen Überreste von Mario, dem Kastanienkind,
deinem Widersacher, den ich für dich vernichtet habe.

Auf eine Weise war Filtz dem Mario sogar dankbar, hatte der ihn doch dazu gebracht, über seinen Schatten zu springen und wieder den schrecklichen Raum aufzusuchen, in dem seine Eltern den Tod fanden.

Doch dann fiel ihm ein, dass es möglicherweise Knochen seiner Eltern sein würden, die er dem Reginald in einer Bananenkiste präsentieren wollte. Eine fürchterliche Vorstellung.

Und was würde geschehen, wenn Reginald ihm trotz eines Schädels oder einer Knochenhand nicht glaubte? Oder, noch schlimmer, wenn das Kastanienkind irgendwann wieder auftauchte? Und es würde wieder auftauchen, dessen war er fast sicher.

Er musste sich etwas einfallen lassen.

20

Für Mario fühlte es sich an, als wären Pfropfen aus seinen Ohren geflogen.

Der Raum hallt, der Fußboden glänzt, es riecht nach Bohnerwachs. Mario lugt vorsichtig vom Regal herunter, schaut nach rechts, schaut nach links. Der Raum ist völlig verwandelt, von hellem Neonlicht erleuchtet, frisch gestrichen. Die Amphoren sind verschwunden, stattdessen stehen ordentliche Reihen von Akten in den Regalen. Keine Affen zu sehen, zu hören oder zu riechen. Der N'Bongoo ist verschwunden. Mario traut sich, vom obersten Fach herunter zu klettern und in Richtung des Totenraums zu gehen. Plötzlich biegt eine Tanne um die Ecke, sie schiebt ein Wägelchen mit Akten. Mario will flüchten, kann sich aber vor Schreck nicht bewegen.

»Aus dem Weg, Kastanienkind!«, ruft das Bäumchen. Mario macht Platz, starrt dem Tännchen noch fassungslos hinterher, als ein weiterer wagenschiebender *Ficus* ihm schmerzhaft gegen die Fersen prallt: »Du machst dich besser endgültig von unserem Acker!«

Mario sucht nach dem N'Bongoo. Er geht in den Totenraum, aber die Toten sind nicht tot. Sie sitzen an ihren
Tischen und arbeiten an Computern. Es sind Haselnuss-
büsche, deren Zweige flink in die Tastaturen hauen und mit
ihren weichen Blättern über Bildschirme und *Touchpads*
streichen. Es riecht nach frischem Kaffee.

Am Ende des Ganges findet Mario sich in einem hellblau
schimmernden Dom, einer Kathedrale, die wie das Innere
einer Glockenblume geformt ist. Verwundert schaut er sich
um. Die Kathedrale leuchtet, die blaumilchigen Wände sind
von zartem Geäst durchzogen, dahinter befinden sich
Lichtquellen, die einen sanften, schattenlosen Schein
erzeugen. Zwischen Boden und Kuppel erhebt sich ein glä-
serner Zylinder, in dem ein Fahrstuhl abwärts schwebt. Mit
gedämpftem »Bing« schieben sich die gewölbten Türen
auseinander, Büsche und Bäume mit Akten unter den
Ästen und mit Mobiltelefonen an der Dolde steigen aus.
Mario zögert, steht in der Tür. »Rein oder raus!«, rufen die
Pflanzen. Mario steigt ein. Erst als der Fahrstuhl schon in
Bewegung ist, wird ihm klar, dass er nun in seiner »Kapelle« nach oben fährt, in dem gruseligen Raum, wo er die
Tüte und den Zettel fand.

Der unterste Geheimbunker, in dem er eingesperrt war,
ist plötzlich ästhetisch verkleidet, ein hypermoderner
Lastenaufzug wurde eingebaut.

Der Aufzug hält in einem Zwischenstock, da steigen
zwei Bäumchen aus und zwei andere steigen ein. Mario
identifiziert einen wunderbar blühenden Holunder und ein
Apfelbäumchen, an dem kleine grüne Äpfel hängen.

Also hat bereits der Sommer angefangen.

Wieder ein Stockwerk höher will Mario mal probeweise
aussteigen, aber ein Maulbeerbaum drängt ihn wieder in

den Fahrstuhl und schaut ihm mit seinen Beeren streng in die Augen. »Kein Zutritt hier, Zentralcomputer und das Gehirn des Meisters sind Sperrgebiet. Heiligtum des *Großen Hallimasch*.«

Der Holunder und der Apfelbaum flüstern miteinander: »Das ist das Kastanienkind, fährt wohl spazieren am Ort seiner früheren Tätigkeit für unseren Meister.«

Dann steht Mario mitten im Zoo, unter der Glaskuppel, in der es nur so wimmelt von Pflanzen aller Größen, die sich schnell bewegen wie Bienen rund um einen Bienenstock. Der *Ficus benghalensis* Reginald ist nicht da; an seinem Platz steht ein prächtiger Thron, mit Edelsteinen und goldenen Blättern verziert. Dieser Thron hat keine Beine, er ruht stattdessen auf lebensecht aussehenden menschlichen Figuren, die auf allen vieren kriechen. Die menschlichen Puppen versuchen, ihre Köpfe hochzustrecken, die Zungen hängen ihnen aus dem Mund und die Augen quellen gespenstisch hervor.

Und dann steht Mario auf der Straße.

Er sucht weiter nach dem N'Bongoo, er ruft ihn, vergeblich. Er weint. Kaum hatte er einen Freund gewonnen, wurde er ihm auch schon wieder genommen.

Er geht um den Zoo herum, hört Sirengeheul, das Jaulen eines Krankenwagens, Hupen, die Stimmen vieler Menschen. Massen strömen an ihm vorbei, Leute, die Babys tragen, beladene Kinder- und Bollerwagen schieben, Koffer schleppen. Menschen mit weißen Tüchern vorm Gesicht, Menschen mit Gasmasken. Am Straßenrand sind Zelte des Roten Kreuzes aufgebaut und Männer in orangefarbenen Raumanzügen tragen Bahren hinein und hinaus. Mitten auf der Kreuzung steht ein Polizist auf einer Kiste und versucht, den Verkehr zu regeln, was aber hoffnungslos scheint.

Die Szene wirkt gespenstisch, wie in einem Katastrophenfilm oder einer Fernsehreportage aus Bürgerkriegsländern.

Warum hat man Mario freigelassen? Warum hat ihn niemand aufgehalten? Die Feigenbäume im Zoo schienen ihn zu kennen, wiederzuerkennen, sie schienen zu wissen, dass er das Kastanienkind ist, aber offensichtlich ist er uninteressant geworden, ungefährlich, kein Feind mehr, sondern ein bedeutungsloses Rädchen im Getriebe. Er hat das Gefühl, als ob sein Kopf fiebern, ja platzen würde, dann wieder wird ihm kalt und er zittert. Oder ist das Ganze ein verrückter Traum?

Mario dreht sich schnell um die eigene Achse. Irgendwo hat er mal gelesen, dass man auf diese Weise feststellen kann, ob man träumt. Wenn man träumt, verschwimmt die Umgebung und wird milchig. Ein viel besserer Test, als wenn man sich in den Arm zwickt, denn davon muss man ja nicht unbedingt aufwachen. Man kann träumen, dass man nicht träumt.

Die Umgebung bleibt solide und fest, aber ihm ist jetzt schwindlig.

Es wird dunkel, doch die Straßenlaternen schalten sich nicht ein. Es werden Feuer entzündet, jemand verbrennt Autoreifen. Es stinkt. Mario geht zum Haupteingang des Zoos, alle Tore stehen offen, niemand hält ihn auf. Fackeln stecken im Boden. Die Tiere sind in bejammernswertem Zustand, haben offensichtlich seit Tagen nichts zu fressen bekommen. Die Menschen sind mit ihren eigenen Problemen beschäftigt. Hier und da kampieren Banditen auf den Wiesen und drehen Spieße, an denen Ziegen aus dem

Streichelzoo stecken. Auf den Wegen türmen sich Haufen von Abfällen.

Mario nähert sich dem Elefantenhaus, das wie ein orientalischer Palast aussieht. Heraus dringen laute Flötentöne und Blasmusik, dazu das rhythmische Hupen der Nasenaffen. Er geht hinein. Keine Elefanten, auf einer Bühne spielt eine Blaskapelle aus Schierlingspflanzen, verschieden dicken Bambusgräsern und Trompetenblumen. Die Affen tanzen oder sitzen auf Bänken und schunkeln und trinken.

Manche kauen auf dicken Bohnen herum, als wären es Zigarren. Bei jedem Biss wippen ihre grotesken Riechorgane rhythmisch mit.

Ein alter Gorilla singt: »My Way«. Weißer Nebel kriecht über die Bühne, bunte Scheinwerfer drehen sich. Reginald tanzt in der Mitte des Raumes, dirigiert mit seinen Zweigen die Musik der Kapelle und lässt seine Luftwurzeln schwingen. Das erzeugt wimmernde Töne wie von singenden Sägen.

Jetzt hat Reginald ihn entdeckt. »Da bist du ja, Kastanienkind! Lange dachten wir, du würdest mich hindern, aber jetzt ist es zu spät. Der *Große Hallimasch* hat unsere Gebete erhört. Du hast versagt! Wir haben gewonnen! Wir sind die Herren der Welt. Beherrscher allen Lebens. Komm her, setz dich zu uns und trink einen Schluck!«

Eine freundliche Schimpansin flüstert Mario zu: »Mach das bloß nicht, das ist alles Gift! Das Werk des *Großen Hallimasch*. Tödlich für Menschen, weniger gesund für Tiere, nur gut für Pflanzen. Es fragt sich allerdings, wie lange noch.« Dann lacht sie meckernd und setzt eine Whiskyflasche an den Hals.

Mario flüstert:»Draußen ist der Strom ausgefallen. Wieso habt ihr hier Elektrizität?«

»Reginald hat das alte E-Werk in Filtz' Unterwelt in Gang gesetzt. Und sogar Bühnennebel kann er erzeugen!« Reginald hat die letzten Worte mitgehört. Er trommelt sich mit einigen Luftwurzeln auf seinen Hauptstamm. Diese Geste hat er sich von den Affen abgeschaut. »Wir machen unser eigenes Trockeneis. Aus Kohlenstoffdioxid. Alle Vorteile der Zivilisation sind unser – alle Nachteile werden abgeschafft!«, ruft er.

Mario senkt den Kopf und fragt:»Und wo ist Filtz, der Mann mit der Maske?«

Reginald lacht meckernd.»Er singt Arien mit seinem neuen Sprachcomputer, poliert sich die Fingernägel und lässt sich Zöpfe flechten. Weil er dich verschont hat, wollte ich ihn eigentlich töten, aber dann stellte sich heraus, dass es der genialste Schachzug aller Zeiten war, dich in der Unterwelt gefangen zu halten.

Dir haben wir alles zu verdanken, was wir erreicht haben. Hoch lebe das Kastanienkind! Prost!«

Reginald nimmt Platz an dem langen Tisch, seine Luftwurzeln greifen die herumstehenden Flaschen und Gläser und setzen sie alle gleichzeitig an unzählige Astlöcher. Es gluckert überall in dem großen Baum und die Affen sowie die anderen Bäume klatschen. Eigentlich wollten sie auch auf das Wohl des Kastanienkindes trinken, aber Reginald hat kein einziges Trinkgefäß auf dem Tisch stehen lassen.

»Was habt ihr mir zu verdanken? Was habe ich getan?«, fragt Mario.

»Er weiß es nicht! Er hat uns das Geheimnis offenbart und weiß es nicht«, rufen die Anwesenden,»Der *Große Hallimasch* hat uns erlöst, dem Kastanienkind sei Dank!«

21

Rado hatte sich inzwischen wieder beruhigt. Sie fragte: »Und wie kriegen wir den Jungen zurück in unsere Zeit?«

Lam-Pi-Jong erklärte: »Die Zeit funktioniert wie eine Fahrt mit der Eisenbahn. Du bist stets an einem bestimmten Ort auf der Strecke, hinter dir liegt die Vergangenheit, und vor dir die Zukunft. Doch der Weg von der Gegenwart in die Zukunft ist keine eingleisige Strecke. Es gibt viele Möglichkeiten und viele Abzweigungen. Von oben betrachtet, ist das Gleisnetz verästelt – wie in der Nähe eines Bahnhofs – aber der Zug kann immer nur eine bestimmte Strecke fahren.«

»Auf welchem Bahnhof wird Mario ankommen, Herr Lam-Pi-Jong?«

»Man kann den Verlauf der Reise nicht vorhersagen. Der Zufall stellt die Weichen. Unsere Zeitmaschine ist wie ein Hubschrauber, der mit Lichtgeschwindigkeit über dem Gleisnetz fliegt und versucht, vorherzusagen, auf welchem Bahnhof der Zug enden wird. Aber eines ist sicher: Du erscheinst in einer *möglichen* Zukunft.«

»Wo wird Mario also landen?«

»Ein ehernes Gesetz lautet: Du darfst niemals dort landen, wo du dir selbst begegnen könntest! Also es darf NIE hundertprozentig *deine* Zukunft sein! Andernfalls würde man das Zeit-Raum-Kontinuum zerstören. Mit anderen Worten: Wir müssen die Zeitmaschine an einem Platz deponieren, wo Mario sich auf keinen Fall selbst begegnen wird.«

»Und haben Sie eine solche Zeitmaschine?«

Lam-Pi-Jong begab sich in seine Werkstatt und kramte.

Rado starrte auf den Bildschirm des stummgeschalteten Fernsehers, auf dem sich in steter Folge die Bilder des Tages wiederholten. Was diese Bilder darstellten, nahm sie nicht wahr. Für sie war es Informations-Konfetti, bunte Pixel-Kompositionen einer verrückten Zeit, die sie anschauen musste, weil sie sich pausenlos bewegten, deren Sinn sie aber nicht verstand.

22

Mario ist wieder auf der Straße. Es ist Nacht. Am Straßenrand flackern Feuerchen, die Straßenlaternen sind dunkel,
offensichtlich ist der Strom ausgefallen. Niemand beachtet
ihn. Alle scheinen hastig unterwegs zu sein, wohin? Er
fragt ein Kind, das eine Puppe an sich drückt: »Wohin
wollen alle diese Leute?« Es streckt nur den Arm aus und
hetzt weiter. Ein Polizist schwenkt eine viel zu große
Taschenlampe wie einen Flammenwerfer.

»Können Sie mir sagen, was hier los ist?«

»Aus dem Weg« ist die ruppige Antwort. Dann dreht
sich der Mann um, leuchtet ihm ins Gesicht, sodass er
nichts mehr sieht: »Du gehst besser nach Hause zu deiner
Mami.«

Bevor Mario eine böse Antwort geben kann, fällt ihm
ein, dass das vielleicht gar keine schlechte Idee ist. Aber wo
ist seine Mutter? Noch im Krankenhaus? Oder in ihrer
Wohnung? Er entschließt sich, zuerst zur Villa von de
Winter zu gehen. Dort weiß man sicher am ehesten
Bescheid.

Unterwegs wird das Tohuwabohu immer schlimmer. Ein Wagen des Technischen Hilfswerks sitzt im Gewühl fest und aus den Lautsprechern tönt es: »Achtung, Achtung, hier spricht der Katastrophenschutz. Bitte bleiben Sie in Ihren Häusern. Schließen Sie alle Fenster und Türen. Vermeiden Sie jeden Kontakt mit Menschen und Tieren. Trinken Sie nur abgekochtes Wasser!«

Am Straßenrand haben fliegende Händler Stände aufgebaut, im Schein schwankender Kerosinlampen nimmt Mario wahr, dass sie Gasmasken und Plastikflaschen mit Trinkwasser und Petroleum verkaufen. Manche haben Notstromaggregate aufgestellt, die einen höllischen Krach machen und ihre Abgase in die Umwelt blasen. Er schiebt sich weiter durch die Menge. Eine Frau, die ein Kind auf dem Arm trägt, bricht vor ihm plötzlich zusammen. Sie wälzt sich am Boden, das Kind schreit. Niemand achtet auf die beiden, die Leute steigen einfach drüber. Mario kniet neben der Frau. Sie hat Krämpfe, Schaum steht ihr vor dem Mund. Das Baby ist dunkel angelaufen, ob grün oder blau, das kann man im flackernden Schein der Lampen nicht unterscheiden. Es stößt einen schrillen Ton aus.

»Kann ich Ihnen irgendwie helfen?«, fragt Mario die am Boden liegende Mutter.

»Geh weiter. Du steckst dich nur an«, bringt die Frau mühsam hervor und erbricht sich über Marios Schuhe und eines seiner Hosenbeine.

Er bemerkt nicht den Lastwagen, der rücksichtslos durch die Menge pflügt – erst als die Stoßstange ihn am Rücken berührt, hört er das ohrenbetäubende Horn seiner Hupe. In grellbunte Plastikanzüge gehüllte Männer mit Schutzmasken springen vom Wagen.

»Mach, dass du hier wegkommst!«, schreien sie und drängen Mario zur Seite. Blitzschnell heben sie Mutter und Kind auf und werfen sie unsanft auf die Ladefläche, wo stöhnende und schreiende Menschen gedrängt sitzen und liegen. Menschen, die sich vor Schmerzen krümmen, Leute mit dunkel angelaufenen Gesichtern. Einige wirken wie tot. Um den Lastwagen summt eine dichte Wolke gieriger, schillernder Fliegen. In Panik rennt Mario weiter.

Als er in die Vorstadt kommt, wird es stiller, aber auch fast völlig dunkel. Hinter zugehängten Fenstern irrlichtert der Schein von Taschenlampen, flackern Kerzen und Petroleumleuchten.

An der Villa de Winter, *Schöne Aussicht Nr. 116*, dröhnt ein Notstromaggregat. Das schmiedeeiserne Tor ist weg, das Haus ist als Lazarett hergerichtet. Vor dem Haus türmen sich Kartons mit Leichensäcken. Weder von Rado, noch von Sabrina, noch von Dr. Robin de Winter, geschweige denn von seiner Mutter haben die Leute etwas gehört. Immerhin klärt ein Mitarbeiter des Roten Kreuzes Mario auf: »Das ist eine absolut tödliche Krankheit – kein Land auf der ganzen Welt, auch keine Insel ist noch sicher. Manche sagen, dass Terroristen dahinter stecken, aber das ist Blödsinn, denn am Ende wird niemand übrig bleiben. Selbst wenn die Verbrecher dagegen immun wären, würde es ihnen nicht viel nützen.«

»Wer ist schuld an dieser Sache?«

»Außerirdische! Außerirdische, die die Menschheit auslöschen und den Planeten Erde übernehmen wollen. Eine bessere Erklärung kann es nicht geben.«

Mario denkt, dass etwas anderes dahinterstecken muss, aber er weiß nicht, was es ist. Trägt er irgendwie eine Mitschuld an dem Schlamassel? Hat er etwas falsch gemacht?

In der Halle läuft ein Fernseher. In allen Städten der Welt sieht es gleich aus: In Fußballstadien, auf öffentlichen Plätzen, auf breiten Straßen hat man Zelte errichtet. In Schulen, Turnhallen und Gemeindezentren sterben die Menschen, Hunderttausende in jeder Sekunde. Die Friedhöfe sind überfüllt und auf Wiesen und Äckern werden Notfriedhöfe errichtet. Die Wissenschaftler forschen mit Hochdruck und versuchen ein Gegenmittel zu entwickeln. Doch selbst wenn sie das schaffen würden, gäbe es keine Menschen mehr, die man behandeln könnte. Viele Forscher sterben während der Arbeit. Auch Reporter sterben, während sie live im Fernsehen von der Katastrophe berichten. In den Sendezentralen dreht niemand Bild oder Ton ab, weil auch dort fast alle Mitarbeiter von der tödlichen Krankheit dahingerafft wurden.

Auf einem Fernsehbild, wo der Nachrichtensprecher über seinem Tresen zusammengesunken ist, kann man das Datum lesen.

Mario versucht, zu rechnen. Sicher, er war lang im Bunker eingesperrt, und er weiß, dass in kurzer Zeit große Veränderungen in der Welt eintreten können, aber hier muss es sich um viele Jahre handeln. *Bin ich jetzt älter, als ich vorher war?*

Im Haus hängt ein gesprungener Spiegel. Mario erkennt sich nicht wieder. Aber nicht, weil er älter oder größer geworden ist, sondern weil er vor Schmutz starrt und weil er dünn ist wie ein Besenstiel und weil seine Kleider verschlissen und unmodern sind. Er weiß jetzt, er hat ein Zeitproblem. Er war nicht der Typ, der genau auf Jahreszahlen achtete, aber die Zahl auf dem Fernsehbild war größer, als er sie in Erinnerung hat. Wer kann das Zeitproblem lösen?

Mario geht zum alten Friedhof, zu seinen Baumfreunden. Sie werden ihm helfen. Doch er findet sie nicht. An der Stelle, wo sie sein sollten, ragt ein kahler Stamm mit leeren Stümpfen von Ästen in die Luft, umwachsen von toten, hölzernen Kabeln. Das kalte Mondlicht zeigt nur nacktes, abgestorbenes Holz. Mitten im Sommer stehen Äskulus und Hallucia ohne ein einziges grünes Blatt da. Wo sind all die Äste, wo ist die Plattform, auf der Mario so viele Stunden verbrachte?

Mario legt sein Ohr an ein Astloch. Ihm scheint, als hörte er eine hüstelnde Stimme. Eine Stimme, die aus weiter Ferne kommt, wie von einem Baby, das man tief unter der Erde in einen Sarg gesperrt hat. Hohl klingt sie und mickrig und Mario glaubt, seinen Namen zu hören: »Kastanienkind!«

Plötzlich taucht ein taumelndes Tännchen auf, nein, eine Eibe. Ihre Nadeln sind flach und schütter und bleich. Wie ein abgehalfterter Weihnachtsbaum sieht sie aus, wie ein vertrockneter Strunk, den man nach dem Fest auf den Abfall geworfen hat. Reste von Lametta und Weihnachtsschmuck baumeln von den Zweigen des jämmerlichen Bäumchens, auf seiner Spitze sitzt etwas, das wie ein schadhaftes Gebiss aussieht, der erbärmliche Rest einer Krone.

»Hallo Kastanienkind«, seufzt das Gerippe mit heiserer Stimme.

»Du kennst mich?«, fragt Mario verwundert, doch dann dämmert es ihm. »Yggdrasil?«

»Ja, der bin ich – der war ich!«

»Der König der Bäume, der Herrscher der Pflanzenwelt?«

»Reginald hat mich abgesetzt, schau, wie seine Schergen mich verunziert haben.«

Yggdrasil streckt einen Zweig mit zerbrochenem gläsernen Weihnachtsschmuck vor und deutet auf ein Bündel schmutziger kleiner Fliegenpilze aus Pappmaschee. Ironie des Schicksals?

In diesem Moment kommt ein Windstoß und diese Karikatur eines Baumes wird davongeweht wie eine Windhexe in der Wüste.

Mario rennt der traurigen Parodie eines Weltenbaums hinterher.

»Wo ist meine Mutter?«, ruft er.

»In dieser Zeit ist sie ein Baum, noch im Saft, aber nicht mehr lang, wenn sie Reginald weiter widersteht«, stößt Yggdrasil hervor. »Geh in die andere Zeit, geh zurück, wenn du sie retten willst!«

»Aber wie komme ich dahin? Wo ist der N'Bongoo?«, fragt Mario, doch Yggdrasil hört ihn nicht mehr, wie ein ausgetrockneter Wüstenteufel weht er davon und verschwindet in der Dunkelheit.

Mario geht zurück zur Villa de Winter, verkriecht sich in den Park hinterm Haus. Die Kastanienbäume lassen reife Kastanien fallen, die platzen auf und flüstern: »Ja, ja, hier bist du richtig. Hier haben sich dein und unser Schicksal erfüllt«.

Dort ist die Terrasse, auf der er seine Mutter und den Psychologen fand. Die Terrasse ist leer, die zerbrochenen Platten sind von Flechten und Moos bedeckt. Ein verrosteter Kühlschrank und ein Stapel leerer Kisten türmen sich auf. Er folgt einem schmalen Weg, da steht eine verfallene Laube unter den Kastanien. Er erinnert sich dunkel, sie bei seinem ersten, schicksalhaften Besuch in der Villa gesehen zu haben, damals rankten sich Rosen an ihren Gitterwänden. Er geht hinein, setzt sich. Dann ist ihm, als ob durch das verfaulte Holzgitter eine schwarze Wolke kröche, die sein Gesichtsfeld mehr und mehr einengt und ihn umhüllt. Er sieht nichts mehr, nur wabernde dunkle Schwaden. Er will weinen, aber es kommen keine Tränen.

Die Rosskastanien raunen sich zu: »Er ist da, aber in der falschen Zeit. Er ist da, aber zu spät.«

23

Rado und Lam-Pi-Jong waren auf dem Weg zur Villa de Winter. Rado wunderte sich, dass Lam-Pi-Jong sich immer wieder umschaute und überhaupt, es war ihr verdammt schwergefallen, ihn aus seinem kugeligen Wasserturm zu locken.

»Haben Sie Angst, dass Ihr Turm plötzlich umfällt, oder warum schauen Sie dauernd da hoch?«

»Ich prüfe nur, ob man ihn von hier aus sehen kann.«

»Man kann ihn von überall sehen, er steht am höchsten Punkt der Stadt. Das kann ja auch nicht anders sein, denn als er noch Wasser enthielt, war nur von dort der Wasserdruck hoch genug, um alle Haushalte zu versorgen.«

»Genau. Deshalb habe ich ihn mir zur Wohnung erkoren. Du bist ein schlaues Kind.« Und wieder drehte Lam-Pi-Jong sich um und schaute nach seinem Turm.

Rado sagte: »Nicht schlau genug.« Denn sie ärgerte sich zum hundertsten Mal darüber, dass sie die Fernbedienung fürs Garagentor bei Podoll verloren hatte und die Garage jetzt zu war und sie den Haupteingang benutzen mussten.

Das bedeutete, Sabrinas Vorwürfe anhören zu müssen und ihr zu erklären, wer Lam-Pi-Jong war.

Sabrina stand schon in der Tür: »Dein Vater und Marios Mutter sind zurück! Ich musste das Sprechzimmer ausräumen, weil die Pflegebetten und die medizinischen Geräte nirgendwo sonst hingepasst hätten. Ich werde gerade zur Krankenschwester ausgebildet und du solltest dem Unterricht ebenfalls beiwohnen, damit du jederzeit einspringen kannst.«

Sabrina war aufgeregt und hatte nur die Probleme im Kopf, die ihr die zwei Komapatienten verursachen würden.

Rado wurde bewusst, wie seltsam Lam-Pi-Jong mit seinem glatten Eierkopf und den buschigen Ernie-Augenbrauen auf normale Menschen wirken musste, aber Sabrina nahm ihn praktisch nicht zur Kenntnis.

Sie führte die beiden ins Behandlungszimmer, dort waren ein Angestellter und ein Pfleger des Krankenhauses mit den Geräten beschäftigt. Rado wunderte sich, dass sie so ruhig blieb, als sie ihren Vater wie tot daliegen sah.

»Warum ist Marios Mutter auch hier?«

»Wo sollte sie denn sonst hin?«

Rado bemerkte, dass Lam-Pi-Jong Sabrina versonnen anstarrte: »Professor!«

Lam-Pi-Jong zuckte zusammen. Er fragte den Krankenpfleger: »Darf ich mal einen Blick werfen?«

»Sind Sie Arzt?«

Rado sagte schnell: »Das ist Professor Lam-Pi-Jong. Er ist Spezialist für Fälle wie diese.«

Sabrina schien skeptisch, sagte aber nichts.

Lam-Pi-Jong zog ein Vergrößerungsglas aus der Tasche und hob die Bettdecken über den Füßen der Patienten an. Nach einer Weile brummte er: »Zeitereinfluss. Wie ich es mir schon gedacht hatte. Zwanzigfacher Zeitrücktrieb. Mikro-Ansatz von Wurzeln und Rinde. Wässern wäre angesagt.«

Zum Pfleger sagte er:»Halten Sie die Füße feucht! Jede Stunde ein feuchter Umschlag.«

Zu Rado sagte er leise:»Siehst du die Hautfarbe? Wenn wir nicht bald den Zeiter zurückhaben, können wir schon mal ein Plätzchen im Garten für sie suchen.«

Und laut fragte er:»Was sagt der Kollege in der Klinik?«

»Dem fällt nichts mehr ein. Er hat alles versucht, ist machtlos, hat aufgegeben.«

Lam-Pi-Jong nickte:»Wir müssen uns beeilen.« Und wieder schaute er zum Fenster hinaus.

Rado fragte Sabrina:»Hast du etwas von Mario gehört?«

»Nein. Wegen seiner Mutter habe ich genug Sorgen. Vielleicht gehst du mal wieder zur Polizei?«

»Die tun doch nichts. Wir müssen uns selbst drum kümmern.«

Sabrina verzog den Mund.

Rado und Lam-Pi-Jong gingen in den Park. Rado fiel auf, dass der Erfinder sich so positionierte, dass er seinen Wasserturm im Blick behielt. Sie dachte: *Der Mann hat Angst und er hat etwas zu verbergen.* Aber im Moment musste sie sich auf andere Dinge konzentrieren.

Sie fragte Lam-Pi-Jong:»Wie kriegen Sie Mario denn nun in Ihren genialen Zeithubschrauber hinein?«

Lam-Pi-Jong dozierte:»Der Zeithubschrauber muss wissen, in welche Richtung – Winkel der Zeit – und wann genau Mario gestartet ist. Denn nur zu diesem Startpunkt kann er zurück. Allerdings ist der Zug der Zeit nun nicht mehr dort, weil ja in der Gegenwart auch Zeit vergangen ist!

Wie kommt man nun vom Start- und Landepunkt zu dem Ort, wo der Zug jetzt ist?

Hat man die Reise selbst angetreten, ist das einfach, denn man geht in der eigenen Zeit dorthin zurück, wo man abgereist ist und wo das Zeitreisegerät sich noch befindet, falls nicht der schlimmste Fall eingetreten ist …«

Lam-Pi-Jong schniefte und schaute nach seinem Turm. Sabrina erschien auf der Terrasse, Lam-Pi-Jong bemerkte sie und winkte ihr verlegen zu.

Rado trat von einem Bein aufs andere. »Sie reden und reden, aber wie sieht es mit Taten aus?«

»Hier haben wir aber einen ganz anderen Fall: Mario ist gebeamt worden von einem Gerät, das nicht mit ihm in die Zukunft gereist ist. Um aus der Zukunft in die Gegenwart zurückzukommen, braucht er aber dieses Gerät.«

Lam-Pi-Jong drehte sich langsam einmal um seine eigene Achse, schien jede Einzelheit der Umgebung zu registrieren.

Rado schrie ihn an: »Was gucken Sie?«

Lam-Pi-Jong fragte: »Gibt es hier einen Platz, zu dem er einerseits von sich aus gehen würde, ein Ort, dem er vertraut, der sich aber in der Zukunft mit großer Wahrscheinlichkeit nicht verändert haben wird? Zum Beispiel hier im Park?«

»Vertrauen in diesen Ort, wo er seine Mutter fand? Wo er gefesselt und geknebelt wurde? Wohl nicht.«

»Was ist mit den Kastanien dort? Seine Mutter sagte doch so was wie *er liebt Kastanien*, oder? Und da steht doch eine hübsche Gartenlaube, was ist denn damit?«

Rado war skeptisch, aber ihr fiel auch nichts Besseres ein.

Lam-Pi-Jong sagte: »Wir müssen es versuchen. Ich platziere den *Zeithubschrauber* – ein nettes kleines Maschinchen – unter einer Steinplatte. In diese Platte gravieren wir seinen Namen, damit er darauf aufmerksam wird.«

Rado war entsetzt: »Das sieht ja dann wie ein Grabstein aus.«

»Das wird ihn schockieren, aber auch so neugierig machen, dass er den Stein anheben wird.«

»Ich hoffe, Sie haben recht!«

»Vertrau mir, ich weiß, was ich tue«, sagte der Erfinder.

24

Im Zoo hielt Reginald Gericht über Filtz.

»Wo ist das Kastanienkind? Als ich es entdeckte, war es im Bunker, es saß an dem Teich, in dem Raum, in dem wir uns kennenlernten und anfreundeten und aus dem ich dich in meiner unendlichen Güte mit meiner stärksten Wurzel herauszog, eingeschmiert mit dunklem Fett. Wie eine Hebamme habe ich deine Geburt aus der finsteren Hölle vollzogen. Und so dankst du es mir. Meinen ärgsten Feind hast du verschont.«

»Jawohl - Meister - ich - bekenne - mich - schuldig - und - flehe - um - Gnade.«

»Zur Strafe gehst du zurück in den Orkus! Banaba, walte deines Amtes. Und passt auf, dass er nicht durch seinen *Geburtskanal* entwischt!«

Banaba gab seiner Nasenaffentruppe ein Zeichen, die Affen stießen Filtz mit Händen und Füßen zum geheimen Eingang in das tiefste Verlies.

Die freien Zookakerlaken mit ihrem Staatsoberhaupt Cuca-Radscha saßen auf Schränken und Gesimsen, auf

159

Wasser- und Elektroleitungen, auf Regalen und Lampen, und schauten zu.

Wie betäubt stieg Filtz in den Fahrkorb, Banaba drückte die Taste »Abwärts«. Bevor der Affe aber den Mechanismus betätigen konnte, der den Korb kippte, stieg der Mann mit der Maske aus. Der leere Korb fuhr hoch, der Betondeckel schloss sich. Da ertönte endlich die Computerstimme des alten Mannes: »Das - kannst du - nicht - tun - ich - diene - dir - treu - böser - böser Baum. Der *Große - Hallimasch -* wird dich - strafen.«

Doch niemand hörte ihn, das war klar. Also schaltete er die Batterie seines Sprachcomputers ab, um Strom zu sparen. Er hatte zwar das Bedürfnis zu schluchzen und wehzuklagen, doch kein Ton stahl sich unter seiner Maske hervor.

Cuca Radscha jubilierte und begab sich mit einem Trupp Kakerlaken zu den gefangenen argentinischen Waldschaben. Schnell war ein Loch gebohrt, durch das seine eingewanderten Untertanen einer nach dem anderen herausmarschierten. Schnurstracks begaben sie sich zur Haschischplantage des Filtz. Dort hatten die Kakerlaken bisher nur ganz heimlich und vorsichtig genascht, damit es nicht so auffiel, aber jetzt wurden sie mutiger und knipsten Blüten ab und knabberten die Blätter an, um sich zu berauschen. Sie mussten nur aufpassen, dass sie nicht von den Nasenaffen erwischt wurden. Aber das fiel einer Kakerlake nicht schwer. Die kleinste Erschütterung, ein Schatten, ein Luftzug – weg war sie.

25

Trotz des Sommers ist es morgens noch recht kühl. Die Luft riecht nach Gras, feuchtem Moos, lockenden Blüten. Schon summen die Bienen und eine laute Amsel direkt über Marios Kopf schimpft: »Los! Aufwachen!«

Er hatte sich in der Nacht in die verfallene Laube unter den traurigen Kastanienbäumen gesetzt, den Kopf auf die Arme gelegt und war im Sitzen eingeschlafen.

Jetzt gähnt er, reckt sich, steht auf und tritt ins taufeuchte Gras. Er geht vor die Hütte, reckt sich abermals und schaut sich um. Sein Blick fällt auf zwei junge Bäume, die einander umschlingen, der eine Baum ist eine Linde, der andere eine Robinie. Zwischen den Stämmen gibt es gerade so viel Platz, dass er genau dazwischen passt. Er hat die Erfahrung gemacht, dass man Energie von den Bäumen bekommt, wenn man sich zwischen zwei Stämme stellt. Er tut es und schließt die Augen. Da ist wieder die Stimme: »Mein Kastanienkind«. Plötzlich weiß er: Dies ist die Stimme seiner Mutter. Sie spricht aus der Linde, nein, sie *ist* die Linde. »Ich muss mich bei dir entschuldigen, mein Mario – ich habe dich nie wirklich ernst genommen, wenn du von deinen Bäumen erzählt hast. Und jetzt bin ich selbst ein Baumwesen. Aus Gerlinde wurde Linde. Mein Name war Bestimmung. Du berührst mich mehr, als du mich je berührt hast und du stehst Rücken an Rücken mit meinem lieben Seelengefährten Robin, der ebenfalls zum Baum geworden ist.«

Mario springt zur Seite: »Jetzt fällt es mir wieder ein, die Rinde der Robinie ist giftig. Auch die Samen sind giftig. Und der Baum ist ein Eindringling!«

Die Linde Gerlinde lacht und erwidert: »Ein Einwanderer. Er bereichert unsere Kultur. Wir beide sind als Bäume glücklich miteinander. Doch viele Menschen wollten Menschen bleiben und als Menschen leben. Aber nun ist es zu spät. Reginald hat die Macht übernommen.«

»Mutter, ich war entschlossen, dich zu retten!«

»Es gibt kein Zurück. Ein Baum ist und bleibt ein Baum. Ich könnte mich Reginald anschließen, aber das will ich nicht. Ich will bleiben, wie ich bin. Denn ich habe die Liebe meines Lebens gefunden.«

Ein Rauschen geht durch die beiden Bäume. Sie neigen sich einander zu, sie berühren sich, sie streicheln sich.

Ohne, dass er es will, kommt Mario das Lied in den Sinn:

Am Brunnen vor dem Tore
Da steht ein Lindenbaum
Ich träumt in seinem Schatten
So manchen süßen Traum ...

Von wegen *süßer Traum* – der schlimmste Albtraum ist das!

»Was soll ich jetzt tun, Mutter?«

»Der Stein ist nicht weit.«

Mario schaut sich um. Nur wenige Meter entfernt ist eine Steinplatte in den Boden eingelassen. Spricht sie von diesem Stein?

Er schaut sich die Platte genauer an. Unter Schmutz und Moos und Laub sind Buchstaben eingraviert. Mario wischt alles zur Seite und liest: »Mario, wir vermissen dich«.

Darunter gekreuzte Palmwedel.

Das ist ein Grabstein! Plötzlich weiß Mario, was er bisher nur vermuten konnte. Er hat eine Zeitreise in die Zukunft gemacht. Wie man aus der Gravur entnehmen kann, ist er in dieser Zukunft längst gestorben.

Aber das kann doch nicht sein, denn ich lebe ja. Oder nicht?

Leider findet sich kein Datum unter seinem Namen. Mario weiß aus Büchern und Filmen, dass man sich auf einer Zeitreise niemals selbst begegnen darf. Wenn er das Grab öffnet und sein eigenes Skelett oder eine Urne mit seiner Asche findet, passiert etwas Schlimmes. Aber ist eine Begegnung mit einem toten Körper eine Begegnung mit sich selbst? Oder sind das dann nur Knochen und ein Schädel – ohne jede Bedeutung, ohne jeden Bezug zu dem, was man wirklich ist?

Mario fällt es nicht schwer, sich selbst als Skelett vorzustellen, denn er hat sich ja im Spiegel gesehen.

Ich habe keine Wahl, ich muss den Grabstein anheben.

Doch das ist nicht so einfach – die Granitplatte ist schwer. Mario findet einen Spaten in der Hütte, legt einen Holzklotz unter und stellt die Platte mit Hebelwirkung senkrecht, dann lässt er sie zur Seite fallen. *Pardatsch.* Der Boden zittert.

Eine Kurbel ist zum Vorschein gekommen. Mario hat solche Kurbeln schon mal gesehen, und zwar an Kästen, die man für Sprengungen benutzt. Mit ihnen treibt man einen Dynamo an, der Strom und einen Funken in einem Zünder erzeugt und dann: »Puff!«

Wenn es sich um eine Zeitmaschine handelt, die Strom braucht, wäre der Dynamo sinnvoll, denn Batterien haben eine begrenzte Lebensdauer, sie laufen früher oder später aus.

Soll ich die Kurbel drehen?

Er tut es.

Eine Klappe fährt zur Seite, darunter befindet sich ein *Touchscreen* mit einer komplizierten Darstellung.

Mario muss immer weiter kurbeln, andernfalls wird der Bildschirm dunkel.

Er möchte die Zeichnung auf dem *Touchscreen* verstehen. Es handelt sich um eine Baumstruktur oder das Luftbild eines Verschiebebahnhofs. Ein roter Punkt lässt sich mit dem Finger über den ganzen Bildschirm verschieben. Aber was bewirkt der Punkt? Erst nach einiger Zeit bemerkt Mario, dass sich die Umgebung verwandelt, wenn er mit dem Finger hin und her fährt. Mal sieht sie fremdartig aus, mal vertraut, Bäume erscheinen und verschwinden. Vergrößern oder verkleinern sich. Die Hütte, in der er eben noch saß, wechselt Farbe und Form. Mal wirkt sie ganz neu, mal ist sie zerfallen und windschief. Die Bäume werden kleiner, wenn er eine bestimmte Richtung auf dem Bildschirm verfolgt, die Zeit lässt sich beliebig vor- und zurückdrehen, aber der Zeitwinkel muss auch stimmen, andernfalls ergeben sich unerwünschte Variationen von Zukunft und Vergangenheit.

Intuitiv erfasst Mario den richtigen Winkel, die richtige Richtung. Seine Mutter, seine Mutter-Linde wird kleiner, dann bewegt sie sich in Richtung der Villa, dann ist sie darin verschwunden. Ebenso die Robinie. Mario orientiert sich an den beiden Bäumen.

Dann sieht plötzlich alles so aus, wie er es in Erinnerung hat. Aus der offenen Terrassentür hört er eine Mädchenstimme. Mario lässt die Kurbel los, der Bildschirm wird dunkel.

Er geht zur Terrasse.

Er ruft.

Rado erscheint, verzieht das Gesicht, rennt ins Haus. Hat sie Angst vor ihm, weil er wie ein Gespenst aussieht? Rado schreit drinnen: »Sabrina! Der Junge ist zurück!«

Es hat funktioniert, Mario ist gelandet. Sabrina und Rado umarmen ihn, herzen ihn, drücken ihn und es macht ihm erst mal gar nichts aus.

Für einen Moment denken alle: Die Welt ist wieder in Ordnung!

Doch dann erinnern sie sich daran, dass gar nichts in Ordnung ist. Marios Mutter und Rados Vater werden zu Bäumen, der Zeiter ist verschwunden und Reginald plant die Vernichtung der Menschheit.

2. Teil

26

Banabas Nasenaffen meldeten ihrem Chef, dass die kleine unterirdische Haschischplantage gar nicht gut aussah. Die Blätter der Hanfpflanzen verfärbten sich gelblich und die Blütentrauben drohten zu vertrocknen.

Bisher hatte sich Filtz um die Plantage gekümmert, und zwar, weil die Nasenaffen sich braver und zahmer verhielten, als es ohne die Rauschdroge der Fall gewesen wäre.

Banaba überlegte, ob er die Hanfpflanzen verschnellern und befragen sollte, aber das war gefährlich, denn dann würden sie sich vielleicht bei Reginald beschweren oder gar das Weite suchen, weil es ihnen überhaupt nicht recht war, dass man ihnen regelmäßig Blüten und Blätter abknipste, um diese zu trocknen und später zu rauchen oder Plätzchen damit zu backen.

Im Zoo herumtanzende Cannabispflanzen – das könnte zu ernsthaften Verwicklungen führen. Besucher und Verwaltung würden aufmerksam werden und dann würde es nicht nur vorbei sein mit dem Anbau, nein, man würde vielleicht nachforschen und die unterirdischen Räume entdecken und dann wäre es aus mit dem Wohlleben.

Reginald hatte keine Ahnung, dass die Nasenaffen Drogen nahmen und das ging ihn ja auch überhaupt nichts an. Nur Banaba war verantwortlich für seine Nasenaffen und das sollte auch so bleiben.

Banaba riss eine der Pflanzen aus – *sorry* – und begab sich zu der Konsole, unter deren Haube die Fernbedienung für den Fahrkorb in die Tiefe lag. Er betätigte den Mechanismus, der den Deckel des Lochs zum tiefsten Bunker anhob und stieg in den Transportkorb. Weil er Angst hatte, dass Filtz diesen entern könnte, stoppte er ihn zwei Meter über dem Grund.

Filtz hatte das leise Quietschen des Betondeckels längst gehört und stand schon hoffnungsvoll bereit.

Er sah nicht gut aus. Wie seine Plantage verfärbte auch er sich ins Gelbliche und wie seine Pflanzen ließ er den Kopf hängen. War es möglich, dass er so stark mit seinen Gewächsen verbunden war, dass sie gelb wurden, nur weil ihnen sein so genannter grüner Daumen fehlte?

Banaba beugte sich über den Rand des Korbes und zeigte Filtz das ausgerupfte Exemplar: »Sieht das nicht schrecklich aus? Meine Leute werden unruhig und fürchten, dass sie bald nichts mehr zu rauchen haben.«

Filtz hatte schnell seine Maske aufgesetzt und nestelte am Schalter, um seine Stimme anzuknipsen. »Ich muss - die Beete - sehen - andernfalls - kann ich - keine Diagnose - stellen.«

»Ich schicke dir Bilder.«

»Ich muss - sehen - wie sie - wachsen - Luftfeuchtigkeit messen - UV-Lampen - prüfen.«

Banaba kämpfte mit sich. Einerseits hieß es, vor Reginald auf der Hut zu sein, andererseits waren die Affen heiß auf ihre Drogen.

»In Ordnung«, sagte er, »ich hole dich hier raus, wenn der Alte schläft.«

Kurze Zeit später besuchte Filtz seine Haschischplantage, gefesselt und wie ein Schwerverbrecher von zwei Nasenaffen geführt. Er wusste sofort, wer für den schlechten Zustand der Pflanzen verantwortlich war, aber er konnte nichts tun, solange er im Bunker schmorte. Zwischen den Stängeln fand er schwarze Pünktchen, die wie Krümel von Kaffeepulver aussahen, Hüllen von sich häutenden Kakerlaken und Eipäckchen sowie Reste von abgetrennten Blättern. Dann marschierte eine Prozession ausgelassener Kakerlaken mit abgebissenen Hanfblüten zwischen den Kauwerkzeugen auf einer Elektroleitung an der Wand vorbei. Filtz schaltete sein Sprechwerkzeug ein: »Wenn - ich - je - aus - dem Bunker - komme - wird - meine - Rache - furchtbar - sein.«

Cuca-Radscha schaute aus einem Entlüftungsschacht, lachte und sagte: »Leben und leben lassen, mein Freund! Viel Spaß in deinem Bunker! Ich werde dich dort mal besuchen.«

Und so wurde Filtz von den Affen wieder in den Kerker geworfen. Vorher heckte er aber mit Banaba einen Plan aus, denn er hatte im Bunker etwas Bedeutendes entdeckt, eine Riesensache. Wenn Banaba bei Reginald ein gutes Wort für ihn einlegen könnte, würde er im Gegenzug die Haschischplantage von den Kakerlaken säubern.

27

Am nächsten Morgen saß Mario mit Rado, Sabrina und Lam-Pi-Jong am Frühstückstisch der Villa. Was es da alles zu essen gab! Weißbrot und Brötchen, Hefezopf und Croissants, Streuselkuchen. Butter, Honig, zehn Sorten Marmelade. Kakao, warme und kalte Milch, Ovomaltine, Kaffee, Orangensaft. Äpfel, Birnen, Aprikosen, Pfirsiche, Bananen, Nektarinen. Schokolade, Zucker, Sahne, Salz und Pfeffer.

Mario schaute hin und her und fasste die Früchte an und nahm ein Glas Marmelade in die Hand. Er wähnte sich im Paradies. Wenn er sich doch nur entscheiden könnte.

Sabrina fragte: »Magst du Waffeln, Spiegeleier, Spiegeleier mit Schinken, Rührei, Toast, Speck, Leberwurst, Hamburger, French Toast, Fleischsalat oder Erdbeertorte? Oder etwas Besonderes?«

Stumm schüttelte er den Kopf.

Lam-Pi-Jong sagte: »Er braucht Zeit. Bloß nichts überstürzen. Wenn er zu sehr hinlangt, wird er kotzen.«

Mario wunderte sich, dass der seltsame Mann, den man ihm gerade erst vorgestellt hatte, immer wieder zum Fenster schaute. Erwartete er etwas?

Rado hatte den Erfinder am Abend vorher angerufen und ihm die freudige Mitteilung gemacht. »Na also«, hatte Lam-Pi-Jong geantwortet, »es hat also funktioniert. Ich komme morgen früh vorbei, dann können wir über das weitere Vorgehen sprechen.«

Der N'Bongoo erschien an der Tür zum Nebenraum mit einem hübschen weißen Äffchen in den Zweigen und strahlte wie ein Honigkuchenbaum. Er hatte im Wartezimmer die Kuscheltiersammlung des Kinderpsychologen de Winter entdeckt.

Am Abend vorher hatte Mario gebadet und eine Weile im Krankenzimmer mit seiner Mutter und Rados Vater verbracht. Die Haut der beiden war grünlich verfärbt und ihre Atmung hätte man nur mithilfe einer Zeitrafferaufnahme wahrnehmen können. Der N'Bongoo war plötzlich erschienen und Mario hatte sich so sehr gefreut, dass er für einen Moment vergaß, wie entsetzt und traurig er über den Zustand seiner Mutter war. Der N'Bongoo sah die beiden Patienten mit seinen riesigen Augen lange an und es schien Mario, als würde sich ihr Gesichtsausdruck dadurch verändern.

»Lächeln sie?«, fragte er sein Bäumchen, doch das hob nur den Blick und schaute ihn an. Mario kam es nun so vor, als seien die Augen des N'Bongoo kleine Bildschirme. Er sah Bäume, die wuchsen, die ihre Äste bewegten, die winkten wie Menschen und die vielleicht sogar Menschen waren. In den Augen des N'Bongoo gab es keinen Unterschied zwischen Menschen und Bäumen – sie waren beide Lebewesen, aus der gleichen Quelle, aus dem gleichen Ursprung.

Solange Mario in die Augen des N'Bongoo schaute, gelang es ihm nicht, eigene Gedanken zu fassen und er konnte auch keine Verbindung zu seiner Mutter aufnehmen, wie er gehofft hatte. Er nahm sich vor, bald noch einmal zu ihr zu gehen, sich an ihr Bett zu setzen und ihre Hand zu streicheln.

Endlich entschied sich Mario für ein Croissant, das Sabrina ihm aufschnitt und das er mit Butter und Orangenmarmelade bestrich. Er kaute sehr langsam und alle am Tisch schauten ihm zu. Natürlich warteten nun alle begierig auf seine Geschichte. Jetzt fiel es ihm doch wieder schwer, zu sprechen, aber er musste berichten, was ihm geschehen war. Von Anfang an.

Er erzählte von der Versammlung der Pflanzen und dem Auftrag, im Zoo zu spionieren, er schilderte die schlimme Zeit tief unter der Erde und den Schock, sich plötzlich in einer fernen Zukunft wiederzufinden.

Mario staunte darüber, wie flüssig er plötzlich zu reden vermochte und der N'Bongoo hob seine Zweige und zeigte ein vielfaches Victory-Zeichen.

Rado und Sabrina lauschten mit ungläubigen Mienen, nur Lam-Pi-Jong schien nicht im Mindesten überrascht.

»Beschreibe mir den Mann mit der Maske«, bat er, nachdem Mario von dem seltsamen Wärter im Zoo berichtet hatte.

Als Mario die Computerstimme erwähnte, sagte Lam-Pi-Jong:»Vor vielen Jahren gab es eine Gruppe von Wissenschaftlern, die mit giftigen Kampfstoffen arbeiteten. Da war ein Ehepaar, und als die Frau einen kleinen Jungen gebar, hatte der von diesem Zeug einen grausigen Geburtsfehler. Sein Mund war nur eine runde Öffnung. Er hatte keine

Zähne und konnte nicht sprechen. Der Vater bat mich, zu helfen, und so baute ich einen Computer für das arme Kind. Die Elektronik setzte die Muskelbewegungen im Kehlkopf in Sprache um, – der Junge lernte, damit zu sprechen, musste aber weiter mit Flüssignahrung ernährt werden. Und er war natürlich nicht besonders hübsch anzusehen. Kann sein, dass die Eltern ihn deshalb in diese Forschungseinrichtung mitnahmen. Dort lachte ihn niemand aus und niemand glotzte ihn an. Wenn das kein Zufall ist, handelt es sich bei dem alten Filtz im Zoo um das Kind Filius aus dem Bunker und Filtz-Filius benutzt immer noch meinen Sprachcomputer.«

Lam-Pi-Jong dachte eine Weile nach und fragte dann: »Was glaubst du, wie viel Zeit du unter der Erde verbracht hast?«

»Irgendwann habe ich mit dem Zählen der Tage aufgehört. Mir erschien es wie eine Ewigkeit. «

»Auf jeden Fall hast du durch den Zeitsprung in die Zukunft einen großen Teil davon wieder eingeholt. Von hier aus gesehen warst du nur etwa zwei Monate lang verschollen.«

Sabrina sagte: »Zwei Monate zu viel. Du musst jetzt lernen, damit du alles Versäumte aufholst und nach den Sommerferien in der Schule noch mitkommst.«

»Lass ihn in Ruhe«, schimpfte Rado, »er muss sich doch erst mal erholen.«

»Er wird sitzen bleiben.«

Rado antwortete mit einem halb spöttischen Seitenblick auf Mario: »Er scheint mir ein schlaues Kerlchen zu sein. Wenn all das wahr ist, was er so erzählt ...«

Mario tat so, als würde er nicht zuhören. Während die Anderen sprachen, nahm der N'Bongoo hier und da im

Büro des Psychologen Gestalt an. Mal saß er auf einem Aktenschrank und schnitt Grimassen, mal ließ er sich kopfüber von einer Lampe hängen, mal schüttelte er die Krone, wenn Mario zu intensiv in seine Richtung schaute. Immer wenn er den N'Bongoo sah, musste er lächeln und es schien ihm, als ob zumindest Lam-Pi-Jong das bemerkt hatte. Denn der Erfinder drehte jedes Mal den Kopf und schaute Mario fragend an, wenn dieser seinem Bäumchen zulächelte. Mario wollte, dass der N'Bongoo sein Geheimnis blieb. Ein Freund, auf den er sich verlassen konnte, den ihm niemand wegnehmen würde, der nur für ihn allein da war.

Nachdem Mario seine Erlebnisse in der Zukunft geschildert und beschrieben hatte, wie die Welt dort aussah, machte Lam-Pi-Jong ein ernstes Gesicht:»Du warst in einer *möglichen* Zukunft, das bedeutet, nichts von dem, was du gesehen hast, muss eintreten. Auf jeden Fall blieb der Zeiter in Reginalds Besitz, sonst hätte er nicht so viele Bäume verschnellern können. Was mit der Menschheit dann passiert ist ... hast du eine Vermutung?«

Mario sagte:»Die Menschheit ist vergiftet worden, so viel steht fest, aber womit? Keiner konnte mir etwas darüber sagen. Nur eine alte Schimpansin im Zoo meinte, es hätte etwas mit dem *Großen Hallimasch* zu tun.«

»Das Märchen vom *Großen Hallimasch*: reiner Aberglaube. Es gibt einen neun mal neun Kilometer großen Honigpilz in Oregon (USA), der zur Gattung Hallimasch gehört, aber der vergiftet niemanden, der schadet höchstens ein paar Fichten, die dort wachsen.«

Rado fragte:»Was könnte der böse Reginald denn in der Zukunft benutzen, um Menschen zu vergiften?«

Mario erinnerte sich an die vielen Amphoren mit den Totenköpfen und da fiel es ihm wie Schuppen von den

Augen. »Die Wissenschaftler im Bunker sind an einem Gift gestorben und im Lager hinter dem Raum, wo sie starben, könnte es ausgetreten sein. Vielleicht ist damals eine Amphore zerbrochen?«

Rado sagte: »Möglicherweise hast du den Reginald erst auf diese Amphoren aufmerksam gemacht?«

»Dann wäre ich ja schuld am Aussterben der Menschheit!«

Lam-Pi-Jong sagte: »Wenn die Amphoren ein tödliches Gift enthalten, was wir ja nicht wissen, dann müsste Reginald es erst mal auf der ganzen Welt verteilen. Das kann er aber nur, wenn er ein weltweites Heer von Bäumen einsetzt. Um das zu rekrutieren, müsste er nicht einen, sondern viele Zeiter haben und die gibt es nicht. Also findet er in der Zukunft eine andere Lösung. Ich muss nachdenken.«

Rado fragte: »Warum gehen wir nicht in den Zoo und holen uns das Gerät und dann räumen wir in diesem Lager auf?«

Mario sagte: »Aufräumen? Das Lager *ist* aufgeräumt. Die Amphoren stehen in Reih und Glied.«

Rado entgegnete: »Wir mauern das Lager zu.«

Mario fragte sich: *Will ich noch mal in diesen Bunker? Und ist Rado die Richtige für ein so gefährliches Unternehmen?*

Lam-Pi-Jong stand auf und sagte: »Es muss eine bessere Lösung geben. Ich gehe mal in meinen Wasserturm und überlege mir was. Ich melde mich, sobald ich kann.«

Nachdem Lam-Pi-Jong sich verabschiedet hatte, fragte Mario: »Warum unternimmt er nichts?«

»Das frage ich mich auch«, erwiderte Rado. »Da ist was faul. Von Anfang an hatte ich dieses Gefühl.«

»*Lam-Pi-Jong*, allein schon dieser Name«, sagte Sabrina.

Rado antwortete: »Ich glaube, er hat sich den Namen gegeben, damit seine Leute ihn vielleicht eines Tages finden.«

»Welche Leute?«

»Seine Leute leben in einer fernen Zeit der Zukunft. So um 3400 nach Christus.«

»Das glaubst du doch selbst nicht!«

Rado erzählte: »Wenige Jahre nach Christi Geburt war ein chinesischer Feldherr von feindlichen Truppen eingeschlossen und wollte einen Hilferuf absetzen. In dieser Situation erfand er den *Lampion* – eine leuchtende Laterne aus Papier und Bambus, die in die Luft stieg, wenn man einen mit Petroleum getränkten Stofffetzen darin befestigte und anzündete. Die Lampions stiegen nachts in den Himmel und wurden von ferne gesehen. Die Truppen des Feldherrn wurden gerettet. Aber ich erzähle Euch das im Vertrauen, Ihr dürft es niemandem weitersagen.«

Sabrina schlug mit der flachen Hand auf den Tisch. »So einen Quatsch habe ich noch nie gehört. Und er ist auch kein Arzt, das ist offensichtlich! Und wegen dieses Bunkers unterm Zoo, da erkundige ich mich mal bei den Behörden, ob die was darüber wissen.«

Rado sagte: »Ich gehe in den Zoo. Ich spreche mit dem Direktor und schaue mir diesen Baum mal an. Gehst du mit, Mario, oder hast du Angst?«

»Nein, keine Angst. Aber ich würde gerne erst mal mit meinen Bäumen Äskulus und Hallucia sprechen.«

»Dann gehe ich allein. Ich halte es hier nicht mehr aus.«

»Okay. Aber pass auf, dass es dir im Zoo nicht genauso ergeht wie mir.«

»Du meinst, Bäume, Nasenaffen und eklige Wärter könnten mich kidnappen? Keine Angst, ich bleibe sicher auf dem Boden der Tatsachen.«

Mario sagte: »Glaubst du, ich habe das alles erfunden?«

»Ich glaube nur, was ich selbst gesehen habe.«

»Also du glaubst mir nicht?«

Rado sagte: »Das habe ich nicht gesagt. Ich glaube, was ich gesehen habe, und über das, was ich nicht gesehen habe, habe ich keine Meinung«.

»Siehst du mit deinen Tattoo-Augen Dinge, die Andere nicht sehen?«

»Meine Tattoo-Augen sehen, um darüber zu berichten. Sie sehen alles, auch wenn ich schlafe. Es sind die allsehenden Augen der Göttin, der Mutter der Wahrheit.«

Mario fragte: »Warum sind sie unterschiedlich?«

»Das rechte Auge ist das Auge der Sonne, das Linke ist das Auge des Mondes.«

»Und was hat dein Vater zu diesen Tattoos gesagt?«

Rado verdrehte die Augen. »Ach der!«

»Oh Entschuldigung. Das hätte ich nicht sagen sollen. Ich muss zu meinen Baumfreunden. Die machen sich sicher schon Sorgen um mich.«

»Ich möchte auch mal mit deinen Bäumen reden, oder mit diesem Yggdrasil, falls es den überhaupt gibt«, sagte Rado.

»Was denkst du denn? Wegen mir kannst du ruhig mitkommen – allerdings glaube ich nicht, dass Yggdrasil mit dir reden würde. Der ist allergisch gegen Menschen. Und für Äskulus und Hallucia brauchst du Geduld, und Geduld hast du nicht ...«

»*Hallucia*, der Name sagt ja wohl alles.«

Mario lächelte. »Klingt wie Halluzination, ich weiß. Tatsache ist, dass die alten Römer sich Efeu ums Haupt wanden, um Halluzinationen zu verhindern. Mit Efeu behält man einen kühlen Kopf.«

»Das ist genau das, was wir jetzt brauchen«, sagte Rado.

28

Rado hatte den Zoodirektor überredet, mit ihr in den Affenkäfig zu gehen – unter dem Vorwand, für ihre Schülerzeitung schreiben zu wollen.

Ich bin doch viel schlauer als dieser kleine Mario.

Auf dem Weg zum Glashaus fragte sie nach unterirdischen Räumen. Der Direktor lachte. »Seit Jahren kommt immer mal wieder jemand auf die alten Gerüchte zu sprechen. Aber da ist nichts dran, das kann ich dir versichern.«

Stolz breitete der Zoodirektor unter der Glaskuppel die Arme aus.

»Es gibt weltweit nichts Vergleichbares! Nasenaffen sind extrem schwer zu halten. Sehr wählerische Gesellen. Die stammen aus Borneo. Sie fressen nur frische Blätter. Mühsam haben wir sie an hiesige Pflanzenarten gewöhnt: Rosen, Hasel, Eiche und Hibiskus. Für den Winter frieren wir das Zeug tonnenweise ein. «

Die schmerbäuchigen Kerle mit ihren hängenden Riechorganen fraßen oder schliefen in den Zweigen des stattlichen Baumes.

»Hey, wo ist der alte Filtz?«, rief der Direktor einem jungen Tierpfleger zu.

»Hab' ich lange nicht gesehen, vielleicht liegt er zu Hause im Bett. Oder er streunt herum, wie es seine Art ist.«

»Wie kommen wir dann ins Gehege?«

»Ich schließe auf.«

Rado zögerte. »Tun die mir auch nichts?«

»Nein, sie sind völlig harmlos!«

Einer der Affen trompetete laut und warf eine leere Kiste nach dem Direktor, der duckte sich.

»Damit wollen sie nur zeigen, dass sie hier die Chefs sind. Es sind alles Männchen und in mir sehen sie wegen meiner kleinen Nase keinen Zoodirektor, sondern einen Unteraffen, einen Versager.«

Rado bestand darauf, sich zwischen die Stämme des Baumes zu begeben.

Der Direktor wollte wohl seinen modischen Anzug nicht beschmutzen und wartete in einigem Abstand. Rado sah kein Loch, keinen Eingang, keine Spur davon, dass sich unter dem Baum oder unter dem Nasenaffenhaus etwas anderes befand, als was dort hingehörte: Grundmauern, Erde oder Fels und vielleicht Grundwasser.

Der Direktor meinte: »Ich muss jetzt wieder an die Arbeit. Ich erwarte Politiker. Falsche Schlangen. Lackaffen. Hyänen. Schlimm, mein Job. Habe es leider meist mit Menschen zu tun.«

Nachdenklich blieb Rado noch eine Weile unter der Glaskuppel und schaute sinnend den Leuten zu, die trotz eines Verbotes mit Blitzlicht die Nasen und Hintern der Nasenaffen fotografierten.

☼

Sabrina war auf einen sehr verständnisvollen Beamten getroffen, der für sie beim Katasteramt, beim Bauamt und beim Stadtarchiv angerufen hatte. Die Antwort war überall die Gleiche gewesen. Es wurde zwar bestätigt, dass es immer wieder Gerüchte über ein geheimes Projekt gab, dass aber nichts davon wahr sei. Der Mann vom Katasteramt lud Sabrina ein, sich selbst anhand alter Pläne zu vergewissern, dass sich vor siebzig Jahren lediglich einige niedrige Gebäude auf dem jetzigen Gelände des Städtischen Zoos befunden hatten.

Dann rief der Beamte, der Sabrina wohl attraktiv fand, einen alten Freund bei der Baubehörde an und stellte sein Telefon laut, sodass sie mithören konnte.

Auf die Frage nach einem Bunker unterm Zoo lachte der Mann am anderen Ende der Leitung und sagte: »Ich habe alle alten Unterlagen studiert. Auf dem Zoogelände standen früher mal irgendwelche staatlichen Gebäude, die jedoch im Krieg zerstört wurden. Einen Bunker hat es niemals gegeben.«

»Habt ihr das durch Bohrungen nachgeprüft?«

»Warum sollten wir? Die Unterlagen im Katasteramt und im Grundbuchamt lügen nicht.«

»Und wenn es ein Projekt des Geheimdienstes war?«

»Dummerhafte Verschwörungstheorien. Dass du auf so was reinfällst.«

Die beiden Beamten tauschten noch einige Höflichkeiten aus, dann legte der Polizist auf und warf Sabrina einen bedauernden Blick zu.

»Tut mir leid, dass ich Ihnen nicht helfen kann.«

Sabrina meinte: »Ich weiß aus sicherer Quelle, dass sich unter dem Zoo ein Gift- und Munitionslager befindet.«

Der Blick des Mannes irrlichterte zwischen Sabrina und seinem Arbeitsplatz hin und her. »Hören Sie, ich habe zu tun ...«

Sabrina ließ nicht locker: »Eine geheime Forschungseinrichtung, aus dem Krieg ...«

»Fühlen Sie sich nicht wohl? Soll ich einen Arzt rufen?«

»Schon gut, ich bedanke mich«, sagte Sabrina und verließ die Polizeiwache.

Mario wurde indessen von seinen Bäumen stürmisch empfangen. Besonderes Vergnügen schien ihnen der N'Bongoo zu bereiten, der sofort übermütig in der Rosskastanie herumkletterte und sich an den Efeuranken entlang hangelte. Äskulus rief Yggdrasil, der erstaunlich schnell auftauchte. Mario erzählte, auf welche Weise er gefangen genommen worden war und dass Reginald den Befehl gegeben hatte, ihn zu töten. Yggdrasil schimpfte: »Habe ich dir nicht befohlen, dich vom Gehege fernzuhalten?«

»Es tut mir leid,« sagte Mario »aber wenn ich das befolgt hätte, wäre ich nicht in den Bunker gesperrt worden und könnte euch jetzt nicht berichten, dass sich dort etwas Furchtbares befindet, etwas, das Reginald vielleicht in der Zukunft einsetzen wird. Außerdem habe ich den besten Freund gefunden, den man sich vorstellen kann.«

Yggdrasil blinzelte dem N'Bongoo mit seinen roten Scheinbeeren-Augen wohlwollend zu.

Als er die ganze Geschichte gehört hatte, wirkte er allerdings besorgt, schien jedoch gleichzeitig dankbar für die genauen Informationen.

Jetzt getraute sich Mario, zu sagen: »Du wolltest meine Mutter retten, das hast du versprochen.«

»Ich habe nur gesagt, dass sich das mit deiner Mutter von selbst lösen wird, wenn du für uns arbeitest.«

»Da löst sich nichts. Sie gerät immer tiefer in den pflanzlichen Zustand.«

»Der pflanzliche Zustand ist nicht das Schlechteste!«

Äskulus, Hallucia und der N'Bongoo riefen alle durcheinander: »Genau! Richtig! So ist es!«

Mario sagte: »Der Erfinder Lam-Pi-Jong hat Geheimnisse vor uns. Rado ist zum Zoo gegangen, wo sie versucht, etwas herauszufinden und Sabrina ist bei der Polizei.«

»So wird der kleine Mann von den Ereignissen überrollt und niemand hilft ihm. Willst du dennoch weiter für uns tätig sein?«, fragte Yggdrasil.

Mario nickte, ohne rechte Überzeugung.

»Der Genbiologe ist einer Erfindung des Lam-Pi-Jong auf der Spur, die noch viel wertvoller ist, als der Zeiter. Ein Zentralcomputer. Du musst einfach nur schneller sein, als dieser Podoll.«

Mario sagte: »Podoll ist größer und stärker als ich, und er hat einen Porsche.«

Yggdrasil lachte. »Der Porsche wird ihm nicht viel nützen, denn dieser Computer befindet sich im Inneren eines Berges.

Hier, ich gebe dir ein Lebensholz. Es funktioniert wie ein Kompass. Gib mal deine Hand.«

Yggdrasil legte dem Mario ein daumenlanges, geschnitztes Hölzchen auf die Handfläche. Es sah aus wie ein winziger Pflanzstock mit einer sehr spitzen Spitze und schimmerte wie Perlmutt. Es drehte sich auf Marios Hand wie eine Kompassnadel. »Huch, das kitzelt!«

»Wir haben die genauen Geodaten einprogrammiert. Wenn du es auf eine Landkarte legst, zeigt es zu deinem

Ziel; wenn du es in der Landschaft benutzt, zeigt es auf den Ort, wo sich der Computer des Lam-Pi-Jong befindet.

Aber das Hölzchen hat noch ganz andere Fähigkeiten: Es kann dich tief in die Erde schicken und hoch in den Himmel – alles, worin wir Bäume besonders gut sind.«

Yggdrasil hatte plötzlich ebenso ein Hölzchen in der Hand: »Wenn du mit dem Lebensholz nach unten zeigst und *Wurzel* sagst, bohrt es dir ein tiefes Loch in die Erde, tiefer als du dir vorstellen kannst.«

Mit diesen Worten sank der Weltenbaum so tief in den Boden, dass nur noch seine Spitze hervorragte.

Jetzt sah Mario, dass die Welteibe ein winziges, goldenes Krönchen auf der Krone, also seinem Kopf trug. Ein Krönchen, von dem in der Zukunft, die er erlebt hatte, nur ein kläglicher Rest bleiben würde.

Dann schnellte ein Zweig des Yggdrasil aus dem Boden und streckte das Lebensholz in die Luft: »Wenn du aber damit zum Himmel zeigst und *Wipfel* sagst, trägt es dich wieder nach oben.«

Yggdrasil schwebte in die Höhe, bis seine Wurzeln in der Krone des Äskulus verschwanden.

Mario rief: »Das hätte ich im Bunker unterm Zoo gut gebrauchen können.«

Yggdrasil sank wieder herab.

»Bei von Menschen gemachter Materie funktioniert es nicht. Sonst wären wir längst bei Reginald eingedrungen.« Mario schluckte.

»Willst du natürliches Material seitlich durchdringen, sagst du *Wedel*. Yggdrasil demonstrierte es, indem er plötzlich einen halben Meter rechts von sich selbst erschien. »Das Lebensholz verleiht die Eigenschaften einer bis zum Äußersten vervollkommneten Pflanze: Wir wachsen nach unten, wir streben in die Höhe und wir treiben unsere Zweige und Wurzeln seitlich ins natürliche Sein. *Natürlich* und *Natur* sind die Schlüsselworte. Willst du es mal ausprobieren?«

Mario sprach nacheinander die Zauberworte *Wurzel, Wipfel, Wedel.* Er spürte, wie das Zauberholz seinen Körper ruckweise rauf und runter und zur Seite verschob, ein komisches Gefühl. Doch dann sagte er: »Wäre es nicht besser, den Erfinder Lam-Pi-Jong um Hilfe zu bitten?«

»Der Zeitreisende verfolgt seine eigenen Ziele. Das hast du doch schon selbst gemerkt. Nimm die Tochter des Psychologen mit, aber halte alles Weitere unterm Teppich. Besonders Lam-Pi-Jong gegenüber. Lass dich vom Lebensholz leiten und verrate niemandem dein Ziel.«

Mario nickte, legte sich den N'Bongoo wie einen Pelzkragen um die Schultern und machte sich auf den Weg. Yggdrasil rief ihm hinterher: »Der Computer des Lam-Pi-Jong wird möglicherweise bewacht!«, doch das hörte Mario nicht mehr – er hatte bereits in den menschlichen Modus geschaltet.

Zurück in der Villa setzte er sich in das von Sabrina zur Krankenstation umgestaltete Sprechzimmer des Arztes. Er spürte, dass zwischen den beiden Patienten eine geheime Verbindung bestand, aber er schaffte es nicht, sich dort einzuloggen.

Doch er wusste, dass sich etwas gewandelt hatte, in ihm, in seiner Mutter, in Rados Vater. Mario konnte etwas tun, er war nicht mehr völlig hilflos. Und er hatte Freunde und Helfer.

29

Podoll checkte im Internet die gefundenen Geodaten aus dem Lager des Erfinders. Die Landkarte verzeichnete an dieser Stelle unwegsames, gebirgiges Gelände und einen sogenannten Elfberg. Dort musste sich der Zentralcomputer laut Festplattendatei in Einskommazwei Kilometern Tiefe unter dem Meeresspiegel befinden. Genau unter diesem, noch einmal 1800 Meter hohen Berg vulkanischen Ursprungs. Wie kam man dort hin?

Podoll durchwühlte die gestohlene Kiste mit der Aufschrift »Elfberg/Niedhogg/ZetKaa« und plötzlich wusste er, wofür der komische schwere Raumanzug mit dem spitzen Helm gedacht war, den er zunächst nur wenig beachtet hatte.

Er war diamanthart, feuerfest, an den Handschuhen mit Industrie-Diamanten besetzt und im Helm gab es ein Navigationsgerät, das die genauen Geodaten und die Tiefe unterm Meeresspiegel anzeigte.

Der Anzug war so widerstandsfähig, dass man mit ihm durch festes Gestein schwimmen konnte.

Wahrscheinlich hatte Lam-Pi-Jong diese Ausrüstung ursprünglich entwickelt, um mit ihr nach seltenen Erden zu suchen, die sich tief unter der Erdoberfläche befanden und die er zum Bau seiner Zeitmaschinen brauchte. Doch dann galt es, etwas Wichtiges an einem sicheren Ort zu verstecken, und der Anzug war das Mittel der Wahl gewesen. So jedenfalls reimte Podoll sich das zusammen.

Er raste also mit seinem Porsche in Richtung Elfberg, was sich als nicht ganz einfach gestaltete, denn es gab nur winzige Sträßchen, die in Feldwege übergingen, die sich dann in Steilhänge verwandelten. Weit vor seinem Ziel geriet der Porsche in sumpfiges Gelände. Podoll fluchte. Er nahm sich die Bedienungsanleitung des Spezialanzugs vor.

Erst als es im Wagen dunkler wurde, bemerkte er, dass er bereits bis über die Unterkante der Fensterscheiben im Moor versunken war. An ein Aussteigen durch die Tür war nicht zu denken. *Hätte ich doch diesen Scheiß-Anzug schon angezogen.* Aber das half nun alles nichts, der dicke Kerl musste sich in dem engen Porsche den Anzug anziehen, und dann durch die heruntergekurbelte Scheibe in den Schmodder hinein. Podoll stieß sich mit den Füßen am Fensterrahmen ab, das gab dem Wagen den Rest: Mit einem erstickten Gurgeln verschwand der Porsche in der Tiefe.

Hoffentlich werde ich den überhaupt wiederfinden. Aber egal. Wenn ich finde, was ich suche, bin ich so reich, dass ich mir hundert Porsches, ach was, hundert Rolls Royces kaufen kann.«

30

Mario war der Einfachheit halber mit seinen wenigen Sachen in Rados altes Kinderzimmer gezogen. Dort berichtete er Rado von seinem Gespräch mit den Bäumen und Yggdrasil, bewahrte jedoch über das Zauberholz Stillschweigen. Er hatte es heimlich auf eine Wanderkarte gelegt, die er in der Bibliothek der Villa fand. Das Hölzchen hatte auf den höchsten Punkt eines sogenannten Elfberges gezeigt, einen uralten, erloschenen Vulkan in den Bergen.

»Wir dürfen aber niemandem verraten, dass wir dort hingehen!« Damit war Rado einverstanden, auch wenn der Plan sie nicht vollständig überzeugt hatte. Als Reporterin war sie jedoch immer bereit, Risiken einzugehen und neue Erfahrungen zu machen. Sabrina war dagegen, dass die Kinder sich auf den Weg ins Ungewisse begaben, wusste aber letzten Endes auch nicht, was man sonst tun konnte, um eine Verbesserung der Situation herbeizuführen.

»Da ich dem Jugendamt gegenüber verantwortlich bin, muss ich wissen, wo genau Ihr hinwollt«, sagte sie.

Rado zog auf der Karte mit einem Bleistift einen Kreis um ein Gebiet, das hundert Kilometer vom Elfberg entfernt lag.

»In dieser Gegend suchen wir und wenn wir etwas finden, melden wir uns.«

Sabrina war nicht zufrieden, aber die Sorgen um ihre Patienten, um die Praxis und das Haus, hatten sie mürbe gemacht.

Mario machte sich mit dem Fahrrad zu der Mietskaserne auf, wo er bis vor Kurzem mit seiner Mutter gewohnt hatte. Auf dem brütend heißen Dachboden suchte er aus der Bergsteigerausrüstung seiner Eltern heraus, was sie im Gebirge würden brauchen können.

Wenn Mutter wüsste, dass ich in diesen Sachen krame und nun auch noch plane, etwas davon zu benutzen, würde sie vor Schreck ins Koma fallen. Wenn sie nicht schon in diesem furchtbaren Koma wäre.

Die Rucksäcke der Eltern waren beide zu groß für Mario, daher lieh er sich einen abgelegten Rucksack von Rado. Aus einer Reepschnur formte er eine Schlinge, die er an seinem Gürtel befestigte, um dort Yggdrasils Lebensholz einzuhängen.

Die beiden füllten ihre Rucksäcke mit belegten Broten, Wasserflaschen und was man so brauchte auf einer Wanderung in die Berge. Mit Bahn und Bus gelangten sie in die Gegend der Berggruppe, zu welcher der Elfberg gehörte, und begannen mit dem Aufstieg.

Je höher sie kamen, desto dünner wurde die Luft und umso schwerer wurden die Rucksäcke.

Der schmale Pfad führte steiler und steiler hinauf – zwischen zwei Gipfel – und auf der anderen Seite würden sie wieder hinunter müssen, nur um dann weiter im Westen abermals aufwärts zu kraxeln.

Am Rande des Weges wuchsen sehr alte, verkrüppelte Kiefern. Ihr Wurzelwerk war verwarzt und verzweigt und sie entdeckten Gesichter und seltsame Gestalten darin. Sie rasteten unter einer dieser Kiefern und vermeinten ein Raunen und Flüstern zu hören, als ob diese Bäume vor sich hin grummelten und sich über sie lustig machten. Bald war es Nachmittag und sie waren immer noch etliche Kilometer vom Elfberg entfernt.

»Ich habe die Sache unterschätzt«, sagte Mario und ließ seinen Rucksack fallen.

»Du kannst jederzeit zurück. Oder hier kampieren und auf mich warten«, sagte Rado.

»Ich würde dir ja gerne dein Gepäck tragen«, flüsterte der N'Bongoo, »aber Rado würde sich sicher wundern, wenn dein Rucksack plötzlich durch die Luft schwebt.«

»Schscht. Sie hört dich sonst«, flüsterte Mario zurück.

»Was murmelst du vor dich hin?«, fragte Rado. »Sprichst du mit den Bäumen?«

»Nichts nichts. Ich denke nur laut nach.«

Warum dieses Misstrauen gegen Rado?

Nun, er kannte sie kaum, und generell sprach er ja nicht gerne mit Mädchen, dieser für ihn rätselhaften Sonderform des Menschen.

Gemeinsam studierten sie die Höhenlinien auf der Karte, die anzeigten, welche Steigungen noch zu bewältigen waren.

»Verdammt, ich habe mir noch nie Gedanken gemacht, was diese Wellenlinien auf einer Karte bedeuten«, sagte Mario und schaute zum Elfberg. »Am Abend werden wir es allerhöchstens bis zum Fuß dieses Hexenberges schaffen.«

»Essen wir erst mal was, dann sieht die Welt schon wieder anders aus.« Rado nahm zwei Pausenbrote aus ihrem Rucksack.

»Mhm! Salami mit Gewürzgürkchen, lecker.«

In diesem Moment schrie der N'Bongoo:»Achtung!«, schubste Mario und stürzte sich auf Rado. Packte sie mit seinen kräftigen Zweigen und riss sie zur Seite. Gleichzeitig zerbarst der Stamm der Tanne neben ihnen mit Getöse und der mächtige Baum fiel mit lautem Krachen um, genau auf die Stelle, an der Rado eben noch gesessen hatte. Rado lag am Boden, unverletzt.

»Was war das?«, rief sie.

»Ein Mordversuch«, sagte Mario.

»Den hat wohl der böse Baum im Zoo in Auftrag gegeben.« Sie stand auf, klaubte sich Erde, Moos und Rindenstückchen aus dem Haar und vom T-Shirt.»Wo ist mein Salamibrot?«

Der N'Bongoo lachte meckernd.

Mario rief:»Der N'Bongoo hat dir das Leben gerettet und du denkst an dein Brot?«

»Der N'Bongoo?«, fragte Rado.

Jetzt hatte er sich verraten. Es war von Anfang an klar gewesen, dass er den N'Bongoo nicht ewig verheimlichen konnte.

»N'Bongoo, stell' dich bitte selber vor.«

Rado schaute ungläubig und lauschte mit schräg gelegtem Kopf in die Luft, dahin, von wo die Stimme des Bäumchens erklang:

»Ich bin, was ich bin,

vom Leben entsandt,
mit Bäumen verwandt,
von Mario geweckt,
von Rado entdeckt.«

Rado sagte:»Das war ein Lautsprecher.«
»Genau, er spricht laut.«
»Nein, ich meine, ein kleiner Lautsprecher aus einem Handy oder Smartphone oder so.«
»Ein Smartphone hat dir das Leben gerettet. Toll!«
»Wieso ist er unsichtbar?«
»Ich habe ihn auch zuerst nicht sehen können.«
Der N'Bongoo sagte:»Versuchs mal, Rado. Entspann dich. Mach deine Augen unscharf, so, als wolltest du in weite, weite Ferne schauen. Das Denken abstellen!«
Rado sagte:»In der Schule heißt es im Gegenteil immer *Denken anstellen*«, aber dann hielt sie den Mund und versuchte, unscharf zu schauen und nichts zu denken und sich zu entspannen. Nach einiger Zeit sagte sie:»Ich glaube, ich sehe eine Art Äffchen oder Pavian. Unscharf zwar, aber mit struppigem Fell und mit einem langen Schwanz.«
»Der N'Bongoo hat keinen Schwanz. Der N'Bongoo ist ein Baum! Eine kleine, aber sehr alte Weide mit großen Augen. Er hat Äste. Und mit denen kann er dich verhauen, wenn du ihn beleidigst.«
»Lass sie, sagte der N'Bongoo. Jeder sieht, was er sieht, besonders, wenn es sich nicht um einen Tisch oder Stuhl, sondern um etwas Bedeutendes handelt.«
»Ach, du bist etwas Bedeutendes?«
»Menschen sehen die Dinge total unterschiedlich. Manches scheint groß und wichtig, manches erscheint klein und unbedeutend. Aber in den Augen des großen Ganzen ist

alles gleich viel wert. Teil der Schöpfung. Du kannst nichts wegnehmen, du kannst nichts dazu tun. Das einzige wahre Geschehen ist die Verwandlung.«

Rado kniff die Augen zusammen, schien nachzudenken. Dann wurde es Zeit, weiterzugehen. Gemeinsam suchten sie noch schnell nach dem Salamibrot – allerdings ohne Erfolg. Nur gut, dass der Baum nicht ihre Rucksäcke plattgemacht hatte. Sie schnallten sie um und gingen weiter.

Misstrauisch musterte Mario jeden einzelnen Baum, ob er nicht gleich umstürzen würde. Doch bald vergaß er das wieder, denn dazu gab es zu viel zu schauen und zu riechen und anzufassen. Moos, das bärtig von Bäumen hing, Pilze, denen ein durchdringender Aasgeruch entströmte, glitzernde Steine auf dem Boden, wohlgenährte Spinnen, die in schimmernden Netzen saßen, leuchtenden Fingerhut, in den Mario gerne seinen Mittelfinger steckte.

Als die Sonne längst hinter den Bergen verschwunden und auch das rote Leuchten eines Gipfels einem dunkel bläulichen Schimmern gewichen war, landeten sie am Fuße des ersehnten Berges, doch der Weg war plötzlich unter Geröll verschüttet. Auf der Karte war er gar nicht erst eingezeichnet.

»Ich glaube, wir müssen hier unser Basislager aufschlagen«, sagte Rado und schaute sich suchend um.

»Hier? Denk dran, was wir im Internet gelesen haben.«

»Geröllfelder, eingebrochene Höhlen und Steinlawinen machen das Wandern am Elfberg lebensgefährlich«, zitierte Rado aus dem Gedächtnis.

»Also weiterklettern.«

»Im Dunkeln? Da kann man ja nur noch kraxeln und kriechen zwischen all diesen Steinen. Wenn du mit dem

Fuß in eine Spalte gerätst, ist es aus. Oder das Ganze könnte ins Rutschen kommen und dann bist du im Nu begraben.«

Mario hatte noch nie allein im Freien übernachtet und schon gar nicht mit einem Mädchen. Das war vielleicht der eigentliche Grund, warum er noch nicht haltmachen wollte.

Aber Rado kümmerte sich gar nicht um ihn, sondern suchte am Rande des Geröllfeldes eine flache und weiche Stelle, um ihre Isomatte auszubreiten und den Schlafsack auszurollen.

Mario tat es ihr gleich.

Er schlüpfte in seinen Schlafsack, vergewisserte sich, dass Rado mit sich selbst beschäftigt war, und legte das Lebensholz neben sich. Die Spitze leuchtete schwach, das Holz zitterte ein wenig und drehte sich dann langsam, bis es genau zu der Geröllhalde zeigte. War das etwa schon der Elfberg, der erloschene Vulkan? Würden sie ihn am Morgen nur noch besteigen müssen?

Plötzlich rief Rado »Ich sehe ihn!«

»Was siehst du?« Schnell versteckte Mario das Lebensholz.

»Ein Koboldmaki, er sitzt auf der Buche dort.«

»Er ist eine Weide, mit großen Augen.«

»Ja, große Augen hat er. Damit er im Dunkeln sehen kann.«

»Wie oft soll ich es noch sagen?, er ist ein Baum!«

Der N'Bongoo sagte: »Koboldmakis sind wunderbare Tiere und für Rado bin ich ein Koboldmaki.«

»Denk dran, Mario, jeder sieht, was er sieht«, fügte Rado hinzu.

»Jaja. Wirst du auf uns aufpassen, N'Bongoo?«, fragte Mario.

»Das ist meine Aufgabe.«

Kurze Zeit später bereuten sie, dass sie kein Zelt mitgenommen hatten, denn es wurde langsam kühl und feucht. Der Wind zauste an ihren Haaren und sie fühlten sich unter dem dunkler werdenden Himmel ungeschützt. Riesige schwarze Vögel oder Fledermäuse kreisten lautlos über ihnen. Überall knisterte es und Mario glaubte, Tiere schnüffeln zu hören. Tapsende Pfoten raschelten und seltsame Laute drangen aus der Dunkelheit. Das Wispern und Flüstern der Latschen neben ihm wurde lauter und manchmal war es, als höre er ganze Worte heraus:

Gefährliche Welten,
schnüffelnde Pärchen,
zerfurchte Gedanken,
die Berge, sie wanken,

und was dergleichen Unsinn mehr sein mochte.

»Hörst du das Klickern und Klacken? Ob das Tiere sind? Gämsen oder Steinböcke?«, fragte Rado.

»Ich glaube, das sind nur Steine, die sich gegeneinander verschieben.«

»Steine verschieben sich doch nicht von alleine. Irgendetwas kriecht da herum.«

»Das könnte sich zu einer Lawine auswachsen, dann sind wir tot«, sagte Mario. »Vielleicht sollten wir ein Stück zurückgehen, weg von diesem Geröll.«

»Du kannst ja gehen, ich bleibe hier.«

Mario schwieg. Der N'Bongoo saß unbeweglich. Hatte er die Augen geschlossen? Mario konnte es nicht sehen. Er aß noch ein paar Kekse, trank einen Schluck Limonade und starrte zum Himmel hinauf. Die Sterne trösteten ihn ein wenig – Tatsache war, dass er wegen der vielen Lichter in der Stadt noch niemals einen derartigen Sternenhimmel gesehen hatte. Es schien, dass Rado mit der Situation besser zurechtkam als er, aber schließlich war sie auch zwei Jahre älter. Irgendwann schlief er ein, doch sein Schlaf blieb unruhig.

Auch Rado schaute zum Himmel und ließ sich von den glitzernden Sternen trösten. Mario gegenüber hatte sie nicht zugeben wollen, dass sie sich auch ein wenig gruselte. Da sah sie die Leuchtspur einer Sternschnuppe und wünschte sich, dass sie am nächsten Tag einen Weg fänden und dass sie Erfolg haben würden mit ihrem Plan. Endlich schlief sie ebenfalls ein.

Mario träumte unterdessen, der nächste Tag sei bereits angebrochen. Rado war vorausmarschiert und hatte ihn wieder mal der Trödelei bezichtigt. Plötzlich hörte er einen Schrei, er rannte los und sah, dass ein Stück Fels aus dem schmalen Weg herausgebrochen war und dass Rado sich ein paar Meter tiefer an einem Felsvorsprung über dem Abgrund schwebend festhielt, aber jeden Moment abzurutschen drohte.

»Du musst mir helfen«, stöhnte sie, ihr Gesicht war blutverschmiert.

Mario überlegte nicht lang, todesmutig seilte er sich ab und sicherte seine Gefährtin.

Von dem Felsvorsprung aus konnte man sich auf einem schmalen Band zu einer Stelle tasten, wo Büsche einen verwunschenen Höhleneingang verdeckten. Der heldenhafte

Mario half der verängstigten Rado dorthin und zog sie an den Händen in die Höhle hinein. Sie setzte sich zitternd auf einen Stein und dankte ihrem Retter. Mario fasste gerade Mut, um den Arm um sie zu legen, als es plötzlich entsetzlich donnerte und rumpelte. Staubwolken stoben in die Höhle und es wurde fast völlig dunkel. Voller Schrecken flüchteten die beiden tiefer in den Berg hinein. Der Eingang zur Höhle war verschüttet. Rado und Mario saßen im Dunkeln. Obwohl sein Rucksack oben liegen geblieben war, hatte er plötzlich seine Taschenlampe in der Hand. Er leuchtete in die Höhle und sagte: »Ich glaube, wir haben den Eingang zum Elfberg gefunden.«

Rado sagte: »Ich fürchte mich.« Aber Mario nahm sie an der Hand und führte sie durch endlose Gänge, vorbei an unterirdischen Wasserfällen, in einen prächtigen, von tausend Kerzen erleuchteten Saal und da war der König der Berge und saß auf einem goldenen Thron ...

Am nächsten Morgen war der Traum nur noch eine wehmütige Erinnerung und die Realität sah erheblich anders aus.

31

Die Koordinaten des Zentralcomputers unter dem Elfberg waren in das im Raumanzug integrierte Navigationsgerät eingegeben, der eingebaute magnetische Kompass zeigte Podoll, dass er sich auf dem richtigen Weg befand.

Nachdem er wie ein Maulwurf durch mehrere Gesteinsschichten gesurft war, erreichte er eine Tropfsteinhöhle mit vielen Nischen und Kammern. Hier konnte er normal laufen, das war gut, weil es die Abnutzung der teuren Diamant-Maulwurfshände verminderte.

Die in seinen Helm eingebaute Grubenlampe schickte ihre Lichtstrahlen nach allen Seiten und was Podoll da sah, stellte eine kolossale Herausforderung an seinen Besitztrieb dar. Überall schimmerten silberne und goldene Gesteinsschichten. Bunte Kristalle, größer als er selber, wuchsen in den Nischen und glitzerten in allen Farben. Tonnen von Gold und Silber und wertvollste Edelsteine, die er nur abzupflücken brauchte.

Er zwang sich, nicht zu verweilen und in dem Reichtum zu schwelgen. Er hatte schließlich eine wichtige Mission zu erfüllen.

Aber ein paar Proben mitzunehmen, musste erlaubt sein. Immer wieder brach er mit seinen Diamanthandschuhen einige der herrlichen Kristalle ab und steckte sie in die Taschen seines Raumanzugs. Im Nu waren diese gefüllt, nichts passte mehr hinein. Da sah er einen noch hübscheren Kristall, also schaffte er etwas Platz, indem er weniger schöne Stücke wegwarf. Dennoch wurde er immer schwerer und dicker. Er tauchte wieder in dunkles Gestein und spürte die Behinderung sehr deutlich, schaffte es aber nicht, sich von einem der Edelsteine zu trennen.

Plötzlich vernahm er ein tiefes Röcheln – konnte es sein, dass dies der Atem eines Lebewesens war? Vorsichtig bewegte Podoll sich weiter, schwamm nun waagerecht durch den Fels. Das Röcheln wurde lauter. Dann stieß er gegen etwas viel Härteres, wollte es zur Seite schieben, das gelang aber nicht.

Diese Sache versperrte ihm den Weg. Handelte es sich um ein Flöz aus einem bisher unbekannten Metall? Er tastete sich an der Gesteinsformation entlang, schaute sie sich genauer an. Da war ein hübsches Muster zu erkennen. Er versuchte, die Schicht oder den Gegenstand mit dem Diamanten zu ritzen, das gelang nicht. Es gab auf der bekannten Welt nichts, was härter war als Diamant. Er hatte ein völlig neues Material entdeckt. Wenn seine Mission erfüllt war, würde er unermesslich reich sein. Nicht hundert, sondern tausend Rolls-Royces würde er kaufen.

Er holte aus seiner linken Tasche die Edelsteine und legte sie zur Seite. Ganz tief in dieser Tasche hatte er nämlich einen kleinen, besonders wirksamen Sprengsatz zu genau dem Zweck versteckt, anderweitig Undurchdringliches zu zersprengen, um sich so seinen Weg zu bahnen. Er füllte die Edelsteine wieder in die Tasche, damit sie durch die zu erwartende Detonation nicht wegflogen, hielt ein Feuerzeug an die Zündschnur und paddelte so schnell wie möglich rückwärts, denn dieser Sprengstoff konnte seinem harten Anzug gefährlich werden. Er stellte den Lautsprecher in seinem Helm ab, der ohrenbetäubende Knall durchdrang dessen Hülle. Dann hörte er einen anhaltenden Ton, der an- und abschwoll. Es klang wie das Heulen einer Luftschutzsirene.

Podoll bewegte sich wieder in Richtung der undurchdringlichen Schicht – sie war nicht mehr vorhanden. Stattdessen gab es dort ein Loch, aus dem nicht nur das Geheul erklang, sondern auch ein rötlicher Schein leuchtete. Podoll steckte seinen Kopf hindurch und erschrak. Er schaute in eine Höhle, die so groß war wie der Hangar eines Luftschiffs. Aber da war kein Zeppelin, sondern ein Drache, der ihn mit Augen anstarrte, die so groß und rund waren wie die Räder des größten Baggers der Welt. Das Maul dieses Drachens stand offen; es wirkte wie die Laderampe einer Fähre, über die drei Lastwagen nebeneinander fahren konnten. Der Schlund des Wesens erinnerte allerdings eher an das Innere eines Hochofens, als an eine gemütliche Fähre. Und dann verklang der Ton und das Wesen schloss sein Maul. Es streckte seine baggerschaufelgroßen Pranken aus, pflückte Podoll von der Felswand und setzte ihn vor sich auf den glühend heißen Untergrund. Wie gut, dass er den feuerfesten Anzug trug. Andernfalls hätte er sich den Hintern angekokelt.

Lam-Pi-Jong hatte ab und zu auf den Bildschirm mit der Aufschrift »Höhle des Niedhogg« geschaut und musste nun leider feststellen, dass von dort kein Bild mehr bei ihm ankam. Er drehte den Ton auf und drückte auf *Rücklauf*, bis der unbewegliche, schlafende Drache zu sehen war. Dann gab es einen Blitz und der Ton wurde übersteuert, möglicherweise durch das laute Geräusch einer Explosion. Das Bild verzerrte sich und dann war die Leitung tot, Kamera und Mikrofon ausgefallen.

Lam-Pi-Jong dachte: »Das hat wahrscheinlich mit dem Verbrecher Podoll zu tun. Aber Niedhogg wird hoffentlich wissen, wie dieser Fall zu behandeln ist.«

32

Im Morgengrauen wachte Mario auf. Hatte er ein Geräusch gehört? Ein Rumpeln im Berg? Er griff neben sich, ertastete seinen Rucksack, berührte die Seitentasche, wo er das Lebensholz des Yggdrasil am Abend versteckt hatte. Oh Schreck. Da war nur die verschrumpelte Kastanie, die er immer bei sich trug. Das Lebensholz war verschwunden.

Sein Blick fiel auf Rados Lagerstatt – auf der Isomatte lag ein zerwühlter Haufen Schlafsack, in dem sich auf keinen Fall eine ganze Rado verstecken konnte. Mario zog sich an und suchte einen Hinweis darauf, was mit ihr geschehen sein mochte. Hatte sie das Lebensholz genommen?

Der Schlafsack war eiskalt und feucht vom Tau.

»N'Bongoo?«

»Ja bitte?«

»Wo ist Rado?«

»Ei verflucht! Im Loch verschwunden. Ich war unaufmerksam.«

Eine Minute später hatte Mario in einiger Entfernung das Loch im felsigen Grund entdeckt, eine Öffnung, der man anmerkte, dass sie gerade erst entstanden war: rund

und glatt, wie von einem gewaltigen Bohrer schräg in den Felsen gebohrt. Dieses Meisterwerk konnte nur vom Lebensholz geschaffen worden sein. *Wenn man es in der Hand hält und das Wörtchen* Wurzel *ausspricht, bohrt es ein Loch in die Tiefe*, hatte Yggdrasil erklärt. Kannte Rado etwa das Zauberwort? Oder war es ihr per Zufall rausgerutscht? Oder steckte etwas ganz anderes dahinter? Mario umkreiste mehrmals das Lager, konnte aber keinen Hinweis finden, dass Rado geflüchtet oder entführt worden war, oder ein Wolf sie gefressen oder ein Drache sie hinweggetragen hatte.

Wahrscheinlich war sie also im Berg versunken, nicht nur ein wenig, sondern sehr tief, denn ein Ende dieser Felsbohrung war nicht zu erkennen. Warum hatte sie nicht um Hilfe gerufen? Er hätte ihr doch *Wipfel* zurufen können, das rettende zweite Zauberwort.

Mario trat wieder an die runde Öffnung. Enge Röhren waren offenbar sein Schicksal. Nur dort hinunterzuschauen kitzelte ihn schon ordentlich unter den Fußsohlen und trieb ihm den Schweiß auf die Stirn. Er holte seine Taschenlampe, legte sich auf den Bauch und leuchtete hinein. Er rief, aber sein lang gezogenes »Raadooooooooo!« verschwand im schwarzen Loch ohne Echo und ohne Antwort.

Diese blöde Kuh!

Der N'Bongoo tat unschuldig, er beugte sich über die Öffnung und lauschte, ob nicht doch ein Laut aus der Tiefe drang.

»N'Bongoo! Was soll ich tun?«

Der N'Bongoo lächelte. »Folge den verrottenden Spuren.«

»Ich soll da runter?«

»Du hast doch das Lebensholz!«

»Eben nicht! Es ist verschwunden. Das weißt du doch.«

»Deine Freundin hat es wohl geklaut.«

»Sie ist nicht meine Freundin. Ich dachte, du solltest auf uns aufpassen.«

»Oh, tut mir leid.«

»Passt du wenigstens jetzt auf unsere Sachen auf?«

Der N'Bongoo klappte die Augen verschwörerisch auf und zu. Hatte der Kerl das alles etwa geplant und freute sich jetzt diebisch, dass Mario schon wieder in Schwierigkeiten steckte?

Mario legte das Kletterseil seines Vaters um die Wurzeln einer mickrig aussehenden Latschenkiefer und ließ sich trotz seiner Panik langsam, die Taschenlampe zwischen den Zähnen, in das dunkle Loch hinunter. Der N'Bongoo beugte sich über die Öffnung und schaute zu.

»Lach nicht!«

»Ich lache nicht. Ich passe auf.«

Mario hatte keine Ahnung, wie man sich diese spezielle Schlinge um den Körper wand, damit man nicht nur mit den Händen am Seil hing und sich die Handflächen verbrannte. Aber in diesem Bohrloch war etwas Besseres möglich: Es war einerseits so eng, dass man nur die Beine und die Ellenbogen zu spreizen brauchte, um sich festzuhaken und andererseits so glatt, dass man sich in der festgehakten Stellung mit Druck und Lockerung des Drucks langsam hinunterrutschen lassen konnte.

Ob das so ähnlich auch funktionierte, wenn man wieder nach oben wollte?

Dann befand er sich plötzlich auf dem festen Untergrund einer weitläufigen Höhle. Eine indirekte Beleuchtung schaltete sich ein – es gab hier wohl Sensoren, die auf Bewegung reagierten. Ja, dort hing auch eine Kamera.

Diese Höhle war bewohnt. Rado war nirgends zu sehen. Er rief ihren Namen – keine Antwort.

Es gab viele Gänge und Abzweigungen, aber Mario getraute sich nicht, auch nur einen Schritt zu machen. Er schaute nach oben, sah einen winzigen hellen Punkt in weiter Ferne, das war das Licht des Tages. Ach, hätte es in seinem Bunker ein solches Bohrloch nach draußen gegeben, in dem obendrein ein Seil hing, an dem man hochklettern konnte.

Dann sah er sein Lebensholz. Es lag am Boden – das war kein gutes Zeichen. Er hob es auf, drehte es in seiner Hand. Rado hatte es sicherlich nicht mit Absicht weggeworfen. Er flüsterte: »Wipfel«, und schon schwebte er wieder nach oben. Schnell das andere Zauberwort gesprochen: »Wurzel«. Er sank zur Erde und begann, sich einzugraben. »Wipfel, Wurzel, Wipfel, Wurzel«, Mario schwebte auf und ab – ein schönes Spiel, wenn man es beherrschte. Er war so entzückt von diesem hoch und runter, dass er das Wesen, das sich auf acht haarigen Beinen langsam näherte, nicht bemerkte.

Es hatte buschige schwarze Haare mit gelben Spitzen, hässliche, grün-rote, sich drehende Augen an langen Stielen. Sie hypnotisierten Mario, sodass er, vor Schreck erstarrt, nicht einmal daran *denken* konnte, eines seiner Zauberworte zu sagen. Oder wegzulaufen. Oder das Seil wieder zu ergreifen und sich daran hochzuhangeln. Feucht-kalte, haarige Gliedmaßen betasteten ihn, schienen sich wie Tentakel festzusaugen, wo sie ihn berührten. Am Hals, am Arm, an den nackten Beinen, an den Händen, mitten im Gesicht. Drei Fühler mit nass glänzenden Tastköpfen betatschten seine Nase, erforschten seine Nasenlöcher und krochen in seine Ohrmuscheln, in seinen Kragen und unter sein Hemd.

Dann hörte er das seltsame Geräusch eines dünnen Fadens, der mit Hochgeschwindigkeit aus einer Düse an der Drüse des spinnenartigen Wesens gepresst wurde. Die Spinne lief mit ihren acht Beinen immer schneller um ihn herum, lief auf seinem Körper, über sein Gesicht und der Faden umzurrte ihn immer fester.

Mario krümmte sich, rollte sich zusammen wie eine Kugel, was es der Spinne allerdings leichter machte, ihn mit immer dickeren Schichten nasser, gesponnener Fäden zu umwickeln. Nun brauchte sie nicht mehr an seinem Körper zu laufen, sondern konnte ihn mit acht Armen schneller und schneller drehen, sodass ihm schwindlig wurde und er erst recht nicht mehr denken und nicht mehr schreien und sich nicht mehr bewegen konnte. Und dann spürte er noch, wie der Faden langsam fest wurde und sich ein geschlossener Kokon bildete.

Dann schlief er ein. Ohne dass er es bemerkte, hatte die Spinne ihn gestochen und mit einem Gift in Tiefschlaf versetzt. Sie rollte ihn in den Vorratsraum, wo sich bereits ein anderer Kokon befand.

33

»Warst du es, der mich in den Schwanz gepikst hat, du ein-
gepackter Wurm?«, fragte Niedhogg unter dem Elfberg
und rollte fürchterlich mit den Augen.

»Äh, Sie Drachen-Ar..., woher sollte ich wissen, dass das
Ihr Schwanz war?«

»Was willst du hier, du Mücke?«

»Der Erfinder Lam-Pi-Jong hat mich geschickt, um den
Zentralcomputer zu holen.«

»Zeig mir den Beweis, du Käfer!«

Dummerweise hatte Podoll sich nicht gemerkt, in welcher Tasche der gefälschte Brief versteckt war, den er dem
Niedhogg zeigen wollte und so landeten alle abgebro-
chenen Edelsteine zu seinen Füßen auf dem Boden der Dra-
chenhöhle.

Niedhogg schüttelte den Kopf über soviel Unverfroren-
heit, rollte mit den Augen und sagte: »Das sagenhafte Eichhörnchen Ratatosk hat mir schon berichtet, dass ein Männlein in einem lächerlichen Kostüm zu mir unterwegs ist,
eine Made, welche mich bestiehlt, ein Engerling, der Kristalle, welche Jahrmillionen brauchten, um zu wachsen, ein-

fach abgebrochen und viele davon sogar wieder weggeworfen hat.«

»Ich wusste ja nicht, wie wertvoll diese Steine sind«, log Podoll.

»Alles ist wertvoll in dieser Schöpfung«, antwortete Niedhogg, »was glaubst du, warum ich seit Milliarden von Jahren daran baue, indem ich die Kontinente verschiebe und Inseln aus dem Meer steigen lasse und fruchtbares Land erzeuge und Gebirge auftürme?«

»Äh, das ist genau das, was ich auch versuche, wir sind Kollegen«, antwortete Podoll und dachte dabei an die Pläne von Hochhäusern und Autobahnen und Fabriken und Flugplätzen, die in seinem Kopf auf Verwirklichung warteten.

»Ganz egal, was du dachtest, die Steine gehören der Erde und niemandem sonst. Wer sich an ihnen bereichert und aus niedrigen Beweggründen Raubbau betreibt, muss die Folgen tragen. Und du kannst sowieso nichts, nichts, nichts mitnehmen. Wenn du stirbst, wirst du das merken! Du gehst mit leeren Händen, wie du gekommen bist!«

Der Drache Niedhogg blies die Backen auf und ein feuriger heißer Strahl wehte Podoll in eine Spalte am Rande der Höhle. Weil er so schön dick war, funktionierte er in der engen Röhre wie der Kolben im Inneren einer Luftpumpe. Und da Niedhogg immer weiter blies, stieg der Druck in der Röhre, in der Podoll steckte. Langsam schob ihn dieser Druck immer weiter ins Innere des Berges hinein, bis zum Schlot des bis dahin untätigen Vulkans Elfberg, der nun von Niedhogg mächtig angeheizt wurde ...

34

Zur gleichen Zeit brütete Sabrina zwischen den Betten ihrer Patienten. Der von Professor Schreiner bestellte Pfleger hatte sich verabschiedet, nicht ohne sie für ihre Fähigkeiten als Krankenpflegerin zu loben. Die Geräte zeigten an, dass alle inneren Organe ihrer Freundin Gerlinde und ihres Chefs de Winter zufriedenstellend arbeiteten, wenn auch so langsam, dass man sich an den Tiefschlaf von Astronauten auf dem Weg zum Andromedanebel erinnert fühlte, wie Lam-Pi-Jong es bei einem seiner Besuche ausgedrückt hatte.

»Vielleicht lässt sich aus der menschlichen Katastrophe ein Weg für solche utopischen Reisen in ferne Sternensysteme konstruieren. Menschen werden wie Pflanzen verlangsamt, überstehen auf diese Weise eine tausendjährige Reise und machen Urlaub im Universum,« hatte er gesagt. Sabrina fand das geschmacklos.

Einmal hatte er ihr Blumen mitgebracht, aber sie war zu aufgewühlt und zu traurig gewesen, um sich darüber zu freuen.

Dann hatte er mächtig große Töpfe angeschleppt. Sabrina hatte eine Weile gebraucht, bis sie verstand. Sie wollte sich nicht damit abfinden, dass ihre Freundin und ihr Chef *umgetopft* werden sollten. Sie hatte Lam-Pi-Jong beschimpft und ihn aus der Praxis geworfen, was sie mittlerweile bereute.

Denn Lam-Pi-Jongs Verhalten war leichter hinzunehmen, als die wiederholten Versuche des Professor Schreiner, der Sabrina bedrängte, man müsse die Fachwelt informieren, wissenschaftliche Untersuchungen anstellen, und dergleichen. Er wollte die Patienten für Fachzeitschriften vermessen und fotografieren und auf Symposien präsentieren. Nur die Tatsache, dass Schreiner und de Winter einmal Freunde waren, hatte das bisher verhindern können.

Sabrina betupfte mit einem feuchten Tuch die immer faltiger werdende Haut ihres Chefs. Doch diese Falten waren nicht die Falten eines alten Mannes, sondern die harten, rissigen Rindenstrukturen eines Baumes.

Die Haut ihrer Freundin Gerlinde veränderte sich ebenfalls, sie wurde grau, war aber viel glatter als jene des Chefs. Diese beiden Menschen wurden zu Bäumen, allerdings zu verschiedenen Arten von Bäumen.

Sabrina stützte den Kopf in die Hände. »Ach Gerlinde, ach Herr Doktor«, stöhnte sie. »Wenn ich euch doch nur helfen könnte! Und was das Schlimmste ist: Rado und Mario sind unterwegs in den Bergen und melden sich nicht. Hoffentlich ist ihnen nichts geschehen. Und die Geschichte, die mir die beiden aufgetischt haben, ... und dieser seltsame Lam-Pi-Jong mit dem Eierkopf und den schwarzen Augenbrauen, der vermutlich gar kein Arzt ist, ... wie furchtbar ist das alles ...«

35

Es war Nacht. Reginald hatte sich in der Glaskuppel vor den Nasenaffen aufgebaut und schlenkerte mit seinen Luftwurzeln. »Wo ist Filtz?«, fragte er und tippte mit einer Wurzelspitze dem Ober-Nasenaffen Banaba auf die Brust.

Der antwortete: »Wie befohlen, im Keller!«

»Im tiefsten Keller?«

»Im tiefsten Bunker!«

»Der heilige Gehirnraum?«

»Streng bewacht!«

»Wer nicht gehorcht, wird ihm Gesellschaft leisten.«

Reginald drehte sich nach allen Seiten, als ob er sicher sein wollte, dass kein Unberufener vernahm, was er nun zu sagen hatte.

»Wie ihr seht, bin ich unter dem Einfluss des Zeiters schnell und beweglich. Ich könnte diesen Käfig leicht verlassen und, das würde ich auch tun, wenn ich nicht wollte, dass unsere Mission geheim bleibt.

Wie ihr wisst, habe ich mithilfe unseres Zeiters einige befreundete Bäume und Pflanzen beschleunigt, verwandte

Feigenbäume. Aber um nachhaltig zuschlagen zu können, brauche ich viele solche Zeiter.«

Banaba sagte:»Wir könnten Duplikate anfertigen ...«

Reginald fuhr fort:»Meine Spione beim Genbiologen Podoll haben herausgefunden, dass der Zeiter lediglich eine Art Fernbedienung für einen Zentralcomputer ist. Der Podoll nennt diesen Zentralcomputer *ZetKaa*. Würde der ZetKaa abgeschaltet, wären alle Zeiter sofort nutzlos wie Handys ohne Funkturm.

Aber jetzt wird es interessant: Der Zentralcomputer ist ein biologischer Computer, er arbeitet mit DNA und chemischen Botenstoffen. Das heißt, man müsste nur seine Schnittstellen mit meinem genialen Wurzelhirn verbinden und schon wäre *ich* der ZetKaa. Ich vervielfältige die Zeiter biologisch, klone sie sozusagen, sodass ausgewählte Pflanzen und Bäume selbst zu Zeitern werden. Mit deren Hilfe verschnellere ich meine Baumsoldaten auf der ganzen Welt und der Kampf gegen die Menschheit kann endlich im großen Stil beginnen.«

Banaba fragte:»Chef, selbst wenn alle Pflanzen so schnell wie Menschen sind, was machen wir dann mit den Menschen?«

»Die verlangsamen wir.«

»Und dann?«

»Und dann und dann ... dann sind sie langsam wie Pflanzen.«

»Aber das kehrt doch lediglich die herrschenden Verhältnisse um. Wir wollten die Menschen vernichten, ausrotten.«

»Papperlapapp. Wir pflanzen sie in Beete, in Monokulturen, in Gewächshäuser, wir verarbeiten sie zu Gemüse, zu Salat, zu Brennmaterial, zu Öl, zu Tierfutter, wir häckseln sie, kompostieren sie, – alles, was sie bisher mit uns gemacht haben, machen wir mit ihnen.

»Das klingt nach Arbeit!«

»Ja und? Wir fangen sofort damit an. Trommle ein paar verschnellerte Brombeeren zusammen und mach dich mit deinen Nasenaffen sofort auf den Weg zu diesem ZetKaa!«

»Die Menschen umzubringen, wäre möglicherweise einfacher, wenn man die richtigen Mittel einsetzt!«

»Und wie soll das bitteschön gehen?«, fragte Reginald lauernd.

Banaba senkte die Stimme und sagte: »Filtz hat im Bunker etwas entdeckt ...«

»Lass mir den Filtz aus dem Spiel. Er hat mich bitter enttäuscht. Er hat das Kastanienkind nicht nur verschont, sondern entwischen lassen. Der *Große Hallimasch* wird uns strafen.«

»Chef, das Kastanienkind wurde unsichtbar, vor unseren Augen, dafür kann der Filtz nichts ...«

»Filtz hat bei seinem Leben versprochen, es zu töten. Laut der Prophezeiung des *Großen Hallimasch* ist das Kastanienkind das Einzige auf der Welt, was meinen Aufstieg verhindern kann.«

»Meister! Das Kastanienkind ist verschwunden auf Nimmerwiedersehen. Es kann uns nicht mehr schaden. Aber an der Stelle, wo das Kastanienkind sich in Luft auflöste, hat der Filtz im Bunker etwas Sensationelles entdeckt, etwas Gigantisches ... «

»Filtz ist in Ungnade, kapier das doch endlich! Ich will nichts mehr von Filtz hören. Nichts! Macht euch stattdessen auf den Weg zum Elfberg, wo der ZetKaa begraben ist und von einem Drachen bewacht wird.«

Mit diesen Worten überreichte Reginald dem Banaba ein Palmblatt mit genauen Instruktionen. Banaba entzifferte es mühsam. Dann sagte er:»Es gibt da aber ein Problem, Chef. Wir können nicht mit hundert Brombeerkriegern durchs Haupttor marschieren.«
»Natürlich geht ihr unauffällig durch die Kanalisation.« Er klopfte mit einer Luftwurzel dem Banaba auf die Brust. »Knöpft dem dämlichen Drachen den ZetKaa ab. Dann haben wir den Schlüssel zur Weltherrschaft und mit seiner Hilfe werden wir Armeen von unzufriedenen Bäumen und Pflanzen aufstellen und die Menschheit versklaven. Verstanden? Abtreten!«

Banaba ärgerte sich, dass der Alte ihn in der Sache Filtz nicht zu Wort kommen ließ, im Besonderen auch deshalb, weil die Haschischplantage von den Kakerlaken immer mehr geplündert wurde und er es lieber gesehen hätte, dass Filtz sich um das Kakerlakenproblem kümmerte.
Dennoch begann er unverzüglich mit den Vorbereitungen zur *Mission Niedhogg*.

36

Der N'Bongoo saß immer noch am Bohrloch auf dem Elfberg und machte sich Gedanken. Ab und zu hatte er
gelauscht, doch nichts war zu hören gewesen. *Am besten
schaue ich mal nach, was da passiert,* sagte er sich und kletterte
am Seil nach unten.
Eine leere Höhle. Hell erleuchtet. Eine Kamera an der Wand.
Der N'Bongoo wanderte durch die Höhlen und Tunnel
und Räume der Spinne. Die Spinne bemerkte ihn nicht,
weil er ja unsichtbar war. Allerdings nahm er im Gegenzug
auch von der Spinne keine Notiz.

Unterdessen landete Podoll in seinem Diamantanzug
unsanft wieder in dem Krater, aus dessen Vulkanschlot der
Drache Niedhogg ihn soeben herausgeschleudert hatte.
Der Druck unter dem vorher untätigen Vulkan war dank
Niedhogg angestiegen und hatte Podoll in hohem Bogen
ausgespuckt. Wenn man die Sprache der Vulkane verstehen
würde, hätte man das Grollen und Rumpeln des Berges
übersetzen können mit: »Ausbeuter, Umweltsünder,
Abschaum, Naturzerstörer!«

Doch niemand verstand diese Sprache, Podoll am allerwenigsten. Unvorsichtig rutschte er auf seinem Hosenboden wieder zum Mittelpunkt des Trichters, doch da spürte er die Hitze des flüssigen Magmas. Zu seinem Glück trug er immer noch den Anzug des Lam-Pi-Jong, andernfalls wäre er verbrannt. Oder erstickt in den Schwefeldämpfen, die aus dem Schlot strömten.

Mehr und mehr heiße Lava quoll heraus und ein bedrohliches Grollen und Rumpeln war zu hören. Dieser Vulkan war im Begriff, zur Höchstform aufzulaufen. Stolz blähte sich Podolls Brust, denn schließlich war er der Auslöser dieses Ausbruchs.

Der Herr der Gene, dieser winzigen Bausteine des Lebens, hatte sich zum Dompteur feuerspeiender Berge aufgeschwungen. Doch dann flüchtete er vorsichtshalber. Keine Sekunde zu früh, denn als er sich gerade über den Rand des Kraters rollte, um von dort aus den Berg hinunterzurutschen, flogen ihm lastwagengroße Gesteinsbrocken um die Ohren, denen er nur knapp entging. Eine rote Wolke stand plötzlich über dem Berg, eine Wolke aus glühender Asche, in der Blitze zuckten. Podoll schaute aus gebührender Entfernung zu, wie die heiße Lava sich ihren Weg bahnte. Er spürte ihre Hitze durch den feuerfesten Anzug hindurch und wich zurück und – stolperte über zwei Rucksäcke, die zwischen zwei Iso-Matten lagen.

Wie kam dieses Zeug hierher? Podoll durchwühlte das alleingelassene Gepäck. Er stieß auf ein angebissenes Butterbrot und sein Magen knurrte gefährlich. Etwas derartig Primitives hätte er normalerweise abgelehnt, aber heute nahm er schnellstmöglich den Helm ab, zog seine Handschuhe aus, und stopfte sich das Brot in den Mund. Wütend dachte er an seinen Fresskorb, den er im Porsche hatte lassen müssen, aber Wut macht nicht satt und die Vorstellung des gebratenen Hähnchens und der Flasche *Dom Pérignon* auch nicht – im Gegenteil. Sein knurrender Magen wetteiferte mit dem Vulkan, der sich noch immer nicht beruhigen wollte.

Gierig leerte Podoll den weiteren Inhalt der Rucksäcke auf eine der Iso-Matten, heraus kullerten aber nur zwei Äpfel, die schon braune Stellen hatten, was er überhaupt nicht mochte, sowie eine altmodische, blecherne Feldflasche. Angeekelt nahm er einen Schluck und schüttelte sich: *Scheiße, was für eine lauwarme Brühe. Pisswarme Limonade und vergammeltes Obst – das Gegenteil einer nahrhaften Mahlzeit aus fettigem Fleisch und prickelndem, eisgekühltem Champagner.* Dann mussten die Äpfel auch noch rein.

Podoll rülpste und lehnte sich an einen Felsbrocken.

Da fiel sein Blick auf das Namensschild an dem grünen Rucksack. *Rado de Winter – Schöne Aussicht 116.* Podoll atmete tief ein und aus. Diese Zimtziege, diese grässliche Diebin, die sich als Reporterin verkleidete und die ihn so sehr gedemütigt hatte.

Auch sie war unterwegs zum ZetKaa! Zusammen mit einem Bergführer sicherlich, dem wohl der zweite Rucksack gehörte.

Podoll ließ seinen Blick schweifen, denn die beiden konnten ja jeden Moment auftauchen. Womit würde er sie dann erledigen? Da lagen eine Menge kugelige Steine, sogenannte Bomben, die genau wie er selbst gerade erst aus dem Vulkan herausgeflogen waren. Podoll bückte sich und griff nach einem von ihnen – autsch, die waren verdammt heiß.

Brandblasen bildeten sich und Podoll schrie sein Lieblingswort. Warum nur hatte er die feuerfesten Handschuhe ausgezogen? Da entdeckte er in einiger Entfernung ein rundes Loch im Felsboden, darin hing ein Seil. Aha, die Göre hatte sich mit ihrem Bergführer zusammen abgeseilt, um Niedhogg den ZetKaa abzuschwatzen oder zu klauen. *Da muss ich hinterher. Wenn sie mit dem Drachen verhandeln oder ihn zwecks Diebstahl ablenken, kann ich vielleicht ungesehen meine Edelsteine einsammeln. Da kommen mir diese Rucksäcke gerade recht.* Er verstaute einen der Rucksäcke sowie Helm und Handschuhe im anderen Rucksack. Dann hangelte er sich am Seil nach unten, denn auch er kannte nicht diese geniale Schlinge, welche die Bergsteiger zum Abseilen benutzen. Er erreichte den Höhlenboden und wurde bereits erwartet: Mit Stielaugen, die im Licht seiner Helmlampe glitzerten, betrachtete die Spinne gierig ihr neues Opfer. Podoll war augenblicklich hypnotisiert und stand starr und stumm. Die Spinne kletterte an seinen Beinen hoch und begann, um seinen fetten Bauch herumzulaufen. Und weil Podoll einen Spinnenfaden erwartete, sah er auch einen Spinnenfaden, sah sich schon gefesselt und eingewickelt.

Der N'Bongoo hatte inzwischen den Vorratsraum der Spinne gefunden. Er enthielt zwei Kugeln aus einem unbekannten, weißen Material. Sehr fest. Der N'Bongoo spürte, dass seine Schützlinge sich darin befanden. Er suchte eine Möglichkeit, die Kokons zu öffnen, vergeblich. Er klopfte an, er trat dagegen, er suchte einen Schlitz im Gewebe, ohne Erfolg. Die Kinder waren zu fest eingewickelt. Wenn sie noch lebten, würden sie bald ersticken. Welche Möglichkeiten gab es, das zu verhindern? Er besann sich darauf, was er am besten konnte, wenn auch nur unter Aufbietung aller Kräfte: Verkleinerung. Der N'Bongoo hoffte: Wenn er die Kinder verkleinerte, hatten sie vielleicht genug Luft in den Kugeln. Er stellte sich in die Mitte des Raumes, verwurzelte seine Füße mit dem Grund, spürte die Kraft. Er schloss die Augen, holte tief Luft, atmete aus, konzentrierte sich. Verkleinerung war Schwerstarbeit. Es würde also eine Weile dauern, bis Rado und Mario geschrumpft waren.

Podoll kniff die Augen fest zu und erwartete das Schlimmste. Ein spotzendes Geräusch zeigte an, dass entweder die Düse der Spinne verstopft, oder die zähe Flüssigkeit, aus der ihr Faden gesponnen wurde, verbraucht war.

Mit letzter Kraft versuchte sie, Podoll zu stechen, aber der feuerfeste Anzug des Lam-Pi-Jong war schließlich diamanthart und ließ dergleichen nicht zu. Die Spinne erstarrte. Podoll brauchte einige Zeit, um sich das Untier voller Ekel von der Brust zu pflücken und zu registrieren, dass es keinen Faden gab. Er schleuderte das Monster auf den Boden und bemerkte, dass an dessen Bauch eine rote Schrift blinkte: »LEER. Bitte aufladen!«

Eine Roboterspinne oder ein Spinnenroboter. Dieses widerliche Machwerk konnte nur von dem Mistfuchs Lam-Pi-Jong stammen. War am Ende der verfluchte Monsterdrache unten im Berg auch nur eine Maschine?

Podoll setzte sich schwer atmend auf einen Stein und stieß mit dem Fuß gegen das künstliche Ungetüm. Das zappelte für einen Moment mit den Beinen und schmatzte noch einmal.

Podoll gab ihm einen Tritt.

Im Wasserturm des Lam-Pi-Jong läutete die Alarmglocke. Er rannte zu seinen Überwachungsbildschirmen.

Wie schon befürchtet, war Podoll mit dem Diamantanzug im Elfberg gelandet, hatte aber – aus welchen Gründen auch immer – nicht den Tresor des Niedhogg gefunden, sondern befand sich jetzt in der Höhle der Spinne.

Lam-Pi-Jong schaltete die Sprechanlage ein:»Was haben Sie da zu suchen?«

Podoll brüllte:»Sie Mistkerl. Ich wusste doch, dass Sie mir nicht nur Edelsteine in den Weg legen würden. Wenn Sie mir den ZetKaa verschaffen, könnte ich Ihnen möglicherweise verzeihen: die Unverschämtheit des Niedhogg, den Diebstahl des Zeiters, den versunkenen Porsche, den Angriff Ihrer blöden Spinne.«

»Sie waren bei Niedhogg?«, fragte der Erfinder.

»Er hat dafür gesorgt, dass ich ausbreche wie ein Vulkan.«

»Mit anderen Worten: Sie wurden ausgespuckt oder noch besser *ausgeschissen*!«

Podoll spuckte nun seinerseits eine Salve von Schimpfwörtern.

Lam-Pi-Jong fiel ein, dass es einen Weg von der Höhle der Spinne zum Tresor des Niedhogg gab. Eine Einbahnstraße, die aus der Zeit der Hilfskonstruktionen am Elfberg stammte. Das würde allerdings nur Sinn machen, wenn Podoll den Anzug nicht mitnahm. *Wie kann ich ihn dazu bringen, dass er ohne den Anzug auf die Rutschbahn geht?* In diesem Moment kam unerwartete Hilfe. Der feuerfeste Diamantanzug sank in sich zusammen, Podoll war verschwunden!

Doch unter dem Stoff bewegte sich ein kleines Tier – so sah das jedenfalls aus. Dann kroch ein stark geschrumpfter Podoll aus einem der schlaffen Hosenbeine.

Im Vorratsraum der Spinne ertönte erst aus der einen, dann aus der anderen Kugel ein dumpfes *Plopp*, die Kugeln wackelten für einen Moment, zitterten und zogen sich dann knautschig zusammen.

Jetzt hatten die Kinder nur noch ein Drittel oder ein Viertel ihrer Größe. Der N'Bongoo legte sein Ohr an die Knautschkugeln. Ein feines Zischen zeigte an, dass Sauerstoff in sie hineingesogen wurde. Dadurch bekamen sie wieder ihre runde Form und man würde sie nun leicht wegrollen können. Sollte er das vielleicht tun? Sollte er die Kokons irgendwo verstecken?

Oder war es besser, erst einmal abzuwarten?

In der Haupthöhle fragte Lam-Pi-Jong über die Lautsprecheranlage: »Was ist passiert?«

»Keine Ahnung«, sagte Podoll, ich hatte mir wohl gerade wieder einmal die Größe meiner Visionen klar gemacht, aber das hat sich offensichtlich auf die Welt um mich herum übertragen. Alles hier ist nun so riesig, so gewaltig. Sogar mein Anzug hat sich vergrößert.

»Das ist *mein* Anzug«, sagte Lam-Pi-Jong und fügte hinzu: »Um die Umwelt besser und großartiger zu machen, muss man zuerst sich selbst vergrößern. Das haben Sie wohl versäumt.«

»Was kann ich tun? Der Anzug passt nicht mehr, aber ich will nach wie vor zum ZetKaa!«

Lam-Pi-Jong erklärte dem Geschäftsmann mit klammheimlicher Freude den direkten Weg zum Tresor des Niedhogg, wo sich der ZetKaa befand. Podoll rief »Dankeschön, Sie Schleimkröte!«, schaltete sämtliche Überwachungskameras und Alarmeinrichtungen ab, und warf sich die nun viel zu großen, schlaffen Rucksäcke über die Schulter, nachdem er den nutzlos gewordenen Helm und die Handschuhe weggeworfen hatte. Dann suchte er den direkten Zugang zum Tresor, wie er von Lam-Pi-Jong beschrieben worden war. Als er merkte, dass es sich um eine Reise ohne Wiederkehr handelte, war es zu spät.

37

Die Brombeerranken und -hecken im Zoo wurden von den Nasenaffen eingesammelt und mithilfe des Zeiters verschnellert. Wie froh waren sie, den Gefahren, zu entrinnen, die ihnen von den Gärtnern drohten. Zu lange hatte man versucht, sie auszurotten, hatte ihre Wurzeln herausgerissen, ausgegraben, beschnitten und jedes Jahr ihre Triebe entfernt, sodass sie nie genug grüne Blätter bilden konnten. Sie waren von den Menschen beschimpft und verflucht worden, wegen ihrer Dornen und weil sie keine Früchte trugen. Das war ungerecht, denn man hatte ihnen ja kaum einmal Gelegenheit zur Blüte gegeben. Obwohl ihre Blüten hübsch waren – ähnelten sie doch den von den Menschen geschätzten Apfelblüten. (Die Apfelbäume standen bei Reginald auch schon auf der Matte, sie waren böse, weil die Menschen ihre Früchte züchteten und ernteten, dann aber in Massen auf den Müll warfen.)

Eigentlich waren die Brombeeren ja Rosen, sie gehörten zu den Rosengewächsen! (Auch die Rosen hatten Reginald inständig gebeten, sich am Kampf beteiligen zu dürfen, denn sie waren tausendfach gekreuzt worden, man bespritzte sie unter unpflanzlichen Bedingungen in Gewächshäusern mit Gift, nur um sie später ihrer prächtigen Blüten zu berauben, die dann ebenfalls zum großen Teil vernichtet wurden. Reginald musste auch sie vertrösten, bis er den Zeiter biologisch vervielfältigt haben würde.) Die Brombeeren hatten trotz der Verfolgung durch die Gärtner des Zoos überlebt, aber allzu lange schon vergebens auf Rache gesonnen.

Jetzt durften sie sich dank Reginald endlich ausbreiten, waren handlungsfähig und konnten ihren Lebensraum erweitern. Wie schnelle Raupen ließen sie den vorderen Teil ihrer Ranken hervorschießen, hakten diesen mithilfe der Dornen und kleiner Wurzeln im Boden fest und zogen dann den hinteren Teil nach. Schnell wie Marathonläufer bewegten sich die Brombeerraupen durch die Kanalisation aus dem Zoo heraus und dann weiter zum Elfberg. Die Nasenaffen hatten Mühe, ihnen durch das zunehmend bergige und felsige Gelände zu folgen.

Endlich am Fuße des Elfbergs angekommen, bat Banaba um Ruhe und sagte dann mit gedämpfter Stimme: »Ab sofort bitte leise. Der Drache Niedhogg hat ein feines Gehör. Aufstellen zum Bohren!«

Die Brombeeren setzten ihre Wurzeln an. Millionen winziger Wurzelspitzen bohrten sich mit Schwarmintelligenz ins Gebirge, sprachen miteinander über den richtigen Weg des geringsten Widerstands, verdickten sich, um Spalten zu erweitern und Fels zu sprengen, erzeugten chemische Stoffe, maßen Veränderungen im Magnetfeld der Erde und folgten der Schwerkraft.

In wenigen Minuten waren sie vollständig im Berg verschwunden, lediglich ein feines Klicken oder Schnalzen, nicht lauter als das Schmatzen eines Mauergeckos, der eine

Kakerlake verzehrt, war zu hören gewesen. Die schmerbäuchigen Nasenaffen sahen sich triumphierend an und krochen hinterher.

Es dauerte keine halbe Stunde, bis der nun nicht mehr geheime Tresor des Niedhogg angebohrt war und der ZetKaa sich in den Händen der Nasenaffen befand. Er ähnelte eher einem Wurzelstock oder der bewurzelten Knolle einer Pflanze, als einem technischen Gerät. Seine wie Pilzfäden aussehenden Anschlüsse hingen nun allerdings schlaff und nutzlos herunter. Reginald würde wissen, wie man ein solches bio-intelligentes Gerät wieder in Gang setzt.

Solange der ZetKaa abgeklemmt war, würde der Zeiter im Zoo nicht funktionieren, aber sowie er mit den Hirnwurzeln des Reginald verbunden und verwachsen war, würde der *Ficus benghalensis* massenhaft Zeiterbäume erzeugen, Klone des Zeiters in jedem Feigenbaum, der diese Ehre verdiente. Eine Armee von Feigen würde die Welt verändern. Das Wort vom *feigen Anschlag*, das die Tagespresse und die Politiker so gerne benutzten, würde eine ganz neue Bedeutung bekommen.

Als die Brombeeren sich mit dem ZetKaa gerade auf den Rückweg durch den Berg machen wollten, sauste ihnen ein etwa dreißig Zentimeter großes, nur mit einer getüpftelten Unterhose bekleidetes Männchen, das zwei viel zu große Rucksäcke hinter sich herzog, sozusagen in den Schoß. Denn bei dem von Lam-Pi-Jong beschriebenen Zugang zum Tresor des ZetKaa hatte es sich um eine sehr lange, in Spiralen verlaufende Rutsche tief ins Innere des Berges gehandelt.

Blitzschnell umwickelte eine Ranke mit harten Dornen das Kerlchen, die leeren Rucksäcke blieben liegen.

»Affengezücht, Pappnasen«, schimpfte Podoll, »lasst mich sofort los!«

Einen lautstarken Zeugen für ihren Diebstahl konnten die Nasenaffen und Brombeerranken nicht gebrauchen, deshalb legten sie eine Schlinge um Podolls Hals und zogen sie zu. Podoll gurgelte erstickt einige Protestlaute und schaute erschrocken zu, wie sein Blut in feinsten Strahlen aus den von den Stacheln gestochenen Wunden am Hals und am ganzen Körper spritzte.

»Lasst ihn am Leben«, sagte Banaba, »wir nehmen ihn mit in den Zoo, Reginald kann dann mit ihm machen, was er will.«

Banaba nahm zwei seiner Unteraffen zur Seite und flüsterte: »Er ist zwar geschrumpft, aber ich glaube, ich weiß, um wen es sich handelt. Das ist der Kerl, den Reginald abgehört hat. Und er ist der Schuft, der seinerzeit die Kartoffel gequält hat, die uns dann um Hilfe rief. Er macht seit Jahrzehnten gentechnische Versuche mit Pflanzen und Tieren. Er will Pflanzen und Tiere entrechten, unterdrücken, versklaven, zu Maschinen degradieren. Verbindet ihm die Augen, damit er sich unseren geheimen Weg in den Zoo nicht merken kann«.

An den Händen gefesselt und mit verbundenen Augen, wurde er von stachligen Brombeerranken gezogen und von ungeduldigen Nasenaffen gestoßen, über Stock und Stein, bis er schließlich in dem Abwasserkanal landete, der direkt zum Zoo führte. Zwischendurch hatten die Nasenaffen ihn immer mal wieder um seine eigene Achse gedreht, sodass er sich keine Richtung merken konnte. Was seinen Entführern allerdings entging: Podoll hatte eine feine Nase und prägte sich jeden Geruch ein, der auf dem Weg sein Geruchsorgan umwehte.

Im Zoo führten die Nasenaffen ihrem Boss Reginald triumphierend den gestohlenen ZetKaa vor. Podoll war nur eine kleine Zugabe, die Reginald gnädigst annahm. Man wusste ja nie, wozu man eine Geisel in der Zukunft gebrauchen konnte.

So sehr Podoll auch protestierte, er wurde nicht nur nicht beachtet, sondern in einen winzigen Käfig unterm Zoo gesperrt. Der stand auf einer Werkbank in einem kaum belüfteten Abstellraum, in dem Filtz auch gelegentlich Reparaturen ausführte. Aber Filtz war ja in Ungnade gefallen und schmorte in seinem alten Bunker.

Allerdings: Nachdem die Nasenaffen dem Reginald den geklauten ZetKaa überreicht hatten, fiel Reginald plötzlich ein, dass er den Filtz unbedingt brauchte, um den ZetKaa an seine Hirnwurzel anzuschließen. Denn die befand sich im Allerheiligsten, dem Mittelpunkt seines Bewusstseins und seines Gedächtnisses.

Sie befand sich in dem Raum, von dem aus einst eine feine Wurzel, vom Wasser eines unterirdischen Teichs geleitet, den Weg in den tiefsten Bunker gefunden hatte.

Also durfte Filtz wieder nach oben.

Und dieses Mal gab es einen Plan. Er hatte sich endlich ohne Grausen in den Raum der Toten getraut, er hatte das dahinterliegende Lager in Ruhe inspiziert und er wusste jetzt, was sich in den vielen gelagerten Amphoren befand. Nun musste er nur noch einen Weg finden, wie man ihren Inhalt über die ganze Welt verteilen konnte.

Nur die Zookakerlaken, die sich inzwischen mit den argentinischen Einwanderern vermischt hatten, waren sauer. Mit ihren Haschisch-Partys war es vorbei. Filtz verfolgte sie gnadenlos, nahm die Zucht der argentinischen Waldkakerlaken wieder auf und setzte Geckos und Bartagamen ein, die seine Haschischplantage bewachten und jede Kakerlake fraßen, die sich dorthin verirrte. Cuca-Radscha wartete sehnsüchtig auf eine Gelegenheit, Filtz wieder auszuschalten.

3. Teil

38

Im Elfberg ging der Drache Niedhogg seiner Lieblingsbe-
schäftigung nach, er schlief. Sein Gehirn wartete auf das
Klingeln des Erdweckers, der ihm signalisierte, dass es
wieder einmal Zeit war, die eine oder andere Kontinental-
platte zu verschieben oder den Eyjafjallajökull, oder den
Popocatepetl, oder den Tupungatito ausbrechen zu lassen.
Dass der ZetKaa sich nicht mehr in seinem Tresor im Elfberg, sondern unterm Städtischen Zoo befand und gerade
mit dem Wurzelhirn des Baumes Reginald verbunden
wurde, davon hatte Niedhogg keine Ahnung.

Reginald im Zoo wagte zunächst nicht, es zu offenen
Kämpfen kommen zu lassen – hierzu war er noch zu
schwach. Er musste heimlich aufrüsten. Wartete ungeduldig, dass die Zeiter-Klone wuchsen. Sein Plan war, unendlich viele Menschen zu ent-schleunigen und viele Pflanzen
zu be-schleunigen, um sie zu Pflanzensoldaten zu machen.

Sabrina rechnete mit Rados und Marios Tod. Sie hatte
die Kinder zwar als vermisst gemeldet, konnte aber bei der

Polizei keine genauen Angaben machen. Sie legte die Landkarte vor, auf der Rado einen Bleistiftkreis um das Zielgebiet der Kinder gezogen hatte, aber das war so groß, dass die Hubschrauberpiloten mit ihren Wärmebildkameras bei weitem überfordert waren.

Die Polizei ließ immer seltener von sich hören, und wenn sie von sich hören ließ, hatte sie nichts Neues zu berichten. Am Anfang hatten die Beamten Sabrina noch vertröstet und gemeint, dass viele Kinder in diesem Alter gelegentlich verschwanden, dann aber wieder auftauchten; später war eine sechzigköpfige Sonderkommission gebildet worden, die man inzwischen wieder auf zehn Beamte reduziert hatte.

Da Sabrina Tag und Nacht mit der Pflege ihres Chefs und Marios Mutter beschäftigt war, kam sie nicht dazu, sich bei den Behörden zu beschweren oder die Medien einzuschalten. Immer wieder sagte sie:»Ich rufe beim Fernsehen an, ich schreibe an alle Illustrierten, ich lasse Plakate drucken!«, aber dann kam der nächste Tag mit seinen Pflichten und am Abend war sie zu müde und die Büros waren sowieso nicht mehr besetzt.

Hinzu kam ihre Angst, dass die Presseleute herausfinden würden, was gerade mit den Eltern der Kinder geschah. Sabrina wusste selbst nicht, warum sie sich deswegen schämte. Schließlich hatte sie gar keine Schuld, außer, dass sie die beiden zusammengebracht und dann ein paar Erledigungen gemacht hatte, während ihre Freundin auf der Terrasse des Hauses mit dem Arzt sprach.

Und jetzt waren Wurzeln aus ihren Zehen gewachsen und aus ihren Armen und Fingern trieben grüne Blätter. Robin de Winter war im Begriff, sich in eine Robinie mit rissiger, brauner Rinde zu verwandeln, Gerlindes Haut war glatt und grau wie die einer Sommerlinde, bildete aber auch hier und da längs verlaufende Risse und Furchen. Sie standen in Töpfen aus Steingut, starr und stumm, und die Kleider, die Sabrina mühsam um sie herum drapiert hatte, wirkten irgendwie lächerlich. Ihrem Chef hatte sie dessen Sommer-Bademantel mit aufgedruckten Mickymäusen übergehängt und ihrer Freundin Gerlinde ein abgelegtes Spitzen-Nachthemd von sich selbst. Das machte die beiden leider zu Vogelscheuchen. Aber man konnte eine nackte Frau und einen nackten Mann in Blumentöpfen doch nicht nebeneinander stehen lassen, auch wenn sie Bäume waren und eigentlich ganz glücklich aussahen. Es war auch nicht ganz richtig, dass die beiden starr und stumm standen, – wenn man eine Weile hinschaute, nahm man sehr wohl feine Bewegungen wahr. Abends waren die Blätterfinger zusammengefaltet, aber am Morgen erhoben sie sich, drehten sich zueinander, berührten sich zart. Manchmal winkten sie Sabrina ganz leise zu.

Eines Abends fand sie die Ruhe, die beiden anzuschauen, ohne daran zu denken, was sie mal waren und was vielleicht aus ihnen werden würde. Und da musste sie plötzlich weinen. Denn was sie sah, war Liebe. Liebe, ohne dass etwas gesagt oder getan werden musste.

Und so rückte sie die beiden Bäumchen näher zusammen, ihre beste Freundin und ihren Chef, denn das schien den beiden zu gefallen. Da blühten sie auf.

Werde ich eine solche Liebe auch eines Tages finden?, fragte sie sich.

Im Zoo erfüllte Filtz wieder seine Pflichten: Kakerlakenzucht, Haschischernte, Versorgung der Unterwelt des Zoos

235

mit allem, was dort gebraucht wurde. Langsam formten sich Kampfgruppen aus beschleunigten Bäumen, die ausgebildet und untergebracht werden mussten.

Schon unzählige Fichten und Tannen standen unter Reginalds Befehl, Brombeeren und Tomaten sowieso. Alle Pflanzen, die unter der Herrschaft der Menschen besonders litten, dachten darüber nach, die Seiten zu wechseln. Wer überlief, konnte sich beschleunigen lassen. Wer zu den Feigenarten gehörte, Gummibäume, Echte Feigen, Birkenfeigen, *Ficus Ginseng* und so weiter, wurde mit von Reginald biologisch geklonten Zeiter-Organen ausgerüstet und im Reginaldschen Zentralcomputer eingeloggt. Diese Typen gewöhnten sich binnen kurzem einen Befehlston an, den Filtz von seinem alten Lehrmeister im Bunker und aus Kriegsfilmen kannte.

Um nicht aufzufallen, durften die freiwilligen Kämpfer nur nachts oben im Zoo ihre Übungen abhalten, daher drängten sie sich tagsüber im Zwischenstock und traten sich gegenseitig auf die Wurzeln, falls sie sich nicht zum Kartenspielen und Trinken in irgendwelche Nischen zurückzogen. Dauernd stritten sie darüber, wer am engsten mit Reginald verwandt war und wer am höchsten wuchs und wer die größten Feigen produzierte. Das ging Filtz auf den Wecker; er musste immer wieder eingreifen, Streitereien schlichten, Dinge besorgen, die ein pflanzlicher Kämpfer eben brauchte: Dünger, Nährlösung, Insekten-Spray, Pflanzenschutzmittel. Bald kamen auch Stirnlampen dazu, Gartengeräte, die man als Waffen benutzen konnte, wie Unkrautstecher, Mistgabeln, dreizinkige Gartenkrallen, Heckenscheren und sogar Laubbläser und Kettensägen.

Da er ihn immer häufiger benutzen musste, rüstete Filtz seinen geheimen Abwasserkanal mit elektrischem Licht und Bewegungsmeldern aus – alles, was er dazu brauchte, gab es ja reichlich im Baumarkt am Ende der Röhre. Es zahlte sich immer wieder aus, dass Filtz schon als Kind gelernt hatte, was zum Überleben notwendig war. Lediglich mit Menschen konnte er schlecht umgehen, deshalb vermied er es auch mehr und mehr, die Gefängniszelle aufzusuchen, in der Podoll Höllenqualen litt. Er überließ es Banaba, den Zwerg Podoll zu bewachen und zu versorgen.

Als die Räume unterm Zoo zu klein wurden für die Übungen der Baumpartisanen, richtete Filtz in der Nähe des Baumarktes einen geheimen Exerzierplatz ein. Tauchten dort Spaziergänger auf, erstarrten die Bäume einfach und kein Mensch wunderte sich über die teils bizarren Stellungen, die sie einnahmen.

Die Leute sagten zueinander so etwas wie: »Oh, schau mal, das war sicher der Orkan *sowieso*, wie hieß der noch gleich?«

Sowie sie dann außer Sicht- und Hörweite waren, lachten sich die Bäume einen Ast und machten weiter und Filtz, der sich auf seinem Hochsitz für einen Moment geduckt hatte, tauchte wieder auf, mit stolzgeblähter Brust, und quäkte seine Befehle ins Megafon.

Unterdessen lagen zwei puppengroße Kinder im Elfberg in weißen Kugeln und träumten, bewacht von einem fast unsichtbaren Kuschelbaum.

Die blinkende Schrift auf dem Bauch des toten Wickelspinnenautomaten wurde blasser und blasser.

39

Im Zoo schmorte Podoll weiter in dem Hasenkäfig, in den man ihn gesperrt hatte. »Lasst mich raus, ihr verdammten Scheißaffen«, schrie der schmutzige kleine Mann und rüttelte an den Stäben des Käfigs. »Ihr Pupsaffen, Ihr Kackaffen, Ihr Dumpfaffen, Ihr Sumpfaffen, Ihr Furzaffen!«

Podolls Schimpfwörterrepertoire glich zunehmend seinen primitiven Lebensumständen. Er kombinierte immer wieder die gleichen Bezeichnungen für »Ausscheidung des Körpers« mit den Namen irgendwelcher Tiere, die er nicht mochte.

Banaba stellte den Käfig auf eine Werkbank und spielte Xylophon mit den Metallstangen. »Bing, bong, zing, zong!« In Podolls Ohren dröhnte es wie Glocken. Er ließ sich in die seit Tagen nicht gewechselten, mit Fäkalien verunreinigten Sägespäne fallen und hielt sich die Ohren zu. Einer von Banabas Helferaffen steckte einen Finger durch die Gitterstäbe und bewegte ihn auffordernd. Podoll wollte reinbeißen, aber das Äffchen war schneller als er. Banaba ließ schimmlige Brotrinden und matschiges Obst von oben in den Käfig fallen. Podoll versuchte auszuweichen, er heulte, lief in seinem Gefängnis hin und her und warf sich gegen die Stäbe. Er wurde einem gefangenen Tier immer ähnlicher und schämte sich dafür. Doch es gelang ihm nicht, den Rückfall in tierische Verhaltensmuster zu unterdrücken.

»Der Kleine braucht Bewegung.« Banaba öffnete den Käfig. Eiligst kletterte Podoll heraus, rannte über den Tisch und ließ sich auf den Fußboden hinunter. Wo konnte er sich verstecken? Die Affen machten sich einen Spaß daraus, ihn immer wieder einzufangen, bevor er die Tür erreichte. Sie setzten ihn auf den Tisch und sahen zu, wie er wieder und wieder hinuntersprang und zu fliehen versuchte. Inzwischen bevölkerten auch einige Ratten die Regale und Stapel von Kisten und Tonnen. »Lasset ihn hüpfen, den Tierquäler«, feuerten sie die Nasenaffen an, »Er soll büßen für die sadistischen Experimente, die er an uns vorgenommen hat.«

Schließlich lag Podoll japsend am Boden. Die schnatternden Nasenaffen und zeternden Ratten glotzten mit aufgerissenen Augen auf ihn herunter.

»Er stinkt«, sagte ein Nasenaffe und hielt sich die Affennase zu. »Ja er stinkt«, riefen die anderen, und fassten sich an ihre langen, nackten Riechkolben.

Sie ergriffen ihn mit spitzen Fingern und zugehaltenen Nasen und warfen ihn zurück in sein Gefängnis. Podoll weinte bitterlich, als er wieder allein war. Er erinnerte sich jetzt an all die Tiere, die er in engen Käfigen gehalten, und um die er sich nicht so recht gekümmert hatte. Aber war all das nicht im Dienste der Menschheit und der Wissenschaft geschehen? Hätte es ihn wirklich ruiniert, wenn er die Käfige größer gemacht hätte, das Essen besser, die Verhältnisse hygienischer? Doch Konkurrenz- und Preisdruck hatten dergleichen verhindert.

Trotz seiner Isolation registrierte Podoll, dass Reginalds unterirdisches Reich sich langsam in die Befehlszentrale einer kriegerischen Macht verwandelte.

Filtz züchtete Orchideen, um sie als Träger einer tödlichen Fracht in alle Welt zu verschicken. Er wollte Reginald den Vorschlag machen, dass dieser die Orchideengewächse zwar beschleunigte, sie aber zum Stillhalten verpflichtete, bis sie den Befehl bekamen, das im Inneren ihrer Lippen getragene Gift in Flüsse und Seen zu werfen. Die unwissenden Menschen würden freiwillig mitarbeiten, weil sie billige oder gar geschenkte Orchideen mit Sicherheit an ihren Busen drücken und mit nach Hause nehmen würden, wo auch immer sie lebten.

Wenn Reginald es befahl, würden sie ihre tödlichen Viren flächendeckend verteilen.

40

Im Elfberg schliefen Mario und Rado noch immer in ihren weißen Kokons aus unzerstörbarem Material und der N'Bongoo passte noch immer auf, dass ihnen nichts geschah.

Wochen vergingen.

Rado träumte von ihrem Vater, der sich in seiner Villa still und stumm in einen Baum verwandelte.

Mario träumte, er sei ein kleiner *Ficus* in einem paradiesischen Regenwald. Er nahm die unendlichen Abwandlungen der Blattformen wahr und die tausendfältigen Abstufungen ihres Grüns, er erkannte die melodischen Gesänge der Vögel wieder, er roch den einzigartigen Duft, spürte den Überfluss des Lebens, genoss den unendlichen Reichtum der Natur, von dem das Meiste unerforscht geblieben und von keinem Menschen je gesehen worden war.

Das Wasser des Lebens strömte vom Himmel, wurde von den Wurzeln der Bäume aufgenommen, quoll auf wundersame Weise in den ragenden Stämmen nach oben, verdunstete wieder an den Blättern und bildete Wolken, um den Kreislauf von vorne zu beginnen, im ewigen Rhythmus.

Dann graute ein unheilvoller Morgen.

Über die von Menschen ins grüne Paradies getriebene Piste walzten mit Getöse Planierraupen und Bulldozer, Kräne und Bagger, Lastwagen mit Motorsägen und Holzernte-Maschinen, sogenannten Harvestern. Sie machten alles platt, was sich ihnen in den Weg stellte. Jahrhundertealte Baumriesen fielen in Minuten, nur die größten wurden auf Sattelschlepper geladen, den Rest verbrannten die Waldarbeiter. Die meisten Tiere starben. Eine ganze Elefantenherde wurde getötet, zerlegt und auf einem Grill aus Baumstämmen geräuchert. Einer der Arbeiter hatte zwei Babyschimpansen gefangen und verstaute sie zusammen mit ein paar Schösslingen, Samen und Orchideen in einer Kiste auf einem der Lastwagen.

Dann rückte die Kriegsmaschinerie des Holzkonzerns weiter. Sie hinterließ ein riesiges Schlachtfeld mit Baumstümpfen, verbrannten Stämmen, Tierkadavern, abgeschnittenen Elefantenohren, Fäkalien, Plastikteilen, Blechdosen und kaputten Reifen.

Einer der Schösslinge auf dem Lastwagen hieß Reginald und seine gesamte Familie war ermordet worden. Alle Tiere, die er kannte, waren tot oder geflüchtet. Die Schimpansen auf dem Laster starben am Abend, sie wurden gekocht und verspeist. Die Pflanzen und Samen verkaufte der Waldarbeiter an einen Händler. Der verkaufte sie an einen Biologen und dieser wiederum schickte sie an einen Zoo in der »zivilisierten« Welt.

Obwohl es sich um einen Traum handelte, wusste Mario sofort, dass all das vor vielen Jahren wirklich passiert war.

Denn es gab eine geheimnisvolle seelische Verbindung zwischen ihm und Reginald und so hatte er dessen traurige Geschichte miterlebt.

Dieses Wissen erzeugte bei Mario nicht nur Verständnis für den Baum aus dem Regenwald, sondern auch unendliche Trauer über das Unrecht, das die Menschen den wunderbaren Tieren und Pflanzen überall auf der Welt antaten. Jeden Tag wurden auf diese Weise viele Quadratkilometer Regenwald vernichtet und das war ein Verbrechen an der Natur, am Planeten Erde.

Mario schämte sich, ein Mensch zu sein.

41

Auch Podoll träumte in seinem Käfig. Von Gold und Edelsteinen. Von rauchenden Porschereifen, von donnernden Auspuffrohren. Von Versuchstieren und -pflanzen, die unermüdlich für ihn arbeiteten. Doch der Schlaf in dem stinkenden Käfig war flach, weil der Hunger in seinem Bauch rumorte und seine Knochen auf dem harten Käfigboden schmerzten. Die Nasenaffen waren schon lang nicht mehr da gewesen, auch Filtz hatte sich ewig nicht gezeigt. Hatte man ihn vergessen? Und dann war er plötzlich hellwach, denn jemand oder etwas hatte ihn in den Ellenbogen gebissen.

»Wer ist da?«, rief er.

»Wer ist da?«, antwortete es mit einer leisen, wie Einwickelpapier knisternden Stimme.

Rascheln, knispeln, krabbeln. Leises Trippeln winziger Füßchen.

Dann wurde plötzlich die trübe, staubbepelzte Wandleuchte eingeschaltet. Podoll kniff die Augen zusammen, gewöhnte sich aber schnell an das funzelige Licht. Doch der Raum war leer.

»So eine Scheiße, so eine verfluchte! Scheiße, Scheiße, Scheiße.«

»Aha, unser Freund Podoll«, ertönte wieder die leise knisternde Stimme, »er spricht aus, wonach er riecht. Und er ist abgesunken auf die schmutzigste Stufe, die menschliche Existenz annehmen kann. Ekelerregend, ungenießbar, schauderhaft. Nichts für eine saubere, gepflegte Kakerlake.«

»Wer spricht?«, fragte Podoll.

»Ich bin's, Cuca-Radscha. Der Fürst der Kakerlaken! Ich habe dich an deiner Sprache erkannt. Jetzt passen deine inneren Werte mit deinem Äußeren zusammen. Und wie ich sehe, wirst du jetzt endlich für die Untaten bestraft, die du meinen Leuten angetan hast. Züchtung, Genmanipulation, Experimente mit abgeschnittenen Köpfen und Beinen und gekürzten Fühlern.«

»Das ist biologische und neurologische Forschung. Die gemeine Küchenschabe kann tagelang ohne Kopf leben. Der Körper läuft im Kreis, in Ermangelung der Antennen versuchen die Vorderbeine, den Weg zu ertasten und der Kopf bewegt die Antennen und Kiefer, wenn man ihn berührt. Letzten Endes stirbt die Kakerlake nur, weil sie verhungert.«

»Weil wir im Gegensatz zu dir zwei Gehirne haben.«

»Wo bist du, Coca Cola?«

»Cuca-Radscha ist mein Name! Schau zum Lichtschalter, Insektenmörder.«

Tatsächlich, da hockte ein stattlicher Kakerlak neben dem Lichtschalter und tentakelte mit seinen Fühlern. Seine schwarzen Augen glänzten und spiegelten den Käfig, wo Podoll in seinem Unrat hockte, schmutzig und verlaust.

»Selbst im schlimmsten Dreck würde eine Kakerlake sich so lange putzen, bis die Spitzen ihrer Antennen kein einziges Krümelchen, keinen Virus, und kein Bakterium mehr an ihrem Körper finden.«

Podoll sagte: »Ich weiß, ihr seid sauber, intelligent und stark. Du kannst sogar einen Lichtschalter betätigen. Aber einen Käfig wirst du wohl nicht aufschließen können, oder?«

Cuca-Radscha lachte mit einem Geräusch, das klang wie ein kurzes Schnarchen.

»Warum nicht? Gemeinsam können wir alles. Wir sind Genies in jeder Hinsicht. Aber du hast das nicht erkannt und nicht zu würdigen gewusst. Du hast meine Leute gequält, ihnen GPS-Sender auf den Rücken geklebt, sie radioaktiv gemacht, gefüttert mit Quecksilber und Pflanzenschutzmitteln und das alles nur, um Geld zu scheffeln. Kann sein, dass deine Erfindungen alles, was existiert, vergiften, vielleicht sogar endgültig zerstören werden. Aber *wir* werden auf jeden Fall überleben! Die Kakerlaken sind die wahren Herren des Universums.«

»Es tut mir leid, Fürst Coca-Matscha ...«

Cuca-Radscha zischte mit einem hohen, sirrenden *Zzzzzzzsch.*

»Verzeihung Euer Hoheit, aber ich würde euch reich belohnen, wenn ihr mich aus diesem Käfig befreit.«

»Wir Kakerlaken brauchen nichts. Wir sind autark. Seit Millionen von Jahren haben wir unsere Gene vervollkommnet, zum Überleben, zum Genießen des Lebens, zum Sex. Wir tanzen, wir lachen, wir passen uns an.«

Podoll überlegte fieberhaft, was er dem Cuca-Radscha anbieten könnte, damit der ihm zur Flucht verhelfen würde. Die Kakerlaken hatten tatsächlich alles, was sie brauchten. Ihr Erbgut war so ausgereift, dass sie seit vielen hundert Millionen Jahren überlebten, alle Eiszeiten, das Sterben der Dinosaurier, alle Katastrophen, die die Erde je heimgesucht hatten.

Dann fiel sein Blick auf die Lampe an der Wand. Sie wurde von einem ovalen Drahtkäfig geschützt und die einzelnen, ehemals glänzenden Drähte waren bedeckt mit pelzigem Schimmel oder öligem Staub. Was wäre, wenn er dem König der Kakerlaken eine genetische Veränderung anbot, welche die matt glänzenden, glatten Körper der Kakerlaken mit einem weichen Flor überziehen würde? Podoll betrachtete seine nackten Arme, deren schwarze Haare das darunter befindliche, verschmutzte Tattoo nur unvollkommen überdeckten. Er selbst war kein gutes Beispiel für vollkommene Schönheit.

»Ihr Kakerlaken seid zu glatt und habt nur hässliche Farben, kackbraun und braungelb bis rotbraun gestreift und ihr bewegt euch wie tote Blätter über Fußböden und Wände. Die Menschen ekeln sich vor euch. Kein Kind will euch als Kuscheltier. Ich aber könnte euch eine gentechnische Blaupause liefern, die euch so verändern würde, dass jedes Kind euch haben will, als Kuscheltier, als Haustier, oder als Poster an der Wand. Samtweiche Schönheit auf zärtlichen Pfoten.«

»Wer würde denn auf so was reinfallen? Wenn Reginald mit seinen Plänen Erfolg hat, wird es sowieso keine Menschen mehr geben, die sich ein Poster an die Wand hängen oder eine Kakerlake mit ins Bett nehmen könnten.«

»Stell dir mal vor, du hättest eine hübsche bunte Farbe, blau, rot, grün, golden, silbern, gestreift, geblümt, mit Sternchen oder Smileys. Deine Flügel wären weich und anschmiegsam, zum Streicheln und tätscheln und liebkosen. Das würde nicht nur den Menschen gefallen, sondern auch deinen Mit-Kakerlaken. Hast du Frauen? Hast du Töchter? Man würde euch nicht mehr Kakerlaken nennen, sondern Kuschiwuschis oder so was. Euer wissenschaftlicher Name wäre nicht mehr *Blatella germanica*, sondern *Blütella balsamika*.«

»Das klingt nicht sehr verlockend. Unsere Glätte hilft uns, überall durchzuschlüpfen, denn wir lieben enge Räume. Wir mögen es, uns zu berühren und uns aneinander zu schaben. Mit einem Fell würde das längst nicht so viel Spaß machen. Wir würden überall hängen bleiben und uns gegen den Strich bürsten. Und unsere Farbe, die schützt uns – schreiend bunt würde nur Feinde anlocken. Nein, wir lieben unsere Unauffälligkeit und unser kackbraun ganz besonders.«

Podoll fiel nichts ein, was er dem entgegensetzen konnte. Cuca-Radscha hatte recht mit seiner Argumentation. Aber was sonst konnte er als Gegenleistung für seine Befreiung anbieten?

Die Lösung kam vom Kakerlakenkönig selbst. Der sagte nämlich:»Es gibt doch diese Blattschneiderameisen. Sie züchten Rauschpilze, ernten sie, und wenn sie reif sind, feiern sie ihre rauschenden Feste. Andere Ameisenarten halten sich Blattläuse, um sie zu melken. Die Nasenaffen haben den Tierpfleger Filtz, der für sie eine Haschischplantage betreibt. Auch wir lieben Haschisch, aber Filtz lässt uns nicht ran. Nur gelegentlich finden wir ein Blättchen oder ein Krümelchen. Selbst Bäume halten sich Pilze, die sie per Gegenleistung mit Zucker versorgen. Gäbe es Möglichkeiten gentechnischer Art, dass wir unabhängig werden von den Brosamen, die andere unabsichtlich fallen lassen?«

Podolls Gehirn arbeitete auf Hochtouren. Er hatte nicht vor, wirklich etwas für den blöden Kakerlak zu tun, aber er musste jetzt einen Plan vorlegen. »Du willst Haschisch? Du willst es nicht selbst anbauen? Ich entwerfe oder modifiziere ein Bakterium, das eure Ausscheidungen frisst und sie in seinem Körper in *Tetrahydrocannabinol* umwandelt. Ihr vermehrt das Bakterium, kultiviert es in einem unterirdischen Pilzgarten, wo ihr es mit euren Exkrementen füttert und dann erntet ihr das Rauschgift.«

Cuca-Radscha lachte. »Der Meister der Scheiße hat gesprochen. Wann kriegen wir den Plan?«

»Sowie ich in meinem Labor bin, mache ich mich an die Arbeit.«

»Wann kriegen wir das Bakterium?«

»Wenn ich in meinem Labor bin, denke ich an nichts anderes.«

»Einverstanden. Sei jederzeit bereit. Meine Leute kommen in der Nacht, schließen den Käfig auf, bringen dich vor die Tür. Dann musst du selbst sehen, wie du zurechtkommst. Lieferst du die Gegenleistung nicht, bist du tot.«

Was Cuca-Radscha dem Genbiologen verschwieg: Er wollte mit seinem Plan hauptsächlich dem Filtz eins auswischen, dem Kakerlakenfarmer und Verfütterer seiner lebenden Verwandten. Der würde bestraft werden, wenn Podoll aus seinem Käfig verschwand.

☼

Einige Stunden später war es so weit. Der jugendliche Aushilfswärter übersah das winzige Männchen unter dem Kehricht seiner Schubkarre. Das bedeutete allerdings, dass er nicht nur die verdorbenen Reste der Nasenaffenmahlzeiten sowie weitere Bioabfälle darauf häufte, sondern auch eine dunkle, stinkende Masse.

Die war matschig, ja fast flüssig und drang von allen Seiten auf ihn ein, durchtränkte seine sowieso vor Schmutz starrenden Kleider und klebte zwischen seinen Fingern. So erlebte er im wahrsten Sinne des Wortes, was sein Lieblingsausdruck in der Realität bedeutete, hautnah und mit allen Sinnen. *Ich werde darin ertrinken, wenn ich nicht versuche, den Kopf oben zu halten.*

Als der Wärter die fast volle Karre außerhalb der Glaskuppel abstellte, tauchte Podoll aus dem braunen Brei auf, rollte sich über den Rand und wagte einen Sprung in die Büsche. Schwer atmend und triefend von der ekligen Pampe blieb er zwischen feuchtem Herbstlaub, Käfern, Schnecken und Regenwürmern liegen. *Puh, gerade noch mal gut gegangen, der Wärter hat nichts bemerkt.*

Er schaute sich um. Eine rote und eine schwarze Nacktschnecke – jede so lang wie seine Arme – strebten schmatzend von ihm weg, ebenso etliche Ameisen, Marienkäfer, Kartoffelkäfer, Tausendfüßler und Kellerasseln. Der grauenvolle Gestank war wohl dafür verantwortlich, dass diese Tiere, die ihm groß wie Ratten erschienen, vor ihm flüchteten.

Aber wie konnte er aus dem Zoo entkommen? *Am besten spreche ich einen Besucher an, bitte um ein Handy, rufe die Polizei.* Gedacht, getan. Er tauchte also ganz unvermittelt auf, wie ein Erdmännchen, doch als die nächststehende Frau ihn sah, erschreckte sie sich so furchtbar, dass sie in Ohnmacht fiel. Anstatt ihr zu Hilfe zu eilen, zückte ihr Ehemann sein Handy. Nicht etwa, um es Podoll in seiner verzweifelten Lage zu leihen, sondern, um ihn zu fotografieren.

»Wie heißt das Tier?«, fragten die Kinder, »ist es ausgebrochen? Iiih, wie das stinkt!«

Im Nu hatte sich ein Kreis um ihn gebildet und Podoll sah ein, dass er so nicht weiterkam. Wenn er Glück hatte, würde man ihn verhaften oder der Presse vorführen. Hatte er Pech, würde er in wissenschaftlichen Laboratorien landen. Und was man ihm dort antun würde, das wusste er nur allzu gut. So schrie er: »Ja ich bin ausgebrochen, ihr Scheißtypen! Ihr sensationsgeilen Online-Reporter!«

Und damit rannte er auf eine Gruppe junger Leute zu, die entsetzt zur Seite sprangen, und verkrümelte sich im Gebüsch.

Die Kinder verfolgten ihn mit zugehaltenen Nasen und filmten ihn mit ihren Handys fürs Internet. Doch weil die Büsche recht stachlig waren und der Grund matschig, verloren sie die Lust und wandten sich wieder den Bildschirmtastaturen und Youtube-Filmen ihrer Ich-Computer zu.

Podoll lag schwer atmend unter einem Strauch und überlegte, was zu tun sei. Dann hörte er ein Baby schreien, und ihm kam eine Idee.

42

Inzwischen war Rado in ihrem Kokon langsam erwacht. Sie fand sich in einem undefinierbaren grauen Raum. Sie schaute sich um, rieb sich die Augen. »Wo bin ich?«, fragte sie mit piepsiger Stimme.

Wenn man sich in einer Kugel aus gesponnenem Material befindet, hat das Auge keinerlei Anhaltspunkt – man meint, in einem leeren, nebligen Raum zu schweben, im Nichts. Und falls man verkleinert ist, bemerkt man seine Verkleinerung erst recht nicht. Um die eigene Größe zu bestimmen, braucht man einen Vergleichsgegenstand.

Langsam kam die Erinnerung an das, was geschehen war, zurück. *Eine eklige Spinne hat mich eingewickelt*, erinnerte sich Rado. Aber wieso befand sie sich nun uneingewickelt in diesem unbestimmten und unbestimmbaren Raum? War das eine Art Isolierstation in einem Krankenhaus oder die Sphäre der Toten?

Ich war zusammen mit Mario im Gebirge. Dann fiel ihr ein, dass sie ihn alleingelassen hatte, am Fuße einer Geröllhalde.

»Oh Gott, Mario, wo bist du? Lebst du noch?«, flüsterte sie. »Es tut mir so leid. Ich habe schon wieder eine Dummheit begangen.«

Mario, in seinem Kokon nebenan, hörte Rados Stimme im Traum, von ferne. Er brauchte noch einige Zeit, denn er war ja später von der Spinne betäubt worden.

Aber dann wachte auch er langsam auf. Fand sich gefangen in dämmerigem, undefinierbarem Raum. War starr vor Entsetzen. Es gab kein Fenster, keine Tür, nicht das winzigste Löchlein. Nichts, woran sich das Auge, geschweige denn die Hand festhalten konnte.

Eigentlich müsste ich mich langsam ans Eingeschlossensein gewöhnt haben. Aber ich werde mich nie, nie, nie *daran gewöhnen. Und nie wieder will ich das erleben. Wenn ich hier rauskomme, werde ich zu verhindern wissen, dass mir so etwas noch einmal passiert. Das schwöre ich.*

Erst nach langer Zeit fand er die Kraft, zu flüstern: »Hallo? Ist da irgendwo jemand?«

»Mario, bist du das?«

»Wo bist du?«

Leise verständigten sich die beiden darüber, dass sie nicht tot waren, sondern nur gefangen in seltsamen, kugelförmigen Campingzelten, oder was auch immer das sein mochte. Vielleicht hatte sich das Gespinst der hässlichen Spinne irgendwie aufgeblasen, und das Untier lauerte in der Nähe und wartete darauf, dass es Lust auf Menschenfleisch bekam?

Sie untersuchten das Material des Kokons. Das Gewebe bestand aus Fäden, die sehr fest miteinander verklebt waren.

Mario fand das Lebensholz in seinem Kokon. Die Spinne hatte es mit ihm eingewickelt.

»Was machst du?«, fragte Rado.

»Ich spiele mit dem Hölzchen, das du mir leider geklaut hattest. Wegen dir sitzen wir hier fest.«

»Ich bin untröstlich. Entschuldige bitte. Als ich aufwachte, war mir langweilig. Ich sah das glänzende Stöckchen und die neugierige Kleptomanin in mir konnte nicht widerstehen. Aber was dann passiert ist – keine Ahnung.«

Mario erklärte ihr die Funktion des Zauberstabs und dass sie wohl das falsche Wort zum falschen Zeitpunkt ausgesprochen hatte, und dass das Holz nur über natürlichem Material funktionierte.

»Stimmt. Ich erinnere mich, dass ich über eine Wurzel gestolpert bin und dann ging's ab in die Tiefe. So eine Kacke. ... Hey, ich habe eine Idee: Vielleicht solltest du mal kacken? Dann müsste das Holz doch funktionieren, denn Kacke ist Dünger, auf Kacke kann etwas wachsen.«

»Spinnst du? Ich kann nicht kacken, im Gegenteil, ich habe tierischen Hunger. Außerdem befinden wir uns in einer Abenteuergeschichte und die Helden in Abenteuergeschichten müssen niemals kacken.«

Wütend trat Mario mit dem Fuß gegen die elastische, aber undurchdringliche Hülle. Die Kugel bewegte sich.

Er tat es noch einmal, er warf sich gegen die Innenwand des Kokons, die Kugel bewegte sich noch mehr.

»Meine Kugel wackelt. Wenn ich mich heftig gegen die Wand werfe, rollt sie vielleicht.«

»Ist das nicht gefährlich?«, fragte Rado, aber sie bemühte sich ebenfalls, ihren Kokon schaukelnd in Bewegung zu setzen.

Nach kurzer Zeit liefen die Kinder wie Meerschweinchen in einem Laufrad und kamen hierdurch immer schneller vom Fleck.

Die Kugeln holperten an einer unterirdischen Quelle vorbei, gerieten in eine Rinne, schwammen und näherten sich immer schneller der Stelle, wo das Wasser sich in Form eines tosenden Wasserfalls in die Tiefe stürzte.

Ohne es zu wollen, hatten sie den Berg in seinem Inneren über ein Felsgeklüft durchquert, das wohl im Laufe der Jahrtausende vom Schmelzwasser gebildet worden war.

Der N'Bongoo, der ihnen folgte, wurde selbst von dem plötzlichen Abbruch der Felsenkante überrascht, und bevor er etwas tun konnte, stürzten die Kokons in die Tiefe. Rado und Mario schrien, als ihre Körper vom Boden ihrer fallenden Kugeln abhoben.

Doch ihre Schreie gingen unter im Donnern des Wasserfalls.

43

Podoll hatte sich blitzschnell in einen Korb unter einem hypermodernen Kinderwagen gehangelt und zwischen Kleidern, Regenschirmen, Windeln, Flaschen, Lebensmitteln, Essgeschirr und einem Teddybären versteckt. Sein Geruch hatte zunächst das Baby irritiert, dann aber auch die Eltern, die nach einem hektischen Windelwechsel fluchtartig den Zoo verließen, weil sich ein Kreis um sie herum gebildet hatte, an dessen Peripherie sich Kinder und Eltern die Nasen zuhielten.

Die genervten Eltern schoben ihren stinkenden Kinderwagen über einen der vielen Parkplätze vor dem Zoo. Sowie Podoll die Umgebung für geeignet hielt, steckte er sein Fingerchen durch ein Lüftungsloch und pikste das Baby in den Po. Das Baby schrie, die Mutter blieb stehen und schon wälzte sich das schmutzige Männchen aus der Ablage und versteckte sich unbemerkt zwischen den geparkten Autos.

Kurze Zeit später entdeckte er ein kleines Mädchen, das versuchte, seinen Buggy auf dem holprigen Grund zwischen zwei Geländewagen hindurch zu manövrieren. Das

Kind war größer als Podoll, aber im Buggy befand sich eine Babypuppe mit den geeigneten Maßen.

Die Mutter des Kindes hatte es wie alle Mütter eilig und rief: »Marisa, wo bleibst du? Trödel nicht rum.«

Die Kleine hatte Probleme mit den eiernden Rädern des Spielzeugwägelchens. *Der übliche Schrott, wie idiotische Eltern ihn typischerweise ihren idiotischen Kindern kaufen,* dachte Podoll. *Hoffentlich sind die Kleider der Puppe von besserer Qualität.* Die genervte Mutter drehte sich weg, sofort schlich er sich von hinten an, grapschte das Plastikbaby und raste davon.

Marisa schrie wie am Spieß. Die Mutter kam zurück, Marisa zeigte schreiend auf die Stelle, wo das hässliche Männlein verschwunden war.

»Wo hast du denn deine Puppe? Hast du sie schon wieder verloren? Wie oft habe ich dir gesagt, du sollst besser auf deine Spielsachen aufpassen.«

Das Kind rief unter heftigem Schluchzen »Rumpelstilzchen! Rumpelstilzchen!«

»Das ist ein Märchen«, sagte die Mutter, »Rumpelstilzchen gibt es nicht.«

Marisa stampfte wütend auf. Sie wusste genau, was sie gesehen hatte, aber die Erwachsenen waren und blieben Ungläubige, blind und taub für Beobachtungen, die nicht in ihr Weltbild passten.

Podoll riss unterdessen hinter einem Campingwagen der Babypuppe die Kleider vom Leib und warf den nackten Plastikkörper unter das Fahrzeug. Dass dieser dort wahrscheinlich bald zerquetscht werden würde, war ihm egal.

Mit den Kleidern im Arm rannte er unbemerkt weiter, badete in einem Bächlein und zog sich um. Die blöden Klamotten waren zwar kaum besser als nichts, aber sie passten einigermaßen. Jetzt schnell auf die Lauer legen, in der Hoffnung, ein fernsteuerbares Auto oder noch besser ein kleines Modellflugzeug zu finden, das ihn zu Lam-Pi-Jong bringen konnte.

Er musste sich jedoch mit einem hölzernen Laufrädchen zufriedengeben. Das hatte er einem kleinen Jungen unter den Augen seiner Eltern entrissen, und es erfüllte ebenso seinen Zweck.

☼

Im Bunker unterm Zoo stemmte Filtz die Arme in die Seiten und starrte in den leeren Käfig des Podoll. Banaba schaute ihm über die Schulter.

»Wo - ist - der Kerl?«

Der Nasenaffe zuckte mit den Achseln. »Keine Ahnung.«

»Schick - deine - Leute - los! Fangt - ihn - wieder - ein!«

Banaba sagte: »Er ist nicht mehr im Zoo. Wir haben ihn schon überall gesucht.«

In diesem Moment tauchten Kakerlaken auf, an den Wänden, auf dem Fußboden, auf den Verteilerkästen der Stromleitungen. Sie sangen:

Der Cuca-Radscha
ist Maharadscha
und ist der größte Kakerlak,
er kriecht und krabbelt,
und braucht Haschisch
und er tut nur, was er mag!

Und dann saß der große Cuca-Radscha plötzlich auf dem kaputten Schraubstock, schwenkte elegant seine peitschenartigen Fühler und lachte. »Reginald wird sich freuen.«

Filtz griff sich einen Schraubenschlüssel von der Wand und schlug damit nach Cuca-Radscha, aber mit so einem Werkzeug ist es nicht leicht, einen Krabbelkäfer zu treffen. Er versuchte es weiter mit allem, was ihm gerade in die Hände fiel, mit einem Hammer, einem Eimer, einem Lappen, aber wie bei einem Stierkampf tänzelte der Kakerlakenkönig immer wieder zur Seite. Banaba unterdrückte mühsam das Lachen, als Filtz mit einem Beil in der Hand auf eine Leiter stieg und nach dem an der Decke laufenden Cuca-Radscha hackte.

Die Leiter schwankte immer schlimmer, fiel um, Filtz lag schwer atmend am Boden. Banaba musste ihm aufhelfen. Inzwischen stand die gesamte Nasenaffentruppe in der Tür und dann konnten die Affen sich nicht mehr beherrschen und hielten sich die dicken Bäuche vor Lachen.

Filtz rannte weg und versteckte sich in dem Raum seiner Geburt. Dies war die Stätte seiner Ankunft, hier bewahrte er das Fett auf, mit dem er gesalbt war, als er die traurige Welt des Bunkers hinter sich lassen durfte – Reginald sei Dank. Für einen Moment war er versucht, sich wieder damit einzureiben und den Rückweg anzutreten. Den Nasenaffen würde Recht geschehen, wenn er sich nicht mehr um sie zu kümmern vermochte.

Denn wenn Reginald erfährt, dass der Podoll befreit wurde, wird er mich sowieso wieder in den Bunker stecken. Es sei denn, mir fällt etwas ein.

44

Die schlimmen Nachrichten häuften sich. Lam-Pi-Jong saß in seinem Wasserturm und wusste nicht, was er tun sollte. Im Fernsehen hieß es:»Auch gestern ist wieder ein ganzer Fichtenwald von Dieben abgeholzt worden.« *Willst Du einen Wald vernichten, dann pflanze nichts als lauter Fichten*, zitierte ein Förster aus einem Lehrbuch, vermochte jedoch nicht zu erklären, wie die Diebe die Bäume samt Wurzeln stehlen konnten und warum sie das taten. Es waren lediglich Löcher im Waldboden zu sehen und Reifenspuren gab es auch nicht. Es wurde vermutet, dass die Verbrecher mit einem Hubschrauber kamen, den aber niemand gehört hatte. Ein Augenzeuge behauptete, über dem Waldgebiet seien beeindruckende, ferngesteuerte Quadrokopter geflogen und hätten die Bäume weggetragen. Ein Sprecher des Verfassungsschutzes dementierte, dass die Geheimdienste derzeit Lasten-Drohnen testeten. Natürlich gab es auch immer wieder Spinner, die behaupteten, Außerirdische seien für die seltsamen Aktivitäten verantwortlich.

Lam-Pi-Jong seufzte. *Was kann ich tun? Offensichtlich ist der ZetKaa nicht mehr an seinem Platz – und wird von weiteren Zeitern missbraucht. Ob es Podoll wider Erwarten gelungen ist, sich samt ZetKaa aus dem Tresorraum zu befreien?*

In diesem Moment läutete es Sturm im Wasserturm. Lam-Pi-Jong öffnete die Tür, sah aber niemanden. Es roch unangenehm. Dann huschte ein bärtiges Männchen zwischen seinen Beinen hindurch und fläzte sich auf seiner edlen schwarzen Leder-Sitzgruppe.

»Haben Sie was zu essen für mich?«, fragte das winzige Kerlchen mit piepsiger Stimme.

Lam-Pi-Jong schaute sich den Zwerg genauer an.

Er trug seltsame Kleidung: eine Art Strampelhöschen, ein rosa Jäckchen mit Spitzenbesatz und ein Häubchen, unter dem sich ein struppiger schwarzer Vollbart hervorkräuselte. War das etwa der Podoll?

»Ich brauche was zu essen – verfluchte Scheiße!«

Ja, es war der Podoll.

»Und was zu trinken, verdammte Scheiße.«

Allerdings war er arg geschrumpft.

»Sie wollen Scheiße essen und trinken?«

»Nein, verfluchte Scheiße«, schrie Podoll mit schriller Mickimaus-Stimme.

»Also *verfluchte* Scheiße wollen Sie?«

Der Zwerg sprang auf, rannte zum Kühlschrank, hüpfte vergeblich an der Tür hoch, um den Griff zu erreichen, rief weiter sein Lieblingswort, versuchte seine Schmutzfinger seitlich an der Tür reinzukriegen, ohne Erfolg.

Lam-Pi-Jong war sauer, aber er musste sich mit dem Kerl abgeben, solange er nicht wusste, was mit seinem ZetKaa los war. Außerdem konnte Podoll ihm nach wie vor mit Erpressung drohen.

Also briet er ein paar Schweinswürstchen und servierte diese zusammen mit einigen, in feine Streifen geschnittenen Pommes.

»Kett-schupp!« war die Antwort. »Und was gibt's zu trinken?«

Und so füllte Lam-Pi-Jong zähneknirschend Bier in ein Schnapsgläschen mit Henkel, das der kleine Podoll mit einem Zug leerte.

»Mehr! (Rülps)«

»Mehr! Mehr! (Rülps)«

Erst nachdem er gegessen und getrunken hatte, war der Gnom fähig, die Geschichte seiner Flucht zu erzählen. »Die Leute haben mich mit ihren Kameras und Smartphones fotografiert. Ich werde auf allen Internet-Plattformen erscheinen.«

»Jeder wird denken, dass es sich um einen Schwindel handelt. Fotomontage mit *Photoshop*. Fake. Ein Hoax.«

»Aber die Presse, diese Furzschleimkrötenaffen ... sie werden es ausschlachten.«

»Keine Sorge. Zeitungen und Fernsehsender sind mit wichtigeren Dingen beschäftigt. Ganze Fichtenschonungen sind wie leer gefegt, rasende Bäume bedrohen angeblich Industrieanlagen, auf einer Gartenbauausstellung tobt ein Rosenkrieg ... das kann doch nur bedeuten, dass der Baum im Zoo meinen ZetKaa hat, oder? Sagen Sie es mir!«

Doch Podoll druckste nur herum. Obwohl er offensichtlich genau wusste, wo sich der Zentralcomputer befand, mochte er den Erfinder nicht einweihen.

»Haben Sie ihn an den *Ficus* aus dem Regenwald verkauft?«

»Ich bin derjenige, der verraten und verkauft wurde. Entführt, gefangen gehalten und verkleinert!«

»Auf Ihre wahre Größe zurechtgestutzt!«

Podoll sprang an Lam-Pi-Jong hoch.

»Sie wollen mich verscheißern, Sie Pupsrattenmolch! Machen Sie mich grooooß!«

»Ich habe Mittel und Wege für alle möglichen seltsamen Fälle in meinem Repertoire, aber die Vergrößerung von verkleinerten Menschen gehört nicht dazu.«

»Lam-Pi-Jong! Sie sind schuld an meiner Lage. Sie müssen etwas tun!«

»Ich bin schuld?«

Podoll sprang auf, hielt sein Fäustchen unter Lam-Pi-Jongs Kinn und brüllte: »Sie haben mir den Zeiter verkauft. Der Zeiter wurde gestohlen. Ich wollte ihn mir zurückholen, finstere Mächte haben ihn mir vorenthalten und mich stattdessen verkleinert. Also wer ist da schuld, wenn nicht Sie?«

Podoll war dunkelrot, blies sich auf, hüpfte auf und ab wie ein Gummiball und sprühte giftigen Speichel. Hätte er die Fähigkeit besessen, sich selbst zu sehen, wie er wirklich war, dann hätte er jetzt gewusst, was man sich unter einem real existierenden *Giftzwerg* vorzustellen hat.

Nachdem er sich wieder beruhigt hatte, rückte er widerwillig damit heraus, dass Reginald aus dem Regenwald ihm im Elfberg den ZetKaa vor der Nase weggeschnappt hatte.

Lam-Pi-Jong fragte: »Und wo ist er jetzt genau?«

Podoll zuckte mit den Achseln.

»Na schön. Ich werde es herausfinden«, brummte Lam-Pi-Jong.

45

Die beiden Kinder waren in ihren Stoffkugeln tüchtig durchgeschüttelt worden.

Doch bevor sie samt ihrer Kokons ins Wasser fielen, hatte der Aufwind sie in seine Arme genommen, starke Luftströmungen, wie sie an Gebirgswänden gerne auftreten. Die Kugeln wurden vom Wind wie Wetterballons emporgetragen.

Von außen betrachtet waren die Kokons so groß wie prall gefüllte Sitzsäcke, denn sie waren ja durch vielmaliges Umwickeln mit dem Faden der Spinne entstanden. Der Faden war steif geworden, die Konstruktion erinnerte an Lampenschirme, die man bastelte, indem man mehrere Schichten leimgetränkter Schnur um einen Luftballon wickelte und den Ballon dann platzen ließ. So blieb eine feste Hülle aus Bindfaden, in die man eine Glühbirne hineinhängen konnte. Die Ballons der Kinder bestanden jedoch aus so vielen Schichten, dass sie praktisch geschlossen waren.

Da der N'Bongoo die Kinder aber verkleinert hatte, kamen ihnen ihre Kugeln viel größer vor, als sie in Wirklichkeit waren, der Spinnenfaden erschien ihnen dick wie eine dicke Kordel oder ein Kletterseil.

Mario bemerkte, dass an einer Stelle im Inneren der Kugel ein Zipfelchen davon hervorschaute. *Das war in der Höhle der Spinne noch nicht da gewesen, oder? War das der Anfang des Seils?* Er zupfte daran. Das Seil löste sich von der Innenwand des Kokons. Fieberhaft zog er am Ende und dröselte den Kokon von innen auf, woraufhin sich eine Menge verknäuelter Schlingen in der Kugel häuften. Also musste er aufwickeln. Hierzu nahm er die Kastanie aus seiner Tasche. *Wie gut, dass ich die immer dabei habe!*

Das Knäuel in seinen Händen wurde größer, die Wand des Kokons wurde dünner. Schließlich konnte er zwischen einzelnen Schnüren hindurchschauen und war schockiert: Tief unter ihm krochen die Mähdrescher wie Wanzen über den Flickenteppich der Felder. In den Vorgärten der Einfamilienhäuser dröhnten und stanken die Laubbläser und wirbelten Wolken von Blättern und Insekten, kleinen Fröschen und Regenwürmern in die Luft. Offenbar war es Herbst geworden.

In einiger Entfernung schwebte eine zweite Kugel – da drin war wohl seine Schicksalsgenossin. Er rief nach ihr, doch der Abstand zwischen ihnen war zu groß und die Geräusche der Maschinen und Gartengeräte waren zu laut.

Was wäre, wenn er den Spalt zwischen den Windungen des Seils erweitern würde? Wenn er eine Art Fallschirm formte? Mühsam wurstelte er sich zwischen die steifen Schnüre und streckte seine Beine unten aus dem Kokon heraus. Das war gut, denn nun kreiselte das seltsame Fluggerät nicht mehr, weil er den Schwerpunkt tiefer gelegt hatte. Energisch drückte er die Seilwindungen weiter auseinander, gleichzeitig befestigte er Schlingen des abgewickelten Seils an den auseinanderklaffenden Rändern der Öffnung. In diese Schlingen hängte er seine Arme ein und rutschte mit einem Ruck aus der unten offenen Kugel. Die nunmehr leere Hülle wurde vom Wind zusammengedrückt und Mario befand sich im freien Fall. Doch dann füllte der Luftstrom die entstandene Glocke und der Sturz wurde gebremst. Mario schwebte an einem improvisierten Fallschirm. Mit den Armen konnte er an den Schlingen ziehen, dadurch ließ sich der Fallschirm wie ein Lenkdrachen dirigieren. Es dauerte, bis er die Technik raus hatte und sich an Rado in ihrer schwebenden Kugel heranarbeiten konnte.

»Rado, ich bin hier«, rief er.

»Was passiert mit uns? Wo um Himmels willen sind wir?«, fragte ihre vom Kokon gedämpfte Stimme.

»Mit Himmel hast du nicht ganz unrecht. Wir befinden uns am Himmel über unserem Heimatland.«

»Was soll das heißen?«

»Wir fliegen und ich werde jetzt versuchen, uns zu retten. Schau mal, ob du in deinem Kokon den Anfang des Seils findest.«

»Das habe ich schon versucht, aber nichts dergleichen gesehen.«

Wenn es einen Anfang gab, musste es auch ein Ende geben. Mario arbeitete sich näher an Rados Kokon heran und suchte angestrengt nach dem Seilende.

Da war es. Er zog daran, das Seil löste sich, und er begann, Rado auszuwickeln. Wie leicht das alles plötzlich ging! Waren die Kokons gereift oder gealtert?

Vielleicht war es besser, sich das Seil um den Fuß zu binden und eine Landung mit Rado im Schlepptau zu versuchen? Bevor sich der Kokon auflösen konnte und Rado herausfallen würde.

Sie flogen über eine Fichtenschonung, da haschten die Wipfel der Fichten nach ihm, als ob sie versuchen wollten, ihn vom Himmel zu pflücken. Schließlich landete er inmitten von Schilf oder Bambus oder dergleichen. Rados Kugel hingegen schwebte noch immer in der Luft. Mit weiten Armbewegungen holte er sie wie einen Drachen ein, dabei löste sich aber das Seil von Rados Kokon immer weiter. Rado schrie mit piepsiger Stimme: »Was ist los? Alles dreht sich!«

Plötzlich wurde der Wind stärker, sorgte für ein immer schnelleres Kreiseln und trieb den Kokon immer weiter weg von Marios Landeplatz.

Rado würde jeden Moment aus ihrem Ballon gewickelt sein und vom Himmel stürzen. Er musste das Seil loslassen.

Mario befreite sich von den Schlingen des Kokon-Fallschirms. Er wollte Rados Kokon zu Fuß folgen, aber das Schilf wuchs hier so dicht, dass es ihm nicht gelang. Auf einem kahlen Hügel blieb er stehen und konnte nur noch zuschauen, wie Rados Ballon im Wind davontaumelte und kleiner wurde, bis er hinter den Schilfrohren verschwand. Er rief, doch sie konnte ihn wohl nicht mehr hören.

46

Podoll weigerte sich standhaft, den Wasserturm zu verlassen, solange Lam-Pi-Jong ihm keine Lösung für sein Problem präsentiert hatte.

Einerseits lag es in Lam-Pi-Jongs Natur, anderen helfen zu wollen, andererseits musste er auch seine eigenen Interessen wahren. Podoll wusste, wo der ZetKaa sich befand, man musste Podoll also im Auge behalten. »Sie wissen, dass ich stets versucht habe, Ihnen auch Ihre ausgefallensten Wünsche zu erfüllen. Ich biete Ihnen also die Dienste meines Roboters an.«

»Was meinen Sie damit?«

»Er hat Ihnen Kaffee serviert, als ich Ihnen den Zeiter vorführte und Sie haben ihn einmal im Klo eingesperrt, wissen Sie noch?«

Lam-Pi-Jong rief laut »Loll, komm doch bitte mal her,« und dann fügte er hinzu: »Er ist gerade im Putz- und Kleiderpflegemodus, aber wir werden ihn für Ihre Zwecke modifizieren.

Die Tür öffnete sich und der Roboter Loll betrat den Raum. Er trug einen Putzeimer und ein Scheuertuch über der Schulter. »Mein Herr und Meister?«, fragte er höflich.

»Gib mal schön die Hand und sag *Guten Tag*.«

Loll trat leise auf Podoll zu und reichte ihm seine metallene Hand mit erstaunlicher Sanftheit. Dann sagte er mit mechanischer, aber nicht unsympathisch wirkender Stimme: »Guten Tag, meine sehr verehrten Damen und Herren«, und wischte sogleich mit eleganten Bewegungen die Krümel weg, die Podoll auf Puppentischchen und Teppich hinterlassen hatte. Er schnupperte an Podolls Spitzenhäubchen, befühlte den Stoff seines Röckchens und sprach: »Wünschen die Damen und Herren, dass ich Ihre Kleider einer Koch- oder Buntwäsche, einer Feinwäsche oder chemischen Reinigung unterziehe?«

»Warum spricht der Kerl dauernd von Damen und Herren?«, fragte Podoll.

»Er erkennt Sie nicht wieder. Sowohl wegen Ihrer Körpergröße als auch wegen Ihres Aussehens hat er damit ein Problem. Daher verwendet er zur Sicherheit diese höfliche Formulierung.«

»Und was soll ich nun mit diesem hässlichen, stieläugigen, schwulen Roboter?«, rief Podoll mit seiner quietschigen Stimme.

Loll senkte den Kopf.

»Ich würde Ihnen empfehlen, ihn nicht zu beleidigen, denn ich habe ihm einige Empfindungen eingebaut, um bei der weiblichen Kundschaft Sympathien zu erwecken – falls es zu einer industriellen Fertigung kommt.«

Jetzt war Podolls Interesse zwar geweckt, aber es richtete sich auf den möglichen Profit bei Vermarktung des Roboters, denn er wusste ja, dass Lam-Pi-Jong auf diesem Gebiet vollkommen unfähig war. Er, Podoll, hielt sich hingegen für einen Experten. Doch dann schaute er an sich selbst hinunter. Fraglos war er zurzeit das ärmste Würstchen seiner Branche, ein Würstchen, das nicht mal imstande war, an den Griff seines eigenen Kühlschranks zu reichen. Ein Zwerg, der nicht Auto fahren oder gar Hubschrauber fliegen konnte. Er würde schon damit überfordert sein, in seiner Wohnung die Toilette zu besteigen.

»Was kann dieser Elektroschrott von Roboter in einer solchen Lage groß ausrichten?«

»Loll macht alles für Sie, was Sie wollen. Er öffnet Türen, er schreibt am Computer, er kauft ein, er fährt Auto, er steuert Ihren Hubschrauber. Er bereitet Ihnen Essen, er wäscht Ihre Kleider.«

»Aber wo bleibe ich, wenn er all das tut?«

»Sie werden zu Loll.«

»Hä?«

»Ich schaffe ein wenig Platz in seinem Inneren. Sie steigen ein, Sie steuern ihn von innen, Sie werden Loll oder vielmehr Loll wird Podoll. Sie werden sich gut fühlen im Loll. Besonders wenn Sie merken, welche Kräfte er hat. Aber das Wichtigste ist, dass dies ein guter Weg ist, den ZetKaa wieder seinem rechtmäßigen Besitzer zuzuführen.«

»Mhm. Kann Loll auch für mich sprechen?«, fragte er, denn die tiefe, wohlklingende Stimme des Roboters gefiel ihm wesentlich besser als sein eigenes hohes Quietschen, das durch die Verkleinerung entstanden war.

»Aber selbstverständlich«, antwortete Lam-Pi-Jong. Wir bringen ein Mikrofon an Ihrem Kehlkopf an, und Lolls Stimme sagt laut, was Sie leise flüstern.«

Podoll lehnte sich zurück, schaute Loll von oben bis unten an und dann sagte er:»Nein, das geht nicht. Ich lege zwar keinen Wert auf äußerliche Schönheit, aber dieses Vieh ist mir doch zu hässlich. Stammen die die Arme und Beine vom Schrottplatz? Und das Gesicht! Im Vergleich würde mein Staubsauger einen Schönheitswettbewerb gewinnen.«

Loll senkte erneut den Kopf und machte eine Bewegung, als ob er sich eine Träne abwische.

»Das ist doch kein Problem, Herr Podoll. Dies ist eine Arbeitsversion. Ich richte ihn so her, dass sich jede Frau der Welt in Sie verlieben wird.«

Podoll sprang auf und funkelte den Erfinder von unten an: »Ich lege keinen Wert auf Frauen.«

»Na dann eben die Männer, die ... äh, wie sagt man?«

Podoll sprang aufs Sofa, hüpfte zweimal, um sich Schwung zu holen und ging dem Erfinder wütend an den Hals. Lam-Pi-Jong missverstand die Kraftanstrengung des kleinen Mannes in den putzigen rosaroten Babykleidern.

»Aber nicht doch Herr Podoll! Ich bin ein stinknormaler Hetero.«

Podoll schrie und sprang vom Sofa. In seinem Mund verknäuelten sich die Schimpfwörter zu einem unentwirrbaren Ekelknoten, sodass nur ein tennisballgroßer Kotzbrocken herauskam. Lam-Pi-Jong hielt sich indessen wegen des Geruchs erneut von innen die Nase zu. Mit nasaler Stimme sagte er: »Also ich werde den Loll nach Ihren Wünschen umbauen, bereits morgen können Sie sich wieder bewegen, wie Sie es gewohnt sind. Auf diese Weise gewinnen wir Zeit, um Ihren natürlichen Körper – falls möglich – irgendwann wieder so herzustellen, wie Sie es sich wünschen.«

Später, nachdem Podoll in ein Taxi verfrachtet worden war, und Lam-Pi-Jong den Roboter hergerichtet hatte, kamen ihm erhebliche Bedenken, ob es richtig war, den ›Giftzwerg‹ mit einem so kräftigen Körper auszustatten. Was der alles damit anrichten konnte! Aber er hatte es versprochen und was man versprochen hat, muss man halten! Allerdings vergewisserte sich Lam-Pi-Jong, dass er den Roboter mit einem Funksignal lahmlegen, und falls nötig, auch fernsteuern konnte. Außerdem installierte er eine *Webcam* im Kopf des Roboters. Denn in erster Linie ging es ihm um die Wiedergewinnung seines wertvollen Zentralcomputers, des einzigartigen, zukunftsweisenden, noch nie da gewesenen, bioelektronischen Rechners, des ZetKaa.

47

Es war Nacht. Reginald saß auf einem improvisierten Thron in der Glaskuppel des Zoos und ließ sich von Banaba Bericht erstatten.

Reginald fragte: »Wer ist für die Flucht des Podoll verantwortlich?«

Banaba sagte: »Der Filtz.«

»Wer war für die Flucht des Kastanienkindes verantwortlich?«

»Der Filtz.«

»Bringt ihn!«

Banaba hatte alles vorbereitet, um Filtz in Fesseln zu präsentieren, aber nur, um Reginalds Wut zu besänftigen, denn der Nasenaffe wollte nicht, dass Filtz erneut im Bunker verschwand. Schon allein wegen der Haschischplantage war er unverzichtbar.

»Verehrter Meister?« Filtz verbeugte sich.

»Du weißt, was mit dir nun geschehen wird?«

»Jawohl, Meister. Ich gebe allerdings zu bedenken, dass ich mein Wissen dann mit ins Grab nehmen werde, ein Wissen, dass Euch die Weltherrschaft sichern würde.«

Reginald schlenkerte ungeduldig mit einer Luftwurzel und wandte sich an Banaba:»Was ist mit dem Kerl los, wieso spricht er plötzlich so lackiert?«

Banaba sagte:»Das ist ein neuer Sprachcomputer. Aus einem Navi ausgebaut. Da kann er sogar unter verschiedenen Stimmen wählen.«

Reginald schrie:»Meine Weltherrschaft ist auch ohne dich und dein Wissen und deinen elektronischen Firlefanz gesichert.«

Filtz sagte mit der sanften Stimme eines berühmten Talk-Masters:»Ohne Zweifel, aber bedenkt, dass es unglaublich mühsam ist, die Zeiterpflanzen zu klonen. Du wirst Jahre brauchen, um nur einen unbedeutenden Teil der Menschheit zu entschleunigen. Und diese Leute stehen herum und wachsen an und verwandeln sich langsam in Bäume, die Wasser verbrauchen und Nährstoffe und den anderen Pflanzen den Platz wegnehmen. Der Rest der Menschheit vermehrt sich unterdessen schneller, als du die Menschen verlangsamen kannst.«

»Was erlaubst du dir?«, rief der Baum.

»Dein Machtbereich ist zu klein, dein Kampf nur von lokaler Bedeutung. Die Öffentlichkeit hat ihn bislang nicht einmal ansatzweise zur Kenntnis genommen, man hält ihn für ein zwar sonderbares, aber unbedeutendes Phänomen.«

»Das ist eine Beleidigung«, schrie Reginald. Zwei seiner Luftwurzeln umwickelten Filtz kreuzweise und hoben ihn ein Stück in die Höhe. Mit einer weiteren Luftwurzel tippte ihm Reginald auf die Brust.

»Alles hast du mir zu verdanken und jetzt, wo der Erfolg in greifbarer Nähe ist, fällst du mir in den Rücken!«

Filtz schlug die Augen nieder.»Nicht doch, das Gegenteil ist der Fall. Ich bin der Schlüssel für die endgültige

Lösung all deiner Probleme.« Selbstgefällig schwenkte der Mann mit der Maske die Arme in Richtung der Nasenaffen. Es schien ihn nicht zu stören, dass er von Reginald in der Luft gehalten wurde, im Gegenteil.

»Und wie soll diese geniale Lösung aussehen, wenn ich fragen darf?«

»Ich habe im Bunker alte Amphoren entdeckt. Sie enthalten Viren aus dem Labor meiner verstorbenen Eltern und ihrer Kollegen. Wenn man diese Viren freisetzt und auf der ganzen Welt verteilt, werden sie ihr tödliches Werk verrichten. Dann wird auf der Erde nichts mehr sein, wie es einmal war. Diese Viren werden die Menschheit vernichten.« Filtz hatte unmerklich eine andere, etwas tiefere Stimme eingestellt. Eine metallische Schärfe schwang darin mit.

»Du kommst aus dem Bunker, du hast im Bunker gelebt und ich habe dich aus dem Bunker befreit. Wieso kommt dein genialer Vorschlag erst jetzt?«

»Aus Gründen, die in meiner Unwürdigkeit zu suchen sind, habe ich erst kürzlich das Lager der Viren genauer untersuchen können, in dem sich das Kastanienkind versteckt hatte. Ein kindliches Trauma hatte mich vorher daran gehindert.«

»Ein kindliches Trauma? So ein Quatsch. Und was ich deinen Worten entnehme, ist die Tatsache, dass das Kastanienkind der eigentliche Entdecker der Amphoren ist.«

»In gewisser Weise: ja. Aber das Kastanienkind hat keine Ahnung von der Bedeutung dieser Entdeckung. Ich aber schon.«

Unsanft setzte Reginald den Tierpfleger wieder auf den Boden.

»Was schlägst du vor?«

Filtz erhöhte die Lautstärke:»Wir verschicken die Viren in alle Kontinente und auf alle Inseln, lagern sie an strategischen Orten und zu einem festzulegenden Zeitpunkt verseuchen beschleunigte Bäume die Seen und Flüsse, Trinkwasserreservoirs und Wassertanks der Menschen. Sie erkranken alle gleichzeitig und in kürzester Zeit ist die Welt vom Ungeziefer Mensch befreit!«

»Bist nicht auch du ein Mensch?«

»In der Tat. Mit Ausnahme meiner Stimme.«

»Du bist Ungeziefer.«

»Ich kann es nicht leugnen.«

»Wie gedenkst du, die Viren zu den von dir erwähnten strategischen Orten zu liefern?«

Filtz erläuterte dem Reginald aus dem Regenwald seine genialen Orchideen-Ideen. Die Orchideen sollten demzufolge die Viren in ihren meist auffällig gefärbten und bei manchen Arten nach hinten zu einem Sack erweiterten Lippen tragen.

Reginald lachte höhnisch. »Lippenbekenntnisse! Der größte Unsinn, den ich je gehört habe. Orchideen! Kleines Kroppzeug. Verzogen und verwöhnt. Betrachten sich als Königinnen der Blumen. Gewöhnliche Blumenerde ist nicht gut genug für diese großmäuligen Angeber!«

»Es gibt dreißigtausend Orchideenarten, sie sind auf der ganzen Welt verbreitet, Euer Gnaden.«

Reginald sagte: »Kakerlaken sind auch auf der ganzen Welt verbreitet.«

Filz sagte: »Das ist leider wahr.« Er sah sie vor sich, seine Erzfeinde. Er sah Cuca-Radscha vor seinem inneren Auge, wie er die Prozession der Haschischblüten tragenden Schaben anführte.

Und da kam ihm plötzlich *die* Erleuchtung.

Kakerlaken mussten nicht erst beschleunigt werden, sie liefen von alleine und konnten Pakete ausliefern, manche der fliegenden Arten sogar durch die Luft. Wenn er einen entsprechenden Vorschlag machte, hatte er vielleicht noch eine letzte Chance. Das Risiko war erheblich, denn er wusste ja nicht, ob er Cuca-Radscha auf seine Seite würde bringen können. Sollte Cuca-Radscha nicht mitmachen, wäre es um Filtz geschehen. Er musste jetzt alles auf eine Karte setzen.

48

Lam-Pi-Jong hatte Wort gehalten und Podoll ›zur Anprobe‹ des Loll einbestellt. Podoll kam wieder mit dem Taxi. Er hatte sich nicht getraut, etwas Passendes einzukaufen, sondern trug über der frisch gewaschenen, rot getüpfelten Unterhose, die sich im Diamantanzug mit ihm verkleinert hatte, einige seltsame Kissenbezüge, in denen er wie ein Wüstenscheich aussah.

Loll hingegen wirkte verblüffend elegant, fast zu schön für Podolls Geschmack. Ein wenig wie James Bond.

Der Erfinder sagte: »Mein lieber Loll, würdest du so freundlich sein, den lieben Podoll einsteigen zu lassen?«

»Sehr gern Maestro«, antwortete Loll und zog sein maßgeschneidertes Jackett aus. Wie von Geisterhand öffnete sich eine Klappe in seinem Rücken und eine schmale Leiter senkte sich fast geräuschlos zum Boden.

»Bevor Sie einsteigen, würde ich Ihnen allerdings empfehlen, sich der seltsamen Kleider zu entledigen, die Sie da tragen«, sagte Lam-Pi-Jong und schmunzelte. »Ich habe zwar eine kleine Klimaanlage eingebaut, diese aber wegen des Stromverbrauchs möglichst sparsam eingestellt.«

Podoll zog sich widerwillig aus.

Er stieg in den Roboter und machte es sich auf dem gepolsterten Pilotensessel bequem. Es war sehr eng, aber unerwartet gemütlich. Lam-Pi-Jong hatte sich die größte Mühe gegeben.

»Was ist, wenn ich mal auf die Toilette muss?«, fragte Podoll, ließ die Leiter einfahren, schloss die Rückenklappe des Loll und schaltete die Sprechanlage des Roboters ein.

»Oh, das tut mir leid. In der Kürze der Zeit war dieses Problem nicht zu lösen«, sagte Lam-Pi-Jong.

»Scheiße«, war Podolls Antwort. Sein Kehlkopf-Mikrofon leitete sie in Lolls Elektronenhirn. Dort wurde sie bearbeitet und zensiert und erklang aus Lolls Mundlautsprecher als »sehr weise«.

Podoll hörte seine so wunderschöne Loll-Stimme, aber *was* er hörte, gefiel ihm überhaupt nicht.

»Wenn ich aussteigen muss, brauche ich natürlich andere Klamotten.«

Lam-Pi-Jong meinte: »Ist doch kein Problem, Sie gehen in ein Geschäft für Kinderkleidung und erzählen den Verkäuferinnen, dass Sie für Ihren Neffen Sachen brauchen. Loll geht mit Ihnen in die Umkleidekabine, Sie steigen hinten raus, probieren alles an und schon ist das Problem gelöst.«

Podoll sagte: »Scheiße«, – aus Lolls Mund tönte es: »Erfreulicherweise.«

Lam-Pi-Jong fühlte sich geschmeichelt.

Podoll zischte: »Roboter Loll, was soll die Scheiße?«

Des Roboters innere Stimme sagte zu ihrem Insassen: »Verehrter Herr Podoll, das ist das Hausfrauen-Höflichkeits-Modul. Mein Erbauer hatte große Mühe, mich in kurzer Zeit Ihren werten Bedürfnissen anzupassen und da

279

schien ihm das Höflichkeitsproblem zweitrangig. Ich möchte Sie daher in seinem Namen bitten, über dieses kleine Manko hinwegzusehen.«

»Scheiße! Das ist doch krank!«, rief Podoll in seiner gepolsterten Zelle. »Meisterhaft, vielen Dank«, kam aus Lolls Mund.

Podoll schluckte seinen Ärger hinunter. Man würde sehen, welche schlimmen Situationen sich aus dem Programmierfehler ergeben würden. Denn Podoll war der Meinung, dass es unbedingt nötig war, die Leute kräftig anzuschnauzen, weil sie sonst nur Mist bauten und nicht perfekt funktionierten.

Eine Probe im Kindermoden-Fachgeschäft verlief einigermaßen zufriedenstellend, allerdings nur, weil er sich als Zwerg in der Umkleidekabine sprachlich austoben konnte. Die Verkäuferin wunderte sich, dass dieser gut aussehende und wohlerzogene Herr hinter dem grauen Vorhang mit Mickey-Maus-Stimme unflätige Tiraden losließ. Oder hatte sie einen ungezogenen Neffen übersehen, der seinen Onkel wegen der Anprobe in der Kabine wüst beschimpfte?

Podoll verließ den Laden mit einem Koffer voll Designer-Klamotten für verwöhnte Gören reicher Eltern.

Nach nur wenigen Übungsstunden konnte Podoll im Loll sich frei bewegen, am Computer arbeiten, den Fernseher bedienen, sich in einem Sessel sitzend Bier einschenken. Bei dieser Gelegenheit merkte er, wie sehr er sich bereits mit seinem neuen ›Körper‹ identifizierte. Denn als er gerade ein Bierglas zum Mund führen wollte, erinnerte ihn Loll daran, dass Loll nicht trinken konnte und dass es nicht nur die Elektronik schädigen würde, sondern, dass der einsitzende Podoll auch nichts davon haben würde.

Aber es gab Wichtigeres. Er wollte sich nicht nur auf der Stelle für die erlittene Schmach im Zoo rächen, sondern auch den ihm nun endgültig zustehenden Zentralcomputer holen.

Als Erstes mietete er sich einen Leihwagen, denn sein Porsche moderte ja leider im Sumpf. Die Fahrt in Richtung Zoo verlief zunächst ohne Probleme. Im Inneren des Roboters gab es mehrere Bildschirme, einen Kompass und einen Navigator sowie ein System zur Verhinderung von Zusammenstößen. Auf diese Weise fühlte er sich sicherer, als wenn er persönlich am Steuer gesessen hätte.

Aber dann wurde er durch Absperrungen und Barrikaden gestoppt. Ein Polizeiwagen stand neben dem anderen. Dazu Mannschaftswagen, Wasserwerfer, sogar Panzer. Handelte es sich um einen dieser blöden Staatsbesuche?

Podoll im Loll stieg aus. »Weg mit Ihnen, Sie alberne Wanze«, brüllte er eine Polizistin an – »Wie kann ich dienen, silberne Romanze?«, säuselte es aus Lolls Mund.

Die Polizistin fragte: »Was kann ich für Sie tun?«

»Ich muss zum Zoo, verdammte Scheiße!«, schrie Podoll, »Mit Kuss zum Zoo, bekannterweise«, erklang es aus Lolls Mund.

»Ich muss Sie leider bitten weiterzufahren. Der Zoo ist wegen erheblicher Gefahren weiträumig abgesperrt. Pflanzen sind mutiert, ein tropischer Baum hat angeblich die Macht übernommen. Aggressive, bewegliche Fichten bedrohen Besucher mit Heckenscheren und Mistgabeln oder betäuben sie, sodass ihre Opfer sich nicht mehr bewegen können. Ganze Schulklassen sind rund um den Zoo festgewachsen und können nicht befreit werden, weil Bäume sich selbst als Schleudern und Katapulte benutzen. Sie werfen mit Flaschen, Abfall, ja sogar mit Pflastersteinen.

Grässliche, schlangenartige Wurzeln wachsen aus der Erde und ziehen unschuldige Bürger zu Boden oder in den Boden hinein. Es besteht höchste Lebensgefahr.«

Podoll wusste sofort, wovon die Polizistin redete. Hatte er doch während seiner Gefangenschaft mitbekommen, welche Verbrechen Reginald plante. Argumentieren hatte hier keinen Sinn. Er musste seinen Miet-Porsche parken und sich zu Fuß in den Zoo begeben. Dort würde er mit seinen übermenschlichen Kräften für Ordnung sorgen. Nur – er sah keinen Parkplatz, weil die parkenden Idioten in dieser Straße zu viel Abstand zueinander gehalten hatten. Er musste die Wagenkolonne verdichten, um Platz für sein Auto zu schaffen.

Einen Mercedes schob er mit dem kleinen Finger einen Meter vorwärts, lehnte sich gegen einen Bus, sodass dieser sich zurückbewegte. Den störenden Einsatzwagen der Polizei ergriff er mit zwei Händen und setzte ihn in die entstandene schmale Lücke. Es interessierte ihn nicht, wie die Polizisten da wieder herauskommen würden.

Jetzt passte sein Mietwagen bequem zwischen die anderen Autos – spaßeshalber drehte er ihn noch einmal um.

Podoll jubelte in seiner Rüstung. Loll war eine Wucht! Gleich würde er über die Absperrgitter springen und den Baum Reginald wie ein Radieschen aus dem Boden ziehen. Auf den Mist würde er ihn werfen, wo er hingehörte. Den Nasenaffen würde er die Hälse umdrehen und dann würde er den Zentralcomputer unter den Arm nehmen und hoch erhobenen Hauptes wieder hinausspazieren.

Die Polizistin hatte mit offenem Mund zugesehen. Doch jetzt schrieb sie seelenruhig einen Strafzettel.

»Sie parken in der falschen Richtung.«

»Da scheiß ich drauf, Sie Flundertüte«, flüsterte er in sein Mikrofon.

»Aber fleißig auch, Sie Wunderblüte«, erklang es aus Lolls Mundlautsprecher.

Podoll hätte am liebsten hinten aus Lolls Jackett springen und der Frau an die Gurgel gehen wollen. Aber das wäre natürlich dumm gewesen. Stattdessen nahm er sie und setzte sie auf das Dach des Busses. Dort saß die Polizistin dann, mit offenem Mund, und bevor sie etwas sagen konnte, hatte Podoll als Loll ihr den zerknüllten Strafzettel zwischen die Zähne geschoben. Die Beamtin gab später zu Protokoll, ein Mann habe sie auf den Arm genommen und ihr sodann das Maul gestopft.

»Polizistenalltag«, stöhnte ihr Vorgesetzter, »aber momentan haben wir leider andere Sorgen.«

Im Zoo entwickelte sich unterdessen alles zur Zufriedenheit des Filtz. Cuca-Radscha hatte ihn zwar erpresst und ihm etliche Bedingungen aufs Auge gedrückt: unbegrenzte Rauschgiftmengen, Ernährung der kleinen Reptilien nur noch mit Heuschrecken, Würmern und Larven oder gar veganer Kost – aber der mörderische Plan stand felsenfest. In wenigen Wochen würde Reginald den Befehl zur Vernichtung allen menschlichen Lebens auf der Erde geben.

49

Mario schaute sich um. Er war in einem undurchdringlichen Gewirr von Schilf gelandet.

Dann sah er eine riesige Ameise, fast so groß wie eine Maus und eine riesige Maus, fast so groß wie ein Igel und einen riesigen Igel, fast so groß wie ein Wildschwein und ein riesiges Wildschwein, fast so groß wie eine Kuh. Und da war sie auch schon, die Kuh, viel größer noch als ein Elefant. Sie schwenkte ihren Kopf vor ihm hin und her und schaute ihn interessiert an mit ihren untertassengroßen, ausdrucksvollen Augen, in denen Mario sich spiegelte. Mit ihrer gelenkigen Zunge bohrte sie in ihren milchkännchengroßen Nasenlöchern, von denen in langen Fäden der Schleim troff.

Etwas stimmt hier ganz und gar nicht; fehlt nur noch, dass gleich eine grinsende Katze oder ein verrückter Hutmacher auftauchen.

»Da bist du ja, wurde auch Zeit!«, ertönte plötzlich eine laute Stimme. Eine imposante Weide mit großen Augen erschien hinter einem Baumstumpf. Liebevoll schaute sie auf Mario hinunter.

Mario musterte das Wesen von unten nach oben und endlich verstand er.

»Warst du das?«

»Tut mir leid. Ihr wäret erstickt in euren Kokons. Ich musste euch schrumpfen.«

»Lässt sich das rückgängig machen?«

»Natürlich. Aber im Moment würde ich es nicht raten, denn in deiner jetzigen Größe kann ich dich in eine meiner Astgabeln nehmen und dich sacht über Wiesen und Weiden tragen.« Der N'Bongoo spreizte seine Zweige wie ein Pfau sein Rad. Großspurig drehte er sich um sich selbst, als habe er die umliegende Landschaft gerade erschaffen.

»Wenn ich dich vergrößere, musst du selbst laufen.«

Da wurde Mario überwältigt von der Freude, den besten Freund nach so langer Zeit wiederzusehen. Schluchzend stürzte er sich in die ausgebreiteten Arme des N'Bongoo. Der N'Bongoo streichelte ihn und bedeckte ihn mit seinen weichen Blättern.

Mario schloss für einen Moment die Augen. Dann fragte er: »Wo warst du die ganze Zeit? Wo ist Rado?«

»Keine Ahnung, aber sie kann nicht weit sein. Ist auch geschrumpft.«

»Weiß sie es?«

»Keine Ahnung. Muss noch da oben sein. Von oben wirkt alles klein. Keine Vergleichsmöglichkeiten. Sehgewohnheiten der Menschen. In Wahrheit ist *nichts* klein und *nichts* groß. Nur eine Illusion des Gehirns. Auf diesem Prinzip beruht alles, was ich bin und auch alles, was ich kann.«

»Bitte bitte bring mich zu ihr.«

Und so sauste der N'Bongoo mit seinem Mario wie der Blitz durchs Gras. Er durchquerte Wälder aus Bäumen, die für Mario bis zu den Wolken reichten, setzte über abgebrochene Äste, die dem Jungen erschienen wie die Hindernisse auf einer Pferderennbahn. Er fühlte sich wie ein Jockey beim Hindernisrennen. Der kleinste Jockey, den es je gab.

Für einige Zeit vergaß er alle Sorgen, alle Befürchtungen, all seine Ängste. Er genoss die Freude, sich leicht und frei im weiten Raum bewegen zu können. Er genoss den Rausch der Geschwindigkeit. Und er schwelgte in dem Gefühl, mit seinem besten Freund, dem N'Bongoo, so eng verbunden zu sein.

Rado war unterdessen in ihrer weißen Kugel weiter und weiter geflogen. Durch Wolken flog sie, hoch über Berge und Täler.

»Schau mal, ein Wetterballon«, sagte ein Vater zu seinem Kind und deutete zum Himmel.

»Extraterrestrischer Besuch«, meinte ein alter Mann zu seiner Frau. Er hatte schon die ganze Zeit gewusst, dass Außerirdische auf der Erde gelandet waren. Warum sie allerdings die Fichtenschonungen leer räumten, verstand er nicht.

Rado wurde in ihrem Kokon immer wieder heftig durchgeschüttelt. Sie flog durch eine Regenwolke und Feuchtigkeit drang ein, aber sobald die Sonne auf die Außenhaut ihres Fluggerätes schien, verdampfte sie neblig.

Was Rado nicht wusste: Immer wieder reckten sich Fichten, Tannen und Kiefern nach ihrem Ballon und versuchten, den losen Faden an seiner Unterseite zu ergreifen.

Als einer besonders hohen Tanne dieses Kunststück endlich gelang, war die Fahrt ruckartig zu Ende. Die Tanne verknotete ihren Wipfel mit dem Faden und begann, den Ballon wie einen Papierdrachen einzuholen.

Rado linste zwischen den Windungen des Seils hindurch. Das war jedoch nur möglich, wenn das Löchlein in dem schwankenden Ballon gerade nach unten zeigte. Offensichtlich schwebte sie wie ein Vogel über einem Wald, wurde aber gleichzeitig wie ein Fisch an einer Angelschnur eingeholt. War das nun die Rettung oder nur wieder eine weitere Komplikation?

50

Im Wasserturm schaute Lam-Pi-Jong immer mal wieder auf den Monitor, der mit der winzigen Kamera im Kopf des Loll verbunden war. Was er da sah, verwunderte ihn mehr und mehr. Nach diversen halsbrecherischen Autofahrten und einer Flugzeuglandung bewegte sich Loll durch märchenhafte Landschaften, er fror Leute ein, schoss sie nieder, ließ sie explodieren, schlich sich von hinten heran, stieß sie von hohen Felsen in tiefe Täler und kämpfte mit Monstern. *Ist Podoll nun endgültig durchgedreht? Was für fürchterliche Dinge stellt er mit meinem wunderbaren Roboter an? Anstatt den ZetKaa zu bergen.*

Podoll im Loll rannte durch nächtliche Wüsten, gruselige Moore, dichte Urwälder und gelangte schließlich an eine wellengepeitschte Sturmküste – Lam-Pi-Jong staunte über diese nie gesehenen Landschaften.

Dann befand er sich in einem prächtigen Palast und fiel gleich darauf durch eine Falltür in ein dunkles Verlies.

Und dann der Drache, der am Himmel flog und etwas anders aussah, als Lam-Pi-Jong ihn in Erinnerung hatte. War das wirklich sein Niedhogg? Dieser zuverlässigste aller Drachen, den Lam-Pi-Jong aus der Urzeit gerettet hatte? Würde Niedhogg wirklich seinen Posten unter der Erde verlassen und den Kontinentalplatten erlauben, herumzuschwimmen, wie sie wollten? Würde er seine Vulkane erkalten lassen? Auch wenn er inzwischen gemerkt hatte, dass der ZetKaa gestohlen war, würde er doch nicht so wild zwischen den Wolken herumdüsen.

Als der Roboter Loll ihn vom Himmel schoss und der wunderschöne Drache auf den spitzen Felsen mit einem unrealistischen, metallisch schnurpsenden Computergeräusch zerplatzte, dämmerte dem Erfinder endlich, was da ganz und gar schiefgelaufen war.

Lam-Pi-Jong kontrollierte die Geodaten, um den Standort seines Roboters herauszufinden und musste feststellen, dass alle diese Kämpfe, in der Brunnengasse stattgefunden hatten und noch immer stattfanden. Sein Drache war in der Brunnengasse in tausend Fetzen gegangen.

Die Brunnengasse war nicht weit von Lam-Pi-Jongs Wasserturm entfernt. Er klingelte an der Tür des denkmalgeschützten Hauses und binnen Kurzem hatte sich die Sache aufgeklärt.

Der schlaue Podoll hatte die *Webcam* aus dem Roboter ausgebaut und in eine Spiele-Konsole eingebaut. In der Brunnengasse befand sich ein An- und Verkaufslädchen, der Händler hatte das Gerät von Podoll gekauft und seinem Sohn zum Spielen überlassen. Die vermeintlichen Abenteuer des teuren Roboters Loll mit seinem Passagier Podoll waren nichts als animierte Bilder aus durchgeknallten Computerspielen.

Wie hatte er nur auf diesen saublöden Trick reinfallen können?

51

Nachdem Podoll seinen Miet-Porsche geparkt hatte, war er über die Barrikaden gesprungen, hatte zwei freche Fichten mit ihren Baumkronen zusammengestoßen, eine ganze Brombeerhecke über seinem Kopf kreisen lassen, zwei Polizisten gepackt und sie den Apfelbäumen entgegen geworfen. Die Apfelbäume fingen die Polizisten reflexartig mit ihren Zweigen auf und hatten daher keine Äste mehr für den Roboter frei. Doch dann hatte Podoll im Loll bemerkt, dass mehrere Fernsehteams ihn mit ihren Teleobjektiven verfolgten und das passte ihm überhaupt nicht. Wenn er jetzt in den Zoo eindrang, würde die ganze Welt wissen wollen, was er dort zu suchen hatte. Man würde den ZetKaa beschlagnahmen und niemand hätte etwas davon. Und man würde herausfinden, wer sich in dem übermenschlichen Roboter verbarg.

Er sah sich schon im Fernsehen, wie er durch die Klappe im Rücken des Loll herausoperiert wurde, mit Bauch und Babyhose, mit tätowierten Spinnweben auf den Armen, aus denen schwarze Haare wuchsen. Millionen würden die weiße Haut seiner zart mit räudigem Pelz besiedelten dünnen Beine beglotzen ... nein, das durfte auf keinen Fall geschehen.

Glücklicherweise gab es einen Ersatzplan. Während er nämlich mit verbundenen Augen in den Zoo verschleppt worden war, hatte er sich die unterwegs gerochenen Gerüche gemerkt. Im rechten Nasenloch hatte er den ekelhaften Güllegestank eines Schweinemastbetriebs erschnuppert, und im linken Nasenloch den Leichendunst eines Schlachthofs. Kurz danach hatten ihn die Nasenaffen und Brombeeren in irgendwelche Abwasser-Katakomben hinuntergelassen. Auch dieser Geruch war eindeutig gewesen.

Er rief also *Google Maps* auf, zog eine Linie vom Elfberg zum Zoo und schaute, wo ein Schweinemastbetrieb und ein Schlachthof dicht beieinanderlagen.

Als er dann in seinem Helikopter auf den Weg dorthin war, entdeckte er einen seltsamen weißen Ballon, der hoch über den Wipfeln des Waldes im Wind schaukelte.

War das ein Wetterballon, der sich am Wipfel einer Tanne verfangen hatte? Ein unbekanntes Flugobjekt aus dem All? Ein geheimer militärischer Stratosphärenballon?

Er flog tiefer, umkreiste das Teil, und als er das winzige Ärmchen entdeckte, mit dem dieses Teil heftig zu winken schien, beschloss er, zu handeln. Nicht etwa, weil da jemand dringend Hilfe brauchte, sondern, weil ihm schon wieder vage Geschäftsideen durch den Kopf vagabundierten.

Vorsichtig arbeitete er sich an das seltsame Flugobjekt heran. Konnte man es kapern und bergen?

Eine Tanne mit ausgestrecktem Arm war wohl ebenfalls an diesem Ballon interessiert und zerrte ihn immer wilder nach unten, er musste schnell sein.

Wenn der dünne Faden, an dem der Kokon befestigt war, senkrecht nach oben stand, würden die Rotorblätter des Hubschraubers das Seil durchschneiden und der Ballon würde in die Lüfte entschwinden. Er musste den Moment abpassen, wenn ein Windstoß das Flugobjekt zur Seite drückte, sodass der Faden sich im spitzen Winkel spannte. Gleichzeitig musste er den Hubschrauber in der Gegenrichtung schräg legen, und sich dann aus der Kanzel lehnen und den Faden ergreifen. Aber womit? Sein Blick fiel auf den Stockschirm, der an der Hutablage hing. Mit dessen Griff gelang es ihm, den Ballon zu sich heranzuziehen, bevor es zu spät war.

Podoll hatte Glück, dass das von Erfolg gekrönt war, denn er wusste nicht, dass es sich um ein unzerstörbares Material handelte und der Hubschrauber unweigerlich abgestürzt wäre, wenn sich der Faden in den Rotorblättern verheddert haben würde.

Ein Mensch hätte diese Operation nicht durchführen können, aber Podoll besaß ja die übermenschliche Stärke des Roboters Loll. Die Festigkeit des Fadens hatte allerdings einen anderen Effekt: Es gelang zwar, den Ballon in den Helikopter hereinzuziehen, die Tanne jedoch konnte oder wollte nicht loslassen. Sie wurde entwurzelt und flog nun mit, am Hubschrauber hängend, in Richtung Elfberg.

Der Mann, der die Theorie von den mit Quadrokoptern gestohlenen Bäumen vertrat, fühlte sich bestätigt, als er am

Himmel den im Fahrtwind vorbeisausenden und zappelnden Baum entdeckte.

»Hol mich hier raus! Ich will hier raus!« Als die schrille Stimme aus dem Kokon den Fluglärm immer vernehmlicher übertönte, hielt Podoll es nicht mehr aus. Auf der Stelle musste er wissen, was er sich da eingefangen hatte. Er stellte den Hubschrauber auf Autopilot und verließ den Pilotensitz. Er prüfte den fein gesponnenen Faden, aus dem der Kokon gewebt war und an dem die Tanne unter seinem Fluggerät gefährlich hin und her pendelte.

Super Material. Besser als Karbonfaser. Das bedeutete Kohle ohne Ende. Dünn wie ein Hauch, konnte aber einen tonnenschweren Baum tragen. Der flexible, aber gleichzeitig stabile Kokon war auch nicht ohne. Daraus würde man einige Geschäftsideen entwickeln können: neuartige Fluggeräte, Kugeln zum Entspannen oder für eine neue Sportart, Kokons, in denen man unliebsame Zeitgenossen auf den Mond schießen und auf diese Weise entsorgen konnte, und dergleichen mehr.

»Was glotzen Sie? Befreien Sie mich!«

Hinter dem Schlitz in der Stoffkugel blinkte ein wütendes Auge und ein dünnes Ärmchen griff nach dem Ärmel des Podoll im Loll.

Podoll im Loll spreizte ohne jede Mühe die Öffnung des Ballons und heraus sprang ein winziger, wütender Alien, ein Außerirdischer.

Nein, das war kein Alien, sondern die Diebin seines wertvollen Zeiters, Rado de Winter, die er kannte und hasste.

»Du miese Diebin, hab ich dich endlich, verfluchtes Luder!«, schrie er sie an.

»Du riesig Liebe, habe ich dich gefunden, zarteste Versuchung«, kam aus Lolls Mund. Verdammt, das Höflichkeitsmodul kam ihm schon wieder in die Quere.

Rado war zwar entsetzt, dass sie einem Riesen in die Hände gefallen war, aber dieser Riese sah gut aus und war ausgesprochen nett. Allerdings kam ihr die Stimme des Mannes irgendwie bekannt vor. Wo hatte sie die schon mal gehört?

»Was für ein Glück, dass ich dich fand!«, sagte Lolls Stimme, aber Podoll im Innern des Roboters hatte hervorgestoßen: »Blödes Miststück, verdammtes!«

Podoll hasste es nicht nur, Süßholz zu raspeln, es machte ihn auch wahnsinnig, wenn die Leute ihn missverstanden. Vor Wut öffnete er die Klappe im Rücken des Loll und bevor die Leiter vollständig ausgefahren war, sprang er heraus.

Rado staunte nicht schlecht, als sich der nette Riese als verschönerte und verbesserte Version von Lam-Pi-Jongs Roboter Loll entpuppte, aus dessen Rücken ein Mann in rot getüpfelter Unterhose geboren wurde, ein Mann mit tätowierten Armen, fahlweißer Haut, schwarz bepelzt am dicken Bauch und am ganzen Körper. Ein Mann, den sie kannte und der versuchte, sie am Hals zu packen, und der schrie: »Du miese Beutelratte, du hässliche Zottelkröte, du blöde Käsezicke, du saudumme Wüstengurke, verblödete Stumpfotter, Mistpomeranze, Pissnelke, Dooftüte ...«

Flink, wie sie war, entwischte Rado dem nicht so behänden Unhold immer wieder.

Schaum stand Podoll vorm Mund, während er Rado durch den ganzen Hubschrauber verfolgte, sodass dieser bedrohlich ins Schwanken geriet.

Was für ein Glück, dass wenigstens der Roboter Loll die Ruhe bewahrte – er überwachte die Instrumente und machte sich bereit, falls der Autopilot mit irgendetwas nicht zurechtkommen sollte.

Podoll schrie:»Wegen dir bin ich in dieser beschissenen Lage. Verkleinert, gedemütigt und gequält von Affen im Zoo, gefesselt und gestochen von primitiven Pflanzen, halb nackt, mein Porsche im Schlamm, mein Besitz entführt, gequält von minderwertigen Lebewesen, angewiesen auf die Hilfe eines schwulen Roboters!«

Loll zuckte zusammen. Podoll öffnete die Tür des Hubschraubers und drängte Rado nach draußen, sodass sie auf den metallenen Landekufen zu stehen kam.

»Du hast mein Leben zerstört und jetzt musst du sterben, du Pissmücke. Niemand wird je deine Leiche finden, die Bäume da unten werden dich aufspießen und die Krähen werden dir Popelschlange die Augen aushacken und das Fleisch von deinen diebischen Fingern nagen, du jämmerliche Kackspinne.«

Rado spürte den Fahrtwind, der an ihr zerrte und ihre Füße von den Kufen des Hubschraubers zu reißen drohte. Gleichzeitig versuchte sie krampfhaft, sich an Podoll festzuhalten, aber der Kerl war so fett, dass man nirgendwo richtig zupacken konnte. Außerdem schwitzte er derart, dass ihre Hände immer wieder von seinem glitschigen Körper abrutschten. Sein fauliger Atem, der an Verwesung erinnerte, strömte ihr ins Gesicht und sie spürte, wie ihre Kräfte nachließen.

Sollte sie nun doch vom Himmel fallen und am Boden zu Matsch zerquetscht werden? War dieses Leben, dass sie fast immer genossen hatte, nun zu Ende? Plötzlich tauchte hinter Podoll das unbewegte Gesicht des Roboters auf. Eine kräftige Hand packte Rado am Arm, zog sie in den Hubschrauber hinein, ergriff den entsetzten Podoll am Hals und ließ das fast nackte Männchen im kalten Fahrtwind zappeln.

Loll, der Roboter, fuhr seine Leiter aus und sagte mit seiner süßesten Stimme zu Rado: »Steig hinten bei mir ein, du kannst mich ebenso steuern, wie jeder andere Zwerg dieser Welt. Machs dir bequem und sage mir irgendwann, wie ich mit dem Bösewicht verfahren soll.«

Rado war verdattert, auch weil der Roboter sie plötzlich duzte, aber gerne folgte sie seinen Anweisungen. Sie kletterte über die ausgefahrene Leiter auf den samtroten Pilotensessel in Lolls Oberkörper, studierte die Aufschriften der Tasten und Schalter und Steuerknüppel, bewegte probeweise seinen rechten Arm, woraufhin der zitternde Podoll erneut zu kreischen begann.

»Ich erfriere. Hol mich gefälligst rein, Rado oder Loll, ganz egal. Ich tue alles, was ihr wollt, nur lasst mich leben.«

Was keiner von ihnen bemerkt hatte: Durch die offene Kabinentür war das feine Gespinst vom Kokon abgewickelt worden, die hängende Tanne streifte mit ihren Wurzeln dicht über den Baumwipfeln wie ein Anker am Meeresgrund.

52

Als Mario auf seinem erstaunlich flinken Kuschelbaum N'Bongoo in die Ebene mit ihren Äckern und Wiesen ritt, stellte er verwundert fest, wie weit der Herbst schon Einzug gehalten hatte. Die Felder waren abgeerntet, auf den gelben Flächen lagen dickbäuchige Plastikpillen verstreut, luftdicht verschlossene Silageballen, in denen die abgeernteten Pflanzenteile schon gärten. *So ähnlich haben wohl unsere Kokons auch ausgeschaut*, dachte Mario.

Als hätte der N'Bongoo seine Gedanken gelesen, sagte er: »Auch ihr beide wärt längst in Gärung übergegangen, wenn ich euch nicht verkleinert hätte.«

»Werden wir Rado jemals wiederfinden?«, fragte Mario laut, doch der N'Bongoo antwortete nicht.

In der Ferne lag ein einsamer Bauernhof, umgeben von entlaubten Bäumen, die aber aussahen, als trügen sie dicke, grüne Muffs und gefilzte Knie- und Ellenbogenschoner – gehäkelte Bandagen aus Efeu. Wehmütig dachte er an seine Baumfreundin Hallucia, die ihren Partner Äskulus an manchen Stellen ebenso liebevoll umstrickt hatte.

Als Mario auf seinem N'Bongoo näher kam, bemerkte er einen Mann, der unter die geöffnete Motorhaube eines altertümlichen Traktors schaute. Da waren auch ein Kind, das im Sandkasten spielte, und eine Bäuerin, die Gänse und Hühner fütterte.

Marios Magen knurrte. Wann hatte er zum letzten Mal gegessen?

Es mussten Monate seit dem letzten Salamibrot mit sauren Gürkchen vergangen sein. *Ich sollte die Bäuerin nach Essen fragen.*

Allerdings, würde sie sich nicht allzu sehr wundern über dieses winzige Kerlchen, das er war?

Oder noch seltsamer: ein winziges Kerlchen, das auf einem Bäumchen mit Augen ritt? Ein Bäumchen, das gar kein Bäumchen war, sondern nur die Gestalt eines Bäumchens angenommen hatte?

Doch dann fiel ihm ein, dass die Menschen den N'Bongoo ja gar nicht sehen konnten. Es war also besser, wenn er hier abstieg, denn ein schwebendes winziges Kerlchen war ja noch furchterregender als eines, das am Boden trippelte.

Als Mario näher gekommen war, fiel ihm auf, dass die Leute sich nicht bewegt hatten.

Der Mann schaute immer noch unter die Haube des Traktors, die Frau streckte immer noch eine Hand aus und das Kind hockte immer noch stumm auf einem der Stämme, die den Sandkasten bildeten.

Mario stellte sich zwischen Mann und Traktor.

»Hallo! Hören Sie mich? Was ist los?«

Grünliche Haare wuchsen dem Mann aus den Nasenlöchern und die Falten unter seinem Kinn waren überzogen von Moos.

»Gib dir keine Mühe, der spürt zwar deine Anwesenheit, aber er ist um das Zwanzigfache verlangsamt. Für ihn bist du nichts als eine Fliege, die ihn umsurrt.«

Eine Fliege? Stimmt, so fühlte er sich. Klein und hilflos. Er rannte zu der Bäuerin, die Hühner stoben auseinander, aber die Gänse ließen sich nicht nur nicht stören, sie schienen sehr interessiert am Zwerg Mario. Schnatternd kamen sie herangewatschelt, die klappernden Schnäbel genau auf Höhe seiner Augen, sodass er ihnen durch die Speiseröhre fast in den Magen schauen konnte.

Mit Mühe ergriff Mario eine Mistgabel, die dreimal so groß war wie er und die am Rande eines Beets steckte. Damit hielt er die Gänse erfolgreich auf Abstand.

Die Frau war nicht nur in ihrer Bewegung erstarrt, sie hatte auch feine Wurzeln gebildet, genau, wie es wahrscheinlich bei seiner Mutter und Rados Vater inzwischen der Fall war.

Schmerzhaft erinnerte sich Mario an deren trauriges Schicksal. Wie es ihnen wohl gehen mochte?

Der N'Bongoo sagte: »Eure Eltern wurden nun schon zum zweiten Mal umgetopft. Bald passen sie nicht mehr in den Wintergarten der Villa. Aber was noch schlimmer ist: Reginald hat den ZetKaa und stellt mit seiner Hilfe identische Kopien des Zeiters her. Mit diesen rüstet er seine verbündeten Bäume aus und schickt sie in alle Himmelsrichtungen, um Menschen in Pflanzen zu verwandeln. Wer von den lebenden Zeitern erwischt wird, erstarrt in der Pose, die er oder sie im Moment des Zeiterschocks gerade einnimmt. Langsam wachsen die Menschen fest, es bilden sich Wurzeln, sie werden grün und erzeugen eine Rinde, sie warten auf Sonne und Wasser und aus ihren Körpern treiben Zweige mit Blättern und Blüten. Eigentlich gar nicht so schlecht, wie ich finde.«

»Weil du selbst ein Baum bist. Aber stell dir vor, ich würde dich in ein Äffchen verwandeln. Oder einen Waschbär. Oder einen Pelikan.«

»Mir wär's egal. Wie ich dir schon sagte, ich habe für mich keine Form.«

»Wir müssen etwas tun! Rado finden. Den ZetKaa bergen«, rief Mario und rannte zum Haus. »Pass auf, da könnten beschleunigte Pflanzen drin sein. Vielleicht ist es eine Falle.«

Die beiden bewegten sich vorsichtig zur offenen Tür; ahmten Fernsehkommissare nach, die ein verdächtiges, verlassenes Haus betreten – mit dem feinen Unterschied, dass sie keine Pistolen mit den theatralisch vorgestreckten Händen umklammerten.

Mario hielt stattdessen seine viel zu große Mistgabel im Anschlag, als handle es sich um ein Maschinengewehr.

Der N'Bongoo durchsuchte die Räume im Erdgeschoss, Mario schlich sich mit der Mistgabel nach oben. Das Haus schien verlassen, die Topfpflanzen und Geranien in den Blumenkästen rührten sich nicht.

Mario stöberte im Kühlschrank, aber außer ein paar Kohlrabi war alles verdorben, denn es gab keinen Strom im Haus. Doch oh Wunder, in der Speisekammer fand sich eine Kiste frisch geernteter Kartoffeln. Voller Vorfreude auf Pellkartoffeln heizte Mario den altertümlichen Herd an und setzte Wasser auf.

Der N'Bongoo war in den Dachboden gestiegen und beobachtete durch eine Luke die Gegend ringsumher.

Was er sah, gefiel ihm überhaupt nicht.

»Mario! Der Feind ist im Anmarsch! Sofort alles ver-
barrikadieren!«

Mario rannte zum Fenster.

Hinter den Büschen bewegten sich die Wipfel eines
Trupps junger Fichten.

Um sich den Rückzug offen zu halten, hatten die beiden
beim Hereinkommen die Tür aufgelassen, die Mario nun
schloss und verriegelte. Der N'Bongoo schob einen schweren Eichentisch heran, um ein Eindringen des Feindes zu
erschweren.

Mario kletterte auf einen Stuhl am Fenster und versuchte, die äußeren Fensterläden von der Wand zu lösen.
Der seltsame Mechanismus funktionierte so, dass man auf-
recht stehende, gusseiserne Menschenfigürchen hochzog,
umklappte und mit dem Kopf nach unten hängen ließ. Erst
dann konnte man die hölzernen Läden nach innen klappen.

Die Fichten kamen näher. Mario würde es nicht schaffen,
wenn der N'Bongoo ihm nicht half. Der N'Bongoo kletterte
durch ein Fenster nach draußen, Mario reichte ihm einen
hölzernen Hocker, der N'Bongoo löste mit ausgebreiteten
Zweigen jeweils zwei Fensterladenhalter gleichzeitig und
schwenkte die Läden nach innen, sodass Mario sie auf der
inneren Fensterbank stehend verriegeln konnte.

Der N'Bongoo murmelte: »Wie prophetisch manche
Konstruktionen der Menschen sind.«

»Was meinst du damit?«, fragte Mario.

»Der Untergang naht.« Der N'Bongoo zeigte auf die
kopfüber hängenden Fensterladenhalter: »Da lassen sie
rückwärtsgewandt den Kopf hängen und merken nicht
mal, was auf sie zukommt, weil sie nach hinten und nicht
nach vorne schauen.«

Bevor der N'Bongoo durchs letzte Fenster zurück ins Haus steigen konnte, griff ihn eine der viel größeren Fichten an: »Abtrünniger! Auf welcher Seite stehst du?«

»Das ist ein widerlicher, kleingezüchteter Bonsai«, rief eine andere Fichte, »er hat sich von seinen menschlichen Herren verstümmeln und pinzieren lassen und deren frevelhaftes Werk werden wir nun vollenden.« Mit diesen Worten peitschte die Fichte auf Marios kleinen Gefährten ein, die anderen Fichten bollerten gegen die geschlossenen Läden.

Mario wollte seinem N'Bongoo mit einem Küchenmesser zu Hilfe kommen, doch zu seiner Überraschung kam der ganz gut ohne ihn zurecht. Wie ein Kung-Fu-Meister stand er auf seinem Hocker und trat mit einer seiner Wurzeln so blitzartig gegen den Stamm der Fichte, dass sie schwankte. Dann drehte er sich mit ausgestreckten Armen schnell wie ein Flugzeug-Propeller, sodass es Zweige und Nadeln regnete und der Nadelbaum plötzlich mit nacktem Unterkörper dastand. Wie eine Bohnenstange mit aufmontiertem Weihnachtsbäumchen sah er aus.

Mario musste lachen, die anderen Fichten heulten, drängten sich neben ihren rasierten Kollegen und versuchten mit ihren nadeligen Zweigen, den N'Bongoo vom Hocker zu schubsen.

Doch der war blitzschnell wieder im Haus, schloss Fensterladen und Fenster und flitzte ins obere Stockwerk mit den Worten: »Wir müssen alles dichtmachen!«

Mario folgte ihm. »Hey, kannst du sie nicht verkleinern?«

»Erinnere dich, was mich Verkleinerungen für eine Kraft kosten. Hilf mir lieber. Hol einen Fleischklopfer oder sowas. Wer weiß, was noch kommt, Brombeersträucher zum Beispiel, die kann man leicht auf die Fensterbänke setzen und die bohren sich dann durch die Ritzen ins Haus.«

Die Wipfel der Fichten schauten durch die Fenster im oberen Stockwerk, kriegten aber vom N'Bongoo auf die Mütze, sodass Mario auch hier die Läden schließen konnte. Nun war das Haus vollständig dunkel. Von allen Seiten schlugen hämmernd die Äste der Fichten, oder ratschten schnatternd über die Lamellen der Fensterläden. Dicke Äste erzeugten tiefe Paukenschläge, die kleineren Zweiglein klangen wie Kastagnetten – die Gefährten befanden sich unversehens in der Mitte eines Schlagzeugorchesters.

Sie tasteten sich nach unten.

Mario öffnete die Klappe des Herdes. Das flackernde Feuer erhellte die Stube ein wenig.

Er suchte und fand Kerzen und Teelichter, stellte sie auf Untertassen. Wie sehr erinnerte ihn das an sein Leben im Bunker! Immerhin hatte er dort Vieles gelernt, was er nun gebrauchen konnte. Und: In wenigen Minuten würde es Pellkartoffeln geben – ein Genuss, auf den er in seinem Verlies hatte verzichten müssen.

»Ich glaube, die Kartoffeln sind gar. Isst du mit?«, fragte er den N'Bongoo.

»Wie oft muss ich dir noch sagen, dass ich keine menschliche Nahrung zu mir nehme?«

»Entschuldige, N'Bongoo. Ich vergesse das immer wieder. Aber – was ist es dann, wovon du lebst?«

»Fantasie, was sonst?«

»Unbegrenzte Möglichkeiten?«

»Über den Tod hinaus!«

53

Rado hatte inzwischen den Loll gebeten, die Route des Hubschraubers zu ändern und das Ziel *Elfberg* einzugeben. Dort hoffte sie, nicht nur Mario wiederzufinden, sondern auch den ursprünglichen Zweck der Reise weiter verfolgen zu können: die Bergung des ZetKaa.

Sie hatte mit dem schreienden und frierenden Podoll Mitleid bekommen. Als Lenkerin des Loll hatte sie ihn reingeholt, die Kabinentür geschlossen und sich wieder in den Pilotensessel begeben. Zitternd holte Podoll die neu gekauften Kinderkleider aus seinem Aktenkoffer. Rado im Loll genoss das Fliegen – sie hoffte, dass Loll alles im Griff hatte und sie bald am Elfberg landen würden. Podoll saß irgendwo hinten im Hubschrauber und schmollte. Denn ihm fiel kein einziges Schimpfwort mehr ein und darüber hätte er ganz fürchterlich schimpfen mögen, und dass ihm auch dafür nichts einfiel, machte ihn wütend und traurig zugleich.

Plötzlich ertönte ein schriller Alarm – der Hubschrauber war auf eine enge schraubenförmige Flugbahn geraten. Podoll kreischte: »Wir stürzen ab!«

»Ganz ruhig«, sagte Loll, »wir fliegen lediglich im Kreis. Die Tanne unterm Hubschrauber hat sich verhakt.«

»Was sollen wir tun?«

Loll begab sich mit Rado nach hinten und inspizierte die Reste des Kokons.

»Klarer Fall«, sagten beide unisono. »Schmeißen wir das Teil raus.«

»Nein«, rief Podoll. »Dieser Faden ist das Wertvollste, was man sich vorstellen kann. Ich habe diesen Kokon eingefangen, das ist *mein* Faden. Kohlenstoff-Nano-Röhrchen, vermutlich nur etwa hundert Atome dick. Damit kann man einen Aufzug ins Weltall bauen! Leichter als Luft, fester als Stahl.«

Rado sagte: »Sind Sie verrückt? Ich habe Wochen oder gar Monate in diesem Kokon verbracht. Der gehört mir und ich mache damit, was ich will.«

Loll meinte: »Der Herr soll sich daran abseilen, den Knoten entknoten und aus der Krone der Tanne entfernen. Dann holen wir ihn wieder ein und Sie könnten sich später über die Eigentumsrechte handelseinig werden.«

Doch das war dem kleinen und dicken Podoll dann doch zu gefährlich – ganz zu schweigen davon, dass er zu einer solchen Akrobatik körperlich gar nicht fähig gewesen wäre. Also öffnete Loll die Kabinentür und gab dem Restkokon einen Tritt. Podoll schaute sehnsüchtig aus dem Fenster und verfolgte das taumelnde Gespinst mit Wehmut. Er wollte sich wohl die Stelle merken, um das wertvolle Material später bergen zu können.

Der Hubschrauber war nun frei und zog wieder seine Bahn in Richtung Elfberg.

Rado hielt Ausschau nach Mario.

54

Der Zoo war von den Behörden weiträumig abgesperrt worden. Das hatte Reginald aber nicht gehindert, in seiner Glaskuppel eine Videokonferenz mit einem Forstmaschinenhersteller abzuhalten.

Die Vertreter der Industrie waren auf der von Filtz aufgestellten Bildwand zu sehen, umgekehrt aber wussten diese nicht, mit wem sie es zu tun hatten.

Der Mann auf der Bildwand stand in seiner Firma ebenfalls vor einer Bildwand und zeigte Bilder des neuesten Verkaufsschlagers.

»Die Maschine verfügt über einen zehn Meter langen Kranarm, an dessen Ende der Fällkopf, genannt Prozessor, frei beweglich montiert ist. Der Fällkopf ist mit Vorschubwalzen, Messeinheit, hydraulisch angetriebener Kettensäge und Entastungsmessern ausgestattet.«

Reginald rief: »Wunderbar! Wir proben den Aufstand der Monokulturen!«

Die Nasenaffen klatschten Beifall.

Ebenso die Vertreter der beschleunigten Fichten, Kiefern, Tannen, Tomaten, Brombeeren, Rosen und sonstiger Blumen.

»Anfallendes Restholz und Kronenabschnitte werden im gleichen Arbeitsgang zu Hackschnitzeln verarbeitet. Kronenabschnitte werden zu transportgerechten Bündeln gepresst, die zur Energiegewinnung dienen.«

»Vielen Dank«. sprach Reginald ins Mikrofon, »wir melden uns bei Ihnen.«

Filtz schaltete die Übertragung aus und auf der Leinwand erschien das Testbild des digitalen Projektors.

Reginald schlenkerte mit seinen Luftwurzeln und verkündete stolz: »Die Zucht-Pappeln und Zucht-Weiden haben sich uns angeschlossen. Die ersten Exemplare sind bereits in der Verschnellerung. Und wisst Ihr, warum? Weil sie nicht als Jugendliche zerschreddert werden möchten. Sie wollen ein langes schönes Leben, anstatt zu Pellets, Papiertaschentüchern und Klopapier verarbeitet zu werden. Oder zu Holzschnitzeln, die zu Pressspanplatten gepresst werden. Splitternde, viel zu schwere Scheußlichkeiten, deren Ausdünstungen die Atmosphäre vergiften.«

Donnernder Applaus. Die Vertreter der Pappeln trampelten mit den Wurzeln, die Weiden klatschten mit ihren schlanken Gerten. »Bravo! Wir machen kaputt, was uns kaputtmacht!«

Reginald rief: »Wir bewaffnen uns ab sofort mit dem, womit man uns über Jahrhunderte gefoltert hat: Sägen, Äxte, Motorsägen, Häcksler, Harvester, Mobilhacker, Hackschnitzelharvester.«

Zu Filtz und dem neuen Verbündeten Cuca-Radscha gewandt, fragte er: »Und wie sieht es bei Euch aus?«

»Wir liegen im Zeitplan«, antwortete Filtz.

»Wir folgen Dir!«, fügte Cuca-Radscha hinzu.

Reginald sagte: »Wir fahren zweigleisig. Wenn die Kakerlaken versagen, geht Filtz wieder in den Bunker.«

55

Am frühen Morgen rückten sie an.

Mit Äxten und Motorsägen.

Reginald hatte befohlen, nicht verbündete Bäume, wie Buchen, Eichen, Erlen, Birken und Linden zu verschonen, denn davon gab es in diesen bewirtschafteten Wäldern sowieso kaum noch welche. Dennoch fielen einige der traditionellen, im Krieg der Bäume neutralen »Waldbürger« den hitzigen jungen Baum-Männchen zum Opfer. Die hatten sich freiwillig zum Kampf gemeldet und standen unter der Fuchtel des übereifrigen *Ficus elastica*, eines Gummibaums.

Militärischer Kollateralschaden.

Die hölzernen Strommasten hingegen durften die Kämpfer zu Kleinholz machen und das taten sie mit Vergnügen. Die Stromausfälle in der Gegend häuften sich.

Mario ging das unregelmäßige und unmusikalische Aufheulen der Motorsägen mächtig auf die Nerven.

»Was können wir tun?«, fragte er den Kuschelbaum.

Der N'Bongoo linste durch die teilweise kaputten Lamellen der Fenster.

»Wir hauen ab. Gegen Äxte und Motorsägen kommen wir nicht an und das Haus ist zum großen Teil aus Holz. Gibt es einen Weg in die Scheune? Ich habe dort einen Jeep gesehen. Das wäre unsere Chance.«

»Wir sollen Auto fahren?«

»Warum nicht?«

»Ich bin noch nie gefahren.«

»Meinst du ich?«

»Wir probieren es. Ich kauere mich in den Fußraum, bediene Gas, Kupplung und Bremse, du lenkst und schaltest. Du gibst mir Anweisungen: Gas geben, Bremse treten, Gas geben, Bremse treten.«

»Aber ich habe das noch nie gemacht.«

»Das Autofahren liegt dem Menschen im Erbgut. Hatte dein Vater ein Auto?«

»Keine Ahnung. Er ist gestorben, als ich fünf war. Ja, sicher hatte er ein Auto.«

Der N'Bongoo reckte sich hoch auf vor Mario und schaute ihm tief in die Augen: »Na also. Du hast seine Fähigkeiten geerbt. Man kann Plattwürmern etwas beibringen, sie dann zerschreddern und an ihre Kameraden verfüttern und schon können die, was ihre toten Freunde zuvor gelernt hatten.«

Mario verstand nicht, was das mit seinem Vater zu tun haben sollte, aber irgendwie wusste er jetzt, dass er Gas geben und bremsen und ein Auto lenken würde.

Die Gefährten räumten im oberen Stockwerk einen Schrank mit Spielsachen zur Seite, dahinter befand sich eine hölzerne Klappe – ein direkter Zugang zur Scheune. Ob das entschleunigte Kind draußen diesen Weg kannte und benutzt hatte, um sich manchmal heimlich aus dem Haus zu schleichen?

Mario inspizierte den Wagen. Der Schlüssel steckte. Nachdem er ihn probeweise gedreht hatte, leuchtete ein rotes Licht, aber laut Tankanzeige war der Tank so gut wie leer.

»Schau dich mal um, vielleicht gibt es einen Reserve-kanister«, meinte der N'Bongoo.

Mario entdeckte auf dem Rücksitz des offenen Jeeps ein Handy. Das bunte, mit Abziehbildern beklebte Handy eines Kindes.

Er schaltete es ein.

Ein Anruf bei seiner Mutter wäre erfolglos, aber vielleicht hatte jemand ihr Handy versorgt? Hoffte gar auf einen Anruf?

Er tippte die Nummer, Sabrina meldete sich.

»Mario, wo seid ihr denn? Seit Wochen warte ich darauf, dass ihr euch meldet!«

»Hallo Sabrina. Wir sind in Gefahr. In höchster Gefahr. Auf einem Bauernhof in der Nähe des Elfbergs. Böse Bäume bedrohen uns. Wir wollten jetzt losfahren, mit einem alten Jeep, aber wir wissen nicht, ob wir Benzin dafür finden.«

»Mario bleib dran. Ich rufe Lam-Pi-Jong an. Wo bist du genau?«

Mario versuchte, seinen Standort zu beschreiben, war-tete auf Antwort, doch die Verbindung war abgebrochen, der Akku leer.

Der Schmutz und die Unordnung in der Garage erinner-ten Mario an seinen Bunker, wo er auch allzu oft nach altem, aber lebenswichtigem Krempel gesucht hatte.

Gott sei Dank, unter dem vielen Plunder fand sich ein halb gefüllter Plastikkanister.

Der N'Bongoo räumte den schmuddeligen Fußraum des Wagens frei. »Hey, es gibt keine Kupplung, wir haben Glück, das ist ein Automatik.«

»Was heißt das für mich?«

»Betätige den Anlasser, indem du den Schlüssel drehst.« Klackendes Relais, mahlende Geräusche, fast ersterbend. Die Batterie schien so gut wie leer zu sein. Doch dann sprang das Auto plötzlich an.

Der N'Bongoo rief: »Jetzt den Schalthebel auf *D* stellen.«

»Was bedeutet denn D?«

»Das steht für englisch *Drive – Fahren.* Und dann Gas geben!«

Woher weiß der N'Bongoo solche Sachen? Ist ja egal, ich tue einfach, was er sagt.

Mario wurde in den Sitz gepresst.

Die Kompanie der Fichten ließ die Motorsägen aufheulen, als die Flügeltore der Scheune von der Stoßstange des Jeeps aufgestoßen wurden und das Fahrzeug in einer Staub- und Abgaswolke aus dem Gebäude schoss.

Sofort preschten die Baumsoldaten hinterher.

Gas geben, wenn es geradeaus ging, bremsen, wenn eine Kurve kam.

Die Fichten waren verdammt schnell. Eines der größeren Exemplare versuchte, sich auf den fahrenden Wagen zu stürzen und seine Insassen zu erschlagen, verfehlte sie aber immer wieder. An einer Haarnadelkurve kürzte sie ab und warf sich vor dem Wagen auf die Straße, sodass Mario gerade noch in den Straßengraben ausweichen konnte und nur mit Mühe wieder auf der Fahrbahn landete.

Nach einiger Zeit gaben die Fichten auf, aber das Meldesystem der zornigen Bäume funktionierte und so stellten sich ihnen immer wieder Weiden, Pappeln, Tannen, Fichten und Kiefern in den Weg, warfen sich auf den Asphalt, verfolgten sie mit Motorsägen und Äxten, mit Sicheln und Sensen.

Und dann kam ein monströses Ding auf sie zu. So etwas hatte Mario noch nie gesehen und der N'Bongoo sicher auch nicht. Aber der hockte ja sowieso unterm Armaturenbrett.

Das Ding hatte eine Kanzel wie ein landwirtschaftliches Fahrzeug und Ketten wie ein Panzer, in denen wuchtige Gummireifen liefen. Hinter der Windschutzscheibe blitzten die steifen, hochglanzpolierten Blätter eines Gummibaums.

Die Monstermaschine trug einen langen Rüssel, an dem vorne ein Greifer hing, der nicht nur mit genoppten Rollen und kreischenden Sägen ausgestattet war, sondern auch mit knochenbrechenden Zangen und scharfen Messern. Mario riss das Steuer herum und bog in einen Feldweg ein. Das Ungetüm walzte alle Pflanzen und Tiere auf seinem Weg nieder, es riss Äste ab und verletzte die Rinde der Bäume rechts und links des Weges. Durch sein Gewicht litten auch die Wurzeln der weiter entfernten Bäume. Der *Große Hallimasch* würde leichtes Spiel haben, wenn er in die Lebensadern dieses Waldes eindrang.

Mario sank das Herz, in seinem Magen braute sich ein mulmiges Gefühl zusammen.

Die Tankanzeige in seinem Jeep blinkte heftig.

56

Sofort nach Marios Anruf hatte Sabrina den Lam-Pi-Jong verständigt und war zu seinem Wasserturm gefahren. Ihrem Gefühl nach hatte sich der Erfinder darüber gefreut, dass sie ihn um Hilfe bat. Sie kam mit ihrem uralten Twingo angefahren, da stand er schon unten an seinem Wasserturm, allerdings unpassend nur mit einer Art Regenmantel bekleidet. Und an seinem Handgelenk schlenkerte ein lächerliches Täschchen.

Sabrina hielt an und fragte: »Wollten wir nicht in die Berge fahren?«

Lam-Pi-Jong antwortete: »Ja, warum?«

»Ich dachte, Sie hätten vielleicht ein vernünftiges Auto, einen Geländewagen oder so.«

»Leider nicht. Ich verlasse meinen Turm normalerweise nie. Und ich habe keinen Führerschein.«

»Das ist nicht Ihr Ernst. Na gut, steigen Sie ein.«

Lam-Pi-Jong guckte hoch zu seiner kugelrunden Wohnung und nahm zögernd Platz auf dem Beifahrersitz.

»Aber Sie wollen schon mitkommen, oder?«

»Mit Ihnen, ja, mit Ihnen fahre ich mit,« stotterte er.

Sabrina fragte:»Vertrauen Sie mir nicht?«

»Doch natürlich. Ich vertraue Ihnen, ich vertraue Ihnen sehr.« Er sah sie mit seinen traurigen, dunklen Augen an.

»Was ist nur los mit Ihnen? Haben Sie nicht letzten Endes diesen ganzen Kladderadatsch angerichtet? Jetzt müssen Sie helfen, das alles wieder in Ordnung zu bringen!«

»Ja natürlich, Sie haben recht. Fahren wir.«

Sabrina schaltete das Navigationsgerät ein und wunderte sich dann, dass Lam-Pi-Jong ohne Zögern ganz bestimmte geografische Koordinaten eingab. Woher hatte er die?

Selbst als sie noch im Stadtgebiet unterwegs waren, schaute er aber immer wieder nach seinem Turm.

»Haben Sie Angst, dass Ihr komischer Wasserturm umfallen könnte?«

»Das hat Rado de Winter mich auch schon mal gefragt. Mit dem Turm wird nichts geschehen, falls es kein Erdbeben gibt. Und mir wird vermutlich auch nichts passieren, aber ...«

»Aber?«

»Immer wieder träume ich, dass ich im Zeitstrom ertrinke, dass ich in Zeitlöcher falle, dass der Leuchtturm am Rande des Zeitmeers erlöschen könnte.«

Lam-Pi-Jong atmete tief ein und aus.

»Andererseits habe ich mich schon recht gut hier eingelebt. Und seit ich Sie kenne, freunde ich mich sogar mit dem Gedanken an, für immer hierzubleiben.«

Sabrina sagte:»Ich weiß zwar nicht, wovon Sie sprechen, aber ich denke, alles hat schon seine Richtigkeit.«

Beide schwiegen.

Lam-Pi-Jong brauchte lang, bis er seine Panikattacken einigermaßen im Griff hatte und nicht mehr zwanghaft am Horizont seinen Wasserturm zu erspähen versuchte. »Danke, Sabrina, dass Sie meine Angst tolerieren!«, sagte er und schaute auf die Straße vor ihnen.

Sabrina wiederholte, was Mario am Telefon zu ihr gesagt hatte und sie studierten immer wieder den Bildschirm des Navigationsgeräts, um den richtigen Weg zu finden. Sabrina vertraute darauf, dass Lam-Pi-Jong wusste, was er tat.

Sie sprachen über die Eltern der Kinder, die im Garten wuchsen, und die man Gott sei Dank inzwischen alleinlassen konnte. Und sie sprachen über die schlimmen Nachrichten – über Bäume, die aus Schonungen ausgebrochen waren und marodierend durch die Dörfer zogen. Bäume, die sich selbstmörderisch anzündeten und auf Autos warfen, die Strommasten fällten und unschuldige Menschen in Pflanzen verwandelten.

Sie sprachen auch über die Politiker, die nichts taten, außer Versammlungen einzuberufen und Ausschüsse zu bilden, in denen Gesetze beschlossen wurden, für deren Anwendung dann aber niemand zuständig war.

Das Pflanzen-Wieder-Entschleunigungsgesetz. Das Gesetz zur Einhaltung des Pflanz- und Aufzuchtstandortes. Die Verordnung zur Integration von gepflanzten Mitbürgern. Das Menschen-Düngemittel-Anwendungs-Gesetz. Und so weiter und so fort.

Lam-Pi-Jong sagte: »Viele Politiker nehmen die Sache ja auch gar nicht ernst. Sie halten das alles für eine Massenhysterie. Sensationsmache der Presse, um dem dummen Volk mit marktschreierischen Schlagzeilen Geld aus der Tasche zu ziehen.«

»Wenn sich das im ganzen Land ausbreitet, werden sie schon aufwachen,« entgegnete Sabrina.

Plötzlich kam aus Lam-Pi-Jongs Täschchen ein seltsamer Ton. Er öffnete den Reißverschluss und schaute hinein.

»Was war das?«, fragte Sabrina.

»Wahnsinn, mein Loll ist online.«

»Wer ist Loll?«

»Mein Roboter.« Lam-Pi-Jong sprach in das Täschchen hinein: »Wo bist du? Na Prima!«

Sabrina schüttelte den Kopf und murmelte: »Männer und ihre Spielsachen.«

Hektisch sandte Lam-Pi-Jong Funkimpulse an seinen Roboter Loll.

Viele Kilometer weiter und in tausend Metern Höhe hörte Rado im Loll Piepstöne und geheimnisvolles Flüstern.

Damit Podoll nicht mithörte, schaltete sie den Außenlautsprecher des Roboters aus und sagte: »Lieber Loll, was ist los? Was piept da? Redest du mit jemandem?«

»Das ist der Maestro, Professor Lam-Pi-Jong«, antwortete der Roboter leise.

Rado sagte: »Hallo Herr Professor, können Sie mich hören? Wo sind Sie?«

»Wir sind unterwegs, Sabrina und ich. Dein Freund Mario hat um Hilfe gerufen«, kam die Antwort aus einem winzigen Lautsprecher im Innern des Loll.

»Er ist nicht mein Freund, aber wo ist er?«

»Wir wissen es nicht genau. Aber er muss in der Nähe des Elfbergs sein. Unterwegs in einem Jeep. In großer Gefahr. Vielleicht verfolgt von wilden, zornigen Bäumen.«

Rado schaute mit Lolls Augen angestrengt nach unten.

57

Plötzlich hörte Mario ohrenbetäubendes Knattern. Ein Hubschrauber war über ihnen. Mario besaß keinen Führerschein und er hatte ein Auto gestohlen. Jetzt verfolgte ihn die Polizei. Das Knattern wurde lauter. In diesem Moment sah er das Schild: »Achtung, Ende des Weges in 200 Metern! Abbruchkante! Absturzgefahr!«

Er konnte nicht mehr bremsen und hinter ihm streckte der monströse Hackschnitzelharvester seinen messerbewehrten Fällkopf aus.

Sie brachen durch einen Stacheldrahtzaun und halbhohes Gehölz und schauten in den Abgrund. Winzig klein wirkte das Bächlein da unten – und dann flogen sie und flogen ... und fielen nicht.

Über Marios Kopf, am Überrollbügel, war eine starke Hand erschienen, die den Wagen mit eisernem Griff hielt. Mario und sein N'Bongoo hingen unterm Hubschrauber.

Der Roboter Loll flog den Helikopter einhändig und ohne Sicht auf die Instrumente, denn er hing mit dem

Oberkörper aus der Tür des Cockpits. Gut, dass er diese langen und starken Arme besaß.

Sanft ließ er dann den Jeep mit Mario und seinem Kuschelbaum auf einem abgeernteten Feld wieder los. Rado im Loll verfolgte das Landemanöver durch Lolls Augen, Podoll stand hinter dem Pilotensessel und machte sich vor Angst in die Designer-Hose.

Der Hubschrauber zog wieder hoch und landete dann ein Stück weiter auf dem Feld.

Die Türen des überdimensionalen Hubschraubers öffneten sich. Mario schaute misstrauisch, als ein gut aussehender Riese ausstieg und sich mit ausgebreiteten Armen auf den Jeep zubewegte. Aus dem Seitenfenster starrte ihm ein hässliches Gesicht entgegen, das Gesicht des Mannes, der ihn hatte niederschießen wollen und der ihn in die Standuhr der Villa gequetscht hatte. Dieser Mann war schuld am traurigen Zustand seiner Mutter.

»Mario! Endlich haben wir uns wiedergefunden,« sagte Rado im Loll. »Ich bin so froh, mein Freund.«

»Junge Dame, ich glaube, Sie sollten jetzt besser aus mir aussteigen«, sagte der Loll, nun wieder sehr förmlich, »der junge Mann erkennt Sie sonst nicht und mich hat er nie gesehen.«

Er fuhr seine hydraulische Treppe aus, die winzige Rado erschien auf der obersten Stufe und winkte wie die Präsidentin eines Landes, bevor sie majestätisch herunterstolzierte. Der Roboter sagte leise: »Jawohl Maestro, alle sind glücklich vereint, kommen Sie.« Dann rief er laut: »Mein Schöpfer, Professor Lam-Pi-Jong ist ganz nah. Er hat mich schon die ganze Zeit auf seinem Navi und müsste jeden Augenblick um die Ecke biegen.«

Mario schaute sprachlos auf Rado, die ebenso groß war wie er. Er hatte völlig vergessen, wie das Mädchen aussah: grüne Haare, tätowierte Augen im Nacken.

Und dann passierte etwas, womit keiner der beiden je gerechnet hätte: Sie stürzten aufeinander zu und fielen sich in die Arme. Was für eine Freude, was für eine Erleichterung! Doch dann wurde ihnen bewusst, dass sie eigentlich keine ziemlich besten Freunde waren und im Grunde ja auch bisher gar nichts erreicht hatten, im Gegenteil, und dass das Schlimmste sicher noch vor ihnen lag.

Dann holperte der klapprige grüne Twingo mit Lam-Pi-Jong und Sabrina aufs Stoppelfeld. Die beiden stiegen aus und alle umarmten sich noch mal und redeten gleichzeitig. Nur der N'Bongoo blieb still in seinem Versteck im Fußraum des Jeeps, nicht ohne allerdings ein Auge auf Podoll zu haben, der wegen seiner Zwergengestalt aus dem Hubschrauber mehr herausfiel, als sprang und nun ein wenig schüchtern an einer der Kufen lehnte. Offensichtlich wälzte er schon wieder Gedanken. Gedanken von Geld und Ruhm und Wiedergewinnung von Macht.

58

Sabrina hatte an alles gedacht. Unter einer Traubeneiche, die im Gegensatz zu den anderen Laubbäumen noch kein einziges ihrer braunen Blätter verloren hatte, klappte sie Campingmöbel aus, packte belegte Brote aus Kühltaschen, schraubte Thermosflaschen auf und goss Tee ein. Sie bemerkte, dass den Kindern wegen ihrer Sommerkleider kalt war und holte auch noch Kissen und Decken aus ihrem Auto.

»Ich bin so froh, dass ihr wieder da seid! Allerdings, an eure Mini-Körper muss ich mich erst gewöhnen. Ich kann aber nicht sagen, dass mir das nicht gefällt.« Sie lachte glucksend.

Rado sagte: »Du wolltest mich ja schon immer klein machen«, und zu Mario gewandt, fragte sie: »Wer ist denn nun verantwortlich für diese Schönheitsoperation? Der ominöse Herr Yggdrasil? Oder gar dein Äffchen-Kobold?«

War jetzt der richtige Zeitpunkt gekommen, um den Anderen seinen N'Bongoo vorzustellen? Denn der N'Bongoo war nun Teil des Sondereinsatzkommandos für die Beschaffung des Zentralcomputers.

»Der N'Bongoo hat uns verkleinert, als wir in den Kokons der Spinne eingesponnen waren. Das hat uns das Leben gerettet.«

»Mir hat er nicht das Leben gerettet«, empörte sich Podoll, »und ich verlange meine sofortige Vergrößerung.«

»Kokons der Spinne«, murmelte Lam-Pi-Jong und wirkte, als schäme er sich ein bisschen. »Die Spinne hatte ich völlig vergessen.«

Der N'Bongoo streckte den Kopf aus dem Jeep, turnte wie ein Äffchen am Überrollbügel, wuschelte mit den Blättern und schnitt lustige Gesichter.

Mario sagte: »Schaut, was für ein hübscher Kerl er ist.«

»Der Podoll? Hübsch?«, fragte Rado.

Sabrina und Lam-Pi-Jong drehten die Köpfe, der N'Bongoo schien aber für sie unsichtbar zu bleiben. Podoll keifte: »Es ist mir scheißegal, wer der N'Bongoo ist und wo er ist und warum er uns verkleinert hat. Ich will wieder grooooooß werden!«

»Der N'Bongoo kann uns wieder vergrößern«, sagte Mario, »aber es kostet ihn viel Kraft und auch einige Zeit, und es kann sein, dass unsere Körpergröße für das, was wir vorhaben, sich noch als nützlich erweisen wird.«

»Für mich nicht! Ich will groß sein, ich will meinen Hubschrauber und ich will weg hier!«

Sabrina flüsterte Lam-Pi-Jong ins Ohr: »Ist der Junge krank? Glaubt er an Gespenster?«

Lam-Pi-Jong sagte: »Er hat einfach zu viel Fantasie. Ich sehe nur ein Flimmern in der Luft. Wie über einem Feuer.« Er kniff die Augen zusammen.

Der N'Bongoo sagte: »Jeder sieht in mir, was er sehen will. Mario will mich stark, mit einem festen Stamm, schnellen Füßen, kräftigen Armen, weichen Blättern. So habe ich die Gestalt der alten Weide angenommen, der Wunschweide, des Traumbaums. Rado sieht mich, wenn auch mit Mühe, als Koboldmaki. Je mehr Fantasie, um so mehr Gestalt.«

Während er sprach, schaute der N'Bongoo sich immer wieder nach allen Seiten um. Er passte auf, dass sich keine verschnellerten Baumpartisanen anschlichen. Die Anwesenden hatten ebenfalls ihre Köpfe hin und her gedreht. Sabrina rief:»Wer hat da gesprochen?«

»Der N'Bongoo«, sagte Mario.»Ich rede doch die ganze Zeit von ihm. Glauben Sie, ich spinne?«

Podoll stieß hervor:»Lam-Pi-Jong! Tun Sie was! Geben Sie mir wenigstens meinen Loll zurück. Diese nichtsnutzige Mistgöre hier hat ihn mir unberechtigterweise weggenommen, wie schon seinerzeit den Zeiter. Diese taube Nuss. Diese Sumpfotter. Diese Furz-Kanaille ...«

Lam-Pi-Jong rief:»Streitet euch nicht! Lasst uns lieber überlegen, wie wir weiter vorgehen. Denn der ZetKaa ist jetzt das Wichtigste. Wir müssen den ZetKaa holen, bevor ihn der *schlimme Baum* in die Finger bekommt.«

Mario sagte:»Meiner Meinung nach hat der *schlimme Baum* den ZetKaa schon längst. Wo sonst kommen die vielen beschleunigten Bäume her?«

»Warum gehen wir nicht einfach zum Drachen Niedhogg und schauen nach?«, sagte Rado.

»Wie denn?«, fragten Lam-Pi-Jong und Sabrina gleichzeitig.

Rado schaute Mario an und sagte vorlaut:»Wir haben das Lebensholz des Yggdrasil. Damit gehen wir in den Fels unterm Elfberg. Wir müssen nicht mal hochklettern, sondern können uns von der Seite aus reinbohren.«

Unwillig zeigte Mario das Lebensholz, dessen Diebstahl durch Rado der Auslöser war für die vielen schlimmen Dinge, die mit ihnen passiert waren. *Dass sie hier ausposaunt, welche Kräfte das Hölzchen hat, ist vielleicht ein großer Fehler.*

»Das kannst du ruhig laut sagen«, flüsterte der N'Bongoo. »Yggdrasil ist sowieso schon sauer, dass so viele Geheimnisse der Bäume und Pflanzen verraten wurden.«

Lam-Pi-Jong betrachtete mit Interesse den farbig schimmernden Zauberstab. »Unglaublich. Ein Gebirgsbohrer, wie ich ihn noch nie gesehen habe. Mit so einem Ding hätte ich mir den aufwendigen Diamantanzug sparen können, mit dem ich den Elfberg als Wohnung des Niedhogg eingerichtet hatte. Wo ist übrigens mein Anzug geblieben, Podoll? Sie sind genau das, was Sie Anderen vorwerfen – ein gemeiner Dieb.«

Podoll starrte mit gierigen Blicken auf das Lebensholz.

Die Gesellschaft brach mit den zwei Autos zum Fuß des Elfbergs auf, um dort eine Stelle zu suchen, von der aus man sich am besten zu Niedhogg bohren konnte. Die Kinder fuhren mit Sabrina im Twingo, der Loll fuhr mit dem Jeep vorneweg. Auf dem Beifahrersitz kniete der kleine Podoll und redete während der Fahrt pausenlos auf den hinten sitzenden Lam-Pi-Jong ein. Dass der für den Erfinder und den Geschäftsmann nach wie vor unsichtbare N'Bongoo neben Lam-Pi-Jong saß, beruhigte Mario. Falls die beiden etwas miteinander ausheckten, würde er es erfahren. Allerdings war zu vermuten, dass sie längst etwas ausgeheckt hatten.

Lam-Pi-Jong kannte offensichtlich einen geheimen Weg, über Stock und Stein, zwischen spitzen Felsennadeln hindurch, sogar über eine wacklige Hängebrücke. Mehrere Male schaute Mario aus dem Seitenfenster in schwindelnde Abgründe – und wunderte sich, wie wenig ihm das ausmachte. Offensichtlich hatte die Reise im Kokon ihn irgendwie abgehärtet. Rado hingegen war ein wenig weiß um die Nase.

Dann parkten sie am Fuße des Berges auf einer schmalen Lichtung.

Mario setzte das Lebensholz an und wiederholte das Zauberwort. Mit erstaunlicher Geschwindigkeit drang das Holz ins Gestein und dieses Bohrloch erweiterte sich langsam zu einer Höhlung, sodass man gebückt in den Berg treten konnte. Allerdings war es recht dunkel dort drinnen. Deshalb wollte Sabrina nicht mitkommen, obwohl die Höhle vom Hölzchen einigermaßen erleuchtet wurde.

Mario unterbrach seine Tätigkeit und kam wieder nach draußen.

»Was ist los?«

»Ich bleibe hier und warte auf euch«, sagte Sabrina.

»Aber es wird dunkel, du wirst dich sicherlich fürchten«, meinte Rado und Lam-Pi-Jong schlug vor, ein Feuer zu machen.

Als das Feuer brannte und die Glut genügend wärmte, gab Lam-Pi-Jong dem Roboter Loll die Anweisung, aufzupassen, dass Sabrina nichts geschah.

»Ich passe *auf ihn* auf«, sagte Sabrina.

»Loll, ich habe mein Täschchen dabei, wenn was ist, bitte melden.«

»Jawohl Maestro«, sagte der Loll. »Ich erlaube der werten Frau Sabrina, auf mich aufzupassen und melde mich bei besonderen Vorkommnissen.«

»Wie gut, dass Sie das Gewalt-Modul des Loll aktiviert haben. Sonst wäre ich wohl schon tot«, sagte Rado mit Blick auf den kleinlauten Podoll.

Mario erschienen diese Vereinbarungen und Übereinkünfte verdächtig und so bat er den N'Bongoo, ebenfalls draußen zu bleiben und das ungleiche Paar unter Beobachtung zu halten.

Später, als die Gruppe längst im Berg verschwunden war und Sabrina nur gelegentlich ein Geräusch oder einen Stimmfetzen aus dem Inneren des Berges vernahm, betrachtete Sabrina versonnen den Roboter, der immer mal wieder Holz nachlegte, damit das Feuer nicht ausging.

»Sie sehen verdammt gut aus«, sagte sie, »wie eine Statue von Michelangelo im Maßanzug.«

»Mein Erfinder, der Maestro, war mit Michelangelo Buonarroti befreundet, deshalb ist das so.«

»Aber Michelangelo ist seit mehr als fünfhundert Jahren tot.«

»Glauben Sie mir, für einen Zeitreisenden ist das kein Hindernis.«

59

Der Besuch bei Niedhogg war ein Desaster. Der grandiose Drache prahlte fürchterlich, als man ihn nach dem ZetKaa fragte: »Ich bin der beste ZetKaa-Bewacher des Universums!«, aber als er dann auf Lam-Pi-Jongs Anweisung hin den Tresorraum öffnete und man die abgerissenen Wurzelkabel und das Loch in der Wand sah, weinte er wie ein Schlossdrache. Weil noch Wasserdruck in den Versorgungswurzeln herrschte, hatte sich am Boden eine traurige Pfütze gebildet, und die bitteren Tränen des Niedhogg machten langsam eine Überschwemmung daraus.

»Ich will ein Drache sein?«, schluchzte er, »ich, durch Lam-Pi-Jong von einer Zeitreise in die archetypische Vergangenheit der Erde mitgebracht und in der Jetztzeit postiert, um den ZetKaa zu bewachen und das Gleichgewicht in der Erdkruste zu bewahren. Ich, der großmächtige Kontinentalplattenverschieber und begnadete Drei-Sterne-Magma-Koch.«

Er zog sich in seine Schlafhöhle zurück, heulte herzzerreißend und schlug sich gegen die Brust, was die

Wissenschaftler der Welt als seismische Störung mit der Stärke fünf Komma fünf auf der Richterskala registrierten.

Lam-Pi-Jong rief ihm hinterher:»Lass gut sein, wir kriegen das wieder hin«, und an die Freunde gewandt, sagte er:»Der arme Kerl tut mir noch mehr leid als ich mir selbst.«

»Mir tut er nicht leid«, sagte Podoll.

Rado rief:»Schau mal, unsere Rucksäcke. Wie kommen die hierher?«

Blitzschnell grapschte der kleine Podoll nach den Rucksäcken und sagte:»Die dürfen wir nicht liegen lassen. Das wäre Umweltverschmutzung!«

Mario fischte ein Brombeerblatt aus dem Wasser:»Ich vermute, Pflanzen haben den Diebstahl begangen. Starke Pflanzen, die sich durchs Gestein gequetscht haben. Brombeeren.«

»Verschnellerte Brombeeren«, fügte Lam-Pi-Jong hinzu.

Rado zupfte ein paar hängengebliebene Haare von einer Felszacke und zeigte sie herum.

Mario sagte:»Das sind wahrscheinlich Nasenaffenhaare. Wie ich schon vermutet hatte, Reginald aus dem Regenwald steckt hinter dem Diebstahl, und er hat den ZetKaa! Wenn wir den Spuren der Nasenaffen und Brombeeren folgen, sollten wir den Weg finden, den der ZetKaa genommen hat, richtig?«

Der Gang, den die Diebesbande des Reginald gegraben hatte, war allerdings noch unbequemer, als der, durch den sie selbst gekommen waren. Also beschloss man, die Spur der Brombeeren und Nasenaffen außen am Elfberg aufzunehmen.

»Mein schöner Elfberg gleicht so langsam einem Schweizer Käse«, sagte Lam-Pi-Jong.

Erst als die Gruppe im trüben Licht des Lebensholzes aufbrechen wollte, fiel auf, dass Podoll verschwunden war. Rado meinte, ihn noch in der Haupthöhle des Niedhogg gesehen zu haben. »Er ist rumgelaufen wie ein Verrückter und hat nach irgendwas gesucht«, sagte sie.

Lam-Pi-Jong lächelte.

60

Als die Gruppe durch den vom Lebensholz gegrabenen Gang wieder nach draußen gelangte, war es finstere Nacht und Sabrina hockte frierend im Eingang der Höhle, ohne Loll und ohne N'Bongoo. Das Feuer war mangels Holznachschub ausgegangen.

Lam-Pi-Jong kniete vor ihr nieder und wollte ihre Hand nehmen, doch Sabrina stieß ihn von sich.

Mario fragte: »Was ist passiert?«

»Der verrückte kleine Geschäftsmann kam plötzlich aus der Höhle gewatschelt. Mühsam zog er zwei dicke, aneinandergebundene Rucksäcke hinter sich her. Ließ sie fallen. Rannte zu dem verdammten Roboter und gab ihm Befehle. Der Roboter fuhr seine Leiter aus und der Zwerg verschwand in seinem Inneren. Dann kam der Roboter drohend auf mich zu, blieb aber zitternd stehen.«

Rado und Mario schauten sich an.

Rado sagte: »Das ist Ihr Werk, Herr Lam-Pi-Jong, nicht wahr?«

Sabrina fuhr fort: »Leise, als ob er im Inneren zu jemand anderem spräche, sagte er dann etwas von: ›Grausamkeiten gegenüber weiblichen Personen verboten, Verstauen von weiblichen Personen in Kofferräumen verboten‹ und noch mehr solches Zeugs. Obwohl der Mond schien, rief er dann wieder laut: ›Samtener Sonnenschein! Marsch jedoch!‹, was immer das bedeuten sollte. Dann grapschte er die schweren Rucksäcke, als wären es Federkissen und hüpfte mit komischen Bocksprüngen zu meinem Twingo. Er stieg ein, ließ den Motor aufheulen und weg war er. Ich habe versucht, ihn aufzuhalten, und er hätte mich beinahe umgefahren. Mein armer Twingo. Ich bin maßlos enttäuscht!«

Mario sagte: »Ohne Twingo sehen wir alt aus, denn der Jeep hat kaum noch Benzin.«

Rado wandte sich an Mario: »Dein N'Bongoo hat auch ganz schön versagt. Wo ist der Kerl?«

»Mein N'Bongoo wird schon wissen, was er tut, aber weiß Professor Lam-Pi-Jong das auch?«

Doch insgeheim war Mario über seinen N'Bongoo auch enttäuscht.

Lam-Pi-Jong blickte lächelnd in die Runde.

»Mein Plan scheint aufzugehen, der liebe Podoll führt uns nun zum Ziel.«

Sabrina sagte: »Das haben wir uns schon gedacht, dass Sie mit dem Kerl unter einer Decke stecken.«

Ungerührt holte Lam-Pi-Jong das Navigationsgerät aus seinem Täschchen und zeigte einen blinkenden Punkt auf einer Landkarte. »Ich habe dem Podoll ausdrücklich geschildert, was Schlimmes passieren wird, wenn er sich den Loll wieder unter den Nagel reißt. Offensichtlich hatte er nichts Eiligeres zu tun, als dem zuwiderzuhandeln. Ich bin jetzt sicher, dass er den geheimen Eingang zum Zoo sucht, von dem er bei seiner Gefangennahme Kenntnis erlangt hat.«

Mario sagte:»Podoll wird Sie reinlegen, wie immer.«
»Genial, nicht wahr? Ich habe seinen Äußerungen ent-
nommen, dass er längst wusste, wo sich der ZetKaa
befindet. Er hat uns nur deshalb zum Drachen begleitet,
weil er schnell noch seine Edelsteine abholen wollte.«
»Aha. Deshalb die Rucksäcke! *Unsere* Rucksäcke.«
Mario dachte: *Vielleicht hat der N'Bongoo den Plan des Lam-
Pi-Jong erkannt und ist dem Loll gefolgt?*
Rado war skeptisch:»Und was sollen wir jetzt tun, Ihrer
Meinung nach?«.
Lam-Pi-Jong grinste.»Wir folgen ihm unauffällig.« Er
setzte sich hinters Steuer des Jeep und betätigte den
Anlasser. Der Motor stotterte eine Weile und erstarb.
Mario sagte:»Der Tank ist leer.« Er öffnete den Koffer-
raum.»Jemand muss laufen und eine Tankstelle suchen; wo
ist denn der verdammte Benzinkanister?«
»Den habe ich gesehen«, sagte Sabrina. Plötzlich hat sich
der Kofferraumdeckel geöffnet und ein kleiner Plastikkanister flog raus. Über die Wiese, in den Wald.«
»Der N'Bongoo!«, rief Mario.»Na also! Mal sehen, was
er erreicht.«
Lam-Pi-Jong stieg aus – er wirkte nun doch ein wenig
kleinlaut.
Die Gruppe richtete sich im Jeep und auf den
zusammengeschobenen, unbequemen Campingstühlen für
die Nacht ein.
Mario und Rado blinzelten sich zu, als sie sahen, wie
sehr Lam-Pi-Jong sich bemühte, um es Sabrina so bequem
wie möglich zu machen.

☼

Podoll im Loll jubilierte unterdessen. Mithilfe des Roboters war es kein Problem gewesen, dem schwierigen Weg
durch die Berge zu folgen.

Jetzt saß er wieder in seinem Hubschrauber, und da
unten waren trotz der Dunkelheit der Schweinemastbetrieb
und der Schlachthof zu erkennen, die er bei seiner Entführung gerochen und per *Google Maps* identifiziert hatte. Auf
dem Flug dorthin war ihm die Sache mit dem weißen
Kokon-Ballon dazwischen geraten, und die blöde, grünhaa-
rige Senfgurke hatte ihm alles vermasselt. Aber jetzt war er
wieder auf Erfolgskurs. Im Besitz seines Roboters und
seines Hubschraubers. Besitz war Alles im Leben. Und als
Zugabe hatte er auch noch ein paar geklaute Edelsteine aus
der Höhle des Niedhogg retten können. Sein Plan war also
am Ende doch noch aufgegangen.

»Die Rache ist mein, ihr Spinner«, rief er triumphierend,
und dass der Loll daraus machte: »Die Sache ist fein, ihr
Gewinner«, störte ihn ausnahmsweise nicht.

61

Nachdem Podoll das Gelände, auf dem sich der Eingang zur Kanalisation befinden musste, mehrmals umkreist hatte, landete er in einiger Entfernung auf einer Waldlichtung und machte sich im Loll auf den Weg. Es handelte sich um ein Gewerbegebiet, und nachdem er Lolls elektronische Schnüffeldetektoren eingeschaltet hatte, fand er schnell den Bereich, in dem Abfälle lagerten, Reste von gesägtem Holz, Verpackungsmaterial und faulende Blumenstöcke. Offensichtlich gehörte der Platz zu einem Bau- und Pflanzenmarkt.

Er fragte den Loll: »Ist das alles alarmgesichert?«

»Ich kann die Anlage für Sie per hochfrequentem Steuerimpuls ausschalten«.

»Aber schnell, wenn's geht, und dann husch übers Eisengitter.«

Der Mond spiegelte sich auf dem blanken Metall der Bodenklappe, aus der ein feiner Duft von Abwasser drang. Podoll hatte den Eingang zur Kanalisation gefunden.

Eine Prozession von Kakerlaken marschierte unter dem Deckel hervor und verteilte sich auf dem Gelände, was der Geschäftsmann aber in seiner Gier nicht bemerkte.

Podoll schaute sich nach allen Seiten um, hob den schweren Metalldeckel an und stieg auf den Eisenkrampen hinunter in hell erleuchtete, gemauerte Räume.

Wieso brennen da LED-Lampen und Scheinwerfer? Das hätte ich bei meiner Entführung trotz Augenbinde bemerken müssen! Ist das hier der Weg zum Zoo, zum ZetKaa, zu meinem Glück, oder nicht?

Doch seine Schritte machten genau die Art von hallenden Geräuschen, an die er sich erinnerte. Durch diese Gänge war er als gefesselter Blinder getaumelt, von hier aus würde er grausame Rache üben. Jetzt war es nur noch eine Frage von Stunden, bis er den ZetKaa mithilfe des unbesiegbaren Loll sein eigen nennen würde.

Doch dann blieb der Loll plötzlich stehen. Hektisch drückte Podoll Knöpfe, zog Regler, legte Schalter um, fluchte. Er stieg aus dem Loll aus, schüttelte ihn, schrie ihn an, trat ihm ans Schienbein. Ohne Erfolg.

Er konnte sich genau erinnern, wie mühsam er als gefesseltes Mini-Männchen in der Kanalisation vorangekommen war. Die Brombeeren hatten ihn gezogen, die Nasenaffen gestoßen und ständig war er mit den Füßen in die eklige Brühe gestapft, die in der Mitte des Abwasserrohres floss.

Wenn er den Zoo wirklich erreichte – wie sollte er dann an den sicherlich aufgestellten Wachen vorbeikommen, wie sollte er den Nasenaffen oder gar der Würgefeige entgegentreten, wie konnte er den ZetKaa erobern? Ohne Loll war das alles hoffnungslos. Er stieg noch einmal in den Roboter, drückte die Reset-Taste, fluchte einmal, fluchte zweimal, doch Loll blieb eisern stehen. Vielleicht war die Batterie leer? Er suchte am Loll ein Löchlein, in das der Stecker eines Ladekabels passen könnte – doch er fand nichts, nicht einmal unter der Anzughose des Roboters, die er ohne jedes Feingefühl heruntergezogen hatte.

Podoll hockte sich gegen die Wand und legte den Kopf auf die Arme. Schloss die Augen. Dachte nach, ob er im Baumarkt vielleicht eine Lösung für das Problem finden würde.

Dann kribbelte es ihm plötzlich am ganzen Körper. Kakerlaken waren an seinen Beinen hochgeklettert, saßen in seinem Schoß, bedeckten seinen Rücken, krochen ihm über die Arme, liefen auf seinem Kopf, schauten in seine Nase. Er musste niesen.

»Der Herr Podoll! Er hat Sehnsucht nach dem Zoo. Er will wieder in seinen Käfig.«

Da saß der dicke Cuca-Radscha direkt vor ihm und starrte ihn mit seinen schwarzen Kulleraugen an. Podoll sprang auf, versuchte, die Tierchen abzustreifen, aber sofort krabbelten sie wieder an ihm hoch und bedeckten ihn nach kurzer Zeit erneut am ganzen Körper. Es gab ja nicht so viel zu bedecken, denn er war ein Zwerg. Ein Wichtelmännchen, nun mit einem über die Kinderkleider gestreiften Kakerlakenkostüm.

Der Loll stand unbeweglich.

Cuca-Radscha sagte: »Der Herr Podoll will wieder zurück in seine Gefangenschaft, weil er den Vertrag nicht erfüllen kann, wie er es versprochen hat. Das haben wir uns schon gedacht. Gott sei Dank konnten wir eine bessere Quelle erschließen.«

Podoll wollte schreien, doch sowie er den Mund öffnete, krochen die Kakerlaken hinein. Podoll war sich sicher, dass lebende Kakerlaken nicht gut schmecken – das rettete ihm das Leben, denn die Kakerlaken trugen bereits eine tödliche Fracht unter ihren Flügeln. Podoll spuckte die Tiere aus, wischte sich über die Augen und rannte los. Kletterte die Krampen hoch, öffnete den Deckel und flüchtete vor den erstaunlich schnellen Schaben. Der Loll klimperte mit den Augen und flüsterte mit seiner inneren Stimme: »Verehrter Maestro, Ihr Plan ist aufgegangen. Podoll ist ausgestiegen und flieht jetzt vor einer Herde kleiner Krabbeltiere. Ich warte in der Kanalisation.«

62

Der N'Bongoo war noch in der Nacht, wie erhofft, mit einem vollen Kanister Benzin eingetroffen. Woher er den hatte – das fragte man wohl besser nicht.

Sabrina kutschierte die Reisegruppe mit erstaunlicher Sicherheit über die gefährlichen Gebirgspfade. Lam-Pi-Jong starrte auf sein Navi und gab Anweisungen. Der N'Bongoo hatte sich auf Rados Schoß zusammengerollt, was Mario mit Erstaunen und ein wenig Eifersucht zur Kenntnis nahm.

Viele Stunden später parkte Sabrina den Jeep auf dem Parkplatz eines Einkaufszentrums.

Der N'Bongoo sprang aus dem Wagen und lief wie ein Hund hin und her, als wollte er etwas erschnüffeln. Lam-Pi-Jong studierte die Linien auf seinem Navigationsgerät und zeigte dann in Richtung eines Baumarktes mit angeschlossenem Pflanzenmarkt.

Die Vier stiegen aus und umrundeten das trotz der frühen Stunde hell erleuchtete Gebäude. Durch hohe Glasscheiben konnten sie hineinsehen, aber nur wenig erkennen. Lediglich die abgezäunten Freiluftabteilungen mit Baumaterial und Pflanzen erlaubten ungestörte Einsicht. Der Winter nahte, deshalb wohl wurden im Freien lediglich Buchsbäume, Koniferen und natürlich kleine Weihnachtsbäume in Töpfen angeboten. Neunzehn fünfundneunzig, inklusive bunter Lichterkette.

Lam-Pi-Jong sagte:»Mein Loll muss sich hier irgendwo aufhalten, es kann sich nur um wenige Meter handeln. Haltet Ausschau nach Podoll. Der Kerl weiß, warum er genau hier gelandet ist.«

»Er könnte sich im Baumarkt aufhalten«, sagte Mario.

Rado zeigte auf das Fundament des Zaunes:»Da, unter dem Efeu laufen Kakerlaken. Die kommen aus dem Gebäude.«

Mario sagte:»Seid mal ruhig, ich versuche, mit dem Efeu Kontakt aufzunehmen.«

Mario atmete langsam, ließ seinen Blick verschwimmen, versetzte sich in den *Zustand*, in dem er mit seinen Baumfreunden sprechen konnte, als wären es Menschen.

»Hallo kleiner Efeu, kennst du meine liebe Freundin Hallucia, die Frau des Kastanienbaums Äskulus? Wir suchen einen sehr kleinen, dicken Zwerg namens Podoll.«

Die junge Efeupflanze flüsterte:»Ich darf mit niemandem sprechen.«

»Was ist los?«

»Der Feind hört mit. Alle Pflanzen hier wurden versklavt. Im Pflanzenmarkt hinter mir gibt es keinen, der nicht für Reginald aus dem Regenwald arbeitet. Die beten jede Nacht zusammen mit den Kakerlaken zum *Großen Hallimasch* ...«

Der Efeu drehte verschwörerisch seine Blätter und war nicht mehr zum Reden zu bringen.

Der N'Bongoo kam zurück. »Hinterm Baumarkt ist ein Gitterzaun, der ist überwindbar. Seltsamerweise ist die Alarmanlage nicht in Betrieb.«

Vorsichtig bewegte sich die Gruppe auf der Straße hinter den Gebäuden, denn jederzeit konnten verschnellerte, kampfbereite Bäume oder gar Bäume mit geklontem Zeiter auftauchen. Auch wollten sie nicht unbedingt Menschen begegnen. Menschen, die die Mission der Gruppe nicht verstehen würden oder gar behindern könnten.

Lam-Pi-Jong starrte auf seinen Bildschirm und nickte heftig. »Wir sind ganz nah, müssten ihn schon sehen, den Loll.«

Der N'Bongoo schwang sich über das meterhohe Eisentor, öffnete es von innen, und schritt dann zielsicher zu der versteckten Eisenklappe im Boden zwischen zwei Containern. Rado und Mario folgten ihm, Lam-Pi-Jong und Sabrina gingen hinterher.

Da hob sich der schwere Metalldeckel, unter dem der Roboter Loll den Kopf hervorstreckte.

»Wo ist Podoll?«, fragte Lam-Pi-Jong.

Der Roboter zeigte in Richtung des Baumarktes. »Er war bedeckt mit einem sehr kleidsamen Mantel aus Kakerlaken. Sie halten übrigens weiter ihre feierliche Prozession ab.«

Der Roboter deutete auf die Straße der wimmelnden Küchenschaben.

Jetzt erst sahen sie, dass ein endloser Strom der braunschwarzen Insekten unter der Metallklappe hervorquoll und sich nach einigen Metern in alle Richtungen verteilte.

Der Roboter klappte den Deckel ganz auf, alle vier stiegen sie die Eisenkrampen hinunter. Sabrina kniff die Augen zusammen und verzerrte den Mund, Lam-Pi-Jong legte den Arm um sie.

In dem verwinkelten unterirdischen Gewölbe roch es nach Fäulnis, an den Wänden brannten elektrische Lampen. Lam-Pi-Jong strich mit der Hand über die professionell verlegten Leitungen und sagte:»LED-Lampen. Die wurden erst vor Kurzem installiert.«

Trotz des hellen Lichtes fühlte Mario sich an den Bunker unterm Zoo erinnert. Da war ein Anflug von Panik, aber dann wurde ihm klar, dass es sich nur um die *Erinnerung* an Panik handelte. Eine wirkliche Empfindung wie Zittern oder Herzklopfen oder eine Hitzewallung im Körper war nicht zu spüren.

»Ich will den Roboter bedienen«, rief er übermütig.

»Du hast keine Übung, ich bin älter und mich kennt er schon«, sagte Rado.

»Ich kann das«, sagte Mario, »nicht wahr, Herr Loll?«

»Selbstverständlich, junger Meister, das wäre überhaupt kein Problem. Aber ich gebe zu bedenken, dass mein metallener Körper vor Zeitereinfluss schützt, was Sie nicht benötigen, die junge Dame hingegen schon.«

»Siehst du!«, sagte Rado und stieg wie selbstverständlich über die kleine Leiter in den bereitstehenden Loll. Jetzt zahlte es sich aus, dass der N'Bongoo sie beide noch nicht wieder vergrößert hatte.

Mario schaute zu Lam-Pi-Jong, der nickte zustimmend.

»Auf in den Zoo!«, rief Rado im Loll und marschierte los. Lam-Pi-Jong und Sabrina hinterher. Plötzlich wirkten die beiden wie ein Ehepaar, das an einem Sonntagmorgen einen Strandspaziergang macht.

Mario rief: »Hey wartet! Was ist, wenn wir angegriffen werden?«

Der Loll blieb stehen. Rado im Loll sagte: »Kein Problem. Das regle ich.«

»Warum gehen wir dann überhaupt mit?«, fragte Sabrina.

»Um die Macht zu übernehmen. Um den ZetKaa zu tragen«, sagte Rado.

Mario meinte: »Ich finde, wir sollten uns erst mal bewaffnen. Für alle Fälle.«

Der N'Bongoo flüsterte Mario ins Ohr: »Oben liegen jede Menge Eisenteile, kaputtes Werkzeug und so.«

Mario stieg mit dem N'Bongoo nach oben und kam zurück mit einem spitzen, eisernen Zaunpfahl für Sabrina, einem zerbrochenen Pflanzenroller aus Gusseisen für Lam-Pi-Jong und einer verrosteten Mistgabel ohne Holzgriff, die er selbst spielerisch in Anschlag brachte.

Rado hatte ungeduldig gewartet. »Wo ist der Koboldmaki?«

»Der hält oben Wache. Kundschaftet das Gelände aus. Schaut nach Podoll.«

Rado rief »Dann los! Mir nach!«

Lam-Pi-Jong sagte, zu Sabrina gewandt: »Ich bin nicht sicher, ob wir wirklich mitgehen müssen.«

»Mitgefangen, mitgehangen!«, antwortete Sabrina und pikste den Erfinder mit ihrem Zaunpfahl zart in die Seite. Dann marschierte sie tapfer los und Lam-Pi-Jong blieb nichts übrig, als ihr hinterher zu stapfen.

63

»Alarm! Verdächtige Aktivitäten in der Kanalisation!«, hieß es unterdessen in Reginalds unterirdischem Reich.

Ein Trupp Brombeeren stieg unter Führung der Nasenaffen in den Schacht, der zur Kanalisation führte. Tomaten, Rosen und eine Birkenfeige mit Zeiter-Modul kletterten hinterher.

Im hell erleuchteten Tunnel trafen sie bald auf Loll, in dessen künstlichem Körper Rado agierte. Mario stach mit seiner stiellosen Mistgabel nach den verschnellerten Pflanzen, die rechts und links vom Roboter vorbeizuhuschen versuchten. Er musste vor allem verhindern, dass man der Gruppe in den Rücken fallen konnte, dort, wo Lam-Pi-Jong mit seinem Metallteil fuchtelte und Sabrina mit ihrem Zaunpfahl winkte. Nicht, dass am Ende etwa ein Zeiter-Baum die beiden zu Pflanzen entschleunigte.

Rado im Loll rückte unterdessen stetig vor. Die kämpfenden Pflanzen des Reginald wurden von ihr zerrissen, zertreten, gegen die Wände geklatscht und zu Dünger zerhäckselt in das Rinnsal in der Mitte der Abwasserröhre entsorgt. Mario tat das in der Seele weh, aber er dachte: *Wenn wir unser Ziel erreichen wollen, müssen wir ein paar Kollateralschäden in Kauf nehmen.*

Vereinzelt flogen den Dreien Tomaten um die Ohren, Rosen schossen Dornen-Pfeile, die Feige verspritzte eine ätzende Flüssigkeit und Brombeerranken, die trotz Lolls Wüten am Roboter vorbeischlüpften, wickelten sich um Marios Körper. Die Nasenaffen hielten sich im Hintergrund; feuerten die Pflanzen aber gehörig an. Dennoch rückte die Gruppe hinter Rado im Loll immer weiter vor.

Banaba meldete seinem Chef über Funk, dass die pflanzlichen Kämpfer gegen den Unbesiegbaren machtlos waren und dass es nur eine Frage der Zeit war, bis der Unbesiegbare im Bunker unterm Zoo angekommen sein würde.

»Wieso verlangsamt ihr ihn nicht?«, schrie Reginald und Banaba antwortete: »Haben wir versucht. Der grüne Zeiter-Strahl prallt von dem Unbesiegbaren ab, ebenso wie vom Kastanienkind. Und die anderen menschlichen Schädlinge verstecken sich hinter dem Unbesiegbaren. Der Zeiter-Baum kommt in der engen Röhre nicht am Unbesiegbaren vorbei, um sie von hinten anzugreifen, und so rückt der Feind unaufhaltsam näher.«

»Dann kommt zurück, wir drehen das Wasser auf!«

»Und die Kakerlaken?«, fragte Banaba.

»Können ja schwimmen«, sagte Reginald. »Falls die menschlichen Schädlinge ersaufen – gut, falls nicht, erwarten unsere Leute sie am Baumarkt. Sind dort Zeiterbäume postiert?«

»Zwei Birkenfeigen haben Tag und Nacht Dienst.«

»Gut. Kein Mensch darf ins Viren-Versandzentrum eindringen, es muss Tag und Nacht arbeiten, damit der Sieg unser bleibt. Ende.«

Plötzlich hatten die Drei in der Kanalisation leichtes Spiel. Die Nasenaffen und beschleunigten Pflanzen zogen sich zurück. Rado rief:»Der Sieg ist unser!«

Sie preschte schneller und schneller vor und verfolgte die Brombeeren und Rosen und Tomaten.

Mario sagte:»Da stimmt was nicht.«

»Könnte eine Falle sein«, meinte Lam-Pi-Jong.

Mario bemerkte das Wasser als Erster:»Rado, komm zurück! Wir werden geflutet!«, rief er.

Der Loll blieb stehen, schaute nach unten und sah, dass seine Füße bereits im Wasser standen. Rado fragte:»Wie wasserdicht sind Sie, Herr Loll?«

»Ich bin nicht sicher. Der Herr Podoll hat meine Rückenklappe ziemlich ausgeleiert.«

In diesem Moment hörte man ein gewaltiges Rauschen und Brausen.

»Raus hier!«, schrie Rado.»Rennt, Leute, ich bleibe hinter euch.«

Blitzschnell hatte sich das Rinnsal in einen Bach verwandelt, der Bach in einen reißenden Strom und bald mussten die Gefährten schwimmen. Mühsam hielten sie sich über Wasser.

Ihre Köpfe stießen sehr bald an die Decke der Kanalröhre.

Irgendwann schaute Mario sich nach dem Roboter um, doch da war niemand.»Wir haben Rado verloren«, rief er.

»Sie wird sich schon zu helfen wissen«, stieß Sabrina hervor.»Vielleicht ist sie mit dem Loll längst unter uns durchgetaucht und wartet am Ausgang.«

Mario holte tief Luft, tauchte und hielt unter Wasser nach dem Roboter Ausschau. Da war nichts zu sehen, nur

Luftblasen und Schmutz und Kakerlakenschwärme, die in Todesangst mit den Beinen ruderten.

Er tauchte auf und rief: »Ich schwimme zurück, wartet nicht auf mich«, und schon war er verschwunden. Sabrina sagte: »Der blöde Roboter wird uns noch das Leben kosten«, dann aber schwamm sie zusammen mit Lam-Pi-Jong ebenfalls wieder in Richtung Zoo, gegen die Strömung.

Der Roboter Loll hatte unterdessen bemerkt, dass sein Sauerstoffvorrat zu Ende ging und auch seine Batterien fast erschöpft waren. Rado zeigte Anzeichen von nahender Bewusstlosigkeit. Da er sich nicht nur für seine Insassin, sondern für die ganze Gruppe verantwortlich fühlte, suchte er hektisch nach einer Möglichkeit, die Situation zu retten. Er funkte seinen Maestro an – keine Antwort. Er loggte sich ins Internet ein, suchte die Website der Abwasserbehörde, hackte die örtlichen Lagepläne und entdeckte, dass es in unmittelbarer Nähe einen Einstiegsschacht geben musste. Die Sauerstoffkonzentration in seinem Inneren nahm ab, die Kohlenstoffdioxidkonzentration nahm zu.

»Fräulein Rado, hören Sie mich? Bleiben Sie wach!«

Rado lallte etwas Unverständliches. Sie würde sterben, wenn er nicht unverzüglich handelte.

Loll ruderte zurück, wieder in Richtung des Zoos. Dann sah er den gesuchten Schacht über sich, nicht sehr breit, aber breit genug, dass er hineinpasste. Sollte er die Steigeisen benutzen und darin hochklettern? Dann würde der Rest der Gruppe vielleicht vergeblich nach ihm fahnden. Die Batterieanzeige blinkte tiefrot, in schneller Folge. Der Sauerstoff war verbraucht. Rado atmete nicht mehr.

Loll hielt sich mit letzter Kraft an den untersten Steigeisen fest. Sollte er noch schnell seine Rückenklappe öffnen? Rado würde herausfallen, wenn er das tat, denn für die Leiter war kein Platz in der engen Röhre. In den mittlerweile reißenden Fluten des Abwasserkanals würde das Mädchen ertrinken.

Mit letzter Kraft löste der Roboter Loll einen Mechanismus aus, der ihn das Leben kostete.

Das Wasser stieg weiter. Lam-Pi-Jong, Sabrina und Mario mussten heftig gegen die Strömung ankämpfen, sie spürten, wie ihre Kräfte nachließen.

Doch dann kamen sie zu der Stelle, wo der Unterleib des Roboters aus dem Schacht ragte.

Mario schlängelte sich am Loll vorbei in den Revisionsschacht hinein. Er kletterte darin hoch und sah, dass der Kopf des Roboters zur Seite geklappt war und nur noch an einigen Drähten hing. Die ohnmächtige Rado war im Inneren des Roboters zusammengesunken. Ihre Lippen waren blau verfärbt, das Gesicht ganz rot. Mario kletterte an den Krampen weiter nach oben, und versuchte, Rado durch Mund-zu-Mund-Beatmung wiederzubeleben. Lam-Pi-Jong rückte nach und sagte: »Mein Loll hat sich geopfert. Er hat kühlen Kopf bewahrt, indem er ihn verlor. Im richtigen Moment abgesprengt wie ein Kampfjet die Abdeckung seiner Pilotenkanzel.«

»Wir müssen sie da rausholen!«, rief Mario, »helfen Sie doch mal!«

Mit vereinten Kräften öffneten Lam-Pi-Jong und Sabrina die Rückenklappe des Loll und hievten Rado aus dem Roboter.

Es war nicht leicht, das leblose Mädchen durch das enge Rohr und über die rostigen Krampen nach oben zu transportieren und vor allem den schweren eisernen Kanaldeckel zu öffnen. Doch irgendwann hatten sie es geschafft, und lagerten sich hinter den Büschen am Rande der Straße. Den treuen Roboter mussten sie allerdings zurücklassen.

64

Nass und frierend kauerten sie sich um Rado, die auf der Seite lag und wieder atmete, wenn auch nur stockend. Sie erholte sich allmählich von ihrer Ohnmacht.

Als Mario sie anschaute, flüsterte sie: »Stimmt es, dass du mich in der Kanalisation *beatmet* hast?«

Mario wurde rot und nickte.

»Vielen Dank dafür!«, sagte sie.

Lam-Pi-Jong und Sabrina wärmten sich gegenseitig. »Professor Lam-Pi-Jong«, wie Sabrina ihn immer noch bezeichnete, wrang das Wasser aus Sabrinas langen schwarzen Haaren – ihr strenger Knoten hatte sich aufgelöst und zum ersten Mal konnte er ihre Haarpracht bewundern.

»Und, was nun?«, fragte sie, und als niemand antwortete, fügte sie hinzu: »Die Lage ist hoffnungslos, nicht wahr?«

»Das wwwwürde ich sssso nicht sssssagen«, entgegnete der vor Kälte zitternde Mario und schaute in die Ferne, wo er seinen N'Bongoo entdeckt hatte.

Der kam auf seinen flinken Wurzelfüßen angerannt und war schwer bepackt mit metallenen Werkzeugen aus dem Bau- und Pflanzenmarkt. »Wie gut, dass du so viele Arme hast«, sagte Mario. »Bringst du auch Kleider und wärmende Decken?« Der N'Bongoo schaute bedauernd auf seine nasse Menschenfamilie. »Oh wie dumm, daran habe ich nicht gedacht.«

Er warf den ganzen Kram auf den Boden, dass es nur so klapperte, breitete seine Zweige aus und umarmte die Gruppe wie ein liebender Vater, der seine Kinderschar tröstet und wärmt. Und tatsächlich, unter den biegsamen Ruten und samtenen Blättern des N'Bongoo wurde es mollig warm. Erstaunlich, dass Zweige und Blätter des Bäumchens ausreichten, sie alle vollständig zu bedecken und zu wärmen.

»Mein lieber N'Bongoo, du entwickelst immer neue Fähigkeiten«, sagte Mario, »aber tarnen kannst du uns wohl nicht, da du ja unsichtbar bist, oder?«

»Das würde ich so nicht sagen«, antwortete der N'Bongoo. »Da ich ja unsichtbar bin, sieht man *gar nichts* an der Stelle, wo wir uns befinden.

Dann erstattete er Bericht: »Nachdem Ihr in der Röhre verschwunden wart, bin ich in den Baumarkt gelaufen und da bereitete der Tierpfleger mit der Maske die Bäume und Pflanzen in der Pflanzenabteilung schon auf einen Kampf vor. Falls Ihr zurückkämt, sollten Sie Euch gebührend empfangen. Also habe ich diese Waffen dort für Euch eingesammelt, damit Ihr den Bäumen nicht mit leeren Händen gegenüberstehen müsst.«

Mario sagte: »Oh mein N'Bongoo, was wären wir nur ohne dich?«

Der N'Bongoo fuhr fort:»Als aber dann nur Wasser unter der Metallklappe hervorströmte, wusste ich, dass ihr entweder tot sein müsstet oder in der Kanalisation einen geheimen Ausgang entdeckt habt, wie es ja auch offensichtlich der Fall war. Aber ihr seid hier nicht sicher. Kann sein, dass der Feind bald anrückt, denn der Mann mit der Maske dürfte euren Fluchtweg kennen.«

»Was hat der Tierpfleger Filtz im Baumarkt zu suchen?«, fragte Mario.

»Filtz kommt jede Nacht und kümmert sich um Versand und Verteilung von Kakerlaken in geheimer Mission«, sagte der N'Bongoo.

»Was denn für eine Mission?«

»Die Pflanzen packen den Kakerlaken etwas unter die Flügel, das sollen sie den verschnellerten Feigenbäumen bringen.«

»Es könnten Viren sein«, sagte Lam-Pi-Jong.

Da fiel es Mario wie Schuppen von den Augen. Die Amphoren im Bunker enthielten Viren. Er sagte:»Mein Bunker war eine Forschungseinrichtung für biologische Kriegsführung! Das erklärt alles. Die Geheimhaltung, den Tod der Forscher, die fehlenden Unterlagen in den Archiven ...«

Rado sagte:»Im Ersten Weltkrieg sind fünfzig Millionen Menschen durch den Virus der spanischen Grippe umgekommen.«

»Wenn Reginald diese Viren verteilt, was haben wir dann noch für eine Chance?«, fragte Sabrina.

Lam-Pi-Jong sinnierte:»Ich ahne, was der Kerl vorhat. Die Viren gehen an beschleunigte Bäume und diese Bäume, wahrscheinlich Feigen, kriegen vom ZetKaa dann alle gleichzeitig einen Befehl.

»Was für einen Befehl?«, fragte Rado.

»Vielleicht sollen sie die Viren ins Trinkwasser werfen.«

»Wir haben also noch etwas Zeit, weil die Viren noch nicht alle verteilt sind, oder?«

»Ich denke, der Countdown läuft«, sagte Lam-Pi-Jong.

Mario sagte: »Also müssen wir schnellstens den ZetKaa erobern, oder noch besser, den ganzen Reginald abschalten.«

»Aber wir kommen nicht mehr in den Zoo rein, oder?«

»Nicht von hier und nicht von außen.«

»Also haben wir keine Chance mehr?«, fragte Rado.

»Der Wärter mit der Maske ist unsere letzte Möglichkeit. Wenn wir ihn kidnappen, kann er uns vielleicht Zugang zum Zoo verschaffen«, sagte Mario.

Der N'Bongoo nickte: »Gut gesprochen!«

Und Lam-Pi-Jong fügte hinzu: »Genauso ist es! Bereiten wir uns auf diesen Kampf vor!«

Wie Fußballer vor einem wichtigen Spiel steckten sie die Köpfe zusammen und legten ihre Hände aufeinander.

Rado sagte: »Einer für alle, alle für einen!«

65

In einer Datscha am Rande des russischen Baikalsees feierte die kleine Natascha ihren fünften Geburtstag. Die Kinder spielten mit den Geschenken und die Erwachsenen tranken Wodka im festlich hergerichteten Wohnzimmer. Dann klingelte der Fahrer eines Sattelschleppers. Er hatte bereits eine containergroße Kiste abgeladen und verlangte nur eine Unterschrift.

Es stellte sich heraus, dass es sich um Hunderte, wie russische Puppen ineinander verschachtelte Holzkisten handelte, zwischen die Holzwolle gestopft worden war. Die schon leicht betrunkenen Geburtstagsgäste fanden das lustig:»Eine *Matrjoschka*« riefen sie,»was für eine verrückte Idee«, und die Kinder hatten ihren Spaß und bewarfen sich gegenseitig mit Holzwolle.

Währenddessen bemerkte keiner der Anwesenden, dass aus der Holzwolle und den Kisten lange Prozessionen von Kakerlaken herausmarschierten, mit genügend Viren beladen, um den gesamten Baikalsee (31.000 Quadratkilometer!), zu verseuchen.

Als die kleine Natascha am Ende eine wirkliche *Matrjoschka* aus der letzten der Kisten herausholte, freuten sich alle.

Einige der Gäste hatten sehr wohl am Rande ihres Gesichtsfeldes Bewegungen von schwarzen Punkten bemerkt, dies aber auf ihren häufigen Genuss von Wodka zurückgeführt.

Filtz und Reginald hatten die Familie ausgewählt, weil sie einen großblättrigen *Ficus auriculata syn. roxburghii* im Kinderzimmer aufgestellt hatte, ein Baum, der mit wenig Sonnenlicht auskam und viel Sauerstoff erzeugte. Er übernahm die Organisation der Kakerlaken- und Virenverteilung.

Zwanzigtausend Kilometer vom Baikalsee entfernt dockte ein russisches Shuttle an die internationale Raumstation an. Zusammen mit zwei Russen und einem Spanier gelangte die Kakerlake Joe mit sechshundertsiebenundachtzig Viren unterm Flügel an Bord der ISS und versuchte, sich an die Schwerelosigkeit zu gewöhnen. Joe kreiselte dicht vor dem Objektiv der Kamera vorbei und in der Bodenstation schrie der ganze Saal, denn auf den Bildschirmen wirkte Joe wie ein monströses, der Hölle entsprungenes Fabeltier.

Die Besatzung versuchte, den Bösewicht zu fangen, aber Joe machte sich unsichtbar, indem er sich unter einer Plastikabdeckung festkrallte. Später begab er sich in aller Ruhe zu dem *Ficus*, den man schon vor längerer Zeit als Samen in die Raumstation gebracht hatte, um den Einfluss der Schwerelosigkeit auf das Keimen von Pflanzen zu studieren. Es ging dem Feigenbäumchen nicht gut, da es ohne Schwerkraft Probleme mit seinem Wasserhaushalt hatte, aber für die Zwecke der Mission war es voll tauglich. Zusammen mit Joe würde der *Ficus* es schaffen, das Wasser der Astronauten zu verseuchen.

☼

Ein Hotel in Las Vegas, Nevada, hatte für alle Zimmer neue Klobürsten bestellt. Die Zimmermädchen, die diese Klobürsten verteilten, wunderten sich, als sie die dicken braunen Käfer aus den Verpackungen der nagelneuen Bürsten heraushuschen sahen. Aber da sie an den Anblick solcher Tiere an ihrem Arbeitsplatz gewöhnt waren, vergaßen sie den Vorfall.

Flitzeflitz, der Führer einer Kakerlaken-Rotte, handelte mit einem Kollegen aus den Spielhöllen von Las Vegas einen Deal aus. Demzufolge würden die ortskundigen Freunde die Viren in der Nähe des *Lake Mead* auf die dort befindlichen *Ficus*-Bäume verteilen – gegen hundert Pro-Kopf-Portionen des von Filtz gelieferten Haschisch. Damit wäre dann das große Trinkwasserreservoir der Stadt ausreichend mit Viren verseucht, um alle Einwohner und vergnügungssüchtigen Gäste mit einem Schlag zu vernichten.

66

Rado, Mario, Sabrina und Lam-Pi-Jong hatten sich mit den vom N'Bongoo besorgten Waffen ausgerüstet, und waren zum Baumarkt gegangen. Dort herrschte inzwischen normaler Publikumsverkehr. Sie deponierten ihre Waffen im Jeep und begaben sich als Kunden in die Pflanzenabteilung. Ihrer momentanen Körpergröße entsprechend wurden Rado und Mario wie Vierjährige in zwei Einkaufswagen gesetzt und von Sabrina und Lam-Pi-Jong geschoben. Wer nicht genau hinschaute, konnte die Gruppe für eine normale Familie halten. Keiner der Menschen schaute genau hin, alle waren mit ihren Gedanken und Einkaufszetteln beschäftigt.

Ganz anders die Pflanzen in der Pflanzenabteilung: Sie drehten unauffällig ihre Blätter und Blüten, wenn Sabrina und Lam-Pi-Jong mit ihren Einkaufswagen vorbeifuhren, sie wisperten und flüsterten miteinander und machten sich gegenseitig darauf aufmerksam, um wen es sich bei »diesem Pack« handelte. Und was mit den menschlichen Schädlingen geschehen würde, wenn Reginald sie in seiner Gewalt hätte.

Mario flüsterte: »Hier gibt es keine einzige nicht verschnellerte Pflanze. Sogar die Orchideen und die Begonien und die Primelchen sind verschnellert, sie tun aber so, als seien sie starr und stumm. Passt auf die Birkenfeigen auf, sie könnten implantierte Zeiter tragen.«

Der N'Bongoo turnte von Zimmerzypresse zu Hollywoodpalme und von Fingeraralie zu Yucca-Palme und hangelte sich schließlich an einer monströsen Kletterpflanze (Köstliches Fensterblatt – *Monstera deliciosa*) hinauf, um einen Überblick über die großräumige Pflanzenabteilung des Baumarktes zu erhalten. Von dort oben entdeckte er zwei Kinder, die Kaskadenorchideen und Flammende Käthchen so lange kitzelten, bis diese niesen oder lachen mussten. Das fiel aber niemandem auf. Die Erwachsenen waren taub und blind für die kleinen Besonderheiten und Erfahrungen, abseits von Einkaufswagen, Sonderangeboten und Treuepunkten.

Es wurde beschlossen, bis Geschäftsschluss zu warten und erst dann den Baumarkt zu stürmen. Rado, Mario, Lam-Pi-Jong und Sabrina setzten sich ins Auto und versuchten, ein wenig zu schlafen. Das stellte sich jedoch als schwierig heraus, weil alle ziemlich aufgeregt waren. Auf den unbequemen Sitzen kroch ihnen die herbstliche Kälte in die Glieder, denn der Wagen hatte ja kein Verdeck.

Mario sagte: »Wenn die Angestellten weg sind, gehen wir rein.«

»Bewaffnet! Ich nehme die Akku-Heckenschere«, sagte Rado.

»Ich gehe mit der Edelstahlgrillgabel. Und Sie, Herr Lam-Pi-Jong?«

Lam-Pi-Jong pumpte sich auf:»Ich habe ein Sonderangebot entdeckt – eine ›Geflammte Feuersäule‹ aus Edelstahl, mit messerscharfen Spitzen, damit werde ich jeden Baum aufspießen, der sich mir zu nähern wagt.«

»Das klingt grausam. Ich habe Angst. Ich glaube, ich sollte nicht mitkommen«, sagte Sabrina.

Lam-Pi-Jong fragte:»Wie wäre es mit dem Pizzaschneider hier?«

Sabrina verdrehte die Augen.

Lam-Pi-Jong schien eine sadistische Ader in sich zu entdecken:»Holen wir uns doch schnell noch ein paar Gartengeräte und zeigen denen, was eine Harke ist. Aber ich habe auch hübsche Unkrautstecher gesehen, Gartenhacken mit geradem und gebogenem Blatt, spitze Fugenreiniger, messerscharf geschliffene Kreuzhacken, Beetkrümler, Bügelzughacken, Sternfräsen – der Laden ist ein Paradies für Unkrauthasser.«

»Wir könnten uns auch Sachen aus dem Baumarkt leihen: Sägen, Bohrmaschinen, Lötlampen, Hackebeilchen, Hochdruckreiniger«, sagte Rado.

Sabrina fragte:»Oder wie wäre es mit Unkrautvernichter, *Insekt-Stop-Plus*, Ungezieferspray, *Schädlingsfrei*, Schimmelvernichter oder Grünbelagentferner? Solch wunderbare Chemie würde in einem Sprühgerät mit großem Tank sicher Erstaunliches bewirken.«

»Du willst Gift spritzen? Das passt zu dir!«

Lam-Pi-Jong sagte:»Rado! Benimm dich. Wir müssen zusammenhalten.«

»Ich puste mit dem Hochdruckreiniger alle Tannen um, dass sie durch die Halle fliegen und die Luft geschwängert ist von Tannennadeln und pulverisierten LED-Lämpchen«, entgegnete Rado.

Mario sagte:»Mit der Grillgabel in der Linken und dem Hackebeil in der Rechten gehe ich auf den Drachenbaum los und schneide ihn in dünne Scheiben ...«

Und Sabrina ergänzte:»... die ich dann mit dem Pizzaschneider in handliche Stücke zerlege.«

Alle lachten nervös.

Die Gruppe steigerte sich in fantastische Kampfszenen, als hätten alle die gleichen Romane gelesen oder Filme gesehen, Filme, in denen die Helden niemals von gegnerischen Kugeln getroffen werden. Wo trotz überwältigender Übermacht des Feindes stets nur Kämpfe Mann gegen Mann oder Frau gegen Frau oder Frau gegen Mann stattfinden. Trotz Panzern, Handgranaten, Bomben und überlegener Waffentechnik wird mit altertümlichen Schwertern oder Handkantenschlägen gekämpft. Aus jeder brenzligen Situation befreien sich die Helden, ganz gleich, wie aussichtslos sie scheint.

Als es dann im Pflanzenmarkt zur Sache ging, zeigte sich, dass in der Realität andere Gesetze gelten.

Es fing damit an, dass ihnen eine Zimmerlinde (*Sparrmannia africana*) entgegenkam, die den kleinen Podoll unter einen ihrer kräftigen Zweige geklemmt hatte. Er zappelte nicht, er schrie nicht, er sprach nicht. Nur seine zusammengekniffenen Augen zeigten, dass sich unvorstellbare Schimpfkanonaden in seinem Kopf zusammenballten.

Auf einem Zweig balancierte die südafrikanische Dame mit ihren breiten, haarigen, herzförmig gezackten Blättern einen tönernen Topf.

Rado zeigte auf den kleinen Podoll:»Was haben Sie vor mit diesem ehemals menschlichen Exemplar eines skrupellosen Geschäftemachers?«

»Ist er nicht süß?«, fragte die Zimmerlinde. »Ich habe ihn draußen gefunden, er wollte gerade Wurzeln schlagen. Und da stellte ich mir vor, wie gut er sich in meinem Wohnzimmer machen würde. Hier, ich habe einen passenden Topf für ihn gefunden. Leider kommen auch Andere auf die Idee, sich Menschen auf die Fensterbank zu setzen, sodass man sich jetzt beeilen muss. Das ist der letzte Schrei. Kinder eignen sich natürlich am besten, aber so ein kleiner, und trotzdem schon ausgewachsener Bonsai-Mann ist eine Seltenheit. Alle werden mich beneiden.«

»Und wo haben Sie ihn gefunden?«

»Da hinten, in den Büschen hinter den Altkleidercontainern. Kann sein, dass ihn jemand weggeworfen hat, der keine Ahnung hat, was er wert ist.«

»Und wer hat ihn verlangsamt?«

»Na ja, da sind *Ficus*-Bäume unterwegs, die versuchen alles in Pflanzen zu verwandeln, was da kreucht und fleucht.«

»Und Sie, wie sind Sie selbst schnell geworden?«

»Das war mehr ein Zufall. Ein Gummibaum ging in unserer Siedlung von Haus zu Haus und schon waren die meisten menschlichen Bewohner dort verlangsamt und die Zimmerpflanzen schnell. Noch ist unklar, ob das wirklich ein Vorteil ist. Wir müssen jetzt arbeiten und unsere Menschlein pflegen und gießen. Wie immer haben die kleinen Leute nicht viel von solchen Umwälzungen.«

»Halten Sie zu Reginald oder zu Yggdrasil?«, fragte Mario.

»Mir doch egal. Ist doch alles das Gleiche. Wie gesagt, die Kleinen sind immer die Dummen. Jetzt muss ich mich aber beeilen – ich habe einen Dünger-Eintopf auf dem Herd.«

Mit diesen Worten eilte die Zimmerlinde weiter. Den kleinen Podoll warf sie sich über die Schulter. Versuchte der jetzt zu winken, als die Gruppe ihm hinterherstarrte? Nein, das war nur die Schwerkraft, die seine welken Glieder pendeln ließ.

Sabrina sagte: »Der arme Podoll. Sollten wir nicht etwas unternehmen?«

Rado schüttelte den Kopf. »Der hat es nicht anders verdient. Der wollte uns doch bestimmt schon wieder reinlegen.«

Dann gingen sie in den Baumarkt. Da stand der Tierpfleger Filtz und dirigierte seine Pflanzenarmee. Im Nu war die Gruppe umzingelt. Ein Gummibaum mit implantiertem Zeiter schoss grüne Strahlen. Rado, Sabrina und Lam-Pi-Jong wurden zu Pflanzen. Eine Goldfruchtpalme, ein fetter Bambus und eine Glückskastanie mit geflochtenem Stamm stritten sich darum, wer wen von den Dreien in welchen Topf würde pflanzen dürfen und ob man es lieber mit Blumenerde oder mit Hydrokultur versuchen sollte.

Filtz griff sich ein Megafon: »Das Kastanienkind! Fesseln! Bei dem funktioniert das *zeitern* nicht.«

Zwei Palmfarne hatten sich in der Fahrradabteilung mit übergroßen Schlössern ausgerüstet – martialischen Ketten mit dicken Schließmechanismen aus Stahl, – die sie über ihren Köpfen kreisen ließen. Sie wurden sekundiert von zwei Buchsbäumen mit jeweils zwei Heckenscheren, die wie drohende Langusten auf Mario zukamen.

Mario schaute seinen N'Bongoo an, der nickte. Mit einem kühnen Sprung krallte Mario sich in den Zweigen fest, und schon rasten die beiden zur automatischen Tür hinaus. Aus dem Megafon des Filtz tönte es: »Die kriegen dich sowieso – das Ende naht!«

Mario war allein mit seinem N'Bongoo. Die Zeiterbäume waren ihm gegenüber zwar machtlos und den verschnellerten Pflanzen des Baumarktes war er entkommen, aber was konnte er jetzt noch tun gegen die drohende Verseuchung des Trinkwassers? Seine einzigen menschlichen Helfer waren in Bäume verwandelt, er hatte auf der ganzen Welt nur noch diesen einen Freund. Es war lediglich eine Frage der Zeit, bis Reginald auch Äskulus und Hallucia auf seine Seite gezogen haben würde. Auf die Baumfreunde konnte er dann nicht mehr zählen, die Pflanzenterroristen des Reginald waren praktisch die Herren der Welt, die Menschheit war zum Untergang verurteilt. Die Uhr tickte. Reginald würde lediglich Stunden, höchstens Tage brauchen, um seine Virenpäckchen mithilfe der Kakerlaken zu verteilen. Dann würde es mit ihm, dem Kastanienkind, auch vorbei sein.

Das Spiel war aus.

67

Mario und sein N'Bongoo lagerten im Wald, auf grünem Moos, und der N'Bongoo deckte ihn mit seinen weichen Blättern zu. Mario konnte nicht weinen. Er versuchte, sich mit dem Gefühl der Endgültigkeit abzufinden. Die Einbahnstraße in den Himmel, oder die Hölle, oder das Nichts. Bisher hatte es immer einen Rückweg gegeben oder einen Ausweg oder das Ganze war nur ein Umweg gewesen, aber jetzt? Er sah sich am frei schwebenden Ende einer zerbrochenen Brücke und es gab nur eine Möglichkeit: den letzten Sprung.

»Wir haben noch einen Trumpf im Ärmel«, sagte der N'Bongoo, »das Lebensholz.«

»Was soll uns das noch nützen?«

»Du sagst *Wurzel*, wir sinken in die Tiefe. Wir verbinden uns mit dem geheimen Leben der Pflanzen, schließen uns kurz mit dem grünen Netz, zapfen die unermessliche Intelligenz der Pflanzen an, ihre Milliarden Jahre alten Erfahrungen.«

Mir soll es recht sein«, antwortete Mario und fügte mit müder Stimme hinzu: »Auf zur letzten *Wurzel*-Behandlung.«

Die beiden sanken sachte durch die Humusdecke, in sandigen Boden, vorbei an fahlem Wurzelgeflecht, das an gebleichte Knochen erinnerte, durch Schichten von Pilzmycel, wie es in gruseligen Gräbern zerbröckelnde Mumien bedeckte. Mario nahm das Summen und Wispern des grünen Internets der Pflanzen wahr, die Einflüsterungen des *Großen Hallimasch* ebenso, wie die Kommunikation der Bäume der Welt mit Yggdrasil, die Hasspredigten des Reginald ebenso wie die Verabredungen der Kakerlaken mit beschleunigten Bäumen.

Dann befanden sie sich plötzlich in einem Raum, der von einem undurchdringlichen Dickicht umgeben war.

Da gab es Kaskaden von grünen Blättern aller Spielarten, in allen denkbaren Schattierungen. Sie wurden hier und da unterbrochen von bunten Blüten, die sich langsam öffneten oder schlossen. Blütenblätter flatterten umher wie Schmetterlinge und die Luft war geschwängert von schwerem Duft.

Leuchtende, an Weltkugeln erinnernde Kürbisse hingen in unterschiedlicher Höhe von der Decke. Auf ihrer Oberfläche waberten Farbmuster. Grüne Formen, die sich verkleinerten, sollten wohl das Zurückweichen der Regenwälder andeuten, sich ausdehnende, gelbe Formen, mochten das Vordringen von Wüsten symbolisieren. Und so weiter.

Unter einer kristallenen Glocke, in die Mario leicht mitsamt seinem N'Bongoo hineingepasst hätte, befand sich ein Magnolienstrauch voller prächtiger Knospen.

»Ist das Yggdrasils Arbeitszimmer?«, fragte Mario den N'Bongoo.

»Sieht so aus«, war dessen Antwort.

»Sieht nicht nur so aus, ist es auch«, ertönte unvermittelt Yggdrasils Stimme. »Unser Freund will schon wieder eine Pflanzenversammlung stören.«

»Oh, das tut mir leid«, sagte Mario und brachte das Lebensholz in Position, um notfalls nach oben entwischen zu können.

»Ist schon in Ordnung. Wenn die uralten Bäume erscheinen, müsst ihr euch allerdings in eine Ecke verkriechen. Die verstehen nämlich keinen Spaß.«

Yggdrasil schaute zum kristallenen Glassturz. »Wenn die Blütenblätter der Magnolie fallen, werden sie da sein.«

Mario wunderte sich, denn vor einer Minute hatte die Magnolie noch Knospen getragen und nun waren ihre Blütenkelche weit geöffnet.

Mario sagte: »Alle meine Freunde sind entschleunigt und in Bäume verwandelt. In den Zoo kommen wir nicht mehr rein.«

»Ich weiß«, sagte Yggdrasil. »Die Klügeren geben nach.« Er schaute nach oben und musterte die kürbisförmigen Erdkugeln.

»Wie du schon richtig bemerkt hast, kann ich an diesen Kugeln den Zustand der Welt ablesen: Temperatur, Kohlenstoffdioxidkonzentration, Sauerstoff. Luftverschmutzung, Radioaktivität, Zustand des Grundwassers, Aussterben von Tieren und Pflanzen – nichts bleibt verborgen.«

Eine Prozession uralter, erhabener Bäume erschien. Manche verwittert, andere gebeugt, wieder andere stolz ragend. Sie bedachten Mario und den N'Bongoo mit bösen Blicken und lagerten sich schweigend um einen niedrigen

Tisch, auf dem Gefäße mit verschiedenen Pulvern, Granulaten und Flüssigkeiten standen.

Yggdrasil fragte:»Wollen wir den beiden erlauben, an unserem kleinen, informellen Treffen teilzunehmen?«

Die alten Bäume knarrten widerwillig Zustimmung. Die Magnolienblüten unter der Kristallglocke verfärbten sich bräunlich und fielen eine nach der anderen zu Boden.

»Bedient euch«, sagte Yggdrasil zu den alten Bäumen, doch keiner von ihnen schien die Einladung annehmen zu wollen.

Nach langem Schweigen sagte eine zerrupfte Kiefer: »Der Baum Prometheus war über viertausend Jahre alt, als er von einem Geografiestudenten gefällt wurde, nur weil dieser Idiot sein Alter bestimmen wollte. Das sagt alles über die Dummheit der Menschen. Die meisten Koniferen sind für die Ausrottung dieser Schädlinge.«

Der N'Bongoo flüsterte Mario ins Ohr:»Das ist Methusalem, eine *Langlebige Kiefer* (*Pinus longaeva*). Er wächst in den Rocky Mountains und ist über fünftausend Jahre alt. Prometheus war ein naher Verwandter des Methusalem.«

Ein imposanter Küstenmammutbaum, ebenfalls im gesegneten Alter, sagte:»Kein Mensch darf den genauen Ort erfahren, wo ich wachse. Hätten Touristen die Daten, wäre es mit mir auch vorbei.«

Der N'Bongoo flüsterte:»Der heißt Hyperion und gilt als höchster Baum der Welt.«

Yggdrasil fragte:»Gibt es Fürsprecher?«

Der N'Bongoo sprang hervor und sagte:»Ich habe ja nichts zu sagen, aber ich möchte doch sagen, dass es eine neue Generation gibt, die sich für mehr Umweltbewusstsein einsetzt. Der junge Mann hier hat eine Freundin, die für eine Schülerzeitung schreibt. Darf ich aus einem ihrer Artikel vorlesen?«

»Sie ist nicht meine Freundin«, murmelte Mario.

Yggdrasil sagte: »Hatte ich nicht gebeten, den Mund zu halten? Nun, eine kleine Ausnahme will ich durchgehen lassen.«

»Dankeschön, großer Yggdrasil. Rado schreibt: ›Für ihren Rasen tun die Leute alles: Da wird gedüngt und überdüngt, vertikutiert, Laub geblasen, gehäckselt und gemulcht mit Maschinen, die ihre stinkenden Abgase in die Luft blasen. Da wird unendlich viel Wasser verbraucht, um aus Grassamen einen dicken Teppich von sattem Rasen zu erzeugen, aber sowie das Gras beginnt, sich in natürlicher Weise zu entfalten, wird unter Verschwendung von Benzin und Strom mit umweltschädlichen Motormähern oder Mährobotern alles wieder abgeschnitten.

Die mühsam erzeugte Biomasse wird in protzigen Geländewagen zu Deponien gefahren, wo das Ergebnis der teuren Bemühungen unter weiterer Vergeudung von Ressourcen wieder vernichtet wird.‹«

Schweigen. Methusalem räusperte sich und antwortete: »Die junge Dame beschreibt sehr schön die Idiotien der menschlichen Schädlinge. Aber tut sie auch etwas dagegen? Ich glaube nicht.«

Ein sehr alter indischer *Khejri*-Baum (*Prosopis cineraria*) sprach: »Wir sind den Menschen dankbar. Niemals werden wir die Märtyrer der *Bishnoi* vergessen, die für uns starben.«

Der N'Bongoo erläuterte leise: »Im Jahr 1731 haben sich über Dreihundert vom Volk der *Bishnoi* geopfert, um das Leben der *Khejri*-Bäume zu retten.«

»Ein Einzelfall«, sagte eine uralte *Tamrit*-Zypresse aus Algerien. »Und vergesst nicht, der *Khejri*-Baum ist eine Mimosenart.«

Der N'Bongoo flüsterte: »Diese *Tamrit*-Zypresse hat angeblich über viertausend Jährchen auf dem Buckel.«

»Also ist das Schicksal der Menschheit besiegelt?«, fragte Yggdrasil.

Die alten Bäume brummten Zustimmung und die eigentlich immergrüne Magnolie unter dem Glassturz warf ihre Blätter ab.

Mario sprang auf und sagte: »Dann soll also alles umsonst gewesen sein, was meine Freunde und ich für euch getan haben?«

»Junger Mann, du hast es für dich und deinesgleichen getan! Wir sind besser dran, wenn die Menschheit stirbt.«

»Wie könnt Ihr das zulassen!«

Ein imposanter *Ficus religiosa*, ein von den Indern verehrter heiliger Baum, sagte: »Ich war niemals mit den Machenschaften meines Verwandten Reginald einverstanden. Aber ich bin auch der Meinung, wir sollten dem Schicksal nunmehr seinen Lauf lassen.«

»Und berücksichtigt bitte, was Reginald aus dem Regenwald durchgemacht hat und was in diesem Moment Millionen unserer Brüder und Schwestern angetan wird«, sagte der sturmzerzauste Methusalem.

Mario rief: »Wieso sind hier nur Männer?, habt ihr keine Frauen, die bei euch etwas zu sagen hätten?«

In diesem Augenblick wichen die dichten Büsche und Hecken ringsum zurück und es zeigte sich, dass der kleine Raum des Yggdrasil nur eine winzige Plattform war, eine schwimmende Insel auf einem Teich inmitten eines märchenhaften Palastes. Eine himmlische Musik erklang. Mario schaute nach oben und sah, dass das Dach des Palastes vom Blätterwerk eines gigantischen Baumes gebildet wurde, eines Baumes, dessen Wurzeln in den Himmel reichten, als sei er ein Spiegelbild, das sich am Firmament materialisierte. Der umgekehrte Baum trug rote und weiße, gestreifte und karierte Blüten. Sie verströmten einen würzig-süßen Duft von balsamischer Feinheit, einen Wohlgeruch, wie Mario sich jenen von Weihrauch und Myrrhe vorstellte. Die Blüten öffneten sich und ihre Blütenblätter schwebten sanft herab wie Schnee.

Die alten Bäume waren still geworden.

Der Palast löste sich auf, der Teich dehnte sich aus und wurde zu einem offenen, spiegelglatten Meer.

Plötzlich schwankte der Boden, schäumende Wellen bildeten sich auf der Oberfläche des Wassers und neben der Plattform des Yggdrasil stieg aus der Tiefe das triefende Haupt eines wunderschönen Baumes empor. Pralle Büschel reifer gelber Früchte trug er und stieg und stieg und breitete seine Arme voller herzförmiger Blätter aus. Die alten Bäume und Yggdrasil, der Weltenbaum, standen auf und verbeugten sich. Mario und der N'Bongoo, taten es ihnen gleich.

Dann reichte der Baum seine Früchte dar. Mario verzog das Gesicht, denn sie verströmten einen eigenartigen, unangenehmen Geruch. Da ergriff der Baum ihn mit einer jähen Bewegung und ließ ihn in seiner dichten Krone verschwinden. Lautlos schwebend glitt er übers Wasser, zum Horizont, und wurde bald nicht mehr gesehen.

Yggdrasil sagte: »Das war ein weibliches Exemplar des Baumes mit Namen *Ginkgo biloba*. Tatsächlich eine Frau. Uralt, sagenumrankt, kein Laubbaum, kein Nadelbaum. Vielleicht eine alles verschlingende Göttin.«

68

Reginald triumphierte, doch war er nicht zufrieden. Seiner Meinung nach gab es zu wenig verbündete Bäume, in deren Schutz die Kakerlaken sichere Virendepots anlegen konnten.

Zwar beteiligten sich sämtliche Maulbeergewächse und damit alle *Ficus*-Arten, ebenso fast alle Nadelhölzer und Rosengewächse. Auch mit den Gräsern gab es Verhandlungen, doch Reginald betrachtete eigentlich nur größere Bäume mit dicken Blättern oder Nadeln als zuverlässig. Natürlich hätten die Kakerlaken ihre Depots auch sonstwo anlegen können, aber den Kakerlaken vertraute Reginald noch weniger als den Nadelhölzern. Er wollte, dass die Kakerlaken ihre Giftpäckchen nur den stärksten Laubbäumen zur Aufbewahrung gaben, majestätischen Bäumen, wie er selbst einer war.

Filtz sah das Problem woanders: Seiner Meinung nach hatte Reginald nicht genügend Ausstrahlung. Er hatte kein Charisma, wie es ein Führer der Massen, ein Revolutionär, braucht. Es gab noch zu viele Pflanzen und Bäume, die sich nicht entscheiden konnten, die sich nicht engagieren wollten und denen die Würgefeige zu machthungrig und selbstverliebt war. Das aber konnte Filtz dem Reginald nicht unter den Ast reiben.

»Wir brauchen einen geistigen Schub, einen Ruck, der durch die Welt der Pflanzen geht.« Dagegen hatte Reginald natürlich nichts einzuwenden.

In dieser Situation kam den Verschwörern im Zoo jemand zu Hilfe, jemand, mit dem sie nicht gerechnet hatten.

69

An jenem Morgen bemerkte Banaba einen beeindruckenden Baum auf dem von der Polizei abgesperrten Gelände
vor dem Zoo. Er rief:»Was der wohl will? Wo der wohl herkommt?«

Filtz schnappte sich ein Fernglas, stieg auf die Barrikade,
und musterte das hohe Gewächs.»Ein *Ginkgo biloba*«, sagte
er mit seiner schönsten Märchenerzählerstimme.»Ein heiliger Baum, ein lebender Dinosaurier der Pflanzenwelt. Die
Vorfahren seiner Art sind vor Millionen von Jahren aus-
gestorben, aber er hat überlebt, als Einziger. Über tausend
Jahre alt, einer der mächtigsten Bäume, die es auf der Welt
gibt.«

»Ich bin der Mächtigste«, brüllte Reginald.

»Du bist der Mächtigste und der Größte«, sagte Banaba.
Filtz fügte hinzu:»Und der Schönste«. Er beobachtete
weiter durch sein Fernglas den Ginkgo und dann sagte er:
»Und wisst Ihr was? Es handelt sich um eine Dame. Eine
Ginkgo-Frau. Sie trägt hübsche gelbe Samen, die wie Mira-
bellen aussehen.«

Reginald atmete tief ein und aus. »Aha, deshalb ist sie vielleicht hier. Sie sucht sicher einen passenden Partner.«

»Haben wir hier vielleicht einen Ginkgo-Mann?«, fragte Banaba leise und Filtz drehte seine Lautstärke runter: »Der Chef weiß nicht, dass diese Eier längst befruchtet sind.«

»Was flüstert ihr?«, schrie Reginald. »Tut lieber was!«

»Was sollen wir denn tun?«

»Na fragt sie, was sie will, warum sie hier ist. Wir brauchen doch pflanzliche Verbündete.«

Und so geschah es, dass ein Unterhändler vors Tor geschickt wurde. Der Ginkgo-Baum, tatsächlich ein weibliches Exemplar, sagte: »Die Ginkgos der Welt möchten sich gerne dem Reginald anschließen, dem Retter des Reiches der Pflanzen. Sie wollen ihm ihr besonderes Wissen anbieten, ihr Wissen, wie man schwere Zeiten übersteht. Denn Ginkgos sind unempfindlich gegen Bakterien und Viren, Insekten und Pilze und bei einem Ginkgo in Hiroshima, der achthundert Meter vom Detonationspunkt der Atombombe wuchs, sprossen nur zwei Jahre danach schon wieder frische Triebe.«

»Wichtigtuerei!« Reginald schüttelte den Kopf.

Filtz flüsterte: »Ich würde an Eurer Stelle das Angebot annehmen. Der Ginkgo wurde zum *Baum des Jahrtausends* gekürt.«

Reginald rief: »Ich bin der Baum des Jahrtausends!«

»Er wurde einst besungen von Johann Wolfgang von Goethe«, sagte Filtz.

»Ich werde einst besungen werden von Johann Wolfgang von Goethe!«, rief Reginald.

Aber heimlich triumphierte er. Er hoffte, dass es einen Durchbruch geben würde, wenn ein so angesehener Baum sich ihm anschloss.

»Ich nehme euer Angebot an«, sagte er nach einigem Zögern, »Wir werden das Pflanzenreich wieder groß machen.«

Also hoben zwei starke Tannen unter Banabas Aufsicht die Gingko-Dame aus der Erde und brachten sie in den Zoo.

Als Frau Ginkgo dem Reginald dann anbot, seine Gehirnwurzeln zu stärken, machte ihn das vollends glücklich, denn langsam wurde es ja Zeit, das weltumspannende Signal zum totalen Virenkrieg auszulösen. Ginkgos produzierten viele heilende Substanzen, insbesondere aber etwas, das die Gehirndurchblutung förderte, weshalb selbst die törichten Menschen den Ginkgo zur Arzneipflanze der ersten Wahl gemacht hatten.

Wenn Frau Ginkgo Reginalds Gehirnwurzelsystem mit dem integrierten biologischen Computer zu stärken vermochte, so war es nur logisch, sie ganz dicht neben Reginald einzupflanzen und die Wurzelsysteme direkt zu verbinden. So konnten die beiden Bäume praktisch zu einem machtvollen Gespann zusammenwachsen. Und so geschah es.

»Reginald regiert die Welt«, rief Reginald, der *Ficus benghalensis*, »in wenigen Tagen wird der Sieg unser sein.«

»Heil dem Imperator«, antwortete *Ginkgo biloba*.

»Wir sind verloren«, jammerten die Bäume im Zoo ebenso wie die in Bäume verwandelten Menschen rund um den Zoo.

70

Es gibt im Tierreich Parasiten, die sich im Gehirn ihrer Wirte festsetzen, es verändern und das Tier zu bizarren Verhaltensweisen zwingen, die nur dem Parasiten nützen. So verwandeln zum Beispiel Saugwurmlarven die Fühler von Bernsteinschnecken in farbig pulsierende Fortsätze und zwingen die Schnecken zu seltsamem Verhalten. Die Schnecken kriechen tagsüber auf Zweige oder Stängel, damit hungrige Vögel sie sehen und ihnen die Fühler abfressen. Auf diese Weise gelangen die Saugwürmer in die Organe der Vögel und die Schnecken sterben.

Die Gingko-Dame war Mario nicht böse gewesen, weil er ihre Früchte verschmähte. Im Gegenteil. Sie hatte ihn gelehrt, dass nicht nur ihre zweigeteilten Blätter ein Symbol für die Vereinigung von Gegensätzen darstellen, sondern auch die Früchte, die außen sehr unangenehm riechen, deren Samenkerne jedoch köstlich schmecken.

Mario hatte sich im Innern der Ginkgo-Dame mit ihrem Wurzelhirn verbunden. Er war damit zum Ginkgo geworden. Der Ginkgo-Mario aber hatte jetzt nur eines im Sinn: Anschluss an Reginalds Gehirn. Denn dort war der gestohlene ZetKaa inzwischen vollständig integriert und Reginald setzte ihn schamlos für seine dunklen Zwecke ein, indem er weltweit die bereitstehenden Feigenbäume steuerte.

Gespannte Erwartung.

Marios Angst, sein Trauma, und das Gefühl, in einer engen Röhre eingesperrt zu sein und sich nicht bewegen zu können: All das war längst verflogen. Diese Angst hatte sowieso immer nur existiert, wenn er über sie nachdachte. Wenn er sich vorstellte, was passieren könnte.

Doch jetzt ging es ums Ganze, da war kein Raum für solche Fantasien. Würde es gelingen, die Hirnwurzel des Ginkgo an Reginalds Gehirn anzudocken, wie eine Versorgungskapsel an die Internationale Raumstation?

Dann war es soweit. Mario glitt in Reginalds Gehirnwindungen hinüber und plötzlich war er Teil des weltweiten Netzwerks des Feindes. Er hörte erneut das Säuseln und Flüstern des *Großen Hallimasch*, dieses Größten aller lebenden Wesen. Er las die Gedanken der Zeiterbäume, er spürte die geballte Kraft, die unbändige Energie wuchernden Lebens.

Reginald vibrierte, er lechzte danach, endlich die Weltherrschaft anzutreten. Mario spürte, wie er mehr und mehr hineingezogen wurde in diesen verführerischen Sog.

Das Gefühl der Macht schien ihm plötzlich unendlich verlockend, der Wille zur Macht wurde auch in ihm übermächtig. Wie konnte er sich gegen die Versuchung wehren?

Ich muss meine Mutter finden und sie wieder zum Leben erwecken, das ist das Wichtigste.

Er fand sie im Garten der Villa, neben der Robinie, und sie sprach zu ihm: »Lass mich, wie ich bin. Ich bin glücklich, wie ich bin. Ich liebe Robin und er liebt mich.«

»Aber Mutter, diese ganze Geschichte habe ich doch nur angefangen, weil ich wollte, dass du wieder da bist, dass du wieder Mensch wirst, dass du wieder meine Mutter wirst.«

»Ich bin nicht deine Mutter. Ich bin Marios Mutter. Wenn auch er ein Baum sein wird, schicke ihn bitte zu mir.«

Meine Mutter erkennt mich nicht, sie denkt, ich bin Reginald, der böse Baum. Gut! Denn das heißt, niemand wird meine Befehle oder meine Tätigkeit infrage stellen.

In schneller Folge kamen Meldungen herein:

»Australien: Die Krokodile warten schon auf die Verstorbenen. China: Ganze Reisfelder bereit zur Aufnahme der tödlichen Fracht. Vereinigte Staaten von Amerika: kein Bundesstaat ohne Viren. Russland: Die Maulbeergewächse haben den Wodka schon bereitgestellt. Griechenland: Die Kakerlaken tanzen Sirtaki. Deutschland: Reginald befiehl, wir folgen. Die sieben Königslande: Das Ende naht!

Mario war Reginald. Oder nicht? Ein Rest von Marios Bewusstsein dachte noch immer an seine Mutter, doch die Mutter wollte ja Baum sein. Um wen musste er sich noch kümmern? Rado fiel ihm ein. Das freche Mädchen, das ihn beklaut hatte. Auch sie war jetzt eine Pflanze und würde sich ihm anschließen. Lam-Pi-Jong, der alle betrogen hatte, Sabrina, die Sprechstundenhilfe, der unfähige Kinderpsychologe, sie alle waren jetzt Bäume und sie alle würden weiterleben und von den Viren verschont bleiben. Und der Rest der Menschheit? Alles Idioten. Lehrer, die ihn gequält, Mitschüler, die ihn wegen seiner *Baumbesessenheit* verspottet hatten, unfähige und korrupte Politiker, betrügerische

Banken und Konzerne, Umweltzerstörer, die nicht an nachfolgende Generationen dachten, Verbraucher, die Müll ohne Ende produzierten.

Tellerminenleger, Kriegstreiber, Terroristen, Bombenbauer, religiöse Fanatiker – gab es einen einzigen Menschen, der nicht vergiftet werden durfte? Gab es einen einzigen Grund, diese unvernünftigen, hirnlosen, gierigen Wesen, die nur an sich selbst dachten, zu verschonen? Ihm fiel keiner ein.

Der Gedanke an die menschliche Mutter drohte, sich endgültig im Nichts zu verlieren. Der Reginald-Teil seines Gehirns erinnerte sich an den Massenmord im Regenwald. Dort befanden sich jetzt Palmölplantagen zur Herstellung von Kosmetik, Frittieröl und Diesel für Geländewagen.

Der *Große Hallimasch* flüsterte: »*Du* bist der Herr der Welt. *Du* bist der Herrscher. *Du* bist der Erhalter des Planeten. Walte deines Amtes. Ein Knopfdruck und dieser lebendige blaue Planet wird befreit vom Verderbnis des Menschengeschlechts. Gib den Befehl jetzt – und es wird geschehen. Die Erde wird neu erblühen.«

Mario, oder vielmehr Reginald mit seinem Mario-Gehirn-Rest sah blühende Kirschbäume auf einer grünen Wiese. Die Sonne schien, eine Amsel sang, ein Hase hoppelte durchs Gras. Die Kirschen wurden reif, fielen vom Baum, die Amsel pickte sie auf und trank von dem gärenden Saft und taumelte in trunkenen Kurven fliegend über die Malven im Garten.

Bienen summten, ein Hirschkäfer stolperte über die furchige Borke, die Birke klingelte im sanften Wind. Am

Himmel zog der Milan seine Kreise, Libellen überm Teich, quakende Frösche, tanzende Wassertropfen ...

Wenn es auf der Erde keine Menschen mehr gab, wer würde diese Wunder mit allen Sinnen genießen? Wer würde darüber schreiben?

Mario erinnerte sich daran, als Äskulus und Hallucia zum ersten Mal mit ihm gesprochen hatten, an jenem sonnigen Tag auf der Plattform seiner Kastanie. Er erinnerte sich an den Tag, als er mit Rado auf den Elfberg gestiegen war, er hörte ihr Lachen, er sah ihre braunen Augen und ihren spöttischen Mund, die Härchen auf ihren Armen, die in der Sonne schimmerten. Die tiefgründigen Tattoo-Augen in ihrem Nacken, die ihn so intensiv anzublicken schienen.

Wenn keiner mehr da wäre, der sich all der Dinge erfreuen und all das Schöne in sich selbst spiegeln würde ...

Mario-Reginald gab sich einen Ruck und sandte seine Anweisungen ans weltweite Netz der Zeiterbäume.

Die Zeiterbäume in der Pflanzenabteilung des Baumarktes schauten sich an und wunderten sich. Reginald hatte noch nie etwas rückgängig gemacht oder einen Befehl widerrufen. Verlangsamte Menschen wieder verschnellern? Was sollte das denn? Doch sie mussten gehorchen. Wo waren diese langsamen Wesen jetzt? Waren sie von den frei gelassenen, beschleunigten Bäumen des Pflanzenmarktes mitgenommen und eingepflanzt worden? Man musste suchen. Die beiden Birkenfeigen machten sich auf den Weg. »Unverzüglich!«, hatte Reginald befohlen.

Um alle Verschnellerungen von Pflanzen und Verlangsamungen von Menschen rückgängig machen zu können, mussten die Zeiterbäume zunächst erhalten bleiben, denn nur sie vermochten den *kalten grünen Strahl* zu schießen. Die Zeiter aber waren nur ausführende Organe, Verlängerungen, abhängig von der Steuerung durch den Zet-Kaa. Das hieß, der ZetKaa musste von Gehirn und Nervensystem des Reginald abgekoppelt werden, erst dann würden auch die Zeiterbäume stehen bleiben und wieder anwachsen können. Eine Operation bei geöffneter Hirnschale am lebenden Organ, mit ungewissem Ausgang.

☼

Als Rado sich plötzlich wieder bewegen und auch wieder schnell denken konnte, wie es ihre Art war, fand sie sich in einem Haus, auf einem Fensterbrett, in einem Blumentopf mit Übertopf. Draußen winkte ein Feigenbaum, grüßte unsicher und rannte weiter. Im Zimmer hing der N'Bongoo an einer Lampe und schaukelte fröhlich. »Du steigst besser aus dem Topf, denn ich mache dich jetzt wieder groß. Und dann müssen wir Sabrina und Lam-Pi-Jong suchen.«

»Und Podoll!«, sagte Rado, stieg aus dem Steinguttopf, sprang auf den Teppich.

»Halte still, ich muss mich konzentrieren.«

Der N'Bongoo pumpte sich mit Energie auf. Rado, die ihn nach wie vor als Koboldmaki sah, fürchtete, dass er platzen könnte.

Dann war es so weit. Ihre Perspektive verschob sich. Eben noch hatte sie nur den ausgefransten Rand der Tapete unter der Fensterbank vor Augen gehabt, jetzt konnte sie das Fenster öffnen.

Lam-Pi-Jong und Sabrina stolperten vorbei, Rado rief: »Hallo ihr beiden!«

»Du auch?«, fragten sie. »Und wie du gewachsen bist! Was ist passiert?«

»Der N'Bongoo.«

Rado sprang aus dem Fenster und umarmte Lam-Pi-Jong und Sabrina.

Rado sagte zu Sabrina: »Ich verspreche dir, dass ich dich nie mehr ärgern will.«

Sabrina lachte. »Du willst es nicht, aber ob dir das auch gelingen wird?«

Die Drei waren wieder als Menschen vereint.

71

Mario hatte sich dem Kakerlakenfürsten gegenüber als
Mario zu erkennen gegeben: »Ich habe das Gehirn des
Reginald übernommen und bin nun sein rechtmäßiger
Erbe. Ich bitte euch also, alle Virenpäckchen wieder einzusammeln und zum Elfberg zu bringen, damit Niedhogg sie
in seinem Vulkanschlot entsorgt.«

»Warum sollten wir das tun?«, fragte Cuca-Radscha.
Viele Bäume sind schon drauf und dran, den Zweig, den
Ast, das Blatt zu erheben und ihre Viren in Flüsse, Seen und
Trinkwasser-Aufbereitungsanlagen zu werfen. In Bierbrauereien und Getränke-Abfüllanlagen stehen an riesigen
Wasserkesseln die Gummibäume bereit. Wir haben unseren
Job gemacht und uns längst wieder dem Tagesgeschäft
zugewandt.«

»Wir machen das Ganze rückgängig. Die Menschen
sollen eine letzte Chance bekommen.«

»Das Bäumchen Reginald hat uns noch nicht für das
Verteilen der Viren entlohnt und jetzt verlangt das Menschengewächslein Mario, dass wir die Viren ohne Bezahlung wieder einsammeln?«

»Ich würde euch gern etwas geben, aber was?«

»Wir brauchen nichts, wir haben alles. Der Tierquäler Podoll hat sich auch schon lächerlich gemacht mit dummen Versprechungen, die dann erwartungsgemäß auch nicht erfüllt wurden.«

»Wie wäre es mit einem Kakerlaken-Gesetz oder besser Insekten-Gesetz, das alle Insekten unter den Schutz eines Grundrechts stellt? Es wird bei Strafe untersagen, dass die Menschen euch unterdrücken, für Tierversuche verwenden, töten, beleidigen oder euch sonstwie Schaden zufügen.«

»Da hast du keine Chance. Die Menschen betrachten nur sich selbst als wertvoll, alles Andere ist minderwertig.«

»Ich werde mein zukünftiges Leben dieser Aufgabe widmen. Derartige revolutionäre Veränderungen brauchen allerdings Zeit.«

Cuca-Radscha sagte:»Jaja, solche Paradigmenwechsel sind nicht ohne. Also abgemacht!«

Mario staunte nicht nur über Cuca-Radschas Formulierung, sondern auch über die Bereitwilligkeit, mit welcher der Kakerlakenfürst auf das Angebot einging. Er nahm sich vor, bald zu überprüfen, ob die Kakerlaken ihre tödliche Fracht wirklich zum Elfberg transportieren würden, um sie Niedhogg zur Entsorgung zu übergeben.

Rado, Sabrina und Lam-Pi-Jong fuhren unterdessen zum Zoo. Dort herrschte ein ziemliches Tohuwabohu. Bäume, die vor Kurzem noch die Menschen bedroht hatten, standen plötzlich wieder starr und unbeweglich, Kinder, die in den Anlagen festgewachsen waren, rannten wieder umher – ihre Eltern wurden von Psychologen und Notfallseelsorgern betreut.

Das Technische Hilfswerk und die Polizei räumten die Barrikaden weg, die Straßenreinigung beseitigte den Müll und die Leute vom Fernsehen stellten ihre Kameras auf.

☼

Nachdem Mario als Reginald überprüft hatte, dass alle *ent-schleunigten* Baummenschen wieder in normale Leute verwandelt waren und alle *be-schleunigten* Pflanzen wieder als Pflanzen an ihrem Platz standen, war es Zeit, Reginald vom ZetKaa zu trennen.

Der ZetKaa war seit dem Diebstahl gewachsen und hatte sich wie ein vieldimensionales Netz im Gehirn des Reginald ausgebreitet. Millionen von lebenden Leitungsverbindungen waren im verzweigten Wurzelwerk des *Ficus* gebildet worden. Mario kannte Bilder von Rechenzentren, auf denen in riesigen Schränken dicke Bündel von Glasfaserkabeln zusammenliefen. Um ein solches System lahmzulegen, genügte es wahrscheinlich, die Kabel einfach herauszuziehen oder einen Schalter zu betätigen. Aber all das war in diesem Gespinst von verwachsenen Wurzelfasern nicht möglich. Mario musste die Wurzeln zerreißen. Das gelang erstaunlich gut, allerdings sonderten sie nun an den verletzten Stellen einen klebrigen Saft ab.

Mario kämpfte sich durch das Geflecht, zerriss, was sich zerreißen ließ, zappelte und strampelte und wurde am ganzen Körper immer klebriger. Das schränkte seine Bewegungsfreiheit immer mehr ein und hinderte ihn, das Netzwerk vollständig zu zerstören. Das klebrige Zeug trocknete an seinem Körper und er musste fürchten, im Gestrüpp der Wurzeln stecken zu bleiben.

Da war sie wieder, die Angst. Doch jetzt machte sie ihn stark, anstatt ihn zu lähmen.

Er wütete so lange in dem Gewirr, bis Reginald die Zeiterbäume nicht mehr zu steuern vermochte. Dann wühlte er sich mit letzter Kraft aus dem Nervengewebe des Reginald heraus.

Das Gehirn des Reginald war wieder allein mit seinem Meister, und es bebte vor Wut. Wollte sofort alles rückgängig machen, was Mario angerichtet hatte.

Die Verknüpfungen des Reginaldschen Gehirns mit dem Zentralcomputer reichten nicht mehr ins grüne Netz, doch solange Reste des ZetKaa noch mit Reginald verbunden waren, blieb der Baum schnell und stark und konnte sich wehren. Wenn er wollte, würde Reginald all seine Wurzeln aus der Erde ziehen und seine Glaskuppel sprengen. Er würde einfach weglaufen, aus dem Zoo und aus der Stadt und aus dem Land. Doch wie alle Bäume gab er ungern seinen angestammten Platz auf. Seine eigentliche Heimat war zwar der Regenwald, aber an den Zoo hatte er sich gewöhnt. Hier fühlte er sich sicher, hier arbeiteten seine Leute und außerdem war er noch physisch mit dem Ginkgo-Baum verbunden.

Noch hatte er das Zusammenspiel mit Mario und seinen Einflüsterungen und widersinnigen Befehlen nicht ganz verstanden. Erst als er Mario außerhalb von sich selbst als *das Kastanienkind* wahrnahm, seinen größten Feind und Widersacher, wurde ihm klar, dass er auf ein klassisches *Trojanisches Pferd* reingefallen war.

72

Sabrina begab sich zur Villa in der Schönen Aussicht. Wie sie bereits vermutet hatte, irrten Gerlinde und Robin de Winter orientierungslos im Park umher. Kein Mensch vor ihnen hatte so lange als Baum gelebt. Der Schock der plötzlichen Rückverwandlung musste sie bis ins Mark erschüttert haben. Immerhin waren sie nicht nackt, sondern von bemooster Rinde bedeckt. Es würde dauern, bis die menschliche Haut wieder vollständig regeneriert war. Sabrina führte sie ins Haus und gab ihnen angewärmte, flauschige Bademäntel zum Anziehen. Dann servierte sie ihnen eine Hühnersuppe.

Wie Kinder saßen die beiden am Küchentisch und löffelten ihre Teller leer. Sabrina schaute zu und wunderte sich, dass sie ihren Chef plötzlich mit ganz anderen Augen und ohne Urteil oder Hintergedanken ansehen konnte.

Mario wanderte durch die verwinkelten Gänge und Räume, die sich zwischen dem Bunker und dem Bereich unterm Zoo befanden. Hier rollten sich Reginalds geheimste Wurzeln zusammen. Von hier aus hatte er den im tiefsten Bunker lebenden Filtz aufgespürt. Hier hatte er den ZetKaa eingebaut und mit seinem Gehirn verbunden. In diesem Labyrinth kannte sich wahrscheinlich nicht einmal der Filtz wirklich aus. Nach einigem Suchen fand Mario den Raum, in dem Filtz nach seiner »Geburt« gelandet war, denn da stand ein Eimer mit einer ekligen schwarzen Masse. Mit dieser Schmiere hatte sich der Filtz einfetten müssen, um mithilfe der »Hebamme« Reginald das Licht der Welt zu erblicken.

Wenn ich mich auch damit einreibe, kann Reginald mich nicht festhalten, überlegte sich Mario. *Das Fett wird meine Klebrigkeit neutralisieren.* Mario kippte den Eimer um und wälzte sich in der glitschigen, stinkenden Masse. Augenblicklich zog Reginald eine Wurzelschlinge zusammen und umschloss Marios Körper wie eine überdimensionale Faust, die ihn zu zerquetschen drohte. Aber der Junge flutschte wie ein Stück Seife oben aus dieser Wurzelfaust wieder heraus.

Ach, wenn er doch nur eine Waffe hätte mitnehmen können! Aber die Ginkgo-Dame hatte bei der Planung des trojanischen Pferdes keine Bewaffnung erlaubt, das war ihre Bedingung gewesen.

Als er gerade eine verdächtige Stelle an der Wand untersuchen wollte, schwankte plötzlich der Boden unter seinen Füßen. Eine Falltür – jemand versuchte, sie zu öffnen. Er machte einen Schritt zur Seite und versteckte sich hinter einem Gewirr von sehr dünnen Wurzeln, die ihn sofort umschlangen, in seine Ohren und in seine Nase krochen. Er musste niesen. Aus dem Loch im Boden stieg Filtz, er hatte einen Föhn in der Hand. Wie gut, dass der Wärter schwerhörig war; er bemerkte Mario nicht und verschwand murmelnd in einem der vielen Gänge. *Wenn Filtz da herauskommt, muss das ein Weg nach draußen sein, denn Filtz haben wir zuletzt im Baumarkt gesehen.* Mario huschte zur Falltür, stieg eine Leiter nach unten und befand sich in der Werkstatt. Auf der Werkbank lag der nackte Roboter Loll, daneben sein Kopf, dessen Drähte noch mit dem Köper verbunden waren. Goldene Bahnen elektronischer Leiterplatinen schimmerten im Licht einer Neonlampe. »Der arme Loll. Er sieht gar nicht gut aus«, flüsterte Mario.

Da klappte der Kopf des Roboters mühsam ein Auge auf und sprach mit einer sehr leisen, kratzigen Stimme: »Die Nasenaffen haben mich rausgeholt und Filtz will mich reparieren, um mich für seine Zwecke einzusetzen. Ich bin verwässert, muss erst trocknen hinter den Ohren. Ich werde denen aber nicht helfen.«

»Kannst du *mir* helfen, obwohl ich dich im Kanalrohr zurückgelassen habe?«

»Selbst wenn es deine Schuld gewesen wäre – ein Roboter kennt keine kleinlichen Gedanken an Vergeltung. Da müsste irgendwo die Fernbedienung für den Zugang zum Bunker herumliegen. Dort willst du doch hin, oder?«

Mario schaute sich um, tatsächlich lag da ein Kästchen mit Antenne und vielen Knöpfen. Mario stieg ein und drückte den Knopf mit der Aufschrift »Abwärts«, der Deckel öffnete sich ächzend wie der Klappdeckel eines Abfalleimers und der Korb fuhr nach unten. Mario befand sich am Ort seiner Leiden, jedoch mit einem entscheidenden Unterschied: Er konnte den Bunker nun beliebig verlassen – falls nicht etwas dazwischen kam. Er ließ den leeren Korb wieder nach oben fahren, der Zugang schloss sich. Niemand würde ahnen, wo er sich befand. Nur der Roboter Loll wusste Bescheid. Falls Filtz allerdings das Fehlen der Fernbedienung bemerkte, würde ihn das auf die richtige Spur bringen und er konnte den Strom abstellen oder Schlimmeres tun.

Es galt also, schnell zu sein.

Einerseits hatte er keine Zeit, sich von den Erinnerungen an den grauenhaften Bunker überwältigen zu lassen, andererseits fühlte er, dass die Vergangenheit keine Macht mehr über ihn besaß. Er rannte zu dem alten Kleiderspind, griff sich die darin hängende Leinentasche, füllte sie mit Handgranaten und nach wenigen Minuten stand er wieder im Korb unter der Kuppel, die Fernbedienung in der Hand. Wenn der Deckel sich öffnete und er nach oben fuhr, würden Filtz und die Nasenaffen ihn vielleicht schon erwarten, möglicherweise mit Gewehren oder Pistolen im Anschlag. *Um so besser, denn dann habe ich keine Skrupel, eine Handgranate zu werfen.* Zur Sicherheit duckte er sich tief in den Korb hinein und drückte den Aufwärtsknopf.

Der Korb fuhr nach oben, der Deckel öffnete sich. Filtz, der wohl eher zufällig vorbeigekommen war, blickte ihn mit grässlich geweiteten Augen an. Dort, wo er gewöhnlich seine Staubmaske trug, befand sich eine runde Öffnung. Seine Hand schnellte nach oben und bedeckte die finstere Höhle seines Mundes.

Mario zog eine Handgranate aus seiner Tasche und zeigte sie mit eindeutiger Geste. Filtz rannte.

»Hey bleiben Sie stehen! Ich tue Ihnen nichts. Ich weiß, was Sie im Bunker durchgemacht haben. Ich weiß, warum so viel feste Nahrung im Bunker übrig war und es tut mir leid, dass Sie die Frühstückseier des alten Mannes kochen mussten. Wir könnten Freunde sein.«

Doch Filtz war schon verschwunden. Mario wunderte sich über sich selbst – er hatte soeben vor einem erwachsenen Feind nicht nur keine Angst gehabt, sondern ihm sogar Freundschaft angeboten. Na ja, mit Eierhandgranaten in der Hand war vieles möglich. Dann kam er an einem Spiegel vorbei und war nicht mehr sicher, ob nicht sein eigenes Aussehen den Tierpfleger verjagt hatte. Er war ein Kobold aus Schmutz, ein hässlicher Gnom aus schwarzem Schlick, in dessen Schädel nur die Augen hell blitzten.

Als er wieder in dem Raum stand, in dem der ZetKaa an Reginalds Gehirn angeschlossen war, hatte sich dort einiges verändert: Eine sehr lange, glatte Wurzel wand sich wie eine riesenhafte Python um dieses empfindliche Gehirnzentrum. Die Wurzelspitze hob sich und verfolgte jede Bewegung. Mario holte eine Handgranate aus der Tasche. Reginalds Stimme ertönte von irgendwoher: »Filtz, wo bleibst du? Schnell! Das Kastanienkind ist hier.«

Und dann flüsterte Reginald: »Zieh den Ring, mein Junge, töte mich, wenn du kannst. Du kannst es nämlich nicht.«

Es stimmte, Mario spürte, dass seine Hände ihm nicht mehr gehorchen wollten. Es war nicht so, dass Reginald ihn hypnotisierte oder betäubte, nein, er wusste plötzlich mit endgültiger Sicherheit, dass er kein lebendes Wesen zu töten vermochte.

Reginalds große Wurzel bewegte sich langsam auf ihn zu, von allen Seiten näherten sich dünne braune Luftwurzelschlingen, von denen jede Einzelne ihn zu fesseln und zu erwürgen drohte.

Reginald flüsterte: »Gleich wirst du qualvoll ersticken, du kannst mir nicht mehr entkommen.«

Panisch suchte Mario nach einer Möglichkeit, diesem Schicksal zu entgehen und dem zornigen Baum zu trotzen.

An den Wänden des Raumes standen große Flaschen, wie Mario sie aus dem Physikunterricht kannte. Sie waren grau angestrichen und mit »CO2« gekennzeichnet. Er wusste, das war ein Gas mit Namen Kohlenstoffdioxid. Jetzt erinnerte er sich, dass bei seiner Reise in die Zukunft Bühnennebel im Zoo gewabert hatte, falls es nicht noch andere Anwendungen dafür gab. Mario wusste, man konnte Wasserpflanzen damit düngen, Trockeneis herstellen, verderbliche Stoffe kühlen und Tiere betäuben. Auf einer der Flaschen war ein Ventil aufgeschraubt. Er warf die schwere Flasche um, indem er sich hinter sie quetschte, richtete das Auslassventil auf Reginalds Wurzel, drehte das Ventil auf und hielt die Flasche in ihrer Position. Das war schwierig, denn sie wollte sich durch den heftigen Rückstoß drehen.

Binnen Kurzem waren alle Wurzeln und der ganze Raum mit weißem Schnee überzogen. Es wurde sehr kalt.

Reginald schrie und heulte, seine Wurzeln zuckten wie im Todeskampf. Nach einer Weile erschlafften sie und lagen ganz still.

Mario hatte das Gefühl, als würde sich alles drehen. Ritt er auf der Gasflasche, die sich wegen des Rückstoßes in ein Karussell verwandelt hatte, oder drehte sich die Welt nur in seinem Kopf?

Dann lag auch er plötzlich regungslos. Langsam füllte sich der Raum mit dem tödlichen Gas.

73

Vögel zwitscherten, Bienen summten, Blätter raschelten. Mario hörte es wie eine wunderbare Symphonie. Der Klang war dreidimensional und kam aus allen Himmelsrichtungen. Jeder Ton verband sich mit jedem und es entstand ein Rhythmus, der ständig wechselte. Von Zeit zu Zeit rief ein Kuckuck, krächzte ein Rabe, gurrte eine Taube, klopfte ein Specht – immer im rechten Moment.

Mario fühlte sich wohl. Geborgen. Rundum zufrieden. Da war kein Körperteil, der schmerzte, keine wunde Stelle, nichts, was aus dem friedlichen Grundgefühl herausstach und sich in sein Denken drängte und Gedanken über Vergangenheit oder Zukunft provozierte. Mario dachte nicht bewusst: *Es geht mir gut,* sondern es war einfach, wie es war. Er versuchte seinen Körper zu fühlen, doch da war nichts. Nichts, was sich von dem »Alles was ist« irgendwie unterschied – es gab keine Grenze zwischen ihm und dem *Um-ihn-herum.*

Aber was war um ihn herum? Erst jetzt wurde ihm bewusst, dass er die Augen geschlossen hatte und dass er keinen Grund fühlte, sie zu öffnen. *Ich könnte sie öffnen, wenn ich wollte.*

Dann öffneten sich seine Augen von alleine. Er lag unter einem wunderbaren Kastanienbaum. Es war Sommer, nicht zu heiß und nicht zu kalt, genau richtig. Das Blättergewebe über ihm war grün. Nur wenige Sonnenstrahlen drangen hindurch und jeder Strahl zauberte ein kleines rundes Abbild der Sonne auf den Waldboden, auf das Moos, auf seine Haut. Diese Flecken bewegten sich, wandelten sich, wurden scharf und wieder unscharf, erschienen an anderen Stellen – auch das in einem beruhigenden Rhythmus. Was Mario sah, verband sich ganz natürlich mit dem, was er hörte: Bewegung, Veränderung, ein Tanz.

Und er, Mario, er tanzte mit. Er schwebte durch die glasklare Luft, als handle es sich um eine Flüssigkeit, die ihm keinen Widerstand entgegensetzte. Er schaute nach unten, auf das Moos, die Blumen und die grünen Blätter und bemerkte, dass seine Füße den Boden gar nicht berührten. Sanft streckte er seine Arme aus und ruderte und – schwamm in der herrlichen Luft. Er schwamm unter der Kastanie hervor und auf die Lichtung hinaus, über der Wiese, die über und über mit blauen und violetten Blumen gesprenkelt war. Die Gräser streiften seinen Bauch, als er über ihnen flog wie eine Biene oder wie ein Kolibri.

Wenn er sich drehte, sah er am blauen Himmel die weißen, federleichten Wölkchen und es war, als schwimme er völlig schwerelos auf diesem Luftmeer über der Erde. Die Wolken veränderten ihre Form und er vermeinte, seine Mutter dort zu sehen. Sie hielt seinen Vater an der Hand und die beiden wirkten sehr glücklich.

»Ich bin immer für dich da«, ertönte eine tiefe männliche Stimme, und Mario wusste, es war die Stimme seines

Vaters. Mario setzte sich schwebend auf und da stand der Vater, ebenfalls schwebend über der Wiese. Mario warf sich in seine Arme, augenblicklich. Und er fühlte ihn ebenso, wie er die Luft fühlte, die Bäume, das Gras, die Natur, seinen Körper.

»Mein lieber Sohn«, sagte die Stimme und versetzte damit nicht nur ihn in Vibration, sondern die ganze Welt.

»Ich habe über dich gewacht, auch wenn du mich nicht sahst. Und ich werde weiter über dich wachen, denn ich bin bei dir. Du bist ich und ich bin du. Wir sind eins und wir sind alles.«

Der Vater breitete die Arme aus. Vögel flogen aus seinen weiten Ärmeln und Insekten und Blätter und Blüten und es bildete sich ein breiter Strom, der in die Welt hinaus floss und immer breiter wurde und sich nicht in der Ferne verlor, sondern hier und jetzt war. Alles geschah jetzt! Mario verschmolz so sehr mit dem Jetzt und dem *Alles*, dass er gleichzeitig aus allem Existierendem herausschaute, als ob jede Zelle, jedes Molekül, jedes Atom, Augen besäße, die gleichzeitig nach allen Seiten blickten. Alles lebte. Es tanzte, es sang, es jubilierte. Zur Unterhaltung seiner selbst.

»Jetzt, da du alles gesehen hast und weißt, dass du das alles bist, kannst du wieder zu deiner Mutter gehen und ihr davon berichten. Du wirst nie vergessen, was du gefühlt und gesehen und gehört hast und wenn du möchtest, kannst du die Welt so wahrnehmen, wie sie wirklich ist. Ich liebe dich.«

»Aber ich will bei dir bleiben! Hier ist es so schön«, sagte Mario.

»Deine Zeit ist noch nicht gekommen, mein Lieber.« Der Vater küsste ihn auf die Stirn und ließ ihn los und Mario schwebte und schwebte ...

... und schlug die Augen auf und sah seine Mutter, die sich über ihn beugte. »Ich war bei meinem Vater ...«, sagte er. Die Augen der Mutter wurden dunkel und sie küsste ihn ebenfalls und Mario konnte es genießen.

74

Erst nach Tagen wachte Mario erneut auf.

Seine Mutter, Rado und Rados Vater standen um sein Bett herum.

»Wo bin ich?«, fragte er.

»In der *Schönen Aussicht 116*, deinem neuen Zuhause.«

Der Kinderpsychologe de Winter sagte: »Schön, dass ich dich persönlich treffe. Ich weiß, du hasst Psycho-Heinis ...«

Mario war es ein bisschen peinlich, denn er erinnerte sich an diesen Spruch und der kam ihm jetzt ziemlich doof vor.

»Wie bin ich hierher gekommen?«

Rado sagte: »Der Tierpfleger Filtz hat dich unter Einsatz seines eigenen Lebens aus der Reginaldschen Gehirn-kammer herausgeholt und dann haben wir dich in Emp-fang genommen.«

»Wer ist *wir* und wie lang ist das her?«

»Sabrina, Lam-Pi-Jong und ich. Nachdem du den *Ficus* Reginald betäubt hattest, konnten wir den Zoo betreten. Das war vor vier Wochen.«

»Oh! Und was ist jetzt mit Reginald?«, fragte Mario.

De Winter sagte: »Er ist per Sattelschlepper und Schiff unterwegs in die Baumpsychiatrie. Dank der von Podoll gesammelten Edelsteine können wir den Transport locker bezahlen. Ein befreundeter Psychologe in Kalifornien baut nämlich gerade eine Forschungseinrichtung auf, in der man die Gefühle der Pflanzen erforscht und ihr Gedächtnis, ihre Kommunikation und ihr Verhalten. In der pflanzen-psychiatrischen Abteilung kannst du ihn dort später besuchen.«

»Und Filius, ich meine Filtz?«

»Er wird mildernde Umstände kriegen. Weil er selbst so lange im Bunker geschmachtet hatte, konnte er seinem zeit-weiligen Nachfolger nicht wehtun, sagt er, und er bereut auch, dass er dem Reginald helfen wollte, die Menschheit zu vernichten.«

»Und was ist mit Podoll?«

»Das wird eine Überraschung. Wenn du wieder fit bist, besuchen wir ihn«, sagte Rado.

»Und die Viren?«

Lam-Pi-Jong sagte: »Gott sei Dank habe ich meine Wickelspinne im Elfberg besucht und aufgeladen und bei dieser Gelegenheit musste ich feststellen, dass die Kaker-laken die Viren dort gebunkert hatten; zu einer möglichen späteren Verwendung? Man weiß es nicht. Jetzt hat Nied-hogg sie aber in flüssiges Magma eingerührt und somit für immer unschädlich gemacht. Auch die Restbestände aus den Katakomben sind eliminiert. Das Bohrloch zur Spinne ist versiegelt und sie passt auf, dass niemand Dummheiten macht.«

»Haben Sie unsere Matratzen gefunden und das andere Zeug, das wir oben gelassen hatten?«

»Natürlich, alles erledigt. Eure Spuren sind beseitigt.«

»Und was machen Sie ohne Ihren ZetKaa?«

Sabrina lachte und sagte: »Er braucht ihn nicht mehr. Der Zeitreisende, Professor Lam-Pi-Jong, hat sich entschlossen, es sich endgültig in unserer Zeit bequem zu machen und zu heiraten.«

»Wen?«

Lam-Pi-Jong und Sabrina umarmten und küssten sich.

»Wir haben ebenfalls vor, zu heiraten«, sagte Marios Mutter, »falls du es erlaubst«, und dann umarmte und küsste sie Robin de Winter, den Kinderpsychologen.

Mario sagte: »Wunderbar, alle heiraten!«

Rado sagte: »Genau. Du und ich, wir werden es ebenfalls tun.«

»Was?«, rief Mario.

Alle lachten und Rado sagte: »Hab nur Spaß gemacht. Wenn unsere Leutchen heiraten, sind wir Stiefgeschwister. Das reicht, oder?«

»Das reicht«, sagte Mario und schloss wieder die Augen, um nach diesen aufregenden Neuigkeiten erst mal ein Nickerchen zu machen. Schon im Halbschlaf fiel ihm allerdings noch etwas ein: »Sind die Herbstferien vorbei?«

»Schon lange«, antwortete Rado. »Wir werden beide das Jahr wiederholen müssen.«

75

Alle beschleunigten Pflanzen waren wieder langsam und alle verlangsamten Menschen waren wieder schnell. Der Status quo war hergestellt.

Aber es gab zwei Ausnahmen.

Und zwar hatte sich die Zimmerlinde, die sich im Baumarkt den kleinen Podoll schnappte, im entscheidenden Moment mit ihrem Bäumchen in einem Bunker im Vorgarten ihres Hauses versteckt. Hierdurch waren beide der Rückverwandlung entgangen.

Lam-Pi-Jong bot an, nach einer Lösung für dieses Problem zu suchen, doch das ungleiche Paar lehnte ab.

Die Zimmerlinde hatte Podoll nämlich gepflegt, und wie eine Mutter gebadet, gefüttert und alle seine Bedürfnisse erfüllt. Und so war es gekommen, dass er sich endlich einmal wirklich wohlfühlte.

Als Rado für ihre Schülerzeitung unbedingt ein Interview mit ihrem ehemaligen Gegenspieler Podoll führen wollte, baute Onkel Pi, wie er inzwischen genannt wurde, ein Gerät, das Podolls langsame Baumsprache verschnellerte und Rados schnelle Menschen-Sprache auf Pflanzenniveau verlangsamte.

Auf diese Weise kam Rado zu ihrem Interview, das in der Schülerzeitung abgedruckt wurde.

Rado: Wie fühlen Sie sich?
Podoll: Hervorragend! Ich habe jetzt endlich die Zeit, die ich nie hatte.

Rado: Erfinden Sie jetzt neue Schimpfwörter?
Podoll: Das Schimpfen habe ich aufgegeben. Es hört mich ja keiner mehr. Ich überlege allerdings, ein Schimpfwörterbuch zu schreiben.

Rado: Was machen Sie den ganzen Tag?
Podoll: Ich beschäftige mich mit meinen neuesten Forschungen: Was können wir von Pflanzen lernen?
Früher war ich ein verschwenderischer Mann. Jetzt lebe ich mit einer *Sparmannia africana.*

Rado: Der lateinische Name für Zimmerlinde. *Wie geht es Ihnen mit der Dame?*
Podoll: Eine Zimmerlinde ist das Beste, was einem passieren kann.

Rado: Sehen Sie sie?
Podoll: Nur, wenn sie schläft oder wenn sie fernsieht, ansonsten ist sie zu schnell. Aber ich merke, wie gut sie mir

tut. Sie macht alles für mich, ich brauche mich um nichts mehr kümmern.

Rado: Wie lange wollen Sie leben?
Podoll: Ich habe jetzt Zeit, das Rezept für ewiges Leben zu finden.

Rado: Ihre Partnerin ist beschleunigt, ihre Zeit ist begrenzt.
Podoll: Das haben wir schon geregelt. Ich schneide regelmäßig Stecklinge von ihr, die treiben Wurzeln und die alte Pflanze wird entsorgt. So wird sie niemals sterben. So was Ähnliches suche ich auch für den Menschen.

Rado: Was machen Sie, wenn Sie aufwachen?
Podoll: Ich putze mir die Zähne.

Rado: Wie lang dauert das?
Podoll: Für dich eine halbe Stunde. Für mich ist alles wie immer.

Rado: Was in Ihrem Leben würden Sie nachträglich als Fehler betrachten?
Podoll: Das sollte der Leser entscheiden.

Haben Sie eine Botschaft an die Menschheit?
Podoll: Schauen, was ist, ändern, was möglich ist, akzeptieren, was nicht zu ändern ist.

Irgendwann hatte Mario ganz nebenbei bemerkt, dass er nicht nur seine normale Körpergröße wiedergewonnen hatte, sondern sogar gewachsen war.

Er rief den N'Bongoo und sagte zu ihm:»Vielen Dank, dass du mich wieder vergrößert hast. Aber wie kommt es, dass ich gar nichts davon gemerkt habe?

»Deine Körpergröße und dein Aussehen sind Eigenschaften für die Anderen. Für das, was du wirklich bist, sind diese Dinge nicht mehr wichtig. Innen bist du Alles und Eins und nur das zählt für einen großen Geist.«

Es schien Mario, als würde er die geheimnisvollen Erklärungen seines N'Bongoo jetzt besser verstehen, als es früher der Fall gewesen war.

Als er wegen des endgültigen Umzugs in die *Schöne Aussicht 116* alten Plunder vom Dachboden der ehemaligen Wohnung entsorgte, entdeckte er die glänzende *Thika*-Nuss, die seine Mutter ihm im Regenwald des Kongo geschenkt hatte.

Und plötzlich stand ihm alles wieder vor Augen: die Hütte unter dem majestätischen *Teakholz*-Baum, der Vater unterm Moskitonetz, der nun aber lachte und ihm zuzwinkerte.

Dann sah er sich selbst im hohlen *Ficus* und er erlebte wieder, wie sein Bewusstsein mit der Seele des Baumwesens verschmolz.

»N'Bongoo, hast du mich damals in den hohlen Baum gesteckt? Was ist da passiert?«

Der N'Bongoo lachte:»Wo kämen wir hin, wenn die Menschen alles, wirklich alles wüssten? Ein paar Geheimnisse müssen bleiben.«

Da erinnerte sich Mario, dass seine Eltern im Regenwald nach dem sagenumwobenen Baum *N'Bongo,* dem Märchenbaum der afrikanischen Medizinmänner gesucht hatten.

»Stimmt«, sagte seine Mutter, »jetzt erinnere ich mich auch. Wir haben ihn aber nicht finden können.«

Der *N'Bongoo* kugelte sich vergnügt.

Epilog

Yggdrasil widmete sich wieder ausschließlich der Pflanzenwelt.

Der N'Bongoo blieb bei Mario, sollte aber in gewissen Zeitabständen eine neue Gestalt annehmen.

Reginald wurde nach Jahren aus der Baumpsychiatrie entlassen und von Yggdrasil in den Klub der alten Bäume aufgenommen. Physisch blieb er in Kalifornien, wo er regelmäßig Stecklinge spendete und somit reichliche Nachkommenschaft hervorbrachte.

Weil Lam-Pi-Jong seine Zeitmaschinensammlung nicht mehr brauchte, versteckte er sie im Tresor des Niedhogg. Das tröstete den Drachen, denn Drachen müssen etwas bewachen. Sabrina zog im Wasserturm ein, arbeitete aber weiter für de Winter, der mit Marios Mutter eine glückliche Ehe führte.

Der Ginkgo blieb mit den Nasenaffen im Zoo der Stadt. Außer ihnen mochte allerdings niemand den Geruch der ausgereiften Samen des weiblichen Baumes.

Filtz saß eine geringe Strafe ab und nach seiner Entlassung fand sich ein Team von plastischen Chirurgen, das ihm einen ästhetisch ansprechenden Mund an der richtigen Stelle schenkte. Er benutzte allerdings weiter seinen Sprachcomputer und hielt Vorträge und Seminare über das geheime Leben der Kakerlaken.

Podoll und seine Zimmerlinde zogen an einen unbekannten Ort, um sich vor den Nachstellungen der Weltpresse zu retten.

Rado arbeitete weiter an ihrer Karriere als Journalistin. Und sie plante ein Buch über das Sozialverhalten von Pflanzen und Bäumen.

Mario besuchte auch weiterhin seine Baumfreunde. Das Versprechen, das er dem Kakerlakenkönig Cuca-Radscha gegeben hatte, sollte er nicht vergessen.

Später gründeten Rado und Mario eine gemeinsame Stiftung, die sich der Erhaltung von Natur und Umwelt widmete. Sie stand unter dem Motto:

Gut ist, was der Erde nützt.

Danksagung

Ich sage Allen Dank, die mir geholfen haben, dieses Buch zu schreiben. An erster Stelle danke ich Gabi Grimm, die mich von Beginn an begleitet hat und sich mit Engelsgeduld meine unzähligen Schreibversuche anhörte.

Auch Marilies Mayrhofer, Diethelm Jost, Matthias Oesterheld, Werner Popp, Ann-Marie Bauer, Gudrun Dinner und last not least Erika Littmann haben mich bis heute sehr unterstützt.

Als ich merkte, wie schwierig das »Plotten« eines Romans ist, meldete ich mich dank Jan Müller bei einer Internet-Schreibgruppe an, hier habe ich Hilfe von Annemarie Nikolaus und den anderen Teilnehmern der Gruppe erhalten. Auch Jan Müller hat mich bis zuletzt begleitet und unterstützt.

Dann kam mein Studium »Kreatives und biografisches Schreiben« bei Peter Renz. Was er alles für mich und meine Kreativität getan hat, kann man in meiner Masterarbeit nachlesen: »Roman schreiben – Methoden aus der Romanwerkstatt«.

Ich danke an dieser Stelle auch meinen Mitstudenten, besonders Irmgard Kramer, die mir Mut machte.

Sehr geholfen haben mir auch Schreibwerkstätten bei Jürgen vom Scheidt und Britta Loebell.

Besonderer Dank geht an meine Lektorin Angelika Maisch, der nicht nur der Titel eingefallen ist, sondern die mir während unserer Arbeit auch das ganze Buch vorgelesen hat.

Andrea Rings kümmerte sich nicht nur um Lesbarkeit und Logik, sondern auch um die biologischen Fakten.

Dank auch an Karin Schacher und ganz besonders an Annika Sauer, die zur Entstehung der finalen Fassung entscheidend beigetragen hat.

Peter Meinhardt hat mich besonders bei kniffligen Fragen der Konstruktion sowie beim Klappentext unterstützt. An dieser Stelle möchte ich auch den Menschen im Montségur-Forum danken, die mir gerade für die Titelsuche und den Klappentext entscheidende Tipps gegeben haben.

Ein ganz besonderes Vergnügen war es, mit meinem Illustrator Sascha Morawetz zu arbeiten. Er hat nicht nur ein tolles Cover geschaffen, mit ihm konnte ich mich stundenlang unterhalten und dies hat dem Buch auch einige Ideen beim »letzten Schliff« geliefert.

Tobias und Beatrix Ellerbrok, Elisabeth Grimm, Gisela Holle, Kenneth Roberson, Ulrich Urthaler, Michaela Szabo und Ellen Zurowetz haben an die Geschichte geglaubt und mich in wichtigen Phasen ermuntert.

Dr. Annette Gerhardt hat zum pünktlichen Erscheinen des Buches beigetragen. Martin Schläpfer hat mich ebenfalls unterstützt und auch das Foto auf der Autorenseite gemacht.

Unzählige Menschen und Bücher haben mir zu Ideen verholfen, live oder im Internet, durch ihr gutes oder ihr schlechtes Beispiel, wissentlich oder unwissentlich.

Ich möchte nicht unerwähnt lassen, dass ich mich bereits im zarten Alter von vier Jahren mit lieben und zornigen Bäumen beschäftigt habe: Die Bilder des Buches »Das Waldmärchen« – veröffentlicht 1948 »mit Erlaubnis der Militär-Regierung« müssen mich damals sehr beeindruckt haben. Ich kann jedenfalls auch heute noch diese Faszination spüren, wenn ich das Bilderbuch aufschlage. Im Text heißt es zum Beispiel: »Selbst die Blumen mit den Wurzeln kriegen plötzlich kleine Beine, stolpern über Stock und Steine.«

Ohne Recherche in zahllosen Publikationen und im Internet – besonders in Wikipedia – wäre der Roman nicht möglich gewesen, denn er enthält unzählige Informationen über Pflanzen- und Tierwelt. Besonders die Bücher »Das geheime Leben der Bäume« von Peter Wohlleben und »Geist der Bäume« von Fred Hageneder waren eine Quelle der Inspiration. Aber auch das Buch »Die deutsche Kakerlake« von Karl Kockrotsch, (was für ein hübsches Pseudonym!), soll hier nicht unerwähnt bleiben.

Wenn mir dennoch Irrtümer unterlaufen sind, bitte ich um Nachsicht.

Falls Ihnen etwas auffällt, wäre es schön, wenn Sie mir schreiben, dann kann ich Fehler in der nächsten Auflage korrigieren.

Autor

Wilfried von Manstein (Jahrgang 1945) war Tellerwäscher, Seefahrer, Kellner, Gärtner, Taxichauffeur, Schauspieler und Regisseur, bevor er ein Studium des »Kreativen Schreibens« begann und mit 67 Jahren die Masterprüfung ablegte. Er schrieb etliche, auch preisgekrönte Märchen und Kurzgeschichten.

»Green net« ist sein erster Roman.

http://www.Wilfried-von-Manstein.de
http://www.green-net-Roman.de
https://www.facebook.com/wilfried.von.manstein/
https://twitter.com/green_net_roman
E-Mail: info@Wilfried-von-Manstein.de

www.ingramcontent.com/pod-product-compliance
Lightning Source LLC
Chambersburg PA
CBHW030544260626
47157CB00006B/2179